KB245372

레오나르도 다 빈치의 진실

반덴베르크 역사스페셜

레오나르도 다 빈치의 진실

제5복음서의 숨겨진 비밀

안인희 옮김

한길사

차 례

바리사이파 사람들의 누룩을 조심하여라.

그들의 위선을 조심해야 한다.

감추인 것은 드러나게 마련이고 비밀은 알려지게 마련이다.

그러므로 너희가 어두운 곳에서 말한 것은

모두 밝은 데서 들릴 것이며

골방에서 귀에 대고 속삭인 것은

지붕 위에서 선포될 것이다.

· 루가 12장 1~3

서문

내가 아는 도시 중 어느 곳도 파리처럼 흥미로운 공동묘지들이 있는 도시는 없다. 파리의 공동묘지들은 전혀 다르다. 거의 명랑하다고 할 만하고, 독일의 공동묘지에서 흔히 보는 것처럼 병적인, 혹은 무시무시한 요소는 없다. 마치 프랑스 사람들은 죽은 사람들을 더 잘 보살피는 것처럼 보인다. 초등학교 학생들도 예를 들면 에드가 드가는 몽마르트르에, 모파상과 보들레르는 몽파르나스에 묻혀 있다는 사실을 알고 있다.

메닐몽탕 대로에서 곧바로 가면 페르 라셰즈 공동묘지에 이르게 된다. 페르 라셰즈는 파리에서 가장 크고 가장 아름다운 공동묘지로, 루이 14세의 고해신부였던 라셰즈 신부의 이름을 딴 것이다. 이곳에서는 에디트 피아프, 짐 모리슨, 시몬 시뇨레의 무덤말고도 몰리에르, 발자크, 쇼팽, 비제, 오스카 와일드의 무덤들을 볼 수가 있다. 어디 있는지는 관리인이 말해줄 것이다. 또한 관리인에게 몇 프랑만 내면 지도를 살 수도 있다.

특히 봄가을에 날씨가 좋은 날이면 많은 사람들이 자기들이 숭배하는 사람들의 무덤을 찾아온다. 그러다 보면 순간적으로 전에 한번 본 적이 있는 것 같은 사람들도 만나게 되고, 정기적으로 오는 사람들, 그 중 매일 같은 시간에 짧은 추도식을 하러 오는 사람들도 보게 된다.

여러 날 동안 같은 시간에 페르 라셰즈 공동묘지를 방문해야만 그런 일을 알게 된다. 나도 그렇게 했다. 처음에는 별다른 생각 없이 그곳으로 갔다. 어쨌든 내가 경험한 것 중에서 가장 흥분되는 이야기 하나를 알게 되리라는 기대는 없었다.

두 번째 날, 잘생긴 초로의 남자 하나가 '안네 1920~1971'이라는 단순한 비명이 새겨진 무덤 앞에 서 있는 것이 눈에 띄었다. 내 호기심을 끈 것은 실은 그의 손에 들려 있는 오렌지색과 푸른색이 뒤섞인 이국적인 한 송이 꽃이었다. 내 경험으로는 특이한 꽃 뒤에는 특이한 이야기가 숨겨져 있는 것이 보통이었다. 그래서 나는 이 낯선 남자에게 말을 걸었다.

놀랍게도 그는 파리에 살고 있는 독일인이었다. 그는 말수가 극히 적었고, 내가 이국적인 꽃의 의미에 대해 묻자 거의 거부감을 나타냈다(그 꽃은 극락조화였다). 다음날 우리가 다시 만났을 때는 상황이 정반대로 바뀌었다. 이번에는 상대방이 나를 캐기 시작하였다. 내가 어제 질문을 했던 것은 작가로서의 호기심에서였을 뿐 누군가의 지시를 받고 조사하려는 것이 아니었다는 내 말을 그가 믿기까지는 한참 시간이 걸렸다.

대수롭지 않은 질문에 대한 그 남자의 의심 많은 태도는 오히려 내게, 페르 라셰즈 공동묘지에 매일 잠깐씩 들러 치르는 이런 의식(儀式)의 배후에는 감동적인 몸짓 이상의 그 무엇이 숨겨져 있을 것이라는 짐작을 하게 만들었다. 나는 일찌감치 자신을 소개했건만 여전히 그의 이름도 몰랐다. 그래도 나는 별다른 장애를 느끼지 않고 내가 묵는 호텔로 식사하러 오라는 초대를 하였다. 그가 시간이 있다면 말이다. 이런 말로 나는 그의 미소를 얻었고, 자기 나이가 되면 시간이 많으니 가겠노라는 대답을 들었다.

고백하지만 당시 나는 이 낯선 사람이 약속을 이행하리라고는 믿지 않았다. 내가 끈질기게 조르는 것에서 벗어나기 위해서 그가 그냥 그렇게 대답했다고만 생각하였다. 그랬기 때문에 그 남자가 약속대로 내가 묵고 있던 파리 9구역의 그랜드 호텔 레스토랑에 나타났을 때 나는 깜짝 놀라고 말았다. 그는 아주 오래 된 화보 잡지 하나를 테이블에 내려놓았다. 그것은 곧바로 내 호기심을 끌었다.

그는 이런 방법으로 나처럼 호기심 많은 사람을 거의 병적인 상태로 몰아가는 고문을 하려는 의도를 갖기라도 한 것처럼 즐거운 태도로(내 입장에서 보자면 그것은 완전히 사디즘이었다) 파리의 아름다움에 대해서만 이야기했다. 내가 화제를 본래의 주제로 돌리려고 할 때마다 그는 여행자가 방문해볼 만한 새로운 관광명소를 생각해내곤 하였다. 나중에야 나는 이 남자가 내게 자신의 이야기를 털어놓아야 할지 말아야 할지 내심 싸우고 있다는 사실을 깨달았다.

내가 희망을 거의 버렸을 때 그는 갑자기 잡지를 손에 들더니 그 한가운데를 열어서 테이블에 내려놓으면서 이렇게 말했다.

"이 사람이 나요. 아니 과거의 나였소. 아니, 좀더 제대로 말하자면 나는 이랬어야 했소."

그는 시험하듯이 나를 바라보았다.

내가 잡지의 기사에 빨려들어간 몇 초 동안 그 남자는 분명 만족스러워하였다. 나는 그의 눈길이 내게 고정되어 있음을 느꼈고, 마치 놀라움의 탄성을 기다리기라도 하는 것처럼 내 일거수 일투족을 주시하는 것을 느꼈다. 하지만 그런 일은 일어나지 않았다. 그 기사는 잡지사 기자 하나가 알제리 전쟁에서 죽었다는 사실을 보도하면서 살아 있을 때의 사진들과 흉측하게 찢긴 시체의 그림을 보여주고 있었다. 나는 어찌할 줄을 몰랐다.

마침내 그가 말했다.

"내용을 이해하지 못하실 거요. 나 자신이 그것을 이해하는 데 오랜 시간이 걸렸으니 말이오. 게다가 당신이 지금까지 들어본 것 중에서 가장 정신나간 이야기일 게 분명하고."

나는 전에도 이해할 수 없는 이야기를 들어본 적이 있다, 평범한 일이 작가의 관심사가 되는 일은 드물다고 대답했다. 그리고는 몇 해 전에 이미 이야기한 적이 있는, 다리가 마비되어 휠체어를 탄 수도사 이야기를 비추었다. 그리고 그가 자살할 생각으로 바티칸의 창문에서 뛰어내린 이유를 간결하게 설명했다. 나는 그의 삶의 이야기를 『미켈란젤로의 복수』에서 서술하였지만, 책이 출간되기도 전에 마비된 수도사는 자신의 수도원에서 사라져버렸고, 수도원장은 휠체어를 탄 수도사가 그 수도원에 있던 적이 없노라고 고집스럽게 벼텄다는 이야기였다. 그때 우리는 그곳에서 여러 날을 연속해서 나란히 마주앉아 있었다는 점을 강조하였다.

그 말을 하지 않았던 게 나을 뻔했다. 그 남자는 갑자기 서두르면서 이야기를 풀어놓기 전에 한번 모든 것을 생각해보아야겠다고 말했다. 그리고는 작가들이 많이 드나드는 생 제르맹 대로에 있는 카페 '라 플로르'에서 다음날 만나자고 했다.

미리 말을 하자면 '라 플로르'에서 나는 혼자 커피를 마셨다. 그리고 고백하자면 별로 놀라지도 않았다. 알지 못하는 그 신사는 자신의 운명이 책으로 나올지 모른다는 생각에 그만 용기가 없어진 것이 분명했다. 하지만 그런 일은, 이 남자가 지닌 이야기가 한 개인의 운명을 넘어가는 종류의 것이라는 내 생각을 오히려 강하게 만들어주었을 뿐이다.

인류가 지닌 모든 위대한 비밀은 그럴싸하지 않은 기원을 지닌다. 나는 저 낯선 남자의 운명 뒤에 그런 비밀이 있을 거라는 짐작이 들었다. 그것이 그토록 근원적인 중요성을 가진 것일 줄은 이때만 해도 전혀 짐작도 못했다. 그리고 극락조화를 든 이 남자가 이 드라마에서 오로지 부수적인 역할만 했으리라는 사실도 물론 몰랐다. 미리 말하자면

12

무덤에 누운 저 여자, '안네'라는 이름만 적혀 있던 그 여자가 주인공이었다.

하지만 나는 하나의 흔적을 가지고 있었으니 곧 화보 잡지의 기사였다. 하나의 궤적은 뮌헨으로 향하고 있었고, 또 다른 궤적은 파리로 향하고 있었다. 조사과정에서 드러난 일이지만 그 뒤로는 사건들이 마구 뒤엉켰다. 로마, 그리스, 샌디에이고 등이 또 다른 정거장들이었고, 천천히 아주 천천히 어째서 그 낯선 남자가 내게 자기 이야기를 털어놓기를 망설였는가 하는 이유가 드러났다.

그후 나는 몇 번 더 그 무덤을 찾아갔지만 다시는 그 낯선 남자를 만나지 못했다.

죽음의 그림자

1

주변이 온통 하얗기만 했다. 하얀 벽, 하얀 바닥, 거울처럼 창백한 하얀 문들, 그리고 천장에 매달린 날카로운 형광등이 고통스럽게 느껴져서 안네는 얼굴을 손으로 가렸다. 그녀는 전혀 이해할 수가 없었다. 다만 '식물인간'이라는 말과 그의 상태가 좋지 않다는 것만 기억에 남았다. 하얀 가운을 입은 중성적인 모습 하나가 그녀를 이 의자에 억지로 앉게 만들고 긴급상황에 대비한 여러 가지 규정들에 익숙한 스튜어디스처럼 나긋나긋한 태도로 '의사들이 최선을 다하고 있다, 시간이 좀 걸릴 것이다, 그러니 이 서식에 기록을 하고 서명을 하시라'고 설명해주었다.

그 종이는 그녀의 옆 바닥에 놓여 있었다. 번쩍이는 문들 중 하나가 이따금 열리곤 했다. 고무창을 댄 신발들이 길다란 복도를 저벅저벅 지나가서는 다른 문으로 사라졌다. 어딘가에서 쿵쿵거리는 기계의 리듬이 울려왔고, 석탄산 냄새가 풍기고, 온기는 거의 참을 수 없을 정도였다.

안네는 위를 올려다보며 심호흡을 했다. 얇은 외투를 열어젖히고 눈을 감고 의자에 기대어 팔짱을 꼈다. 입술이 떨리고 어디라고 꼭 집을 수 없는 통증을 느꼈다. 자기 인생이 산산조각이 났다는 느낌이 들었다. 주문을 외워 모든 것이 이전과 같아진다면 얼마나 좋을까 하고 바라던 어린 시절의 기억이 떠올랐다.

그런 일이 자기들 중 한 사람에게 닥치면 어떻게 될까 생각해본 적은 한 번도 없었다. 그녀는 귀도를 사랑했다. 사랑은 끝을 묻지 않는 법이다. 그러나 지금 그녀는 이런 태도의 어리석음을 깨닫지 않을 수 없었다.

"유감입니다. 슬픈 소식을 전해드려야겠군요. 남편께서 심각한 사고를 당하셨습니다. 가장 나쁜 경우도 생길 수 있습니다."

이런 식의 소식에는 전혀 아무런 대비도 되어 있지 않았다.

꿈 속처럼 안네는 병원으로 달려왔다. 어떤 길로 여기까지 왔는지, 자동차는 어디에 주차시켰는지 기억나지 않았다. 명료한 생각을 할 수가 없는 상태로 그녀는 두세 명의 흰 가운에게 "중환자실요?" 하는 말을 외쳤고 마침내 이곳 날카로운 조명이 달린 복도에 도착한 것이다. 여기서는 시간이 멈춘 것 같았다.

그녀는 자기가 집을 어떻게 새로 꾸밀 것인가, 골동품 사업체를 어떻게 처분할 것인가, 이 사건에 거리를 두기 위해 세계여행을 하는 것은 어떨까 하는 따위의 생각을 하는 것을 깨닫고 소스라쳐 놀랐다. 귀도는 세계여행을 하자는 말에 절대로 동하지 않았다. 그는 비행기 타는 것을 지겨워했다.

맙소사! 안네는 몸을 벌떡 일으켰다. 이런 생각이 부끄러워서 외투 호주머니에 두 손을 찌르고 이리저리 거닐었다. 자기에게는 눈길도 주지 않고 바쁘게 곁을 스쳐지나가는 가운 입은 사람들의 무심한 분주함이 도전적인 느낌을 불러일으켰다. 안네는 바쁜 간호사 한 사람에게 달려들어서 내 남편의 생명이 달린 일이다, 모르겠느냐고 소리지르고 싶었다.

그렇게까지 하지 않은 것은 바로 그 순간 더럽혀진, 테 없는 안경을 쓴 야윈 남자가 문에서 나왔기 때문이었다. 그는 안네를 향해 다가오면서 목에 걸려 있는 녹색의 마스크를 만지작거리더니 팔뚝으로 이마를 쓸어올렸다.

"자이틀리츠 부인?"

그가 억양 없는 소리로 물었다.

안네는 눈이 커지고 피가 머리로 솟구치는 것을 느꼈다. 귓속이 멍멍했다. 의사의 얼굴은 아무런 표정도 드러내지 않았다.

"그런데요."

안네는 나직하게 말했다. 목구멍이 마르고 깔끄러웠다.

의사가 자기를 소개했다. 그가 자기 이름을 말하는 동안 목소리의 어조가 변하더니 이내 매장 인부의 콧소리로 변하였다. 이런 말을 그는 전에도 이미 여러 번이나 한 적이 있었던 것이다.

"유감입니다. 손을 쓰기엔 너무 늦었습니다. 이런 상황이라면 어쩌면 이렇게 된 쪽이 더 낫다는 말씀이 작은 위로가 될지 모르겠습니다. 손상이 너무 심했으니까요."

안네는 의사가 자기에게 손을 내민 것을 알기는 했지만 어쩔 줄 모르는 분노에 사로잡혀서 몸을 홱 돌려버렸다. 죽었다. 처음으로 그녀는 이 말의 완결성을 실감하였다.

엘리베이터에서는 모든 병원에서 그런 것처럼 음식 냄새가 났다. 안네는 구역질을 참으며 문이 열리자마자 도망쳐나왔다.

택시를 타고 집으로 돌아왔다. 손수 운전할 상태가 아니었다. 그녀는 기사에게 말없이 지폐를 한 장 내밀고는 집안으로 들어와버렸다. 모든 것이 갑자기 낯설고 차갑고 거부적으로 보였다. 구두를 벗고 서둘러 층계를 올라가 침실로 가서 침대에 쓰러졌다. 그리고는 마침내 울음을 터뜨렸다.

1961년 9월 15일에 일어난 일이었다. 사흘 뒤에 귀도 폰 자이틀리츠는 숲의 공동묘지에 묻혔다. 그 다음날부터 이상한 일들이 시작되었다.

2

안네 폰 자이틀리츠가 처음부터 잘못된 조명을 받지 않도록—그런 일은 이야기의 내용에 전혀 어울리지 않는다—이 여자에 대해서 우선 몇 마디 해야 할 것 같다. 안네 자이틀리츠는 결혼하면서 남편에게서 얻게 된 '폰'이라는 귀족 칭호를 사용한 적이 없었다. 미술품 중개상인 남편에게 귀족 칭호는 때때로 쓸모가 있었을지도 모른다. 하지만 안네는 19세기에 일을 통해서 얻게 된 이런 칭호를 우습다고 생각했다. 당시 공로가 많은 사업가들이 어느 날 갑자기 귀족으로 신분상승되었고 이 우스꽝스러운 과정의 결과 '폰 뮐러'니 '폰 마이어' 따위의 웃기는 귀족이 나타나게 된 것이다.

안네는 (폰 자이틀리츠 부인이 아니라) 자이틀리츠 부인으로 살아갈 정도로 자의식이 뚜렷한 여자였다. 교양과 쌀쌀맞은 아름다움이 매혹적으로 결합되어 있어서 그녀는 언제 어디서나 모임의 중심이 되곤 했다. 자신의 영리함으로 인해 고통을 받지 않고 그것을 이용할 줄 아는 사람들이 모두 그렇듯이 안네도 재치를 가지고 있었다. 그녀의 짓궂은 장난이 사람들 사이의 화젯거리가 된 경우도 많았다. 40의 나이에 그녀는 벌써 50을 향해 접어들었다고 장난스레 말하곤 했다.

물론 남편의 죽음은 그녀에게 심각한 타격이 되었다. 그러나 안네는 예기치 않게 닥쳐온 이 고통을 이성의 힘으로 소화하려고 애쓰기 시작하였다. 병원에서 남편의 유품을 가져가라는 연락이 왔다.

쉽지는 않았지만 안네는 전화를 받은 그날 당장 병원으로 갔다. 간

18

호사가 인수증을 받고 그녀에게 귀도의 옷가지와 시계와 손가방이 든 용접된 플라스틱 백을 넘겨주었다. 그러다가 거의 우연히 귀도가 사고 당시 혼자서 자동차에 타고 있지 않았다는 사실을 들었다.

"조수석에 탄 여자는 약간의 상처만 입었습니다. 오늘 퇴원하셨지요."

"조수석에 탄 여자?"

안네 폰 자이틀리츠는 이마에 주름을 지었다. 내면의 흥분이 분명하게 드러났다.

간호사는 폰 자이틀리츠 부인이 조수석에 여자가 타고 있었다는 것을 전혀 모른다는 사실에 놀란 모습을 보였다. 믿을 수 없어서 이름을 밝히기 전에 담당의사에게 조언을 구하기까지 하였다. 안네는 남편의 사망 소식을 전해준 그 의사를 다시 만났다. 그리고 자신의 행동에 대해 사과를 하는 것이 옳다고 생각하였다.

의사는 상황으로 보아 그녀의 행동이 이상한 것은 아니었다고 말했다. 심지어는 상당히 정상적이라는 말까지 했다. 결국 안네는 끈질기게 의사를 설득하여 남편 자동차의 조수석에 탔던 여자의 이름과 주소를 알아낼 수 있었다.

모르는 여자였다. 처음에는 사고 상황에 대해서 들어볼 생각이 더 컸다. 그럴 의도에서 그녀는 경찰과 이야기를 했다. 경찰서에서 그녀는 자동차에는 남자와 여자가 한 명씩 타고 있었고, 뮌헨-베를린간 고속도로의 7.5킬로미터 지점에서 자동차가 차도를 이탈해서 경사면을 여러 바퀴나 구른 다음 바퀴를 하늘로 향한 채 멈추었다는 사실을 들었다. 여자는 자동차에서 굴러나왔기 때문에 살아난 것이다. 사고 원인을 설명하기 위해 차체를 검사하겠지만 시간이 오래 걸릴지도 모른다고 했다.

자동차를 볼 수 있는가.

물론, 그녀가 원한다면.

도시 북부에 있는 홀에는 여남은 개의 사고 차량들이 들어갈 자리가 있었고, 노천에도 그 정도의 자리가 더 있었다. 어떤 사람들의 운명과 밀접하게 연관되어 있는, 불거지고 우그러지고 불에 탄 자동차들이었다.

냉정하고 침착한 태도를 유지하기로 단단하게 결심하고 있었지만 막상 사고 자동차를 보자 안네는 전신이 벌벌 떨려서 한참 후에야 겨우 가까이 다가갈 수 있었다. 계기판 가운데가 꺾여 있었다. 왼편에 핏자국이 보였다. 깨진 앞유리와 옆유리 조각들이 튀어나온 시트 위에 흩어져 있었다. 냉각기 커버는 원래 길이의 절반만 남았다. 트렁크 뚜껑도 열려서 닫히지가 않았다. 휘발유와 오일, 불에 탄 인공 천 냄새가 났다.

거의 경건한 마음으로 안네는 망가진 자동차를 한 바퀴 돌았다. 그때 트렁크에 서류가방 하나가 들어 있는 것이 보였다. 그녀를 따라온 경찰관은 고개를 끄덕이며 그것을 가져가도 좋다고 말하고는 가죽가방을 끄집어냈다.

"하지만 이건 남편의 가방이 아닌데요!"

안네는 소리치면서 한 걸음 뒤로 물러섰다. 그녀는 경찰관이 구역질 나는 짐승을 자기 코앞에 내밀기라도 하는 것 같은 동작을 취했다.

"그렇다면 조수석에 탄 사람 것이겠군요."

경찰관이 진정시키는 투로 말했다. 그는 이 여자의 흥분을 이해하지 못했다.

"하지만 남편의 서류가방은 어디 갔지요? 위쪽에 'G.v.S.'라고 씌어진 갈색 서류가방을 가지고 다녔는데!"

경찰관이 어깨를 으쓱하였다.

"확실합니까?"

"물론 확실하죠."

안네가 대답했다. 그리고 잠시 생각한 다음 이렇게 말했다.

"이리 줘보세요!"

20

그녀는 가방을 사고 차의 지붕 위에 놓고 서투른 솜씨로 뚜껑을 열었다. 내용물은——속옷(덧붙여 말하자면 아주 야한 것은 아니었다), 화장품, 담배——분명 여자의 것이었다.

"이걸 가져가도 될까요?"

안네가 물었다.

"물론입니다."

그녀는 가방 뚜껑을 덮었다.

3

귀도의 죽음이 그녀에게 불러일으켰던 말할 수 없는 슬픔, 고통, 공허함 등이 갑자기 사라져버린 듯했다. 그녀는 극히 기묘하게 기분이 급변하는 것을 체험하였다. 보통 여러 해가 지나서야 사라지는 고통이 갑작스럽게 분노로 바뀌었다. 그녀는 갑자기 전날 무덤 속에 묻힌 남편에 대한 증오를 느꼈다. 행복하다고 여겨온 결혼 10년의 세월이 불도저의 힘 아래 철거되는 건물처럼 갑자기 와르르 무너져내렸다. 남편을 두 번 잃어버린 것 같았다. 며칠 전에 한 번, 그리고 지금 이 순간에 한 번 더.

택시를 타고 집으로 돌아오는 길에 기억들, 여러 가지 생각들과 일들이 갑자기 하나의 의미를 기지고 나타났다. 무서운 공격을 위해 힘을 모으는 듯이 그녀의 왼손이 낯선 가방의 손잡이를 꼭 움켜쥐었다. 오른손은 외투 주머니를 뒤져서 병원의 의사가 준 종이쪽지를 찾아냈다. 한나 루이제 도나트, 호엔촐레른 링 17번지.

안네는 아랫입술을 꼭 깨물었다. 분통이 터질 때면 하는 습관적인 행동이었다. 그리고는 운전사의 코앞으로 종이를 내밀었다.

"호엔촐레른 링 17번지로 가주세요."

도시 동부에 있는 그곳은 고급 주택가에 자리잡은 것은 아니었지만 어스름 빛 속에서 본 바로는 손질이 잘 된 야무진 인상을 주었다. 낮은 정원의 담에 달린, 잿빛 페인트 칠이 된 쇠문에는 타원형의 문패가 달려 있었지만 이름은 없었다. 안네는 단 한순간도 망설이지 않고 초인종을 눌렀다. 약간 안쪽으로 들어가 있는 집에 불이 켜지더니 잠시 뒤에 자그마하고 통통한 사내가 현관문에 나타났다.

"한나 루이제 도나트를 찾아왔는데, 맞습니까?"

안네는 남자에게 소리쳤다. 그는 대답 없이 열쇠를 가지고 이쪽으로 다가오더니 잿빛 정원 문을 열고는 손을 앞으로 내밀었다. 집게손가락 윗마디가 없었다. 그는 서투른 공손함으로 고개를 숙이며 말했다.

"도나트입니다. 아내를 찾아오셨군요. 들어오시죠!"

무슨 일이냐고 묻지도 않고 안내하는 남자의 싹싹함에 그녀는 약간 당황하였다. 하지만 분노에 사로잡혀서 그런 친절쯤은 무시하였다. 지금 이 순간 그녀는 단 하나의 목적밖에는 없었다. 이 여자를 만나봐야 한다는 것……

도나트는 오래 된 장롱 두 개와 19세기 말의 과장된 그림 하나가 걸려 있는 소박한 가구들이 놓인 방으로 안네를 안내하였다.

"잠깐만 기다리십시오!"

그는 밝은 올리브 색깔이 칠해진 높은 문 뒤로 사라졌다. 잠시 뒤에 그는 문을 열고는 안네에게 들어오라고 말했다.

물론 안네는 방안에서 자기를 기다리고 있을 여자의 모습을 상상하고 있었다. 그녀는 머리를 높이 세우고 요란하게 입술을 칠한 칠칠치 못한 여자, 유부남과 관계를 맺는 여자 하면 생각나는 전형적인 여자를 생각하고 있었고, 이런 상상 덕에 분노가 더욱 커졌다.

그녀는 만남을 상세히 그려보았다. 무엇보다도 침착하고 냉정하고 조롱조의 태도를 유지해야 한다고 혼자 맹세를 했다. 그렇게 해야만 낯선 여자의 마음을 상하게 할 수 있을 것 같았다. '안네 폰 자이틀리츠예요'라고 말할 셈이었다. '그의 아내죠, 남편이 사업상의 여행에 데려가는 여성을 전부터 한번 만나보고 싶었어요' 라는 말도 할 셈이었다. 그리고 남편의 피문은 옷가지를 가져가라고 할 셈이었다. 그러니까 추억을 위해서 말이다.

그러나 사정은 전혀 달랐다. 녹색 식물들이 잔뜩 놓인 방 한가운데 한 부인이 앉아 있었는데, 대충 안네와 비슷한 나이였다. 그녀는 입상처럼 꼿꼿하게 앉아 있었다. 두 다리는 담요로 덮은 채 휠체어에 앉아 있었다. 목 아래쪽 신체가 말을 듣지 않아서 모든 동작은 아름다운 얼굴에 그대로 투영되었다.

"한나 루이제 도나트예요."

휠체어에 앉은 여자가 친절하게 말했다. 목을 가볍게 숙여서 방문객에게 가까이 오라는 뜻을 전했다.

안네는 그 자리에 뿌리가 박힌 듯이 서 있었다. 대답이 궁해본 적이 없었건만 지금 이 생각지도 못한 순간엔 아무런 말이 생각나지 않았다. 그러자 이러한 상황에 익숙한 것처럼 보이는 마비된 여자가 아주 침착한 목소리로 말했다.

"자리에 앉으세요!"

그래도 안네가 꼼짝도 않자 좀더 간청하는 말투로 덧붙였다.

"저를 찾아오신 이유를 말씀해주시겠어요, 부인······."

"자이틀리츠입니다."

안네가 상대방의 말을 보충해주었다. 그녀는 흥분을 감출 수가 없었다. 외투 주머니에서 종이쪽지를 꺼내어 읽었다. 그것은 이런 상황에서는 약간은 우스꽝스러운 일이었다.

"한나 루이제 도나트, 호엔촐레른 링 17번지."

"맞습니다."

휠체어에 앉은 부인이 말했다. 그녀 뒤에 서 있던 남편이 휠체어를 밀어 마비된 여자를 방문객 가까이 밀고 왔다.

안네는 몇 마디 사과의 말을 웅얼거렸다. 분명 오류가 있었던 것 같다, 하지만 병원에서 이 이름과 주소를 주었다. 이런 이름의 여자가 남편의 사고 자동차에 같이 있었고, 사흘 동안 병원에 있다가 퇴원해서 집으로 돌아갔다고 했다.

"이런 오해에 대해서는 남편 분께서 아주 쉽게 설명해주실 수 있을 텐데요."

남편이 대답하였다.

"남편은 죽었어요."

안네는 냉정한 태도로 말했다.

"죄송합니다. 유감이군요, 몰랐어요."

안네는 고개를 끄덕였다. 상황을 아무리 생각해보아도 이 여자가 자동차 조수석에 탔을 리가 없고 병원의 환자였을 리도 없었다. 그녀가 이런 상황이 이상하다고 느끼고 있는 동안 두 사람은 지난 며칠 동안의 사건에 대단한 관심을 보였다. 안네는 길다란 설명을 늘어놓기 전에 남자의 손에 가방을 주었다. 그리고 전략상 필요했던 것보다 훨씬 빨리 서둘러서 작별을 고했다.

4

그날 밤 안네는 전혀 잠을 이루지 못했다. 커다란 집을 유령처럼 돌아다니며 그의 영혼을 찾아 헤맸다. 길다란 하얀 가운을 걸치고 그녀는 침실로 이르는 계단에 앉았다. 그리고 어떻게든 이해해보려고 애썼다. 밤의 먼 소음에 귀를 기울였다. 다음 순간이라도 현관 문 열쇠가 돌아가고 언제나처럼 귀도가 집안으로 들어설 것에 마음의 준비를 하였다. 하지만 아무 일도 일어나지 않았다. 착란증세가 현실과 망상을 구별하지 못하는 위험한 정도에까지 이르렀다.

안네는 자기가 귀도의 침실 문 앞에 서서 손바닥으로 문을 두드리면서 남편이 방문을 잠가놓고 있기라도 한 것처럼 그를 바람둥이라고 욕하고 비슷한 욕설을 계속 퍼붓고 있는 것을 깨닫고 깜짝 놀랐다.

지난 며칠 동안의 사건은 그녀가 감당하기 어려운 것이었다. 어린아이처럼 울부짖으며 그녀는 문 앞에 무릎을 꿇고 앉아서 분노를 토해냈다. 안네는 남편을 잃은 것이 고통스러워서 우는 것이 아니었다. 그녀는 분해서 소리질렀다. 남편의 뻔뻔스러움에 속은 것이 분해서, 자신의 단순함과 자신이 멍청하게도 귀도를 믿었던 것, 그리고 이 작자가 그것을 이용한 일이 분해서 울부짖었다.

본질이나 성격으로 보아 안네는 이런 고통을 견딜 수 있는 사람이었다. 다만 자신이 멍청했다는 생각이 그녀를 참을 수 없게 했다. 안네 폰 자이틀리츠는 특별히 영리한 여자였기 때문이다. 그녀는 자신의 영리함을 목적에 맞게 이용할 줄 아는 여자였다. 멍청하다는 것보다 그녀가 더 미워하는 것이 없었다. 지금 자신의 멍청함에 희생되었다는 생각에 그녀는 자신이 미워서 견딜 수가 없었다.

분노의 눈물이 서럽처럼 얼굴에 달라붙었다. 그녀는 부끄러웠다. 자신이 이런 일을 허용한 기억이 없었다. 고아원에서 보낸 어린 시절에도 이런 일은 자신에게 일어나지 않았다.

욕실에는 병원에서 받은 플라스틱 백이 놓여 있었다. 그녀는 남편의 시계를 보았다. 남편이 태어난 해인 1921년산 금딱지 해밀턴 상표였다. 그는 경매에서 그것을 샀다. 시계 아래쪽에는 헌사가 새겨져 있었다. '시드가 샘에게 1921년.' 안네는 봉투를 찢고 피묻은 양복을 끄집어내서 바지와 윗도리를 허수아비 모양으로 펼쳐놓았다. 그가 즐겨 입곤 하던 양복을 그렇게 늘어놓고 안네는 양복이 귀도이기라도 한 것처럼 맨발로 그것을 짓밟기 시작하였다. 그에게서 고백을 쥐어 짜내려는 것처럼 사납게 짓밟고 헐떡이면서 언제까지나 같은 말을 내뱉었다.

"사기꾼! 사기꾼! 사기꾼!"

이런 망아경의 춤을 추는 동안 그녀는 양복에서 무언가 걸리적거리는 것을 느꼈다. 예상치 못한 일이었지만 안네는 귀도의 지갑을 꺼냈다. 지갑에서 한 더미의 지폐를 끄집어내고 숨을 격렬하게 쉬었다. 나머지 내용물은 아는 것들이었다. 신용카드와 운전면허증. 그녀는 지폐를 세어나가다가 노란 입장권을 보았다. 베를린 도이치 오페라 극장, 9월 20일 수요일, 오후 7시.

안네는 이 입장권을 두 손으로 들고는 물끄러미 쳐다보았다. 귀도는 오페라에 가는 사람이 아니었다. 함께 오페라에 간 일은 손꼽을 정도로 드물었다. 안네에게는 그것이 그가 자기를 속였다는 또 하나의 증거로만 여겨졌다. 그녀는 무엇이든 용서할 수 있지만 남편이 자기를 속인 일만은 용서할 수 없는 여자였다.

지갑의 내용물을 욕실 바닥에 퍼즐 조각이나 아니면 페이션스 게임을 할 때의 카드처럼 늘어놓으면서 그녀는 생각을 정리하기 시작했다. 그녀의 생각은 이미 아까부터 남편의 이중생활 속으로 얽혀들어가서 이제는 멈출 수가 없었다. 그녀는 구체적인 사실이 낱낱이 밝혀지기까지는 평화를 얻을 수가 없을 것이다.

7시경 점차 창문이 밝아와서 벽에 달린 등의 불빛과 섞이자 안네는 진정되기 시작하였다. 그러나 분노가 줄어든 것은 아니었다. 목적이 더욱 분명해졌을 뿐이었다.

안네는 탐정 유형은 전혀 아니었다. 하지만 간통 사건을 당하면 그동안 알려지지 않았던 성격이 드러나게 마련이다. 그녀의 경우에는 이렇게 말할 수도 있을 것이다. 분노는 그녀가 완전히 무너지는 것을 막아주었다고 말이다.

병원에 전화를 해서 예상했던 대로 자동차 사고를 당한 여자는 휠체어에 앉아 있던 여자와는 전혀 다른 모습이었다는 말을 들으면서 그녀의 눈길은 오페라 입장권의 날짜 위로 떨어졌다. 9월 20일. 바로 오늘이었다!

안네는 손가락을 탁 소리가 나게 튕겼다. 지난 며칠 사이 처음으로 작은 미소가 그녀의 입가를 스치고 지나갔다. 작고도 악마적인 미소였다. 분명 희망은 적었다. 하지만 입장권을 오래 바라볼수록 이 오페라 공연이 그 어떤 실마리를 가져다줄 것이라는 느낌이 들었다. 그녀는 귀도가 하룻밤 사이에 오페라 팬이 되어서 혼자서 오페라 공연에 가려 했다고는 생각할 수가 없었다. 게다가 그에 대해서 단 한마디 말도 없이 말이다.

5

베를린행 비행기에서 안네는 6, 7년 전 자신의 결혼이 일상으로 변하던 그 시절을 돌아보았다. 일상으로 변하기는 했지만 참을 수 없을 정도는 아니었다. 다만 서로간에 흥분이 없어지고, 싸움도 없어지고, 화해도 없어졌다. 흔히 하는 말로 모든 것이 그냥 순조롭게 흘러갔다. 당시, 그러니까 6, 7년 전에 그녀는 젊은 실습생과 바람을 피워볼까 하는 생각을 진지하게 한 적이 있었다. 그는 그녀가 나타나기만 하면 눈길을 보내는 젊은이였다. 이른바 절정기에 도달한 모든 여자를 사로잡는 이런 생각이 몇 달 동안 그녀를 괴롭혔다. 한편으로는 서른다섯 살의 나이로, 수줍지만 매력이 없지 않은 젊은이의 눈길을 끌 수 있다는 것이 대단히 자극적이었고, 다른 한편으로는 자기가 아직도 다른 남자들, 특히 젊은 남자들에게 매력적으로 보인다는 사실을 귀도에게 알리고 싶기도 했다.

이런 우회로를 통해서 안네는 남편에게 결혼이란 일과 성공과 1년에 두 번 있는 휴가 이상의 것이라는 사실을 상기시키고 싶었다. 하지만 어느 한가한 월요일 오후 비굴로이스——이것이 이 대학 졸업생의 이름이었다. 그는 그 이름에 꼭 맞는 모습을 하고 있었다——를 유혹할 속셈으로(지금까지도 기억이 나는 일이지만 라일락 색깔의 속옷과 그에 어울리는 스타킹까지 신었다) 불러들였던 가게의 뒷방에서 갑작스러운 깨달음이 그녀를 과격하게 현실로, 그리고 미덕의 오솔길로 되돌려놓았다.

어쨌든 그녀는 젊은이가 빵 굽는 사람이 반죽 속을 뒤지듯 섬세하고 하얀 두 손으로 그녀의 캐시미르 폴라 속을 더듬기 시작했을 때 철썩 소리가 나도록 젊은이의 따귀를 갈기고는 결혼한 여자가 지을 수 있는 단호한 표정으로 다시는 그러지 말라고 말하였다. 그렇지 않았다가는 이 일을 잊지 못하게 만들어주겠노라고 했다.

훨씬 뒷날에야 비로소 그녀는 그때의 경험이 감정에 대한 분별력의 전형적인 승리라는 사실을 깨달았다. 시간이 흐르고 보면 그렇게 무조건 바람직한 일이라고 생각되지 않는 이상한 종류의 승리 말이다. 이런 경우에 차라리 완전하게 바람을 피웠다면—성교라는 노골적인 단어를 피하자면—어쩌면 더 확실한 효과를 냈을 것이다. 남편이 그 일을 냄새 맡고 그들이 적절한 방식으로 화해를 했다고 친다면 말이다.

어쨌든 그녀가 정절을 지킨 일이 귀도에 의해서 그토록 음흉한 방식으로 악용되었다는 것은 생각할수록 더욱 그녀를 마음 상하게 했다. 이제야 비로소 그녀는 젊은 비굴로이스에게 자신을 완전히 내주지 않고 귀도와의 결혼생활에 충실했던 것을 진짜로 후회하였다.

안네 폰 자이틀리츠가 묵은 호텔(켐핀스키 호텔)은 이야기 진행에 아무런 의미도 없다. 그러나 오페라 공연은 그와 달랐다. 공연은 크리스토프 빌리발트 글루크의 「오르페우스와 에우리디케」였다. 어쨌든 그녀는 1층 앞쪽 관람석, 7열에 있는 오페라 좌석을 마지막 순간에 겨우 맞추어 찾아들어갔다. 그녀는 자기 오른편에 테 없는 안경을 쓴 매끈하게 면도를 한 불그레한 뺨의 신사가 앉아 있는 것을 보고 깜짝 놀랐다. 성직자 가운만 입으면 신부라고 해도 손색이 없는 모습이었다. 왼편에는 유칼립투스 사탕만 계속해서 빨아먹지 않았을 뿐 마녀같이 생긴 늙은 귀부인이 앉아 있었다.

'잘못 되었구나!' 하는 생각이 그녀의 머리를 스쳐지나갔다. 무대에서는 알토 음성을 가진 가냘픈 카스트라토가 슬퍼하는 오르페우스 역할을 겨우 해내고 있었다. 글루크의 음악은 그녀에게 졸음을 불러왔다. 음악은 그녀의 나른한 기분에 아주 잘 맞았다. 그래서 그녀는 매끈하게 면도한 오른쪽에 앉은 남자가 자기를 몰래 곁눈질로 자세히 훔쳐보기 시작한 것도 알아채지 못했다.

어쩌면 그녀는 그런 눈길을 좋아했는지도 모른다. 어쨌든 그녀는 중간 휴식 시간에도 생각에 잠겨서 어찌할 줄 모른 채 자리에 머물러 있었다. 좌석이 다 채워지고 오른쪽의 붉은 뺨의 사내도 자리로 돌아왔다. 그는 힘들여서 자기 자리에 앉으면서 그녀의 머리를 향해 거의 입술도 움직이지 않고 이렇게 말했다.

"이 자리에 귀도 폰 자이틀리츠가 오리라고 생각했소. 당신은 누굽니까?"

안네는 침묵하였다. 하지만 이런 침묵이 쉽지는 않았다. 그녀는 이제 한마디한마디 잘 생각해서 말하지 않으면 안 된다. 이제는 실수를 해서는 안 되는 것이다! 모르는 사람의 말에 대해서 안네는 전혀 설명할 길이 없었다. 그는 귀도를 알고 있는 것이 분명했다. 그는 이곳 오페라에서 귀도에게 무슨 볼일이 있다는 건가? 그는 저 사고 자동차의 수수께끼 여자와는 어떤 관계가 있을까?

안네는 귀도를 모르는 척할 수도 있었다. 그냥 아무 이름이나 대고는 그저 문 앞에서 모르는 사람에게서 이 표를 샀노라고 주장하면 된다. 하지만 그렇게 되면 수수께끼를 풀 기회가 아주 사라진다는 뜻이다. 그리고 상황이 전보다 훨씬 더 복잡하게 된 지금 그녀는 오직 한 가지만을 알고 싶었다. 자기 등 뒤에서 대체 무슨 일이 벌어지고 있는가?

안네는 아주 오랫동안 이리저리 재본 다음에 억지로 침착한 척하면서 자기에게 주어진 질문에 대답하였다.

"나는 안네 폰 자이틀리츠예요, 그의 아내죠."

붉은 뺨의 사내는 이 대답을 기대했던 것처럼 보였다. 어쨌든 그는 흥분한 인상을 보이지 않았다. 반대로 약간 화가 난 듯이 코방귀를 뀌고는—안네가 참기 힘든 습관이었다—못마땅한 창구 직원처럼 도전적으로 질문하였다.

"그렇다면 어떤 종류의 소식을 가져오셨소?"

이 순간 자기가 짐작도 못하는 어떤 일이 벌어지고 있다는 사실만은 안네에게 분명해졌다. 물론 합법성의 경계선에서 사업을 벌이지 않는 미술상은 전세계에 없으리라. 그녀는 적지 않은 이익을 가져오는 남편의 이런 저런 사업에 대해서 알고 있었다. 하지만 그런 사업은 고급 레스토랑에서 훌륭한 저녁식사를 하면서 맺곤 했지 오페라 극장 7열에서 일어난 적은 없었다.

지금 남편은 사고로 죽었고 자기는 아무것도 모른다고 진실을 밝힐 수도 있을 것이다. 하지만 그녀는 그것이 옳지 않다고 생각하였다. 그래서 가능한 정도까지는 알고 있는 사람처럼 행동하기로 결심하였다. 특별한 상황에서 냉정한 머리를 유지하는 것은 안네의 특성이었다.

그녀에게 불확실한 것이 있다면 상대방이 자신의 매력에 대해 보이는 냉정함과 무감각이었다. 이번 경우 그녀는 상대에게 감정의 동요를 만들어내지 못했고, 그 사실을 정확하게 느꼈다. 지난 며칠 동안 자기가 그렇게 늙은 것일까, 아니면 복수의 여신처럼 분노가 자기 얼굴에 씌어진 것일까? 모르는 사람은 여전히 답변을 기다리고 있었다.

"소식이오?"

안네는 짐짓 당황해서 말했다. 그녀가 거짓말하다 들킨 아이처럼 적당한 말을 찾아내기 위해 애쓰는 동안 매끈하게 면도한 사내가 말을 이었다.

"약속은 50만이었소. 활을 너무 팽팽하게 당기지 않는 게 좋을 겁니다! 자, 무엇을 원하시오?"

그 순간 빛이 꺼졌다. 지휘자가 지휘석에 들어오고 관객이 박수를 쳤다. 막이 올라가고 오르페우스(알토)는 에우리디케(소프라노)를 앞서서 20분쯤 계속 걸어갔다. 오페라 대본에 써 있는 것처럼 뒤를 돌아보지 않고 말이다. 그런 다음 카스트라토 쪽에서 어떤 자살 의도 같은 것이 나타났다. 카스트라토는 '아, 그녀를 잃었구나'라는 아리아의 도움으로 자살 의도를 뒷받침하면서도 그 실현을 미루고 있었다.

안네는 어차피 오페라에는 별 관심도 없었다. 그녀의 생각은 자기 옆에 앉은 이 이상한 남자를 맴돌고 있었다. 그녀는 목덜미에 땀방울이 맺히는 것을 느꼈다.

3막은 끝도 없이 오래 계속되었다. 그녀는 조용히 앉아 있기가 어려웠다. 그래서 오른쪽 다리를 왼쪽 위에 올려놓았다가, 왼쪽 다리를 오른쪽으로 바꾸었다가 하면서 검정 핸드백을 꼭 움켜쥐고 빛이 지나갈 때마다 자기 얼굴이 번들거릴 거라고 상상하였다. 맙소사, 무슨 말인가를 해야 한다, 이 남자의 질문은 여전히 공간을 떠돌고 있었다. 이렇게 코너에 몰린 채, 어떻게 해야 할지 몰랐기 때문에 그녀는 옆을 향해서 속삭였다.

"제 생각으로는 다시 협상을 해야 할 것 같은데……."

"뭐라고요?"

"제 생각으로는 우리가……."

"쉿!" 하는 소리가 8열에서 나왔다. 어둠 속에서 본 바로는 매끈하게 면도한 사내는 진정시키는 몸짓을 했다. 그것은 잘 알아들었다는 뜻 같았다. 다만 실망의 표시를 하느라 '뭐라고요?' 하고 속삭였던 것이다.

오르페우스와 에우리디케가 노래하면서 서로 포옹하는 동안, 그것은 이 오페라의 끝이 다가온다는 분명한 표지가 되는 것인데, 어쨌든 그녀는 낯선 사람이 안주머니에서 명함을 꺼내서 그 위에 뭐라고 적는 것을 보았다.

마지막 합창과 더불어 막이 내리고 관객들이 박수를 쳤다. 날카로운 조명에 의해 특별석의 어둠이 사라지려는 찰나 옆에 앉은 남자는 벌떡 일어서면서 그녀의 손에 명함을 밀어넣고는 안네가 쫓아가기도 전에 한가운데 위치한 좌석에서 사라져버렸다. 나중에 로비로 나와 안네는 명함을 살펴보았다. 거기에는 자동차 대여업자 아비스, 부다페스트 거리 43번지 유럽 센터라는 광고가 적혀 있었다. 붉은 뺨의 매끈하게 면도한 사내는 자신의 정체를 전혀 알려주지 않았다. 명함을 뒤집자 옛날식 필체로 메모가 적혀 있었다. 한참을 애써서야 겨우 내용을 이해할 수 있었다.

'내일 오후 1시, 박물관, 네페르티티, 새로운 제안.'

빌어먹을 작자 같으니! 이 남자는 정말로 역겨웠다. 세상에는 처음 만나서 한마디도 나누지 않았는데 벌써 말할 수 없이 반감을 불러일으키는 인간들이 있는 법이다. 안네는 붉은 뺨의 사내들을 싫어했다. 그녀는 베이컨 껍질처럼 번들거리는 사내들을 싫어했다.

하지만 안네는 내일 약속 장소로 나가리라는 것을 단 한순간도 의심하지 않았다.

6

다른 여자 같으면 이런 약속 장소에 상당히 당혹감을 느꼈을 것이다. 네페르티티는 이집트의 여왕이기 때문이다. 안네 폰 자이틀리츠는 물론 석회암으로 만들어진, 세계적으로 유명한 네페르티티의 흉상이 지난 세기말에 독일인들에 의해 발굴되어 제2차 세계대전이 끝난 이후로 베를린 달렘 박물관에 전시되고 있다는 사실을 알고 있었다. 이런 약속 장소는 처음부터 그녀가 품었던 의심, 곧 이 낯선 사내가 값진 골동품을 쫓고 있다는 의심을 확인해주었다.

미술상들은 이런 종류의 사람들을 귀하게 여겼다. 그들은 자기들이 원하는 대상을 얻기 위해 어떤 가격이든 지불할 각오가 되어 있는 사람들이기 때문이다. 그녀는 이런 고객들 중에서 상당히 부자이면서도 위험할 정도로 빚을 진 수집가를 몇 명 알고 있었다. 그들은 자기 수집품의 정점을 이루는 것으로 여겨지는 그 어떤 정신나간 귀중품을 소유하기 위해서 끔찍한 빚을 지는 것이다.

그녀는 이 낯선 사내의 의도에도 그런 어떤 요소가 숨어 있으리라고 짐작하였다. 그녀는 범죄적인 일에 말려들까 봐 두려웠다(다른 여자와 일을 벌여서 자기를 속인 남자는 깨끗하지 못한 사업으로 자기를 속일 능력도 있을 테니까). 그래서 그녀는 다음 날 붉은 뺨의 사내를 만나면 남편의 죽음을 알리기로 결심하였다. 그러면 그자는 속을 터놓을 수밖에 없을 것이다. 그리고 세상에 그토록 값이 나가는 물건이 무엇인지, 그리고 어째서 일이 그토록 이상한 방식으로 진행되고 있는지 털어놓게 될 것이다. 그녀는 그렇게 생각하였다.

정오 무렵 세상의 모든 박물관들은 절반쯤 텅 비게 된다. 달렘 박물관도 예외는 아니었다. 안네는 오페라에서 만났던 사내가 바닥 모자이크에 정신이 팔려 있는 것을 보았다. 멀리서도 그를 알아볼 수 있었다. 밝은 트렌치 코트를 입은 모습을 낮의 빛 속에서 보자 그는 훨씬 젊은 인상을 풍겼다. 두 손을 뒷짐지고 한 자리에 서서 모자이크를 뚫어지도록 바라보고 있었다.

안네는 옆쪽으로 다가갔다. 상대방은 그녀를 알아챈 것 같기는 했지만 눈을 들고 그녀를 바라볼 생각은 전혀 하지 않았다. 생각에 잠긴 채로 그가 갑자기 말을 시작하였다.

"이건 칠현금을 든 오르페우스요, 신성(神性)의 비밀을 알았던 사람이지요."

그는 이상한 미소를 짓고는 말을 계속하였다.

"그의 죽음에 대해서는 여러 가지 설이 있지요. 그 중에는 인간들에게 신의 지혜를 전파한 죄로 제우스의 번개를 맞아 죽었다는 이야기도 있습니다. 내 말 믿으세요, 그것이 유일하게 올바른 이야깁니다."

안네는 굳은 듯이 서 있었다. 그녀는 오늘의 만남을 전혀 다른 식으

로 상상했다. 그런데 이 사람은 오르페우스에 대한 강의를 시작한 것
이다. 오르페우스라고? 그 모든 것이 우연일 리가 없었다. 전날 저녁
은 글루크의 오르페우스, 그리고 지금 그는 이 모자이크 앞에 서서 가
수 오르페우스의 죽음을 논하고 있다.

잠시 뒤에 남자는 눈을 쳐들었다. 안네를 딱정벌레가 소똥 바라보듯
이 자세히 살펴보더니 팔짱을 낀 자세로 발걸음을 옮기면서 말을 시작
했다.

"좋아요. 우리는 75만 달러까지 올릴 각오가 되어 있습니다⋯⋯."

'우리'라는 대명사가 안네의 생각을 자극하였다. 진짜 수집가는 누
구도 복수 대명사 '우리'라는 말을 쓰지 않는다. 안네는 그를 지금까
지 진짜 수집가라고 생각해왔다. 그런데 진짜 수집가는 오로지 '나'라
는 단어밖에 모르는 것이다. 처음으로 그녀의 내면에 자기도 모르는
사이에 첩보기관에 말려든 것이 아닐까 하는 의심이 일어났다. 교회말
고는 첩보기관이 '우리'라는 단어를 쓰는 유일한 기관이다.

"이야기가 서로 엇갈리고 있는 것 같은데요."

안네가 말했다.

"무슨 말인지 모르겠소. 좀더 명확하게 설명해주시겠습니까?"

"제가 청하고 싶은 말인데요."

붉은 뺨은 심호흡을 했다.

"폰 자이틀리츠 부인 맞으시죠?"

"그래요. 당신은 누구시죠?"

"그런 것은 우리 일과는 아무런 상관도 없어요. 하지만 당신께 도움
이 된다면 말씀드리죠. 나를 탈레스라고 부르시면 됩니다."

아무 소용도 없었다. 이 낯선 사람을 '탈레스'라고 부르는 일은 어
차피 뻔한 일처럼 느껴졌다. 이 이름은 어딘지 그와 잘 어울렸다.

탈레스가 다시 말을 시작하였다.

"제 관심은 단 한 가지뿐입니다. 양피지 문서는 현재 어디에 있습

니까?"

안네는 짐짓 평온을 가장하고 이 질문을 받아들였다. 머릿속으로는 천 가지 생각이 스쳐지나갔다. 대체 무슨 양피지란 말인가? 전혀 짐작조차 할 수 없었다. 대체 무슨 일이기에 귀도는 자기에게 그토록 철저히 함구를 했나? 보통 안네는 모든 사업 내용을 알고 있었다. 적어도 큰 건수는 그랬다. 그런데 하필 이 사업만은 자기에게 비밀로 붙였다. 75만 마르크나 나가는 양피지라고?

갑자기 그녀는 맥락을 알아차렸다. 그녀는 사고가 났을 때 어째서 귀도의 서류가방이 사라져버렸는지 짐작이 갔다. 하지만 그 여자가 여기서 대체 어떤 역할을 했을까 하는 것은 여전히 알 수 없는 일이었다.

그녀의 오랜 침묵이 탈레스를 눈에 띄게 초조하게 만들었다. 그는 끔찍하게도 다시 코로 숨을 들이마셨다. 지하철 문이 닫힐 때와 비슷한 소리가 났다.

"폰 자이틀리츠는 대체 어디 있습니까?"

그는 두 번째 질문을 하였다.

"남편은 죽었어요."

안네는 슬픔의 흔적이 묻어나지 않는 단호한 목소리로 대답하고는 붉은 뺨의 눈을 들여다보았다.

그는 이맛살을 찌푸렸다. 텁수룩한 눈썹이 안경알 뒤에서 불룩 솟아올랐다. 그녀의 대답이 그에게 아는 사람이 죽었을 때의 충격을 주었다고 말할 수는 없었다. 오히려 자기 사업의 계속이 염려되어서 충격을 받은 것 같았다. 어쨌든 그의 떨리는 목소리에 묻어나온 것은 슬픔이라기보다는 자기 연민이었다.

"하지만 지난주에 전화를 했는데요. 그럴 리가 없어요!"

"하지만 사실이에요!"

안네가 확고하게 대답했다.

"심장마비입니까?"

"자동차 사고예요."

"정말 안됐군요."

안네는 눈을 내리깔았다.

"괜찮습니다. 당신의 질문에 대해 미리 답변을 드리자면 네, 제가 사업을 계속할 거예요. 그러니까 이제부터는 제가 당신을 상대하게 됩니다."

"알겠소."

탈레스의 목소리는 체념한 듯했다. 분명히 그에게는 귀도가 더 편안한 상대였다. 이 붉은 뺨이 여자들을 전혀 좋아하지 않을 가능성도 있었다. 그의 외모로 보자면 그렇다고 말할 수 있었다. 하지만 그것은 그녀의 입지만 강화시켜 주었다.

탈레스는 긴장해서 새로 협상을 시작하려고 했다.

"우리는 서로 이야기가 잘 통했지요, 당신의 남편과 저 말입니다. 그분은 호감이 가는 정확한 사업가더군요."

그는 자리를 바꾸는 게 좋겠다는 것을 보여주기 위해서 서투른 배우처럼 왼손을 쳐들었다. 그는 이 만남이 가능하면 눈에 띄지 않도록 애쓰고 있는 것 같았다.

"제 남편을 아셨나요?"

안네가 걸으면서 물었다. 그녀는 방의 양편으로 늘어서 있는 이집트 전시물을 지겨운 눈길로 바라보았다.

"안다니 무슨 뜻입니까? 우리는 협상을 하고 있었는데요."

어째서 귀도는 탈레스라는 이름을 한 번도 말하지 않은 걸까? 이 일에는 뭔가 아구가 맞지 않는 점이 있다. 그녀는 이 붉은 뺨에게 진실을 말할 생각이었다. 자기는 무슨 문제인지 아무것도 모른다, 그리고 그가 그토록 많은 돈을 지불하고 구입하려고 하는 양피지가 어디 있는지도 모른다고 말할 참이었다. 그런데 그때 사정이 완전히 바뀌고 말았다. 낯선 사내가 말을 시작했기 때문이다. 그는 다시 '우리'라는 복수 대명사를 사용하였다.

"물론 어째서 우리가 옛날 문자 몇 개 쓰어진 양피지 한 조각에 대해 그토록 많은 돈을 지불하려고 하는지 혼자 생각해보셨겠지요. 그 액수만 보고도 이 물건이 우리에게 얼마나 소중한 것인지 아셨을 겁니다. 그 사실을 감추고 싶진 않아요. 누군가가 더 많은 돈을 제시할 수 있으리라고 생각지는 않습니다. 다만 그 누구도 양피지에 대해서 모르고, 더구나 이 판매에 대해서 모르는 것이 우리에게는 특히 중요합니다. 당신을 어려움에 빠뜨리지 않기 위해서 우리는 철저히 익명으로 남아 있을 생각입니다. 원하시는 액수를 현금으로 넘겨드리지요. 이 거래가 전혀 드러나지 않도록 말입니다. 합의가 된 겁니까?"

안네는 전혀 이해할 수가 없었다. 다만 자기 옆에 있는 이상한 남자가 자기가 가지고 있다고 생각하는 물건에 대해서 75만 달러를 지불할 용의가 있다는 사실만을 알았을 뿐이다. 그녀 자신은 이 물건에 대해 짐작도 못하고 있을 뿐 아니라, 어쩌면 도둑맞았을지도 모르는데 말이다.

탈레스가 갑자기 단도직입적으로 물었다.

"양피지를 가지고 오셨습니까? 그러니까 제 말은, 그것은 이곳 베를린에 있나요?"

"아니오."

안네는 아무런 생각도 없이 사실 그대로 대답하였다. 이 답변은 붉은 뺨을 대단히 실망시켰다.

"이해하겠소."

그는 당황스러운 표현으로 말했다. 그리고 그녀가 놀랄 정도로 빠른 속도로 정중하게 고개를 까딱 하면서 작별인사를 하였다. 그가 몸을 돌리면서 말했다.

"우리 쪽에서 다시 연락드리지요. 안녕히 계십시오."

전날 저녁과는 달리 안네는 붉은 뺨을 쉽게 쫓아갈 수 있었을 것이다. 심지어는 그를 붙잡고 어떤 질문이든 해볼 수도 있었을 것이다. 하지만 이런 생각은 순식간에 지나가고 말았다. 그에게 무엇을 물어야 할지 자신도 몰랐기 때문이다.

7

안네는 베를린에 하루도 더 묵지 않았다. 그녀는 무엇인가 특별한 일이 일어날지 모른다는 불확실한 느낌을 가졌다. 안개로 뒤덮인 거리들, 하수구와 소란스런 차량들이 빚어내는 악취, 이 모든 것이 그녀에게 위협처럼 느껴졌다. 전에는 이런 감정을 가져본 적이 없었다. 그럴 기회도 없었다. 어쨌든 그녀는 독자적인 삶을 꾸려가고 있었고, 그녀를 두렵게 만드는 것이라곤 사업상 손해보는 것과 세무서뿐이었다.

그런데 지금 그녀는 자동차 한 대가 자기 옆에 멈추자 자기도 모르게 옆으로 피했고, 거리 모퉁이에 서 있는 거지를 피해 멀리 돌아가고 있었다. 그 거지가 희망에 가득 찬 눈길로 자기를 살펴보았기 때문이다. 갑자기 모든 것이 자기를 둘러싸고 도는 것 같은 느낌이 들었다. 이 모든 사건들은 전과 다름없이 그녀라는 개인과는 무관한 것인데도 그랬다.

뮌헨으로 돌아가는 비행기에서 그녀는 기분 좋은 추억에 잠겼다(오래 전에 있었던 마지막 유쾌한 기억이었다). 안개 위로 태양이 빛나고 있었기 때문이고 그녀가 앉은 좌석 줄 전체를 혼자서 사용할 수 있었기 때문이다. 안네는 지난 며칠 동안 일어난 모든 일에 대해서 실마리를 찾아보려고 애썼다. 하지만 찾을 수가 없었다. 그러다가 귀도의 사고사가 우연이었을까, 아니면 누군가가 그렇게 만든 것일까 하는 의문이 떠올랐다.

집에 도착해보니 경찰의 인장이 찍힌 붉은 종이쪽지가 출입문에 붙어 있었다. 즉시 관할 경찰에 연락하라는 메모였다. 집 문을 열자 이런 요구의 이유가 아주 분명해졌다. 침입자들이 집안 전체를 뒤진 것이다. 장롱이며 서랍장들을 다 뒤엎고, 내용물이 사방에 흩어져 있고, 책들은 서가에서 뽑혀 나와 있고, 그림은 아래로 떨어져 있고, 심지어는 양탄자마저 뒤집혀 있었다.

이 혼란 상태에 맞닥뜨린 안네는 의자에 앉아 울부짖었다. 놀랍게도 침입자들은 값진 은그릇도 도자기 입상 수집품도 가져가지 않았다. 물품들을 언뜻 살펴보고 그녀는 아무것도 없어지지 않은 것을 확인하였다. 바로크식 책상에 놓아둔 몇백 마르크의 현찰조차 그대로였다.

보통 도둑들이 아니라는 것이 분명했다. 이것은 분명 사라진 양피지와 상관이 있는 일이었다. 그들은 집에서 양피지를 찾았을 것이다. 그러나 아무것도 찾지 못하고 사라진 것이 분명했다. 양피지 문서 한 장을 위해 75만 달러를 지불할 각오가 되어 있는 사람들이라면 은그릇 따위를 집어가지는 않을 것이다.

하지만 서로 잘 들어맞지 않는 요소가 몇 가지 있었다. 어째서 그들은 자기와 베를린에서 협상을 벌이면서 뮌헨에 있는 집을 뒤졌을까. 그리고 어째서 그들은 안네가 집에 없다는 사실을 알면서 남편의 죽음은 모르고 있었던 것인가.

관할 경찰서에서 그녀는 두 명의 수상쩍은 사람들이 손전등을 들고 정원을 서성이는 것을 보고 이웃사람이 신고했다는 말을 들었다. 그밖에 사고 자동차를 조사해본 결과 어떤 기술적인 결함도, 누군가의 영향을 받은 흔적도 찾아볼 수 없었다고 전해주었다. 그러니까 다른 말로 하면 귀도 스스로 사고에 책임이 있다. 실수라는 것이다. 한 인간의 죽음에 대해 말할 수 있는 가장 무관심한 표현이었다.

경찰관은 자동차를 검사하는 과정에서 발견된 중요하지 않은 물건들을 봉투에 담아서 전해주었다. 그 중에는 오래 전에 사라진 우체통 열쇠와 신용카드 한 장, 그녀가 본 기억이 없는 부서진 만년필 하나, 그리고 필름이 들어 있는 통 등이 있었다. 항상 자동차 앞서랍에 넣어두곤 하던 카메라는 없었다. 카메라는 없었느냐는 그녀의 질문에 대해서 부서진 자동차에 카메라는 없었다는 대답이었다.

단 하나의 원인과 단 하나의 동기만 있는 것이 아닌 것처럼 보이는 이렇듯 출구 없는 상황에서 안네는 첫째로, 죽은 사람이 이른바 사업 여행을 누구와 함께 갔었나를 알고 싶었고, 둘째로는 양피지의 행방을 절실하게 알고 싶었다. 75만 달러는 어쨌든 하찮은 것이 아니기 때문이다. 그리고 셋째로는 그녀가 사정도 모른 채 자기가 원하는 것보다 더욱 깊이 개입하게 된 이 사건을 파헤쳐보고 싶었다.

이렇듯 거의 형이상학적인 상황에 처하면 누구나 지푸라기라도 잡고 싶은 심정이 된다. 안네는 필름을 현상하도록 맡기면서 남편 애인의 스냅 사진들을 보게 되리라고 은근히 희망하였다. 자기 추측을 확인해보고 싶었다. 그러면 적어도 이쪽 방향으로는 다시 질서를 찾게 될 것이다. 그녀는 귀도와 남자들에 대해서 일반적으로 고약한 생각을 품게 될 것이다. 그리고 어쩌면 남자들에 대해 이런 생각을 품고서 이런 저런 방식으로 복수하려고 할지도 모른다.

하지만 현상된 사진들은 안네의 생각과는 달랐다. 기묘한 스냅 사진 대신 지겹기 짝이 없는 사진들이었다. 이것들을 보자 처음에는 실망스러웠지만, 다음 순간 전기벼락이라도 맞은 것처럼 깜짝 놀랐다. 너덜너덜한 문서가 찍힌 사진들은 36장 모두가 동일한 모티프였다.

'양피지다!' 안네는 두 손으로 입을 덮었다. 네거티브 필름을 자세히 관찰하자 분명 몹시 서두르면서 노천에서 찍은 사진임을 알아볼 수 있었다. 분명 누군가가 소중한 물건을 카메라에 담은 것이다. 안네가 의심을 품은 비굴로이스는 자신은 사진 찍는 일에 관여하지 않았다고 완강하게 고집했다. 하지만 원본을 안다. 가게의 귀중품 금고에 보관된 것을 보았다,고 했다. 그의 말에 안네는 깜짝 놀랐는데, 왜냐하면 금고에는 보통 장신구나 금 세공품 같은 값나가는 물건만 보관하기 때문이다. 귀도가 양피지 문서에 대해서 이야기한 적이 있느냐는 질문에 젊은이는 못 들었다. 다만 입고물품 기록부를 통해서 그런 것이 존재한다는 것만 알았을 뿐이다. 지시에 따라서 기록부에 1000마르크에 구매했다고 기록했다,고 대답했다.

정말로 이 물건은 규정에 맞게 '콥트 양피지 문서'라고 기록되어 있었다(콥트는 원래 이슬람 지역인 이집트에서 주로 기독교를 믿었던 종족을 가리키는 말. 언어, 의상, 생활방식 등에서 이슬람 이집트인과 완전히 다르다—옮긴이). '출처'라는 항목 아래서 안네는 '개인 소장'이라는 기록을 보았다. 마지막으로 금고에서 이 양피지를 본 것이 언제였느냐는 질문에 비굴로이스는 확실한 대답을 하지 못했다. 아마 귀도 폰 자이틀리츠가 죽기 전날이었던 것 같다고 했다. 그는 죄송하다고 하면서 그 양피지 문서가 그렇게 관심을 둘 정도로 중요한 것이라고 생각하지 못했다고 덧붙였다. 하지만 지금은 사라져버렸다는 것이다.

"이 양피지 문서의 텍스트가 어떤 내용이었는지 혹시 알아요?"

"아니 몰라요."

비굴로이스는 대답하면서 웃었다. 이런 문서의 가치는 분명히 내용에 있지 않고 얼마나 오래 되었느냐에 달려 있다고 말했다. 그 밖에도 많은 부분이 읽을 수 없는 상태였다. 다만 그것이 미술품 시장에 나왔다는 사실만으로 그것은 역사적인 중요성을 가진 것이 아니라는 결론을 내릴 수 있다는 것이다.

이 대화도 이렇게 끝났다. 귀도가 죽은 다음 안네가 했던 다른 모든 대화와 똑같았다. 깊은 의심을 품고, 양피지를 둘러싼 비밀을 자기 손으로 알아내겠다는 확고한 결심을 했을 뿐이다. 어쨌든 그녀는 여러 가지 화질의 복사본을 여러 개나 갖게 된 셈이었다. 모두가 편지지 절반 정도의 원래 크기 그대로를 보여주었고, 전문가라면 분명히 그것을 읽을 수 있을 정도였다. 안네는 입증할 수는 없지만 귀도의 죽음이 이 것의 내용과 어떤 방식으로든 연관되어 있으리라고 추측하였다.

8

이것은 국외자에게는 고개만 흔들게 만들고, 당사자에게는 아주 분명한 것으로 보여서 그 사실을 의심하는 사람을 만나면 오히려 불신감을 품게 되는 독특한 형식의 논리였다. 이런 불신감을 품고서 안네는 양피지의 내용을 설명해줄 수 있는 전문가를 찾기 시작하였다. 하지만 그들이 이 문서가 어디서 났으며 현재 어디 있는가 하는 불쾌한 질문을 내놓을까 겁이 나서 콥트 예술과 역사를 잘 아는 전문가를 찾아가지는 못했다. 그녀는 시(市)에서 인정한 감정소개소를 찾아갔다. 그곳에서는 현찰을 받고 각 분야의 전문가들을 소개해주고 있었다. 대개는 상당한 지식을 가지고 있지만 늙어 꼬부라지고 절반쯤 눈이 먼 퇴직 교수나 술꾼 재야학자들이었다. 의뢰인이 원하면 그들은 감정서를 써주기도 하였다.

베르너 라우셴바흐는 후자에 속하는 사람이었다. 그는 운하 거리의 한 다락방에서 살았다. 그곳의 집들은 아주 낡아서 방세가 쌌다.

그는 전화 통화를 하며 이렇게 경고를 했다.

"계단 조심하세요! 계단에 구멍난 곳들이 많고 난간도 힘이 없거든요!"

결코 과장이 아니었다.

라우셴바흐의 집은 여러 가지 점에서 특이하였다. 특히 두 가지 점이 그랬는데, 안네는 지금까지 한 장소에 책과 술병이 그렇게 많이 놓여 있는 것을 본 적이 없었다. 이 두 물건이 서로 안 어울리는 것은 아니지만 그러나 이렇게 엄청나게 쌓여 있는 것은 예상 밖이었다. 책들은 제대로 받쳐줄 서가의 도움도 없이 그대로 쌓여 있었고, 무릎까지 올라오는 인쇄물 더미들이 겉보기에는 전혀 질서도 없이 바닥에 그대로 방치되어 있는데 그 사이로 각진 붉은 포도주 병들이 놓여 있었다. 컴컴한 서재에서 유일하게 비어 있는 벽면에는 1940년대에 나온 누렇게 빛바랜 리타 헤이워스의 화보사진이 붙어 있었다.

라우셴바흐의 시간은 그곳에서 멈춘 것 같았다. 여기서 술과 학문으로 이루어진 그의 꿈의 세계가 짜맞추어졌다. 그는 자기를 찾아오는 모든 방문객에게 자기의 세계를 옹호하는 이야기를 했는데, 안네도 그의 생애 이야기를 들어야 했다. 동정심이 안 생기는 것도 아니었다. 그의 이야기는 한번 궤도에서 벗어난 인간이 다시 정상적인 궤도로 진입할 기회가 거의 없다는 것을 보여주고 있기 때문이다. 이런 이야기는 대개 실패한 결혼으로 시작된다. 라우셴바흐의 경우도 사정이 다르지 않았다. 술이 이런 실패의 원인이었는지, 아니면 결혼의 실패가 술의 원인이었는지는 분명하지 않았다.

그렇게 안네는 이야기를 들었다. '아버지는 양복 장수 노릇을 해서 번 돈을 노름으로 다 날려버렸다. 그 자신은 경건한 집에서 어린 시절과 젊은 시절을 보냈다. 그래서 그는 오늘날에도 교회나 신부만 보면 피해버린다. 일찍이, 너무 일찍이 그는 연상의 여자와 결혼을 했다. 하얀 원피스와 녹색의 상록수 관을 쓴 여자였다. 하지만 그것이 이 결혼에서 기억에 남는 유일한 것이다. 아내는 그가 벌어들이는 것보다 더 많이 지출했다. 미술사가라고 무조건 돈을 많이 버는 것은 아니다. 빚을 지고, 일자리를 잃고, 이혼하고, 다행히도 아이는 없었다.'

이런 생애 이야기를 듣는 동안 어디선가 전축이 죄수들의 합창 「소중한 고향」을 힘들여 겨우 쏟아내고 있었다. 전축이 그 이상을 견딜 수가 있었다면 저토록 같은 판만 되풀이하지는 않았을 것이니 말이다. 체질적으로 깡마르고 부릅뜬 눈이 두드러져 보이는 라우셴바흐는 아주 오래 되어 삐걱거리는 나무의자에 앉아 있었다. 그는 자신의 운명을 말로 다스리고 나서 마침내 이렇게 말했다.

"감정할 것이 무엇입니까, 자일러 부인?"

"자이틀리츠예요."

안네는 공손하게 그의 말을 수정하고 나서 봉투에서 커다란 사진 한 장을 꺼냈다. 그리고 이렇게 덧붙였다.

"잘못 생각하신 거예요. 감정을 의뢰하려는 것이 아닙니다. 여기 양피지 문서의 사진이 있습니다. 이 물건이 대체 무엇이고, 텍스트의 내용은 무엇인지, 그리고 당신 같으면 이 원본이 어느 정도 가치가 있다고 생각하시는지를 알고 싶어요."

라우셴바흐는 사진을 손에 들고 팔을 멀리 뻗은 채 그것을 살펴보았다. 그는 방금 식초라도 마신 것 같은 얼굴을 하고 있었다. 그는 사진에서 눈을 떼지 않고 말했다.

"1000입니다. 500은 지금 당장, 나머지는 일을 마칠 때 받고 영수증은 없습니다."

"좋아요."

안네는 라우셴바흐 같은 가여운 인간이 애정에서가 아니라 그저 살아가기 위해 일을 한다는 사실을 금방 알아채고 대답했다. 그녀는 핸드백에서 지폐 다섯 장을 꺼내서 검은 칠이 된, 현재는 책상으로 쓰이고 있는 식탁 위에 내려놓았다.

"얼마나 오래 걸립니까?"

"글쎄요."

마른 남자가 말하고 다락방 창 쪽으로 걸어갔다. 이 공간을 밝혀주는 단 하나뿐인 창이었다.

"이것으로 무엇을 하려고 하느냐에 달려 있습니다. 원본은 안 가지고 계시지요, 자일러 부인?"

"자이틀리츠."

안네는 수수께끼 양피지에 대해서 가능하면 정보를 주지 않으려고 애쓰면서 짧게 말했다.

"아니, 안 가지고 있어요."

"알았소. 장물입니까?"

라우셴바흐가 불만스럽게 으르릉거렸다.

"이 말씀은 꼭 드려야겠네요, 라우셴바흐 박사님! 양피지를 사라는 제안을 받았어요. 그래서 나는 그것이 가치가 있는지, 그리고 특히 그것이 무엇인지 알고 싶은 거예요. 하지만 그렇게 망설이신다면……."

안네는 이 상황에서 할 수 있는 유일한 행동을 취했다. 돈을 다시 집어넣으려는 자세를 취한 것이다. 그것으로 단번에 이 남자의 망설임은 사라져버렸다.

"아니, 아니에요. 제 말을 오해하지 마세요. 다만 나는 조심스러운 사람입니다. 이런 유의 잘못을 저지르고 싶지 않아요. 나를 찾아오는 사람들이 모두 그럴 만한 이유가 있다는 것을 내가 모른다고 생각하시진 않겠지요. 어쨌든 구트만 교수가 전문가로 알려져 있으니 말입니다. 물론 당신도 하필 나를 찾아온 속깊은 이유가 있겠지요. 하지만 이 모든 일이 그냥 우리 사이의 비밀로 남아 있다면 나로서는 상관없습니다. 제 말씀을 이해하신다면 말이죠, 자이틀리츠 부인."

어쨌든 내 이름 하나는 외웠군, 하고 안네는 생각하였다. 그와 동시에 주로 뭔가를 감추고 싶어하는 사람들이 이 사람을 찾아오고, 따라서 그는 위협당하기 쉬운 처지에 있다는 사실이 의식되었다. 이런 생각이 불쾌감을 불러일으켰지만 그녀가 이 불쾌한 생각을 따라가기도 전에 라우셴바흐는 범죄학자처럼 사진에 몰두해서 천천히 말하기 시작하였다.

"알아볼 수 있는 한 이것은 콥트 문서입니다. 그리스어 문서구요, 민중문자로 쓰여졌군요. 주후 처음 몇 세기 동안 나온 콥트 문서의 특징이지요. 그러니까 그 말은——이 양피지가 진짜고 위조가 아니라면, 그것은 원본을 보아야만 확인이 가능한데——이 물건이 적어도 1500년은 되었다는 뜻이죠."

라우셴바흐는 안네가 흥분해서 자기를 바라보는 것을 느꼈다. 그는 그녀의 기대를 가라앉히려고 했다.

"실망시켜 드리려는 뜻은 아니지만, 이런 종류의 문서들은 드물지 않고 따라서 특별히 가치가 있는 것이 아니라는 점을 말씀드려야겠군요. 수도원과 동굴에 잔뜩 쌓여 있는 것이 발견되었어요. 대개는 별뜻이 없는 문서들이지만 성서 텍스트와 그노시스(영지주의) 문서들도 있습니다. 보관 상태가 좋을 경우 이런 양피지들은 1000마르크 정도 나가지만 여기 이 물건의 경우에 내가 보는 바로는 1급 물건은 아닌데요. 아시겠습니까, 부인⋯⋯."

"자이틀리츠!"

안네가 흥분해서 그의 말을 대신했다.

"아시겠습니까, 자이틀리츠 부인, 콥트 문서를 수집하는 사람들은 많지가 않습니다. 박물관과 도서관들은 전체 문서, 특히 일관된 텍스트에만 관심이 있어요. 주로 학술적인 연구를 위한 토대로 쓰기 위해서죠."

안네는 고개를 끄덕였다.

"알겠어요. 이 문서가 진짜라고 해도 어떤 사람들에게 특별한 욕망의 대상이 될 수도 있다는 생각을 하기는 어렵다는 거죠?"

라우셴바흐는 안네의 얼굴을 들여다보았다. 안네의 이상한 표현이 그에게 강한 인상을 준 것 같았다. 그는 미소를 지으려고 애썼다. 그는 머리를 옆으로 흔들면서 말했다.

"무엇이 누구에게 욕망의 대상이 될 것인지 대체 누가 알겠소. 1000마르크요. 나라면 그 이상은 내지 않을 거요."

안네는 어떻게 하면 자신의 속셈을 들키지 않고 상대방에게 이 문서의 의미를 알려줄 수 있을까 생각해보았다. 물론 라우셴바흐에게 지금까지 일어난 모든 일을 이야기할 수도 있을 것이다. 하지만 그가 자기 말을 믿을지 자신이 없었다. 게다가 그녀로서도 확신이 없었고, 그 때문에 그에게 가능하면 정확하게 텍스트를 번역해달라, 아니면 적어도 내용이라도 알아내달라고 부탁하였다.

그러나 라우셴바흐는 탁자 아래서 술병을 꺼내더니 이미 사용한 컵에 가득 따랐다.

"한 모금 하시겠소?"

그는 정신이 나간 상태로, 안네가 거절하리라는 기대를 품고 이렇게 물었다. 그러더니 오른손을 사진 위에서 조심스럽게 움직이면서 이런 옛날 문서를 해독하는 일의 어려움에 대해서 장황한 설명을 시작하였다. 상태가 좋지 않은 사본일 경우 작업이 훨씬 더 힘들다고 했다. 안네는 라우셴바흐가 너무 게을러서 얼렁뚱땅 일을 해주고 돈이나 벌려고 하는 것인지, 아니면 이 텍스트를 깊이 파헤치지 않을 다른 이유를 가진 것인지 알 수가 없었다.

붉은 포도주가 그의 감각을 명료하게 만들어주기라도 한 것처럼 라우셴바흐는 그녀의 생각을 알아맞혔다. 사진을 들여다보면서 그가 말을 이었다.

"물론 내가 일을 쉽게만 하려 한다고 생각하시겠지요. 하지만 안심하십시오. 이 상태에서 가능한 번역은 해드리지요. 다만 지나친 기대는 하지 마십시오."

안네는 라우셴바흐를 바라보았다.

"제 말을 믿으세요. 아무도 가지려고 하지 않는 콥트 시대 고사본들도 아주 많습니다. 이런 종류의 발견물인 경우에는 발견이 아니라 발견자의 학술적인 능력이 필요하다는 말씀입니다. 모든 것을 문서화하고 역사적인 맥락으로 만들어내야 한다는 거죠. 양피시 문서나 파피루스 문서는 사람들을 흥분시키는 미라나 조각상, 황금 마스크가 아니라는 겁니다. 융 코덱스(Jung Codex)라는 문서의 발견은 이 분야에서 가장 중요한 발견 중 하나입니다만 학계의 관심을 끌기 전에 여러 해 동안이나 전세계를 이리저리 떠돌았어요. 그건 정말 믿기 어려운 이야깁니다……. 하지만 이런 이야기로 당신을 지겹게 할 생각은 없어요."

"오, 아니에요. 전혀 지겹지 않습니다."

그녀는 라우셴바흐가 이 문서의 의미를 깎아내리려고 애쓴다는 인상을 떨치기 어려웠다. 그가 다시 잔을 채우는 동안 안네는 라우셴바흐가 왜 이런 행동을 하는 것일까를 생각해보았다.

라우셴바흐는 말을 계속하였다.

"융 코덱스는 1945년에 발견되었지요. 당시 이집트 농민들이 오래된 무덤에 있는 점토 항아리들 안에 열다섯 권의 콥트 문서들이 담겨 있는 것을 찾아냈어요. 그 누구도 관심을 가질 것처럼 보이지 않는 곰팡이가 슨 가죽 장정이 된 책들이었죠. 그들은 이 책들을 몇 피아스터를 받고 카이로에 팔았죠. 카이로에서 이 책들 중 한 권은 박물관으로 가고 또 다른 한 권은 골동품상으로 넘어갔어요. 두 권은 땔감으로 쓰이고 열한 권은 어떤 어두운 통로를 통해서 다시는 보이지 않게 사라져버렸지요. 오직 소문으로만 이 문서들에 대한 이야기를 듣게 됩니다. 이 많은 필사본들에 대한 무관심은 아마 여러 가지 이유들이 있겠지요. 어쨌든 한 가지 이유는 이 책들이 그노시스의 내용을 담고 있기 때문일 겁니다."

"좀더 자세히 설명해주실 수 있나요?"

"그노시스라는 말을 사람들은 제각기 다르게 이해하고 있어요. 그럴 만한 이유가 있지요. 주후 처음 몇 세기 동안에 인간의 기원과 본질을 찾으려고 노력한 그노시스 철학자와 신학자들이 있었지요. 오리게네스나 알렉산드리아의 클레멘스 같은 교회 신앙을 가진 영지주의자들은 기독교 신앙을 뒷받침하려고 했어요. 바실리데스나 발렌티누스 같은 비기독교 영지주의자들은 고대 오리엔트(중동지방) 신비교를 만들어냈지요. 머지않아 영지주의자들은 서로가 적이 되고 말았어요. 비기독교 영지주의자들이 세계는 불완전하고 악한 창조주 문제점 많은 작품이라고 주장하였으니 당연한 일이지요. 선한 마음으로 물 위를 떠가는 사랑의 신이 아니라는 겁니다."

라우셴바흐는 혼자서 킬킬거렸다.

"하지만 우리의 융 코덱스로 돌아가보지요. 카이로의 골동품상은 구매자를 찾아내서 적절한 값을 받을 생각으로 이 문서를 들고 미국으로 갔어요. 그러나 소용이 없다는 사실이 드러났습니다. 어떤 수집가, 어떤 박물관도 이 오래 된 필사본에 관심을 보이지 않았어요. 몇 년 뒤에 이 문서는 브뤼셀에 나타났지요. 그 사이에 여러 번이나 주인이 바뀐 다음 이제 브뤼셀의 미술시장에 나온 거지요. 스위스의 예술 옹호자 한 사람이 이 문서를 사들여서 취리히에 있는 심리학자 융 연구소에 선물했어요. 이 문서는 오늘날에도 그곳에 보관되어 있고, 그래서 융 코덱스라는 명칭을 갖게 된 겁니다."

"그럼 다른 열한 권의 책은요?"

"정말 모험적인 이야기지요! 그 책들은 발견된 이후로 처음에는 사라진 것으로 여겨졌어요. 가장 고약한 사태가 일어났을까 봐 두려워들 했지요. 하지만 프랑스의 콥트 학자가 박물관에 보관된 코덱스를 보고 나서 파리 학술원에서 이 필사본과 그것의 의미에 대해서 보고를 했습니다. 이 보고가 카이로의 신문에 실렸고, 곧 나이 든 노처녀 하나가 나타났습니다. 카이로의 고화폐 상인이었던 아버지에게서 이 열한 권의 문서를 물려받았고 그것을 콥트 박물관에 팔 의사가 있다고 말했습니다. 5만 파운드의 가격을 내걸었지요. 대단한 가격이었지만 그래도 이 물건들은 그만한 가치가 있었어요. 이것들은 콥트어로 1000쪽 분량에 달하는 문서였고 그 사이 프랑스 교수가 밝혀낸 바에 따르면 적어도 48종의 종류가 다른 영지주의 문서를 포함하고 있다는 겁니다. 하지만 해당 관청은 그만한 돈이 없었지요. 일단 책이 알려지자 갑자기 전세계에서 이 소중한 문서들을 사려는 사람들이 나타났어요. 이집트 정부가 나서서 돈도 마련하지 못한 상태에서 해당 금액을 지불하기로 약속하고 이 열한 권의 낡은 2절판 책을 상자에 담아서 박물관에 보관하라고 맡겨두었지요. 이 책들은 7년 동안이나 그곳에 방치되어 있었어요. 그 사이 값을 깎는 등 흥정이 이루어지고 있었는데 이집트에 혁명이 일어났고, 이집트 사람들은 다른 걱정거리가 많았지요. 합법적인 소유자는 소송을 제기했어요. 지금 사람들은 이 문서가 어디 있는지는 알지만 그 내용은 오직 부분적으로만 알고 있답니다."

"어떻게 그런 일이 가능하죠?"

"수많은 이유들이 있어요. 별로 해롭지 않은 이유들과 그렇지 못한 이유들이오. 학자들이란 허영심이 많은 사람들이죠. 자료에 한번 접근한 학자는 자신의 패를 좀처럼 남에게 보여주지 않아요. 그래서 많은 사람들은 반평생을 그런 대상에 매달리게 됩니다. 콥트 종파는 이집트에서는 보잘것 없는 소수인 종파입니다. 국교는 회교이구요. 그래서 정부의 콥트 종교사 작업을 향한 열의는 약하지요. 하지만 이 텍스트가 공개되지 않는 데는 다른 이유가 있어요. 그것이 아마도 가장 흥미로운 이유일 겁니다."

"정말 궁금하군요."

"이 오래 된 문서들은 대단히 뛰어난 사람들에 의해 씌어졌어요. 그들은 어떤 것을 후세에 알리려고 했어요. 그들은 인류의 대다수가 알지 못하는 어떤 것을 알았던 거지요. 그러니까 인류의 비밀을 말입니다."

"그렇다면 오늘날에도 그런 비밀이 있다는 말씀인가요?"

라우셴바흐는 고개를 끄덕였다.

"그 점을 확신합니다."

그는 포도주 잔을 들어서 꾸루룩 하는 소리를 내면서 내용물을 입안에 들이붓고는 손등으로 입술을 쓱 닦았다.

안네는 그를 바라보았다. 더 말해 주세요, 하고 말하고 싶었다. 하지만 그녀는 침묵하였다. 나중에 분명히 이런 기회를 놓친 것을 후회하리라는 것을 알고 있었다. 하지만 설명하기 힘든 일이었지만 질문을 계속할 수가 없었다. 그녀는 라우셴바흐가 더 이야기하고 싶어하지 않는다는 것을 느꼈다. 분명히 그는 어떤 핑계를 둘러댈 것이다. 그래서 그녀는 자신이 이곳에 온 원래의 이유로 돌아가서 이렇게 물었다.

"어떻게 생각하세요? 이 양피지가 방금 말씀하신 그 발견에서 나온 것은 아닐까요?"

"그건 불가능합니다!"

그는 깊이 생각하지도 않고 대답했다. 그러고는 한 번 더 확인하려는 듯이 사진을 자기 눈앞에 가져다댔다.

"정말이지 불가능해요."

"어째서 그렇게 확신하십니까?"

"아주 간단해요. 당신의 문서는 양피지 문서요."

"네, 그런데요?"

"앞서 설명드린 문서는 파피루스 문서거든요. 그렇다고 실망하실 필요는 없습니다. 문서의 내용으로 인해서 파피루스 문서들보다 훨씬 더 값이 나가는 양피지 문서도 얼마든지 있거든요."

이야기는 그렇게 끝을 맺었다. 라우셴바흐는 안네에게 사흘 뒤에 오라고 했다. 그때까지는 텍스트 번역을 완성해놓겠다는 것이다.

걸어서 집으로 돌아오면서 그녀는 라우셴바흐의 이상한 태도에 대해서 생각해보았다. 대충 이런 식이 될 거라고 미리 생각을 하기는 했지만 그래도 마음에 걸리는 일이 있었다. 저 약아빠진 라우셴바흐는 콥트 문서에 대해서는 많은 말을 흘렸으면서도 이 양피지 문서의 내용에 대해서는 한마디도 털어놓지 않았다. 짐작조차도 말하지 않았다. 그처럼 말 많은 술꾼으로는 특이한 일이었다.

그의 이런 태도에서 어떤 결론을 내려야 할지 안네는 알 수가 없었다. 그녀는 자기가 받게 될 번역문을 믿을 수 있을지도 잘 몰랐다. 하지만 다른 한편으로는 라우셴바흐가 자기에게 정직하지 못한 태도를 보일 어떤 이유를 알 수도 없었다. 그는 자신의 엉망인 생활방식을 힘든 운명 탓으로 돌리고 있지만 어쨌든 그런 것이 마음에 들지 않는다는 이유로 무조건 그가 고약한 혹은 게으른 학자라고 결론을 지을 수는 없는 일이었다. 대부분의 천재들은 아주 특이한 생활방식을 보이지 않던가.

9

다음 사흘 동안 안네는 여러 가지 일들을 정리해보려고 애썼다. 그녀는 사건이 자기가 모르는 자리에 이르면, 그리고 사건의 아구가 잘 맞지 않는 곳에 이르면 자기가 이야기들을 꾸며내고 있다는 것을 알았다. 설명할 수도 없는 끔찍한 두려움을 불러일으키는 그런 이야기들을 말이다. 이런 이야기들 중 하나는 라우셴바흐가 저 신비스러운 양피지 문서를 손에 넣기 위해서 자기를 추적한다는 것이었다. 그리고 저 마비된 여자의 남편 도나트가 어째서인지는 모르지만 범죄소설에 나타나는 것처럼 자동차 사고를 꾸며냈다는 생각도 들었다.

이 며칠 동안 그녀는 이전의 습관과는 달리 코냑을 마시기 시작했다. 코냑은 처음에는 맛이 있지만 정도가 넘치면 위장을 엉망으로 들쑤셔놓아서 토하곤 하였다. 그녀는 자신이 싫었다. 자기 내면에서 어떤 일이 벌어지는지 자신도 알 수가 없었다. 강력한 기류의 궤적에 빨려들어간 나비 같았다. 너무나 강한 기류의 힘에 방해를 받아서 원하는 방향으로 날아갈 수가 없는 나비 말이다. 그 기류는 그녀를 설명할 수 없는 상황으로 이끌어들이고, 그녀는 이 딜레마에서 빠져나올 만큼 강하지가 못했다.

그녀는 작은 여행가방에 꼭 필요한 것만 챙겨서 다음 비행기로 주소도 남기지 않고 카리브 연안으로 날아갈까 생각해보았다. 하지만 다음 순간 벌써 붉은 뺨의 사내가 출발하는 비행기 안에서 자기를 기다리는 모습이 보였다. 안네는 쫓기는 망상으로 고통을 받았다. 그저 평범한 발언이나 우연한 사건들이 모두 자기를 해코지하기 위해 일어난 것이라고 해석하는 저 병적인 확신 말이다.

하지만 이 악순환에서 벗어날 출구가 대체 어디 있단 말인가? 지난 며칠 동안, 그리고 지난 몇 주 동안 그녀가 자신의 분별력을 의심하게 만드는 이상한 일들이 일어났다는 것을 누가 부인하겠는가? 귀도는 죽었다. 그의 자동차에 타고 있던 수수께끼의 여자는 흔적도 없이 사라져버렸다. 모르는 사람들이 자기를 쫓고 있다. 그리고 몇백 마르크밖에 나가지 않을 물건에 대해서 엄청난 돈을 내겠다고 제안하고 있다. 그것은 모두 사실이었고 망상이 아니었다.

어쨌든 그녀는 약속대로 금요일 오후 5시에 라우셴바흐를 찾아갔다. 그녀는 별로 유쾌한 기분이 아니었다. 그는 왠지 이 쓰러져가는 집과 잘 어울렸다. 라우셴바흐가 이 집말고 다른 집에 있는 것을 상상하기 어려울 정도였다. 깔때기 모양의 홈 안에 들어 있는 낡은 초인종을 누르려 하는데 음악 소리가 들렸다. 그래서 그녀는 보통보다 길게 벨을 눌렀다. 음악과 붉은 포도주에 취해 있을 라우셴바흐가 벨 소리를 놓치지 않도록 하기 위해서였다.

하지만 아무런 반응도 없었다. 한 번 더 눌렀다. 그러나 끔찍한 벨 소리는 여전히 아무런 반응도 만들지 못했다. 안네는 문을 두드리면서 소리를 질렀다.

"라우셴바흐 박사님! 라우셴바흐 박사님, 문 좀 열어주세요."

그녀가 만들어낸 소동에 수위가 모습을 나타냈다. 간교한 모습의 유고슬라비아 사람이었다. 다리를 절고 있었지만 건강한 다른 다리를 이용해서 층계를 한 번에 두 개씩 뛰어넘으면서 아주 빠른 속도로 맨 위층까지 올라왔다.

"박사님 안 계세요?"

그가 미소지으며 물었다.

"계실 거예요. 이 음악 소리 좀 들어보세요!"

안네가 대답하였다.

유고슬라비아 사람은 귀를 기울이고 귀를 문간에 가져다대더니 결론을 내렸다.

"박사님이 집에 계실 때만 음악이 나오는데. 하지만 어쩌면…….'

그러면서 그는 잔을 비우는 흉내를 내면서 한쪽 눈을 찡끗거렸다.

하지만 수위가 몸짓으로 라우셴바흐가 갈증이 나서 술을 마셨다는 것을 암시하려고 애쓰는 동안에 안네는 채찍으로 한 대 맞은 것 같았다. 집안에서 음악 소리가 울려나왔다. '아, 나는 그녀를 잃었구나……' 「오르페우스와 에우리디케」의 아리아였다. 안네도 귀를 문에 가져다댔다. 그녀는 관자놀이가 화끈거리는 것을 느꼈다. 분명했다. 오르페우스 아리아였다!

"여벌 열쇠 있으세요?"

안네가 수위에게 물었다.

그는 그녀의 흥분을 이해하지 못하고 천천히 호주머니를 뒤지더니 커다란 낡은 열쇠를 꺼내서 그녀의 코앞에 들이밀었다.

"수위의 열쇠죠. 어디나 맞아요."

그는 얼굴을 씰룩이며 웃었다.

"그럼 좀 열어주세요!"

안네가 사정하자 그는 어깨를 으쓱하였다. 이게 옳은 일인진 모르겠지만 원하신다면야…… 하는 뜻인 것 같았다. 그는 못생긴 열쇠를 자물쇠에 꽂았고 안네는 집안으로 달려들어갔다.

라우셴바흐는 책상 앞에 앉아 있었다. 상체는 앞으로 기울었고 머리는 옆으로 기울어서 책상 위에 놓여 있었다. 일그러진 입에서 시커멓게 죽은 길다란 혀가 빠져나와 매달려 있었다. 눈은 뜬 상태였지만 흰자위만 보였다. 자세히 들여다보자 그의 목에 검은 반점이 보였다. 라우셴바흐는 목졸려 죽은 것이다.

전축에서는 여전히 아리아가 울려나왔다. 노래가 끝나자 바늘대가 일어나더니 귀신의 손으로 조작되는 것처럼 처음으로 돌아가서 끝없이 슬픈 멜로디를 다시 시작하였다.

54

"안 돼! 안 돼! 안 돼!"

안네는 소리지르고 두 손으로 귀를 막았다. 그녀는 전축으로 달려들었다. 끔찍한 소리가 나더니 이윽고 조용해졌다.

10

다음 며칠 밤을 안네는 제대로 잘 수가 없었다. 그녀는 자기가 몇 초 동안 의식을 놓치곤 한다는 느낌이 들었다. 끝도 없이 긴 밤 시간에 겨우 몇 초 동안 말이다. 그녀는 발작적으로 눈을 뜨고 천장을 쳐다보려고 애를 썼다. 규칙적인 간격을 두고 지나가는 자동차 불빛이 천장에 나타났다가 잠시 뒤에 다시 사라지곤 했다. 눈을 감을 때마다 사람 괴롭히는 기생충 같은 모습들이 그녀에게 덮쳐오곤 하였다. 이 모습들은 거머리처럼 기억에 꼭 달라붙었다. 그것들은 너무나 뚜렷해서 망상과 현실을 분간하는 것이 거의 불가능할 정도였다.

깨어 있을 때 그녀는 여러 번이나 자기가 혹시 미친 것이 아닐까, 자신의 두뇌가 제대로 작동 못하는 것이 아닐까, 믿을 수 없는 이런 환상들을 불러온 것은 꿈이었을까, 이성의 통제 기능을 마비시킨 꿈이었을까 하는 질문을 하곤 하였다.

어쩌면 너 자신이 사고 자동차에 앉아 있었던 거야, 안네는 진지하게 이렇게 생각해보았다. 그 사고가 너의 두뇌를 마비시키고 너의 기억을 망가뜨린 거야, 어쩌면 너는 지금 의식도 없이 살아 있으면서 현실 밖에서 이런 일들을 겪고 있는 거야, 어쩌면 너는 이미 사람들이 죽음이라고 말하는 상태에 들어와 있는 게 아냐?

이런 순간이면 안네는 몸을 일으켜보려고 했다. 자신의 몸을 통제할 힘을 가지고 있다는 것을 입증하기 위해서 말이다. 그러나 그때마다 번번이 실패하였다. 그녀는 자기 의지를 실천에 옮길 힘이 없었다. 마치 누군가가 자기를 차지하고 자신의 움직임과 생각을 지배하고 있는 것 같았다. 그러면 안네는 큰 소리로 말하기 시작했다. 벽에 부딪쳐서 돌아오는 목소리의 울림이 안도감을 가져오고 그러면 고통에서 깨어났다. 그리고 눈을 떴다. 그녀는 그때마다 진실을 밝혀내야 한다고 다짐하였다.

라우셴바흐의 죽음은 안네를 다시금 불쾌한 상황에 빠뜨렸다. 어쨌든 고통스런 심문을 받아야 했다. 그녀는 라우셴바흐와 그의 습관을 전혀 알지 못한다. 그가 죽기 전에 단 한 번 그를 만났을 뿐이라는 것을 형사에게 납득시키기가 쉽지 않았다. 그 밖에 이 전문가와 만난 이유를 감출 이유는 없었다. 그녀는 경찰관에게 라우셴바흐에게 오래 된 양피지 문서의 사진본을 감정해달라고 맡겼다고 설명하였다.

하지만 이 진술은 뜻밖에도 중대한 잘못임이 드러났다. 우선 라우셴바흐의 집에서 그 사진을 찾을 수 없었고, 양피지 원본은 남편의 자동차 사고 때 없어졌다는 그녀의 주장은 이상하고 믿을 수 없는 것으로 여겨져서 안네 폰 자이틀리츠는 살인 용의자라는 의심을 받지는 않았지만 이 사건에서 알 수 없는 어떤 역할을 했다는 의심을 받았다.

그녀는 라우셴바흐의 죽음과 양피지 문서 사이의 맥락을 알 수는 없었지만 그런 가능성이 아주 없는 것은 아니었다. 사진이 사라진 것은 어쨌든 그 가능성을 암시하고 있었고, 이 일에 대해서 곰곰 생각하면 할수록 그녀는 귀도가 단순한 사고로 죽은 것이 아닐 것이라는 예감이 들었다. 앞으로 나가기 위해서는 양피지 문서의 의미를 알고 그 역사적 가치를 탐색하거나 그 내용의 일부라도 알지 않으면 안 되었다.

안네는 라우셴바흐가 지나가는 식으로 언급한 어떤 남자가 생각났다. 그 이름은 그녀에게도 낯선 것이 아니었지만 지금까지 그를 만나본 적은 없었다. 라우셴바흐가 뭐라고 말했더라? '어쨌든 구트만 교수가 전문가로 알려져 있으니 말입니다'고 말했다.

또 다른 사진 사본을 들고 안네는 마이스터 거리에 있는 대학 건물로 갔다. 나치 시대에 지어진 화려한 건물이었다. 돌계단에 대리석 난

간이 붙어 있었다. 2층에서 흰 칠이 되어 있는, 양쪽으로 열리는 문에서 구트만이라는 이름을 찾아냈다. 하지만 방문이나 출입은 오직 233호실을 경유해야만 가능하다는 안내문이 붙어 있었다. 안네는 이 지시를 따랐다.

11

대학 연구실의 교수 하면 사람들은 대개 품위 있는 늙은 신사를 연상하곤 한다. 배가 나오고 검은 양복에 조끼를 입은 신사 말이다. 구트만은 이런 유형에 전혀 어울리지 않았다. 그는 청바지를 입고 상당히 긴 퍼머 머리를 하고 있어서 학과장이라기보다는 낮은 보수를 받는 조교 같은 인상을 풍겼다. 현대식 건물보다 적어도 두 배는 높은 방 한가운데에 오래 된 길다란 책상이 놓여 있었다. 그 위에는 펼쳐진 책들과 수많은 종이들과 사본들이 이리저리 놓여 있고, 일부는 선물 포장처럼 끈들로 묶여 있었다.

구트만은 책상 뒤쪽 닳아빠진 목재 의자에서 몸을 일으키더니 안네에게 앉으라고 권했다. 그리고 무슨 일로 오셨느냐고 물었다. 안네는 라우셴바흐 집에서 내놓았던 이야기를 되풀이하였다. 양피지 문서를 사라는 제안을 받았다. 그래서 그 가치와 내용을 알고 싶다고 했다.

구트만은 사진을 보더니 눈을 가늘게 뜨고 살펴보았다. 그러더니 입을 뾰쪽하게 만들고 얼굴을 찌푸렸다. 마치 고통을 느끼는 것 같았다. 그는 아무 말도 없었다.

갑자기 그는 놀라운 발견을 한 것처럼 벌떡 일어서더니 책들과 사본들 사이에서 커다랗고 둥근 확대경을 찾아서는 다시 의자에 앉아서 그것을 수평으로 사진 위에 가져다댔다. 때때로 화가 나는 것처럼 머리를 옆으로 흔들곤 했지만 다음 순간 입술이 벌어져 웃음으로 변하면서 이해가 간다는 듯이 고개를 끄덕였다.

"어디서 난 겁니까?"

구트만이 물었다.

"난 그것을 갖고 있지 않아요. 사라는 제안을 받았을 뿐이죠."

안네는 처음 말했던 대로 말했다.

"알겠소. 물어도 된다면 얼마라고 하던가요?"

구트만이 사진에서 눈을 떼지 않고 대답했다.

"내가 제안을 해야 하는데요."

안네는 어깨를 으쓱하였다.

교수가 완곡하게 말을 시작하였다.

"콥트 양피지는 전혀 가치가 없어요. 너무 많이 시장에 나와 있거든요. 이런 물건의 가격은 얼마나 오래 되었느냐 혹은 보존 상태가 어떠냐에 따라서 값이 결정되는 게 아니라 텍스트 내용에 따라서 결정되지요. 이 텍스트는 관심이 갑니다. 여기……."

구트만은 확대경을 들고 안네에게 특별한 자리를 가리켜보였다.

"여기서 '바라바'(Barabbas)라는 이름을 읽을 수가 있거든요."

"바라바요?"

"역사상의 유령이죠. 콥트 문서들과 유태 문서들에 출몰하는 존재입니다. 성서는 그를 폭도라고 소개하고 있지요. 사해(死海) 문서에도 그 이름이 나오지만 그 뜻에 대한 암시는 없어요. 마르크 포시우스라는 이름의 동료 한 사람은 샌디에이고의 캘리포니아 대학 교수인데 반평생을 바라바 연구에 바쳤어요. 많은 사람들은 그를 미쳤다고 하지만 말입니다."

안네 폰 자이틀리츠는 정신이 번쩍 났다.

"제가 제대로 이해한 것이라면 교수님, 바라바라는 이름의 역사상의 인물이 있다. 그는 여러 문헌들에 이름이 나타날 만큼 중요한 인물이지만 오늘날에 이르기까지 이 유령의 의미를 분석하지는 못했다는 건가요?"

"그렇습니다."

"그런데 그 바라바가 이 문서에 언급되어 있다고요?"

구트만은 다시 확대경을 손에 들고 유리알을 통해 바라보면서 말했다.

"적어도 그런 인상입니다."

"그런 역사적 유령들이 더 있나요?"

안네는 집요하게 물고 늘어졌다.

"오, 물론이죠. 그들 모두가 율리우스 카이사르처럼 그렇게 정보를 남긴 것은 아니거든요. 그는 손수 자기 생애에 대한 글을 남겨서 우리는 그에 대해서 잘 알고 있지요. 다른 한편으로는 많은 문서들이 사라졌어요. 예를 들면 아리스토텔레스의 제자인 아리스톡세노스에 대해서는 아무것도 모릅니다. 그는 당시 살았던 사람들 중에서 가장 영리한 인물 중 하나였다고 하는데도 말입니다. 그는 453권의 책을 썼는데 단 한 권도 남아 있지 않거든요. 바라바의 경우 우리는 이름과 그에 관한 여러 암시들만을 알고 있는 거죠."

이야기가 계속되면서 구트만은 자신이 이 양피지 문서에 큰 관심을 가지고 있다는 것을 밝혔다. 그것이 그가 이 물건의 가격을 제시하는 것을 한사코 거부하는 이유였다. 그는 마지막으로 자기에게 일주일 동안 시간을 달라고 말했다. 이 문서의 내용을 밝히기 위해서 그 정도 시간이 필요하다는 것이다. 보수에 대해서는 아예 말도 꺼내지 않았다.

안네는 구트만 교수를 방문하고 나서 약간 마음이 놓였다. 어째서인지 설명할 수는 없었지만 그녀는 이 양피지 문서가 지난 며칠 동안의 온갖 이상한 사건들에서 중심 역할을 하고 있음을 분명히 알게 된 것이다.

연구소의 커다란 문을 지나 밖으로 나왔을 때 한 남자가 그녀 곁을 스쳐지나갔다. 전에도 한 번 본 듯했지만 그녀는 그 생각을 지워버렸다. 매일 밤 너무 많은 모습들, 너무 많은 사람들을 꿈에서 만나고 있었기에 그런 의심을 표현할 용기가 없었다.

집으로 가는 길에 그녀는 테레지아 거리의 간이식당에 들렀다. 높은 대리석 탁자에 맛있는 스파게티 종류를 서비스하는 집이었다. 안네는 곰곰이 생각해보았다. 바라바라는 이름이 머리에서 떠나지 않았다.

그날 밤, 이전처럼 침대에서 몸을 뒤척이는 동안 천장에는 그림들이 나타났다가 사라지곤 했다. 그녀는 큰 소리로 말하기 시작했다.

"바라바, 어디 있는 거야? 바라바, 내게서 무얼 원하는 거야?"

그 많은 끔찍한 일을 만들어낸 그 신비스런 힘이 대답을 하기라도 할 것처럼 그녀는 두려움에 잠겨서 밤을 향해 귀를 기울였다. 하지만 집안은 조용하였고, 아래층에 서 있는 낡은 입식 시계만 똑딱거렸다.

"넌 미친 거야, 그래, 미쳤어."

안네는 용기를 얻기 위해서 잠에 취한 상태로 중얼거렸다. 그러다가 다시 고통스러운 선잠에 빠져들었다. 그러면 잠은 마약처럼 상상력을 부추기고 이성의 힘을 마비시켰다. 그래서 안네는 갑자기 자기를 깨운 전화 벨 소리도 그냥 상상일 뿐이라고 생각했다. 그녀는 아무것도 들리지 않도록 베개로 머리를 감쌌다.

마음이 진정되자 안네는 이상한 양피지 문서 사본을 들고 콥트학자들을 찾아다니느니 어쩌면 정신과 의사를 찾아가는 것이 좋겠다고 생각했다. 하지만 그렇게 되면 어째서 귀도가 목숨을 잃었는지, 그리고 자기가 해답을 구하러 가는 곳마다 어째서 침묵의 벽에 부딪치는지 절대로 그 진실을 알아내지 못할 것이다.

다시 전화 벨이 울렸다. 모두가 잠자는 시간에 이 기계가 갖는 잔인한 힘을 다하여 벨이 울렸다. 안네는 머리를 베개로 감싸고 있는 동안 이 소리가 상상력의 산물이 아니라 정말로 벨이 울리는 것이 아닌가 하는 의심이 들었다. 그녀는 어둠 속에서 수화기를 집어들고 잠에 취한 소리로 말했다.

"여보세요?"

"자이틀리츠 부인?"

전화 선 저쪽 끝에서 말소리가 울려왔다.

"그런데요."

"양피지 문서를 조사하지 않는 게 좋을 겁니다. 당신 자신의 이익을 위해서요."

남자가 말했다.

"여보세요! 여보세요, 누구세요?"

안네는 흥분해서 외쳤다. 하지만 전화는 끊겨 있었다. 그녀는 수화기를 내려놓았다.

안네는 그 목소리를 안다는 느낌이 들었지만 그게 정말로 구트만이었는지는 자신이 없었다. 정말 구트만이었다면, 그는 왜 이 시각에 전화를 한 것일까? 그는 무엇을 경고하고 싶었을까?

그녀는 침대에 누워 있을 수가 없었다. 일어나서 욕실로 가서 찬물을 틀고 얼굴을 물 밑으로 들이밀었다. 재빨리 옷을 입고 커피 메이커를 작동시켰다. 기계는 산란기의 개구리 같은 소리를 내면서 뜨거운 물을 필터로 밀어보냈다. 그것이 만들어내는 향기가 사방으로 퍼지고 그녀는 커피 잔을 두 손으로 받쳐들고 안락의자에 앉았다.

"바라바, 바라바……."

그녀는 나직하게 중얼거리고는 머리를 옆으로 흔들었다. 그렇게 그녀는 몸을 떨며 앉아서 자기를 구원해줄 새벽이 올 때까지 앞만 바라보았다.

12

이처럼 출구 없는 상황에서는 갑자기 긴장이 해소되고 마법의 도움을 받은 것처럼 모든 문제가 다 해결될 것 같은 희망의 빛이 나타나는 순간들이 있다. 안네 폰 자이틀리츠도 그런 순간을 경험하였다. 구트만은 안네에게 말한 것보다 양피지에 대해서 더 많이 알았을 것이다. 잘 생각해보니 교수가 모든 것을 알고 있었다는 생각도 들었다. 콥트학 분야의 전문가로서 그는 내용을 알았을 뿐만 아니라 그 사진을 그토록 의미심장하게 만드는 전체 맥락에 대해서도 알고 있었을 것이 분명했다.

연구실로 구트만을 찾아가서 이야기를 하는 것은 적절한 일이 아닌 것 같았다. 구트만이 처음 만났을 때 고백한 것보다 더 많이 알고 있다면 두 번째 만났다고 더 많은 이야기를 하지는 않을 것이다. 그녀에게 기회가 있다면 그를 기습하는 것뿐이다. 그녀는 교수에게 엄청난 액수를 제시할 셈이었다. 그의 꼴로 보아서 구트만은 돈이 필요한 것 같은 인상이었다.

오후 5시경 그녀는 자동차를 연구소 비스듬한 건너편에 주차시켰다. 입구가 잘 보이는 장소였다. 구트만에게 이야기를 하자고 청하고 함께 저녁식사를 하면서 넉넉한 금액을 제시할 속셈이었다. 그가 입을 열 만큼 넉넉한 돈을 말이다.

세 시간 반이 지나 8시 반경에 수위가 나타나서 건물의 문단속을 했다. 안네는 차에서 내려서 거리를 가로질러 달려가 수위에게 구트만이 아직 건물 안에 있는가 물었다. 그는 아무도 없다고 대답했다. 전화까지 걸어서 응답이 없다는 것을 확인해주었다.

또다시 잠 못 이루는 밤을 보내고 난 뒤 다음날 안네는 아침 7시 반에 다시 그 자리에 나타났다. 하지만 이번에도 그녀의 기다림은 성과가 없었다. 구트만은 오지 않았다. 그녀는 교수의 집으로 찾아가지 못할 이유가 없다고 생각했다. 전화번호부에서 주소를 알아냈다. 구트만, 교수.

베르너 구트만은 부동산 가격이 지나치게 비싸지 않은 서쪽 외곽지역의 연립주택에서 살고 있었다. 초인종을 울리자 중년 여자가 문을 열었다. 그녀는 거부적인 자세였다. 안네는 힘들여서 자기 용건을 설명하였다. 교수님이 자기를 도와주실 수 있는 유일한 분이다. 하지만 그녀가 문틈 사이로 이야기를 채 끝내기도 전에 여자가 말을 중단시켰다.

"도와드릴 수 없어 유감이군요."

그녀의 남편은 이틀 전에 흔적도 없이 사라져버렸고, 경찰이 그를 찾는 중이라고 했다.

안네는 경악하였다. 이 빌어먹을 양피지 문서에는 저주가 달라붙어서 그림자처럼 그녀를 쫓고 있는 것 같았다. 서둘러 작별인사를 하고 자동차로 돌아오면서 그녀는 몇 번이고 거듭 자기가 완전히 미쳤다는 생각이 들었다. 하지만 다음 순간 자기가 아주 똑똑한 제정신이라는 의식이 나타났다. 자신의 상태와 그런 상태를 만들어낸 사정을 논리적으로 분석할 수가 있었기 때문이다. 그런데도 이상한 힘이 자신과 자신의 삶 위에 놓인 것 같았다. 도망치는 먹잇감을 향해 촉수를 뻗는 바다괴물처럼 말이다.

단테와 레오나르도 다 빈치

1

자기 삶을 청산해버린 사람이 명료한 의식을 갖지 못했다고 주장한 다면 헛소리다. 포시우스는——자신의 평소 습관과는 달리——끊임없이 어떤 숫자들이 의식 속으로 들어오는 것을 명백하게 의식하였다. 그가 처한 상황이나 그 자신에게는 아무런 의미 맥락도 없는 숫자들이었다. 그래서 그는 세 번째 플랫폼까지 실어다주는 엘리베이터를 타기 위해서 정말로 20프랑을 내야 할지, 혹은 몇 프랑 아끼자고 1층까지 걸어 올라가야 할지를 아주 진지하게 생각하였다.

창구 옆에 붙어 있는 도표에서 그는 1층이 겨우 57미터 높이라는 것을 읽었다. 하지만 죽기 위해 뛰어내리기에는 충분한 높이였다. 그런 다음 그는 '너는 단 한 번만 죽는 거야' 하고 자신에게 말했다. 그리고 한 번쯤 저 꼭대기, 300미터 높이에서 파리 시를 내려다보고 싶었다. 그래서 그는 참을성 있게 창구 앞에 길게 늘어선 줄 뒤에 가서 섰다. 20프랑을 내고 아주 꼭대기에서 자기 삶에 종지부를 찍기로 굳게 결심하고서 말이다.

에펠 탑의 방문객들은 가혹한 인내심의 시험을 받아야 한다. 이 기념비를 공략하려는 사람들의 줄이 매일 정말로 끝도 없이 늘어서기 때문이다. 심지어는 이날처럼 날씨 나쁜 가을날에도 그랬다. 자기부터 시작해서 자기 앞에 서서 기다리는 사람들의 숫자를 헤아려보았다. 90명도 넘었다. 입장권을 사는 데 한 사람당 20초씩 걸린다고 해도 앞으로 30분은 기다려야 했다.

하기야 죽음을 앞에 두고 그런 것은 부질없는 생각이다. 하지만 그의 사고가 명료함을 나타내기 위해서 이런 말을 되풀이하는 것이다. 나중에 누군가가 그것을 의심하게 될 경우를 대비해서 말이다. 그는 남몰래—우연임을 강조하기는 했지만 조심성 있는 관찰자라면 놓칠 리가 없는 태도로—오직 죽음을 눈앞에 둔 사람에게만 나타나는 특별한 평온함이 자신의 태도에 나타나 있다는 것을 혹시 알아챈 사람이 없는지 앞뒤로 늘어선 사람들을 살펴보기까지 했다. 그럴 필요가 전혀 없는데도 큰 소리로 헛기침을 하였다. 오직 잘못된 인상을 일깨우지 않기 위해서였다.

끝도 없을 것처럼 보이는 기다림의 순간 어딘가에서 문득 에펠 탑에서 몸을 날린 자신의 소식을 알리는 신문기사가 머릿속에 그려졌다. 어쩌면 '기타 소식'이나—혹은 더욱 경멸적으로 생각해보면— '지역소식' 난쯤에 리볼리 거리의 교통사고 소식과 라탱 구에 도둑이 들었다는 소식 사이에 실릴 것이다. 그가 죽음 속으로 지니고 간 내용은 너무나도 중요해서 전세계의 모든 표제기사를 밀어낼 만한 것이었지만.

자기가 의도하는 일에 대한 두려움은 느끼지 않았다. 어차피 죽음을 두려워할 필요는 없기 때문이다. 그냥 죽는 과정이 두려울 뿐인데 자신의 경우에는 슬퍼할 시간이 없을 정도로 빨리 이루어질 것이다. 어디선가 그는 높은 탑에서 뛰어내리면 바닥에 부딪치기 전에 의식을 잃어버리기 때문에 전혀 고통을 느끼지 못한다는 내용을 읽은 적이 있었다.

이것이 다만 회색 이론에 지나지 않는 것인지 누가 정말로 알 수 있겠는가. 실천했다가 살아남을 수는 없으니까 말이다. 이런 생각이 그에게 회의(懷疑)를 불러일으켰다. 자기 생명에 종지부를 찍겠다는 결심이 자신의 의지에서 나온 것이 아니라는 사실을 뚜렷하게 의식하고 있는데도 아무런 의심도 떠오르지 않았다. 다만 그 결심이 너무나도 강해서 아무것도 그를 말릴 수가 없었다.

그의 내면의 확고한 결심은 영적인 흥분까지 가져왔다. 그래서 그는 패션 모델 걸음으로 행진해 옆을 지나가는 블론드 머리의 여자―새로운 의상을 뽐내는 그녀의 태도를 달리 무어라고 표현할 수가 없다―를 향해 휘파람을 불었다. 그러면서 바로크의 성자처럼 눈을 잔뜩 부릅떴다. 전에는 한 번도 이런 행동을 한 적이 없었다. 그런데 지금 이 나이에 특히 그의 신분으로 그런 일을 하다니!

그는 자기가 의무감에 따라 사회가 경탄하는 삶을 살아왔으며, 자기 지위에 맞게 사람들이 기대하는 태도를 지녀왔다는 사실을 갑자기 뚜렷하게 깨달았다. 자랑스런 마음이 없지도 않았다. 존경받는 학자이며, 비교문학 교수로서의 삶이었다. 그는 탁월한 기억력 덕분에 자기가 특별히 이 분야에 잘 맞고 또한 그것이 중요하다고 생각했기 때문에 이 학문 분야를 선택했다. 실은 1000명 중에 한 명쯤이 이것이 비교문학의 분야라는 것을 인정할까말까 했지만.

뮤즈를 위하여, 더 정확하게 말하자면 샌디에이고에 있는 캘리포니아 주립대학교의 연구과제를 위하여 그는 자신의 결혼을 희생시켰다. 희생시키다니 대체 무슨 말인가. 평균적인 결혼이라면 어차피 라이베트라로 갈 결심을 하지 않았더라도 깨지고 말았을 것이다. 그러니까 사회에서 규정한 대로 큰 물의를 빚지 않고 인간적으로 함께 모여 사는 이상(理想)적인 방식을 해체하고, 미국에서 교수직이 갖는 강제를 국제적인 연구단체의 자유로움과 맞바꾼 일 말이다.

포시우스는 자신의 종말을 향해서 몇 걸음 더 걸어갔다. 그는 갑자기 자기 뒤에 사람들이 바짝 달라붙는 것이 불쾌하게 느껴졌다. 점차 기다림이 지루하고, 사람들의 줄이 부담스러웠다. 코너로 몰렸다고 느끼는 사람을 사로잡는 설명하기 힘든 감정이 그의 내면에서 솟구쳐나왔다.

이런 종류의 힘겨움은 잘 조직된 각종 행사들로 가득했던 지난 삶의 기간에는 거리가 멀었던 일이다. 당시에는 말만 하면 즉각 여섯 사람 이상이 테이블에 둘러앉곤 했다. 포시우스는 힘든 생각을 할 때면 앉아 있지 않고 아리스토텔레스와 그 제자들이 한 것처럼 서서 해결하는 데 익숙해져 있었다. 협소함이 어리석음을 만들어낸다는 것은 그가 자주 주장하는 명제들 중의 하나였다. 이런 주장을 그는 역사상의 수많은 예를 끌어다가 뒷받침하곤 하였다.

포시우스는 통상적인 것의 바깥에 놓여 있고 그래서 그를 상당히 이상한 사람으로 낙인찍게 만드는 버릇들을 가지고 있었다. 그가 두 달에서 네 달 정도의 거리를 두고 일주일 동안 광천수만 마시는 단식요법을 행하는 것도 그 중의 하나였다. 이런 고행의 이유는 보통 사람들이 생각하듯이 몸무게를 조절하기 위한 것이 아니었다. 포시우스는 이런 방식으로 집중력과 사고력을 증진시킬 수 있다고 믿었다. 그런 단식요법을 행하는 중에 바라바의 비밀의 흔적에 도달했던 것이다.

그러므로 이런 단식은 건강을 위한 것이라기보다는 철학에서 나온 것이다. 그는 오히려 건강을 함부로 하는 편이었다. 그는 자기 직업을 일주일에 40시간이라는 노동시간에 상응하여 나오는, 돈을 벌기 위한 수단으로 여긴 적이 없었다. 직업은 그에게 욕망이었고, 밤에도 끊기가 어려운 중독증 같은 것이었다. 비교문학의 세계 속으로 야간출정을 하는 일은 피곤에 지치도록 어떤 흔적을 따라가는 일이었는데(콜라와 검은 담배가 나머지 일을 맡아서 해주었다), 그는 때때로 기절하기 직전까지 이르곤 하였다. 아니, 포시우스는 건강한 생활방식을 가진 적이 없었다. 그의 직업은 인간을 죽게 만들지는 않으면서 끝없이 소모시키는 정열 같은 것이었다.

어느 날엔가 자기 지식의 희생물이 되리라는 것을 예감했더라면 그는 이런 무서운 직업을 선택하지는 않았을 것이다. 예술감각을 지닌 소탈한 공무원이나 기술자가 되어서 자신으로부터 도망치지 않고 평온한 삶을 살았을 것이다. 소크라테스는 지식이 인류의 유일한 선이요, 무지가 유일한 악이라고 말했지만 그것은 잘못 생각한 것이다. 그리고 그것만이 유일한 잘못도 아니었다. 때로는 무지가 큰 행복을, 지식은 끔찍한 불행을 뜻한다.

그에 대해서는 셀 수 없이 많은 예들이 있다. 무지한 사람들이 더 행복한 사람들이라고 말한다면 그것은 꼭 악의적인 의미가 아니다. 정말로 그런 것이다. 그들의 삶은 낙원이요 그들의 일은 밥벌이일 뿐이지, 지식의 주변을 빽빽하게 둘러싸고 있는 의심의 정글을 헤매는 일이 아니다. 지식이란 언제나 다시 돌아오는 의심의 형식에 지나지 않기 때문이다.

최고의 인식이 인류에게 의심말고 다른 무엇을 선물했던가? 그리고 포시우스는 의심하지 않았던가. 단테, 셰익스피어, 볼테르, 괴테, 심지어는 레오나르도 다 빈치조차도 천재적인 역사 이야기꾼에 지나지 않는 것이 아닌가. 그들은 상상도 할 수 없는 비밀을 알았던 사람들이 아닌가. 그가 그런 것을 몰랐더라면 어쨌든 행복했을 것이다.

그는 자신이 두려웠다. 자신의 지식과 이 지식을 뒤쫓아 따라올 사람들이 두려웠다(자기가 범죄적인 행동의 결과에서 도망치고 있다는 사실을 포시우스는 이 순간 기억에서 밀쳐놓고 있었다). 태연하게, 거의 지겨워하면서, 그렇지만 앞에서도 언급했듯이 이것은 그의 내적인 상태와 일치하는 것은 아니었다. 그는 바지 주머니에 두 손을 찔러넣었다. 오른손이 호주머니에 있는 작은 병에 닿자 자기도 모르게 움찔하고 손을 움츠렸다.

병 자체가 아니라 그 안에 든 부식시키는 내용물이 만들어낸 결과가 그를 다시 흥분 상태로 몰아넣었다. 그것은 색깔도 냄새도 없는 기름 성분의 황산이었다. 손가락으로 각진 유리병을 쓰다듬으면서 그는 다시 사방을 둘러보았다. 하지만 누군가 자기를 쫓고 있다는 결론을 내릴 만한 어떤 움직임도 보이지 않았다.

그가 딛고 서 있는 하수구 뚜껑에서 미지근한 하수구의 역겨운 냄새가 올라왔다. 포시우스는 냄새를 피하기 위해 대열에서 벗어나고 싶었지만 눈에 띄지 않으려고 참았다. 웃긴다, 이 도시에서 범죄를 행하기란 얼마나 쉬운가. 그리고 잠적하기도 얼마나 쉬운가, 하는 생각이 들었다.

겉모습만 보아서는 어렵지 않은 일이었다. 포시우스는 아주 특이하고 천재적이었지만 외모는 무척 평범했기 때문이다. 이제 55세에 이른 그의 나이는 아무것도 알려주지 않았다. 부드러운 타원형의 얼굴은 약간 길고, 가느다란 코와 높은 이마가 두드러져 보였다. 앞이마 원래의 자리엔 머리카락이 남아 있지 않았다. 포시우스는 겉모습으로 보기엔 결핍으로 고통받는 사람과는 거리가 멀었다. 약간 긴 귀와 그 둘레로 웅덩이에서 자란 갈대처럼 무성한 머리카락이 덮여 있었다.

자세히 들여다보면 그의 얼굴에는 조화로운 요소와 약간 간교한 친절함이 드러나 있었다. 그것은 특히 그의 작은 눈에서 풍겨나오는 인상이었다. 두 눈은 끊임없이 움직였다. 잠깐만 만나보아도 두 눈이 끊임없이 새로운 것을 찾는다는 인상을 받게 된다. 그의 의상은 아주 정확했지만 유행의 멋과는 거리가 멀었다. 이 기억할 만한 날에도 그는 셔츠 윗단추를 풀어놓고 그 위에 카키색 양복과 주름이 간 트렌치 코트를 입고 있었다.

2

그는 기억할 수 있는 한 파리를 사랑하였다. 제2차 세계대전이 끝난 다음 이곳에서 대학 공부를 했고, 파스퇴르 연구소 근처 볼론테르 거리에서 살았다. 언제나 입에 담배를 물고 다니면서 모자란 연금을 보충할 셈으로 방을 세놓는 과부의 집 맨 꼭대기층 지붕 밑 방이었다. 다락창 두 개가 뜰을 향해 나 있었고, 좋은 시절을 다 보내버린 가구들이 있었다. 어쩌면 어떤 것은 바스티유 습격 시절(1789년 프랑스 혁명)까지 거슬러올라가는 물건이었다. 어쨌든 그가 낮이면 의자로, 밤이면 침대로 사용하던 튼튼한 소파는 구석구석에 검은 말털이 삐져나와 있었고, 말 냄새를 풍겼다.

숭숭 뚫린 창틀 사이로 센 강의 다리 아래 울부짖는 주인 잃은 개처럼 바람이 불어대는 겨울철이면 검고 둥근 쇠난로만 해도 지나치게 비쌌다. 줄담배를 피우는 마담 마르게리는 온기를 선물하는 조개탄을 무척이나 아꼈다. 이 소중한 물건을 6층으로 날라 올려주겠다는(그를 통해 열 에너지를 얻어볼까 하는 희망에서) 그의 요청을 그녀는 거절하였다. 그녀는 조개탄을 회계직원처럼 꼼꼼하게 다 기록해놓고 하루에 네 덩이씩 분배하였다. 지금도 그 일을 기억하면 포시우스는 몸이 얼어붙는 것만 같았다.

하지만 곤궁은 창의력을 키우는 법이다. 특히 일상의 필요와 관계될 경우에는 더욱 그렇다. 클리냥쿠르 문 주위에서 열리는 벼룩시장에서, 그리고 생 폴 마을의 고물장수들에게서 동전 몇 푼만 주면 튼튼한 장정이 되어 있는 두꺼운 옛날 책들을 살 수 있었다. 겉장이나 앞 페이지들이 알 수 없는 이유에서 사라져버린 책들이었다. 인쇄된 종이에 대해 거의 존경심을 품는 관계를 맺고 있기는 했지만 포시우스는 그것으로 쇠난로에 불피우기를 꺼리지 않았다. 물론 양심의 가책을 느끼면서였다.

그의 명예를 구하기 위해서 한마디 덧붙이자면 포시우스는 책을 태우기 전에 일일이 검사해보곤 했다. 그것이 잘 탈까를 보기 위해서가 아니라 혹시 학문을 위해서 쓸 만한 것인가를 보기 위해서, 그러니까 정신적인 내용을 살펴보았던 것이다. 젊은 포시우스는 책의 난방효과와 그 내용의 가치는 거의 반비례한다는 사실을 금세 알아차렸다. 간단한 공식으로 말하면 이렇다. 얇은 책들은 두꺼운 책들보다 더 높은 정신적인 내용을 담고 있고, 두꺼운 책들은 더 오래 탄다.

포시우스가 어느 날 난방용 책들 중에서 단테의 『신곡』을 낚아올린 것도 어디까지나 마담 마르게리의 탐욕스러움 덕분이라고 할 수 있다. 출판연도와 장소가 없는, 이탈리아어로 인쇄된 책이었다. 그것은 매우 기묘했는데, 지금까지 그가 불태워버린 다른 모든 책들과 완전히 달랐다. 위에서도 말했듯이 다른 책들은 모두 다 결함이 있었다. 그것들은 낡고 불완전하고 그래서 팔 수가 없는 물건들이었다. 그런데 이 단테 판본은 달랐다. 『신곡』은 '지옥', '연옥', '천국' 등의 유명한 3부를 다 담고 있을 뿐만 아니라 '베리타'(Verita, 진실)라는 후기가 붙어 있었다. 이것은 유명한 판본들에는 빠져 있는 부분이었다.

뒷날 그는 자기가 이 책을 검은 쇠난로 속에 던져버리지 않은 것을 남몰래 저주하였다. 얼마를 주고 샀는지조차 기억에 남아 있지 않은—25상팀 이상 주었을 리는 없었다—이 낡고 이상한 책과 더불어 모든 일이 시작되었기 때문이다. 물론 당시 그는 전혀 짐작도 못하고 있었다. 정신적인 경건함을 얻기 위해서가 아니라 저 지긋지긋한 난방의 필요성에서 지출했던 이 25상팀의 돈이 그의 인생을 바꾸어버렸다. 더 고약한 것은 그것이야말로 지금 그가 코너에 몰려서 에펠 탑에서 뛰어내리는 것만이 유일한 탈출구가 된 근원이라는 점이다.

단테로 돌아가자. 문학을 공부하는 모든 학생은 첫 학기에 벌써 단테의 주요 저작을 유령처럼 감싸고 있는 수수께끼들에 대해서 듣게 된다. 수수께끼는 『신곡』(신적인 코미디)이라는 제목에서 이미 시작된다. 알려진 바로는 단테 알리기에리는 자기 작품에 '신적인 코미디'라는 제목을 붙이지 않고 그냥 '코미디'라는 제목만 붙였다. 하지만 그것은 이 책의 수수께끼를 더욱 키워줄 뿐이다. 왜냐하면 이 책에는 웃을 만한 내용이 전혀 없기 때문이다. 그런데도 그는 일부러 이런 제목을 선택하였다.

여러 세기 동안 사람들은 지옥, 연옥, 천국을 내용으로 삼고 있는 이 책이 분명히 거룩한 어머니 교회의 의미에서 경건한 작품일 것이라고 생각하였다. 그러나 수도복이 성자를 만들어내는 것은 아니다. 단테는 천국 편에서 왕들, 시인들, 이방의 철학자들을 만나지만 교황은 단 한 명도 만나지 않는다. 교황들을 위해서는 경멸적인 말들만을 남겼다. 경건함은 아예 언급되지 않는다. 신께서 우리와 함께 하소서. 성모 마리아의 모습 속에도 그의 젊은 가슴에 이루지 못한 사랑이었던 베아트리체가 숨어 있다.

단테는 분명 영리한 두뇌의 소유자였다. 아마 자기 시대 최고의 지식인이었을 것이다. 그는 자기가 써서 알려주는 것보다 훨씬 더 깊은 지식을 가졌으리라는 사실을 암시만 하고 있다. 그 이상의 사색을 해볼 자극을 주는 구절은 단 하나도 남기지 않았다. 그리고 피렌체 사람들이 단테가 죽고 반세기가 흐른 다음 단테 강좌를 열도록 자극한 구절도 없었다.

그러나 교수들이 한 인간의 운명을 받아들일 경우 언제나 그렇듯이 그들은 단테가 말하고자 한 것과 감추고자 한 것을 놓고 격한 싸움을 벌였다. 그들은 시행(詩行)의 숫자를 헤아렸다(1만 4000행). 그리고 이 작품의 구성에 신비스러운 숫자 상징이 나타나고 있음을 발견하였다. 그런 일은 『신곡』의 배후에 훨씬 더 많은 지식이 감추어져 있으리라는 결론을 내리게 했다. 작품에 나타나는 세 개의 주요 부분은 각기 33장으로 다시 나뉜다. 3 곱하기 33은 99, 99는 완전을 나타내는 숫자다.

숫자들은 우주 질서 혹은 인간 질서를 반영하는 거울이다. 고대 그리스 사람들은 이미 그 사실을 알고 있었다. 그리고 단테는 이 상징을 가지고 장난을 쳤다. 천국은 지구를 중심으로 돌고 있는 아홉 개의 천

체들 안에 둥글게 자리를 잡았다. 혹은 깔때기 모양의 지옥은 아홉 개의 원을 그리며 아래로 내려가서 지구 중심부에 이르게 된다. 그곳은 악마 루시퍼가 자리잡은 곳이다. 어쨌든 단테는 숫자의 마법과 그 상징적인 의미를 알고 있었다. 숫자 4의 우주적 의미 내용(4원소, 4계절, 4개의 세계 연령 등)이나 숫자 6으로 정신적인 것과 물질적인 것 속으로 뚫고 들어가는 법 등을 알았다. 하지만 그는 그보다 더 많이 알았다.

공식적으로는 단테 『코미디』의 원본이 단 하나도 남아 있지 않다는 것, 그리고 최초의 필사본이 그가 죽고 15년이나 지나서 나왔다는 것이 단순한 우연일까?

포시우스는 우연한 계기로 학술적인 땔감들 사이에서 사라져버린 단테의 원본 한 부를 찾아냈던 것이다. 그는 '베리타'라는 제목의 후기의 내용을 알기 위해서 친분이 있던 로만어 학자의 도움을 받아야 했다. 제롬이라는 이름의 경건한 젊은이였던 친구는 책을 가지고 가더니 하룻밤이 지난 다음날 포시우스의 발치에 그것을 내던지면서 이런 쓰레기를 번역하다니 시간이 아깝다고 말했다. 그것은 원전, 특히 단테 알리기에리와는 아무 상관도 없는 위작(僞作)이라는 것이다. 포시우스는 당시 제롬의 말을 의심할 아무런 이유도 없었지만 어쨌든 오래된 책이고 게다가 호기심까지 덧붙여져서 이 책을 그대로 보관하였다. 여러 번 이사를 하는 과정에서 많은 책들이 사라졌는데도 그 책은 끝까지 살아남았다.

3

그러는 사이 그는 기다리는 사람들의 대열에 섞여서 창구까지 다가왔다. 포시우스는 결심한 듯이 20프랑짜리 표를 샀다. 맨 꼭대기층까지 엘리베이터를 타고 올라갈 수 있는 표였다. 눈에 띄지 않게 그는 한 번 더 자기를 쫓는 사람이 있는지 주위를 둘러보았다. 눈에 띄는 것이 없음을 확인하고 중년 부인 두 사람의 뒤를 따라서 엘리베이터를 기다리기 위해 유리로 된 대기실로 들어갔다.

오래 기다리지 않아서 미닫이문이 시끄러운 소리와 함께 열리고 방문객들이 서커스장의 동물들처럼 커다란 유리 새장 안으로 쏟아져나왔다. 엘리베이터가 움직이기 시작하였다. 세상의 모든 엘리베이터에서 그렇듯이 사람들은 알 수 없는 이유에서 문 쪽으로 시선을 두었다. 아무도 다른 사람의 얼굴을 마주보려고 하지 않았다. 하물며 포시우스는 더더욱 그러지 못했다. 그는 누군가 자기를 알아볼까 봐 겁이 났던 것이다. 그래서 포시우스는 짐짓 무관심한 척하면서 다른 사람들처럼 미닫이문을 바라보았다.

그래서 그는 엘리베이터 뒤쪽에 두 남자가 서서 자기에게서 눈을 떼지 않고 있는 것을 보지 못했다. 그들은 검은 가죽 재킷을 입고 있었는데, 그것은 어딘지 전사(戰士) 같은 풍모를 만들고 있었다. 이런 분위기는 그들이 둘이라는 사실로 더욱 강화되었다. 이 두 사람도 무심한 척하고 있었다. 그렇지만 자세히 들여다보면 그들이 눈짓과 짧은 고갯짓으로 서로 의견을 나누고 있음을 볼 수 있었을 것이다.

위장이 근질거리는 것 같은 느낌을 주며—특히 엘리베이터를 싫어히는 포시우스의 경우에는 더욱 심했다—엘리베이터가 멈추었다. 문이 똑같은 기계음을 내면서 양쪽으로 열리고, 그때까지 경건하게 침묵하고 있던 방문객들은 시끄러운 소음을 내면서 플랫폼으로 쏟아져나갔다. 조심스러운 마음에서 포시우스는 다른 사람들이 내리기를 기다렸다. 그래서 가죽 재킷을 입은 두 사나이도 어쩔 수 없이 포시우스보다 앞서서 내리지 않을 수 없었다. 그러면서 한 명은 왼쪽으로 한 명은 오른쪽으로 향했다.

에펠 탑의 첫 번째 플랫폼은 위층보다 오히려 어떤 의미에서 더욱 사랑을 받았다. 이곳에서는 주위의 건물들과 도시 풍경이 훨씬 더 가까운 거리에서 보이기 때문이다. 자살을 바로 눈앞에 둔 사람으로서 포시우스는 특별히 침착하게 행동하였다. 자기 앞에 놓인 일에 완전히 몰두하지 않은 태도로 그는 회랑 맞은편으로 걸어갔다.

팔을 난간에 기대고 센 강 저편 샤요 궁을 바라보았다. 그곳에서 사람들은 흥분한 개미처럼 움직이고 있었다. 저쪽 녹지대에서 그는 학창 시절에 자주 오후 시간을 보내곤 했다. 몇 권의 책을 끼고 가곤 했지만 롤러 스케이트를 타는 아름다운 소녀들을 쳐다보느라 대개는 건드리지도 않았다. 롤러 스케이트를 타는 소녀들 중 하나는 아브릴이라는 이름이었다. 그는 다시는 이런 이름을 가진 사람을 보지 못했고, 물론 아브릴도 다시는 만나지 못했다. 그녀는 아일랜드 소녀로 타오르듯 붉은 머리카락을 단발로 자르고, 눈처럼 새하얀 피부에 코와 뺨에는 주근깨가 나 있었다. 주근깨는 햇빛이 비치는 날에는 반딧불처럼 반짝이지만 흐린 날에는 잘 보이지도 않았다. 자연의 신비로운 수수께끼였다. 아브릴은 발레를 공부한다고 했다. 그들은 여러 날과 밤을 함께 보냈다. 그녀가 춤추는 것을 보고 싶다는 소원을 그녀는 들어주지 않았다. 그보다 더 바라는 것이 없는데도 그랬다.

그녀는 고전 발레에 대해서는 전혀 이야기하지 않았다. 그래서 일어나야 할 일이 일어나고 말았다. 포시우스는 어느 날 몰래 샤퐁 거리에 있는 그녀의 집에서부터 그녀의 뒤를 쫓았다. 그녀는 알제리 사람들이 주로 모이는 '카르나발레'라는 이름의 여급 딸린 술집으로 들어가서는 발레라기보다는 탁자 위에서——어쨌든 무대가 탁자보다 더 크지는 않았다——벌거벗고 춤을 추었다. 포시우스는 소동을 벌이지 않고 그녀를 놀라게 했을 뿐이었지만, 그 소녀는 다음 날로 파리에서 사라져버렸다. 뒤에 들은 바로는 아브릴은 알제리 사람을 따라서 아프리카로 갔다고 했다.

포시우스는 샤요 궁전을 건너다보면서 미소를 지었다. 이날 처음으로 미소를 지은 것이다. 아마 자기 생애 마지막 미소가 되리라는 생각이 떠올랐다.

바로 그 순간, 포시우스에게서 시간은 사라지고 자기가 뛰어내릴 검은 구멍만이 존재하는 그 순간에 그는 두 팔이 갑자기 뒤로 낚아채이고 머리가 앞으로 꺾이는 것을 느꼈다. 어쩔 방도가 없었다.

"움직이지 마라!"

왼쪽과 오른쪽에서 두 남자가 그에게 덤벼들었다. 한 사람이 그의 두 팔을 뒤로 묶는 동안 다른 사람은 능숙한 솜씨로 그의 옷을 더듬어서 재킷에서 지갑을, 바지에서 갈색의 각진 병을 꺼냈다. 한 사람이 깍듯하게 말했다.

"당신은 체포되었습니다. 저항하지 말고 우리를 따라오시죠."

이 모든 일이 생각지도 못한 순간에 너무나도 빠르게 일어났기 때문에 포시우스는 항거할 말도 찾을 수가 없었다. 아무런 저항도 하지 못하고 한 사람이 그의 등뒤로 수갑을 채우는 것을 당하고만 있었다. 고통스러웠다. 하지만 이 순간 가장 큰 고통은 그것이 아니라 자기가 꿈꾸었던 대로 커다란 검은 구멍으로 날아내리는 것을 그들이 방해했다는 사실이었다.

4

물론 포시우스는 그들이 왜 자기를 체포했는지 정확하게 알고 있었다. 그들이 자기를 어디로 데려갈지도 짐작하였다. 그래서 질문도 하지 않고 남자들을 따라 낡은 푸른색 푸조 승용차에 올랐다. 자동차는 브롤리 부두의 택시 승강장에 주차되어 있었다. 포시우스는 뒷좌석에 상당히 불편한 자세로 자리를 잡았다.

시테 섬의 노트르 담 사원에서 겨우 몇 걸음 떨어진 팔레 대로에 자리잡은 경찰서는 밖에서 보아서는 아주 친절한 인상을 주었고 그 점에서는 도시의 모든 공공건물과 비슷했다. 그러나 이 건물들은 안으로 들어서면 그 얼굴이 변하고 밖에서 보이던 매력이 정반대의 것으로 바뀌고 만다. 이 경찰서도 밖에서는 루브르처럼 동화 속 궁전을 연상시키더니 안에서는 미노타우로스의 미로(迷路)를 생각나게 했다. 기둥들, 계단, 여러 가지 장식이 붙은 난간들도 이런 인상을 바꾸지는 못했다.

포시우스는 2층에 있는 방으로 끌려갔다. 그곳에서 그뢰스라는 이름의 경감이 그를 맞아들여서 이름, 태어난 장소, 태어난 날짜, 직업, 주소 등을 물었다. 그 동안 가죽 재킷을 입은 두 남자는 아무 말 없이 옆에 앉아 있었다.

그뢰스는 짐짓 친절한 태도를 취하며 말했다.

"아시겠지요. 당신은 범죄 혐의를 받고 있고 따라서 진술을 거부할 수가 있습니다."

갑자기 그의 말투가 위협적으로 바뀌었다.

"하지만 그러면 재미없을 거요!"

그뢰스는 가죽 재킷 한 명에게 고개를 끄덕였다. 그는 일어서더니 옆문을 열었다. 잿빛 제복과 모자를 쓴 루브르 박물관의 관리인 한 사람이 들어섰다. 그가 이름을 말하자 그뢰스는 손짓으로 포시우스를 가리키며 이 사람을 아느냐고 물었다.

박물관 관리인은 고개를 끄덕이고 이 사람은 레오나르도 다 빈치의 그림에 가까이 다가가서 약병 하나를 꺼내 내용물을 그림에 끼얹은 사람이라고 설명했다. 그림에 그려진 부인의 얼굴이 아니라 앞가슴 위쪽에 뿌렸다. 하지만 자기가 달려들어서 붙잡기 전에 이 사람은 벌써 사라져버렸다. 그 귀한 그림을 그렇게 해놓고!

박물관 관리인은 다시 밖으로 안내되었다. 그뢰스는 포시우스에게 질문하였다.

"그에 대해 뭐라고 하시겠소?"

"맞는 말입니다!"

포시우스가 대답했다.

경감과 두 남자는 서로 얼굴을 바라보았다.

"당신은 그러니까 레오나르도 다 빈치의 그림, 「장미원의 성모」에 황산 테러를 했다는 사실을 인정한단 말이군."

"그래요."

포시우스가 확인해주었다.

예상치 못한 이런 고백이 경감의 마음을 불안하게 해서 그는 뜨거운 돌 위에 앉은 것처럼 의자를 이리저리 흔들었다. 한참 만에야 말을 되찾았지만 그의 어조는 부자연스러울 정도로 상냥하게 변하였다. 그는 마치 어린아이에게 하듯이 질문하였다.

"그렇다면 어째서 그런 일을 했는지도 밝혀주시겠지요. 그러니까 그런 범죄행동엔 이유가 있으리라고 생각하는데."

"물론 그럴 만한 이유가 있었지요. 아니면 내가 심심해서 그런 일을 했을 거라고 생각하십니까?"

"재미있는데!"

그뤼스는 자기를 주목하게 만드는 막강한 책상 뒤에서 몸을 일으키더니 팔꿈치 하나를 책상에 기대고 비웃는 듯한 웃음을 지으며 말했다.

"아, 교수님, 정말 궁금한데요!"

그러면서 그는 아무도 이해할 수 없는 학술적인 답변이 나올까 걱정되는 것처럼 필요 이상으로 '교수님'이라는 말을 강조했다.

포시우스가 조심스럽게 말을 시작하였다.

"내가 진실을 말하면 당신이 나를 미쳤다고 생각할까 봐 두렵소······."

그뤼스가 상대의 말을 끊었다.

"정말 나도 그것이 두렵소. 나는 당신이 모든 설명을 끝낸 다음 당신을 미쳤다고 생각할까 봐 두렵소."

"그렇다니까요."

포시우스가 중얼거렸다.

긴 침묵이 흘렀다. 질문한 사람과 받은 사람이 말없이 서로를 바라보면서 각기 다른 상념에 빠져 있었다. 그뤼스는 이 미친 작자가 어떤 동기를 제시할지 정말로 궁금했다. 그에 반해서 포시우스는 불확실한 불안을 느꼈다. 그리고 자기가 어떤 변명을 말하든지 올바른 판단력을 갖지 못했다고 생각할까 봐 두려웠다. 그러니 어떻게 행동하는 것이 좋을까?

포시우스를 자극하고 그렇게 해서 대답을 얻을 속셈으로 그뤼스는 이렇게 말했다.

"당신을 체포할 때 에펠 탑에서 뛰어내리려는 것 같다는 인상을 주었다던데?"

"그렇소."

포시우스가 대답했다. 하지만 다음 순간 그는 이 고백을 후회하였다. 이런 고백으로 스스로 어떤 위험에 빠져들었는지가 갑자기 의식되었다. 재빨리 상대의 반응이 나타났다.

그뤼스가 냉정한 태도로 물었다.

"의사의 치료를 받고 있습니까? 그러니까 우울증으로 고생하십니까? 편하게 말씀하셔도 됩니다. 어차피 알게 될 테니까."

"맙소사, 아니오. 나를 코너에 몰아넣으려고 하지 말아요. 나는 완전히 정상이니까!"

포시우스는 서둘러 대답하였다.

"좋소, 좋아! 헛된 희망을 품지 마시오. 정신이상이라고 감옥이 면제되지는 않을 테니까."

그뤼스가 두 손을 쳐들었다.

이 말은 차가운 담배 연기처럼 공중에 걸려 있었다. 정신이상! 포시우스는 가슴이 답답해졌다. 경감의 비웃음, 뻔뻔스럽게 경멸하는 태도로 아랫입술을 삐죽이 내민 모습, 입 가장자리가 위쪽으로 찢어져 올라간 모습이 그가 포시우스의 반응을 즐긴다는 사실을 보여주고 있었다. 자기를 미쳤다고 생각할 수도 있다는 사실, 무엇보다도 그들이 자기를 그렇게 취급할 수도 있다는 사실을 포시우스는 생각지도 못했던 것이다.

포시우스는 어떻게 대답해야 할 것인가? 살아오는 동안 자주 그랬듯이 이 경우에도 진실이 가장 믿기 어려운 것이다. 그들은 자기 말에 귀를 기울일 것이고, 자기에게 미소를 지을 것이다. 하지만 자기의 설명을 단 한 가지도 입증하기 전에 성에 가두고 빗장을 지를 것이다. 가엾은 미친놈, 교수인 자신을……. 당신 전공이 뭐요? 비교문학이라고?

이런 이유에서 포시우스는 그뤼스가 묻는 모든 질문에 가능하면 거침없이 대답하려고 애썼다. 자신의 머리가 온전하지 않다는 인상을 주지 않는 것만이 중요하였다. 정직하게 말하자면 그는 이런 심문을 전혀 다르게 상상했다. 범죄영화에서 보듯이 사납고 가혹한 것이라고 생각했다. 하지만 이곳 경찰서 2층의 텅 빈 방에서 모든 것은 극히 친절한 분위기에서 이루어졌다. 거의 면접시험 볼 때처럼 상냥한 분위기였다. 그는 자기 과거와 관련된 여러 가지 날짜와 장소들을 말했지만 그뤼스나 다른 형사 두 사람이 메모나 기록을 하지 않는 것이 눈에 띄었다.

포시우스는 너무나 흥분해서 이런 태도의 이유를 알아채지 못했다. 그의 생각은 온통 조금이라도 정신이상이라는 의심을 불러일으키지 않겠다는 것뿐이었고 그런 의도는 그의 내면에 긴장감을 불러일으켜서 그는 아주 분명하게 드러나 있는 사실에 대해서 눈이 멀고 귀가 어두워졌던 것이다.

이때 갑자기 하얀 가운을 입은 두 사람이 들어섰다. 한 명은 작은 가방을 지니고 있었고 다른 한 명은 팔 밑에 넓은 벨트와 버클을 지니고 있었다. 경감의 눈짓에 그들은 포시우스에게 덤벼들어서 그를 불구자처럼 의자에서 번쩍 들어올리더니 두 사람이 각각 그러나 동시에 이렇게 말했다.

"자, 산책 좀 하시죠. 갑시다!"

상황이 그보다 더 분명할 수는 없었지만 그런데도 포시우스는 무슨 일이 벌어지는지 즉시 깨닫지 못하고 있었다. 마침내 자기가 출구 없는 상황에 걸려들었다는 사실을 깨달았을 때는 벌써 두 사내가 그의 겨드랑이를 꼭 붙잡고 복도를 지나 계단 쪽으로 가는 중이었다. 이건 참을 수 없다, 는 것이 포시우스의 첫번째 생각이었다. 그는 여기서 벗어나서 할 수 있는 한 빨리 도망치겠다는 생각을 했다. 하지만 다음 순간 분별력이 돌아왔다. 이런 행동은 정신착란의 또 다른 증거가 되리라는 것을……. 그래서 그는 운명에 자신을 맡겼다.

5

이 두 사람이 유아적인 단어를 이용해서 그를 칭찬하면서 밀어넣은 자동차는 격자창이 붙어 있고 높은 상자 모양이어서 흰 칠을 한 야채 운송 차량 같았다. 포시우스는 뒤쪽 좌석에 자리를 잡고 앉자마자 자동차의 미닫이문이 닫히고 밖에서 빗장을 채우는 소리를 불쾌한 기분으로 들었다. 역시 격자살이 달린 창을 통해서 운전석을 향해 어디로 가느냐는 포시우스의 질문에 걱정 마라, 잘 보살펴줄 것이고 당신을 위해 최선을 다할 것이라는 답이 돌아왔다. 그를 진정시키기보다는 더 큰 불안으로 이끌어가는 말이었다.

자동차가 생 미셸 대로를 통과해서 포르 루아얄 방향으로 달리는 동안 포시우스는 자기를 기다리는 조치에 대해 어떻게 반응해야 할까를 궁리하였다. 극히 친절한 요구에는 모두 따르고 공격의 여지가 있는 태도를 보이지 않으며 전문가를 향해서는 이른바 교수 대 교수로 속을 털어놓으리라 마음먹었다.

생 뱅상 드 폴 병원에서 자동차는 오른쪽으로 접어들었다. 경적을 울리자 무거운 쇠문이 열렸다. 포시우스는 자동차가 통과하는 길에 달린 하얀 문패에 '정신병원'이라는 글자가 씌어진 것을 보았다. 신경을 잃어서는 안 된다고 자신을 타일렀다. 길게 뻗은 건물 내부로 들어선 포시우스는 간호사들의 요구에 불평하지 않고 순순히 따랐다. 끝없이 긴 복도에 그들의 발자국이 내는 반향이 공포심을 불러일으켰다.

복도 맨 끝에서 간호사 한 사람이 문을 두드렸다. 흰머리에 텁수룩한 검은 눈썹을 가진 의사 한 사람이 문을 열더니 기다리고 있었다는 듯이 고개를 끄덕였다. 그리고 포시우스에게 손을 내밀었다.

"닥터 르보요."

"포시우스입니다."

포시우스는 미소를 지으려 했지만 잘 되지 않았기에 금세 이런 힘든 시도를 후회하였다. 그리고 상황의 진지함을 뒷받침하는 표정을 지었다.

"마르크 포시우스 교수입니다."

"황산 테러범입니다. 그 밖에 에펠 탑에서 자살 시도를 했고요."

다른 간호사가 이렇게 말하면서 르보에게 서류를 넘겨준 후 두 사람은 맞은편에 있는 문을 통해 방을 나갔다. 의사는 그 동안 팔을 길게 뻗고서 서류를 바라보더니 그것을 하얀 철제 책상에 내려놓고는 포시우스에게 검은 플라스틱 깔개가 달린 의자에 앉으라고 권했다. 설명할 수 없는 일이지만 청어 냄새가 났다.

"르보 선생님, 당신과 이야기할 게 있습니다."

포시우스는 가능하면 편하게 시작하였다.

"나중에요, 나중에!"

르보가 말을 끊고 두 손으로 그의 어깨를 눌러서 자리에 앉게 만들었다.

"그러니까 사정이 이렇습니다……."

포시우스는 다시 말을 시작했지만 르보는 흔들리지 않는 태도로 되풀이했다.

"나중에요, 나중에!"

포시우스의 눈썹이 위로 올라갔다. 그것은 한편으로는 전에도 이미 수없이 되풀이 말한 것처럼 들렸고, 다른 한편으로는 자기가 듣게 될 일에 대해서 도무지 관심을 두지 않겠다는 말처럼도 들렸다.

정해진 검사규정에 따라 자동차를 살펴보는 수리공처럼 르보는 엄지손가락 두 개로 포시우스의 광대뼈를 누르고 집게와 가운데 손가락으로 원을 그리며 그의 관자놀이를 쓰다듬으면서 대답조차 기대하지 않는다는 무심한 태도로 물었다.

"아파요?"

고무망치를 들고 같은 무관심으로 같은 질문을 하면서 포시우스의 이마를 때리고 이어서 오른쪽 무릎과 왼쪽 무릎을 때렸다.

포시우스는 아프지 않다고 대답했다. 그는 통증이 느껴진다고 대답했다면 사정이 어떻게 변했을지 어차피 상상할 수도 없었다. 그는 자기가 그 어떤 기회도 허용하지 않는 하나의 구조 속으로 들어왔다는 사실을 눈치채고 깊이 절망하였다.

르보는 책상에 앉아서 기록을 하는 동안 정신을 집중해서 생각하는 것처럼 텁수룩한 눈썹을 모두고 있었다.

"어린 시절 이야기를 해보세요! 힘든 어린 시절을 보냈나요? 어머니와의 관계는 어땠어요? 일반적으로 여자들과의 관계는 어땠습니까? 무슨 생각으로 성모의 가슴에 산을 끼었었습니까? 그때 오줌을 누는 것 같은 기분을 느꼈나요? 그런 행동을 하고 난 다음 분명하게 마음이 가벼워지는 것을 느꼈습니까?"

르보의 단도직입적인 말에 포시우스는 더 이상 참을 수가 없었다. 그는 벌떡 일어서서 발로 바닥을 굴렀다. 거인 가르강튀아가 암벽을 짓밟는 것처럼 기가 막힌 의사의 질문을 짓밟으려는 것 같았다. 그는 가르강튀아처럼 사나운 기쁨을 느끼며 승리의 웃음을 터뜨렸다.

"계속하시오, 의사 선생, 계속해요, 또 다른 생각이 떠오를 테죠!"

그는 화가 나서 헐떡이며 소리쳤고 그러자 그의 머리가 토마토처럼 새빨개졌다. 이것이야말로 무슨 일이 있어도 절대로 해서는 안 되는 바로 그런 행동이었다. 이런 행동은 상대에게 멍청한 근거만 더해주기 때문이다. 의사 르보는 놀라서 가만히 바라보았다.

그런 식의 발작은 르보에게는 특별한 일도 아니었다. 어쨌든 간호사 한 사람이 문틈으로 머리를 디밀고 도와주겠다고 말했을 때 '나 혼자서도 해볼 수 있어' 하고 말하는 것처럼 거절의 손짓을 했다. 그는 이렇게 말했을 뿐이다.

"자, 진정하시오. 이제 주사를 놓아드릴 겁니다. 그러면 기분이 좀 나아질 거요."

"주사는 안 돼요, 주사는 안 돼요!"

르보가 뻔뻔스러울 정도로 침착한 태도로 주사기를 빼드는 동안 포시우스는 웅얼거렸다. 환자의 상태는 의사를 조금도 흥분시키지 않은 것 같았다.

"이 주사는 정말 전혀 해가 없어요."

그는 사디스트 같은 미소를 지으며 안심시키듯 이렇게 덧붙였다.

"당신의 흥분을 이해할 수 있소."

포시우스는 전신을 떨었다. 어떻게 할 수 있단 말인가? 그는 분하고 화가 나서 부글부글 끓었다. 한순간 그는 이 거만한 정신과 의사를 쓰러뜨리고 도주할까 하는 생각을 해보았다. 하지만 멀리 갈 수는 없으리라는 깨달음이 되살아났다. 그의 눈길은 오른쪽에 있는 창문을 훑어보았지만 곧 그런 생각을 거두었다. 이 건물에 있는 모든 창문에는 격자창살이 되어 있었다.

마치 값비싼 하바나 시가처럼 주사기를 집게와 가운데 손가락 사이에 끼운 채 르보는 포시우스 앞으로 다가와 의자를 끌어당기면서 물었다.

"에펠 탑에서 뛰어내리려는 결심은 어째서 하셨습니까? 황산 테러 때문에 벌받을 것이 두려웠나요? 아니면 쫓기는 느낌이었나요?"

"물론 쫓기고 있다고 느꼈어요!"

생각지도 못한 대답이 튀어나왔다. 금세 후회했지만 도로 쓸어담을 수는 없었다.

"알겠소."

르보는 공감의 표시를 해보였다.

"당신은 아무것도 몰라요. 전혀 모른다구요! 그 배경 이야기를 해드리면 아마 당신은 나를 정신병자라고 선언할 겁니다."

포시우스가 성급하게 말했다.

르보는 고개를 끄덕이고 손가락 사이에 끼워진 주사기를 만족스럽게 바라보았다. 남을 협박하는 사람이 장전된 총을 들고 희생자를 추궁할 때에 아마 그런 만족감을 느낄 것이다.

"그래도 이야기해보시죠."

그는 너그러운 태도로 말했다.

"주사기 좀 치워요!"

의사는 포시우스의 요구에 따랐다. 포시우스는 곰곰이 생각한 후 조심스럽게 말을 시작하였다.

"어떻게 내 상황을 설명해야 좋을지 모르겠군요. 사실을 말씀드리면 당신은 분명히 내가 미쳤다고 생각할 겁니다."

"어쩌면 내일 그 이야기를 하는 게 좋지 않을까요!"

"오, 안 돼요."

포시우스가 격하게 반발하였다. 그는 아직도 이 정신과 의사가 자기가 이곳에 들어온 것은 잘못이며 자기는 다른 사람처럼 정상이라는 사실을 알아챌 것이라는 희망을 품고 있었다. 그래서 이렇게 말을 덧붙였다.

"내일도 내 상황은 오늘과 같으니까요."

르보는 이런 상황들을 모르지 않았다. 그는 정신병자를 사로잡는, 자기 행동의 이유를 설명하려는 욕구를 너무나도 잘 알고 있었다. 그는 이런 울분은 환자가 지적일수록 더욱 커진다는 것도 경험으로 알고 있었다. 의심의 여지없이 그는 보통 이상의 지성을 가진 사람을 여기서 상대하고 있었다. 포시우스가 편하게 말할 수 있도록 그는 오래 된 정신과 의사의 속임수 하나를 썼다. 창가로 걸어가서 두 손을 뒷짐지고 지겹다는 듯이 밖을 내다보았다. 마치 '천천히 이야기해도 좋아요' 라고 말하는 듯한 태도였다. 그리고 이 트릭은 성공하였다.

포시우스는 힘들여서 말을 시작하였다.

"물론 당신은 내가 정신착란 상태에서 레오나르도의 그림에 산을 뿌렸다고 생각하시겠지요. 하지만 나는 지금 당신에게 이야기하는 이 순간처럼 명료한 정신상태였어요. 정말입니다. 그 원인은 벌써 여러 해 전으로 거슬러올라가지요. 그리고 비교문학 교수로서의 내 일과 관계됩니다."

맙소사. 르보는 몸을 돌리고 포시우스를 바라보았다. 그는 이제 환자의 전문 분야 강의를 듣게 될까 봐 두려웠다. 그것은 정신분열증의 전형적인 증세이기도 했다. 이 질병은 이상한 일이지만 평균 이상의 지성을 가진 사람들에게 잘 일어났다.

포시우스는 의사의 생각을 알아챘다. 환자에게는 아주 드문 일이었다. 보통은 의사가 환자의 생각을 알아챘나고 생각하기 때문이다. 어쨌든 포시우스는 놀랍게도 이렇게 말했다.

"당신은 지금 내가 단순 편집증이냐 아니면 편집증적 정신분열의 경우냐를 생각하고 계시는 것 같군요. 그리고 둘 중 어느 하나가 맞다는 것을 증명하기란 어려운 일이지요. 의사 선생님, 나는 당신이나 다른 어떤 사람이나 마찬가지로 정상입니다."

그 사이 르보는 다시 전형적인 자세로 돌아가 있었다. 바깥은 이미 어둠에 덮여서 아무것도 보이지 않았지만 그는 바깥을 내다보고 있었다. 여전히 침묵하였다. 포시우스에게는 그가 자기 말을 듣고 있다는 표지였다.

"나는 8년 전에 처음으로 루브르 박물관에 「장미원의 성모」 그림을 화학기술과 X레이 기술을 이용해서 조사해보자는 신청을 했지요. 하지만 당시 사람들은 오늘처럼 나를 미쳤다고 생각했어요. 한 가지 차이가 있다면 당시에는 나를 잡아 가두지 않았다는 것이죠. 당시 내가 받은 대답은 이랬습니다. 내 이론은 흥미롭게 들렸지만 그렇다고 내 제안을 따를 수는 없다. 이 소중한 예술품이 손상을 입을 수도 있다는 것이었죠. 그건 물론 잘못된 소립니다. 일반적으로 잘 알려져 있다시피 전세계적으로, 그리고 루브르에서도 예술작품들은 자연과학적인 방식으로 조사되고 있으니까요. 이런 방식으로 렘브란트의 작품이 아니라는 것이 밝혀졌고, 다른 작품들의 경우에는 원작자를 되찾아주기도 했습니다. 그러니까 흔히 있는 일이라는 겁니다. 루브르가 거부한 진짜 이유는 문학 교수가 원래는 미술사가에게 어울리는 발견, 그것도 아주 중요한 발견을 했다는 사실에 있었지요. 미술 분야 교수들의 경쟁은 의사들간의 경쟁과 다르지 않다고 생각합니다."

맞는 말이야, 르보는 속으로 이 말에 동의하였다. 포시우스는 그런 말로 자기도 모르는 새 의사의 공감을 얻었다. 그래서 르보의 어조는 갑자기 완전히 달라졌다.

"그렇다면, 교수님, 그 조사는 어떤 의미가 있는 겁니까? 그러니까 당신은 어떤 기대를 했나요?"

포시우스는 숨을 깊이 들이쉬었다. 그는 지금 자기가 말하는 것이 자신의 운명을 결정하리라는 것을 알고 있었다. 조금이라도 기회가 있다면 지금 모든 진실을 이야기해야 한다. 여러 해 혹은 여러 달, 하다못해 몇 주 동안이라도 이 성벽 안에서, 원래 의식 바깥을 돌아다니는 저 한심한 사람들 곁에서 보내야 한다는 생각, 이런 예측이 모든 망설임을 깨끗이 없애버렸다. 그는 자신의 지식을 지금 털어놓아야만 한다.

6

포시우스는 멀리 돌아서 이야기를 시작하였다.

"레오나르도는 이 세상에 존재했던 가장 위대한 천재의 하나였지요. 많은 사람들은 그가 살아 있을 때 그를 미쳤다고 생각했어요. 그가 당시 사람들로서는 이해할 수 없는 일들에 열중해 있었기 때문이지요. 그는 인체의 해부학을 연구하기 위해 시체를 가르고 여러 세기 뒤에나 현실로 나타날 비행기, 진흙을 파내는 준설선, 고가도로, 잠수함 따위를 조립했습니다. 그는 발명가, 건축가, 화가, 과학자였지요. 그리고 수천 년이 흐르는 동안 극소수의 사람들에게만 알려진 지식을 소유했어요. 그래서 그는 원래 알아서는 안 되는 일들, 극소수의 사람들만이 알았던 일들을 알았던 거지요."

"무슨 말인지 모르겠소."

르보가 끼여들었다. 포시우스는 의사의 관심을 일깨운 것 같았다.

"보시오, 이 세계에는 지혜로운 사람들이 있습니다. 물론 많은 숫자는 아니오. 하지만 그래도 어느 정도는 됩니다. 하지만 깨달음을 얻은 사람은——끔찍한 단어이긴 하지만 더 나은 말을 모르겠소——고작해야 여남은 명뿐이오. 그들은 모든 맥락을 이해하는 사람들, 세계의 가장 깊은 곳이 어떤 맥락을 이루고 있는지를 아는 사람들입니다. 레오나르도 다 빈치는 그들 중 하나였소. 대부분의 사람들은 그를 그냥 우수한 두뇌일 뿐 그 이상은 아니라고 생각했지요. 라파엘로는 레오나르도가 천재라는 것을 알아본 사람 중의 하나였습니다. 그는 레오나르도의 그림 때문에 그에게 경탄하였지만 그의 깨달음 때문에 그를 경배했습니다. 그래서 라파엘로는 「아테네 학교」라는 그림에서 우리 지구상에 살았던 가장 우수한 인물의 하나인 철학자 플라톤에게 레오나르도 다 빈치의 얼굴을 주었던 겁니다. 많은 사람들은 그것을 보고 칭찬이라고 생각했고, 많은 사람들은 적절한 설명을 찾아낼 수 없었기에 그 현상을 그냥 무시하고 말았지요. 오직 극소수의 사람만이 진실을 압니다."

"그럼 레오나르도는 이 지식에 대해서 말한 적이 있습니까?"

"방랑 설교사나 시장터의 장사꾼 같은 방법은 아니었소. 그는 문헌들에 그 암시를 남겼습니다. 문학과 미술비평 분야의 수수께끼입니다. 그는 이상한 비유들을 사용했고, 지구가 물고기와 같은 본성을 가졌다, 그것은 공기 대신 물로 숨쉰다, 그리고 지구 표면 아래 인간의 혈관처럼 흐르는 혈맥들이 있고 이 혈맥들에는 지구의 혈액이 흐른다고 썼습니다. 정말 단순하고, 또 항공 분야에 관심이 있는 사람으로서는 이해할 수 없는 말이지요."

르보는 포시우스 가까이로 의자를 잡아당겨서 그를 마주보고 팔꿈치를 무릎에 기대고 앉았다. 이 남자, 특히 포시우스의 이야기가 의사의 관심을 끌기 시작하였다. 정신병자들은 정말 특이한 생각들을 할 수가 있었고, 이 생각들은 부조리하긴 하지만 전체적으로 논리적이고, 때로는 아주 엄격하게 학문적인 특성을 지닌다는 점이 특이하였다. 르보는 환자의 동작을 관찰하였지만 손동작이나 눈의 움직임은 그의 정신상태를 밝혀줄 만한 비정상적인 특성을 보이지 않았다.

포시우스는 말을 계속하였다.

"위대한 레오나르도는 자신의 그림을 자신의 학문보다는 덜 중요한 것이라고 생각했지요. 어쨌든 그는 유언장에서 그림에 대해서는 한마디 말도 남기지 않았지만 자신의 기록이나 책들은 하나하나 거론했어요. 마치 그것들이 자기 생의 가장 중요한 일이었던 것처럼 말입니다. 이런 작품 중의 하나는 『그림에 대하여』라는 제목을 가지고 있으며 미술에 대한 여러 가지 통찰말고도 신과 세계에 대한 수수께끼 같은 암시들을 포함하고 있습니다."

"예를 들면?"

"예를 들면 신적인 그림에 대한 암시 같은 것이지요. 그 모양은 '독수리가 장미에 둘러싸인 곳, 가슴에는 비밀을 품고, 넉넉한 연단(鉛

丹, 녹을 방지하는 도료) 아래서 종려나무를 쓰러뜨릴 힘을 가진 것'
이라고 되어 있어요. 미술사가들은 여러 세대가 지나도록 이 묘사가
뜻하는 수수께끼를 풀려고 애쓰다가 마지막에 이 그림이 사라졌다는
결론에 도달했지요."

"그래서요? 내가 한번 맞춰보지요. 당신이 그것을 찾아냈다는 말이
지요! 맞습니까?"

"맞아요."

포시우스는 당연하다는 듯이 대답했다.

"그럼 어디서죠? 물어도 된다면 말이지만."

"루브르죠, 의사 선생님. 사람들이 상상했던 것과는 전혀 다른 모습
이었지만요."

그의 목소리는 완전히 흥분한 기색을 띠었다.

"어떻게 말입니까?"

"사라졌다고 생각되던 레오나르도 다 빈치의 그림은 실은 「장미원의
성모」였던 것이죠."

"재미있군요."

르보가 말했다. 틀림없군, 그는 지금 진짜 편집증의 전형적인 사례
를 대하고 있었다. 르보는 이제는 더 이상 물어볼 생각이 없었다. 그
는 포시우스가 설명을 계속하는 동안 건성으로 그 말을 들었다.

"처음부터 이 문제는 미술사가들에 의해서 해결될 수는 없고 문예학
자가 풀어내야 할 문제라는 것이 내게는 아주 분명해보였어요. 단테
알리기에리가 내게 그 길을 가르쳐주었죠."

오, 맙소사! 르보는 겨우 애를 써서 진지한 얼굴을 하고 있었다. 그
는 말하자면 직업적으로 훈련이 되어 있었다. 그러나 이 포시우스는
요구가 좀 지나쳤다.

경련을 일으킬 듯한 의사의 태도를 놓치지 않은 포시우스가 예고
했다.

"간단히 요약하지요. 하지만 이 모든 일은 여러 해에 걸쳐서 이루어진 것이라는 점을 염두에 두셔야 합니다. 나는 전문 분야에서는 단테의 『신곡』에 나타나 있는 식물 상징과 동물 상징에 관한 논문들을 썼어요. 모두 인정을 받은 것들이지요. 그 과정에서 나는 단테가 레오나르도와 마찬가지로 때때로 수수께끼 방식으로 말을 한다는 사실을 발견했지요. 그는 책의 줄거리 뒤에 이미지와 알레고리들을 감추었소. 그것들의 도움을 받아서 소수의 선별된 사람들에게 세계를 변화시킬 깨달음을 계속 전수하려고 한 것이죠. 단테의 경우 식물과 동물이 우글우글합니다. 그 의미를 알아야만 지옥으로 가는 그의 길을 이해할 수가 있어요. 그렇게 단테는 표범, 사자, 암컷 늑대에 대해서 말하면서 실은 색정, 오만, 탐욕 등을 뜻했지요. 그가 독수리를 이야기하면 그것은 곧 사도 요한을 의미하는 것이 확실합니다. 처음에는 그저 짐작에 지나지 않았지만 레오나르도의 글을 오래 연구할수록 나는 그들의 표현 방식에서 공통점을 발견하게 되었고, 결국은 레오나르도를 단테처럼 읽어야 한다는 생각에 도달하게 되었습니다. 『그림에 대하여』에 나오는 수수께끼의 암시로 돌아가보면 이렇게 됩니다. 독수리가 장미에 둘러싸인 신적인 그림이란 실은 「장미원의 성모」를 뜻하는 것입니다. 독수리는 이른바 성모 상징에 속하거든요. 많은 상징들이 그렇듯이 이것도 신화적인 기원을 갖고 있습니다. 오리기네스는 독수리에게서 '흠 없는 수태'의 비밀을 보았어요. 전설에 따르면 독수리 암컷은 동풍(東風)에 의해 수태된다고 하기 때문이죠."

포시우스의 말이 의사에게 전혀 아무런 인상도 안 준 것은 아니었다. 다만 이 말들은 이미 내린 진단을 더욱 확인해주는 것처럼 보였다.

"당신의 이론이 맞는다고 칩시다. 연단 아래 감추어진 비밀은 어떻게 됩니까?"

르보가 말했다.

"그것을 알아내기 위해서 나는 루브르로 가서 그림에 X레이 조사를 하자고 간청했던 것입니다. 나는 레오나르도가 자신의 색채에 연단을 섞어넣었다고 짐작하고 있었어요. 너무나 유명한 그림 안에 어떤 정보를 감추어놓은 예술가는 그가 처음도 마지막도 아니니까요. 다만 이 경우 이 정보는 생각하기 어려운 결과를 가져오겠지만 말입니다."

르보는 긴장된 기대감을 가지고 환자를 바라보았다.

"그렇습니다. 레오나르도는 이 비밀은 종려나무를 쓰러뜨릴 것이라는 견해를 말했지요."

포시우스가 말했다.

"종려나무?"

"종려나무가 상징하는 것은 승리, 평화, 순결 등입니다. 순교자들은 자주 손에 종려나무 가지를 들고 그림에 등장하지요. 하지만 종려나무 자체는 교회의 상징입니다."

긴 침묵이 찾아왔다. 르보는 생각에 잠겼다.

"그러니까 당신 말은 레오나르도 다 빈치가……."

포시우스가 상대의 말을 끊었다.

"그렇습니다. 레오나르도는 하늘 높이 솟은 종려나무 같은 교회를 쓰러뜨릴 무시무시한 비밀을 알았던 것이죠."

그가 이야기하는 동안 두 눈이 반짝거렸다.

르보가 갑자기 소리쳤다.

"아, 이제야 알겠소! 레오나르도의 그림에 산을 뿌려서 당신의 이론을 증명하려고 했던 거군요. 그래 잘 되었나요?"

포시우스는 어깨를 으쓱하였다.

"확인할 시간이 없었어요. 들키기 전에 도망쳐야만 했죠."

르보는 고개를 끄덕이며 말했다.

"아시겠지만, 교수님, 감옥에 가지 않으려면 단 한 가지 가능성밖에는 없어요. 소견서에 당신이 편집증이라고 기록하겠소."

"편집증? 하지만 설마 그렇게 생각하시는 건 아닐 테지요!"

포시우스는 숨을 헐떡였다.

"내 입장이라면 어떻게 생각하시겠소?"

그런 다음 그는 환자에게 오른쪽 팔을 걷으라고 요구하였다. 포시우스는 최면에 걸린 것처럼 그 말에 따랐다. 그는 의사가 자기 말을 믿지 않는다는 것을 이해할 수 없었다. 르보는 부드러운 손가락으로 팔목을 쓰다듬어서 편안한 정맥을 찾아내더니 주사 바늘을 꽂았다.

"이제 편안해지실 겁니다."

그는 한 번 더 말했다.

다음날 『르 피가로』에 다음과 같은 소식이 실렸다.

레오나르도 성모화에 황산 테러. 파리(AFP).

한 독일인 교수가 정신착란 상태에서 레오나르도 다 빈치의 그림 「장미원의 성모」에 황산을 뿌렸다. 그림에 심각한 손상을 입힌 이 사건은 놀라운 사실을 발견하도록 해주었다. 그에 따르면 화가는 원래 여덟 개의 서로 다른 보석으로 된 목걸이를 걸고 있는 성모의 모습을 그린 다음 알려지지 않은 이유에서 이 보석 목걸이 위에 덧칠을 했다고 한다. 루브르의 복원 전문가들 사이에서는, 원래 모습대로 목걸이를 한 성모로 만들 것인지 아니면 목걸이 위에 덧칠을 할 것인지를 놓고 논쟁이 벌어지고 있다. 범인은 뒤이어 자살을 시도했지만 실패하고 생 뱅상 드 폴 정신병원으로 옮겨졌다.

정신병원의 살인사건

1

남편이 낯선 여자와 함께 자동차 사고를 당하던 그날에 이르기까지 안네 폰 자이틀리츠는 다른 수많은 여자들처럼 절반쯤 행복하게, 보호를 받는 아내의 만족감을 느끼며 살았다. 아이는 없었지만 그 사실은 그녀나 귀도에게 별 영향을 주지 않았다. 다시 태어나도 귀도와 결혼하겠느냐는 질문을 받았다면 그녀는 망설이지 않고 그렇다고 대답했을 것이다.

그러나 그 사고 이후로 모든 것이 변했다. 안네는 귀도가 자기를 속이고 이중생활을 했는데 자기는 아무것도 몰랐다는 의혹에 시달렸다. 불확실한 상태에서 그녀는 17년 결혼이라는 암흑에 조명을 가져올 방법을 찾고 있었다. 하지만 연못의 물을 뒤집어놓은 것처럼 흐려진 감각으로 그녀는 자기가 내동댕이쳐지고, 알 수 없는 힘에 의해 짓눌리고 있다고 느꼈다.

무엇보다도 그녀를 괴롭히는 것은 불확실성과, 이 모든 것에서 빠져나올 수 없다는 점이었다. 물론 그녀는 이제 다 끝나버렸다, 지나간 일이 무슨 상관이냐, 오늘을 살아가자고 말할 수도 있었을 것이다. 그러나 그런 생각을 할 때마다 그녀는 자기가 지난 몇 주 동안 거듭 모습을 드러내는 저 어두운 세력의 날선 칼날 속으로 뛰어들고 있다는 예감으로 고통을 받았다.

이렇듯 불안하고 자극된 감정 상태에서 더 고약한 것은 안네가 객관성을 잃어버리고 이 사건과 한데 뒤섞인 우연하고 특이한 점들을 제대로 구분할 수 없다는 점이었다. 그녀는 끔찍한 정신병으로 가는 지름길로 들어서 있었다. 모든 생각들이 원을 그리고 있는데 그녀는 해답에서 점점 멀어지고 있었다. 무엇보다도 그녀는 누구에게도 속을 털어놓을 수가 없었다. 가장 친한 여자친구에게도 말할 수가 없었다. 그랬다가 귀도의 그 밖의 관계를 알게 될까 두려워서였다.

그러나 신문들이 파리 루브르 박물관의 황산 테러를 대서특필하고 이 과정에서 드러난 성모의 목걸이를 둘러싼 논쟁에 대해서 보도하면서 사건은 예상치 못한 전환을 맞이하였다. 특히 테러범 마르크 포시우스가 관심을 끌었다. 그는 분명 정신착란을 일으켰지만 독일 출신으로 샌디에이고의 캘리포니아 대학교의 교수였다.

"포시우스? 포시우스?"

안네는 이 이름을 어디선가 들은 적이 있다는 것을 깨달았다. 그렇다. 구트만이 사라지기 전날 이 이름을 말했다. 물론 전혀 다른 맥락에서였다. 포시우스는 바라바를 탐구하면서 반평생을 보냈다고 했다. 그러면서 구트만은 일부 사람들은 포시우스가 미쳤다고 생각한다는 말도 했었다.

레오나르도 다 빈치의 그림에 황산 테러를 한 행동에서 사라져버린 양피지에 이르는 길이 아주 분명한 것은 아니었다. 하지만 당황스러운 맥락이 있었다. 바라바였다! 구트만은 양피지에서 '바라바'라는 이름을 읽었고 포시우스는 바라바라는 유령을 탐구하였다.

지난 몇 주 동안 그녀는 자기의 이해력을 훨씬 넘어서는 일들이 현실에서는 그렇게 특이한 것만도 아니라는 사실을 배웠다. 교수가 레오나르도의 그림을 공격했다는 것은 물론 충분히 특이한 일이었다. 게다가 그는 그녀가 찾고 있는 양피지 문서에 등장하는 바라바라는 이름을 탐구하는 데 열중해 있었다고 한다. 이런 생각은 거의 광증에 가까웠지만 그래도 안네 폰 자이틀리츠는 저 미친 교수와 접촉해보겠다는 결심을 하기에 이르렀다.

2

때마침 그녀는 파리에서 전화 한 통을 받았다. 비록 오래 전 일이긴 했지만 그녀의 삶에 깊숙이 개입했던 남자에게서 온 전화였다. 그의 이름은 아드리안 클라이버, 『파리 마치』를 위해 일하는 재능 있는 사진기자 겸 저널리스트였다. 아드리안이 파리에서 경력을 쌓은 데에는 안네에게도 어느 정도 책임이 있었다. 아드리안은 귀도의 가장 좋은 친구였다. 그러다가 그들은 누가 안네에 대해서 더 오랜 권리를 주장할 수 있느냐는 문제를 놓고 주먹질을 벌였다.

17년 전 당시 아드리안과 귀도는 아주 심각하게 결투를 할 생각이었다. 이 결투가 이루어지지 못한 것은 안네가 무기로 싸움을 벌일 경우에는 두 사람 다 다시는 보지 않겠다고 협박했기 때문이었다. 이제는 그녀 자신도 기억이 나지 않는 어떤 이유로 아드리안은 싸움판을 떠나서 분노와 고통을 품고 파리로 가버렸다. 6, 7년 전까지만 해도 그는 한번도 빠지지 않고 그녀의 생일에 꽃을 보내곤 했다. 어쩌면 단지 귀도를 화나게 하기 위해서였을 것이다. 하지만 그 이후로 더는 소식을 보내오지 않았다.

그런데 아드리안이 갑자기 전화를 해온 것이다. 그의 목소리는 낯설었다. 어쨌든 그녀는 그 목소리를 기억해내지 못했다. 마지막으로 이야기한 지 그렇게 오랜 세월이 흘렀으니까. 그들은 한 시간 넘게 전화 통화를 했다. 안네는 몹시 애를 써서 아드리안에게 남편의 죽음을 알리고 그와 결부된 이상한 상황을 설명하였다. 그녀는 포시우스라는 이름은 아예 들먹이지 않았다. 그냥 파리에서 조사를 하려고 하는데 그가 도와줄 수 있는지 물었다. 아드리안 클라이버는 아주 좋아하면서 자기 집에서 지내라고 제안하고, 공항으로 그녀를 마중나가겠다고 약속하였다.

아드리안은 여자들을 이해하는 편이었다. 그를 만나본 사람은 누구든—남자들도—그 점을 의심할 수가 없었다. 그는 전혀 아름답지 않았고 특별히 키가 크거나 눈에 띄는 머리카락을 갖고 있지는 않았지만 분별력, 재치, 취향 등을 가지고 있었다. 다른 사람들이 적어도 한번쯤의 이혼 경력을 가질 나이에도 여전히 결혼하지 않고 있으면서 그 사실을 전혀 힘들어하지 않는다는 것도 아마 이것을 뒷받침해주는 것이리라.

그는 사람들을 행복하게 만드는 자기애(自己愛)를 상당한 정도 가지고 있었다. 그러면서도 병적인 에고이스트의 역겨운 태도를 보이지 않았다. 아드리안에게는 문제란 없는 것 같았다. 어쨌든 '문제없어!' 라는 말은 그가 잘 쓰는 말 중의 하나였고, 그를 모르는 사람이라면 그 말을 그렇게 자주 사용하는 것이 신경에 거슬릴 정도였다. 그를 아는 사람은 그의 말이 진짜라는 것을 알고 있었다.

그들이 마지막으로 본 것은 그러니까 벌써 17년 전의 일이었다. 비행기를 타고 가면서 안네는 그 오랜 세월이 지난 지금 아드리안이 어떤 모습일까 생각해보았다.

AF 731기는 정확하게 11시 30분에 부르제 공항에 착륙하였다. 수많은 홀들을 지나치고 여러 계단들을 거친 다음 안네는 작은 가방을 들고 옆으로 열리는 유리문을 통해서 대기실로 나갔다.

아드리안이 커다란 장미 다발을 흔들었다. 안네를 포옹해서 바닥에서 번쩍 쳐들어올리고는 자기 몸을 중심으로 완전히 두 바퀴 돌렸다. 옛날 그대로였다. 안네는 눈에서 눈물 몇 방울을 닦아냈다. 원래는 전혀 감동을 보이지 않을 속셈이었지만.

두 사람은 약간 당황한 모습으로 서로를 살펴보았다. 아드리안이 곧바로 자신의 외모를 가지고 농담을 했다. 여자들에게 별로 매력적인 모습이 못 되고, 그래서 아직도 함께 살 여자를 찾지 못했노라고 했다.

안네가 장난스럽게 웃었다.

"무슨 말이 듣고 싶은 거야? 파리에서 가장 아름답고, 가장 영리하고, 가장 탐나는 젊은이라는 말? 좋아, 그럼 파리에서 가장 아름답고, 가장 영리하고, 가장 탐나는 젊은이야. 이제 기분이 좋아?"

"훨씬 좋아! 특히 네가 그 말을 해줘서 말야."

아드리안과 함께 있을 때는 진지해지기가 불가능하다니까, 하고 안네는 웃고 농담하면서 생각했다. 그녀는 자유로워진 느낌이었다. 하지만 그녀는 이 상냥한 남자가 자기를 도울 처지에 있을까 하는 생각을 하고 있음을 깨달았다.

"고약한 이야기군."

아드리안이 갑자기 말했다. 그들은 그의 자동차인 검은색 폰톤 벤츠를 타고 시내 쪽으로 달리고 있었다. 그녀의 생각을 알아채기라도 한 것처럼 아드리안이 갑자기 아주 진지하게 물었다.

"그래, 행복했니?"

안네는 질문의 뜻을 얼른 이해하지 못했다.

"그러니까, 귀도하고 말이야?"

그녀는 어깨를 으쓱하였다. 그녀는 남편의 죽음 이후에 일어난 일들에 대한 생각으로 바빴다. 그러면서 그녀는 여러 번이나 자기가 귀도의 죽음을 멀리 밀쳐버렸다는 사실을 의식하였다.

그녀는 갑자기 말을 시작했다.

"너한테 울면서 하소연하려고 여기 온 게 아냐. 내가 어떤 상황에 빠졌는지를 알아내기 위해서 너의 도움이 필요한 거야, 알겠니? 이렇게 계속되면 난 미쳐버릴 거야."

아드리안은 오른손을 그녀의 왼쪽 팔에 올려놓았다.

"안심해, 안네, 나를 믿어도 돼."

안네는 부드러운 손길을 느꼈다. 갑자기 말이 쏟아져나왔다.

"난 무서워, 알겠어? 정말 무서워. 모르는 것이 무서워. 세상에서 가장 끔찍한 종류의 두려움이야. 네가 그 말을 이해하는지 모르겠다."

"이해하지 못해. 하지만 널 이해하려고 노력해볼게. 이제 여기 왔고 네 문제들은 멀리 있어. 어딘가 다른 곳에 말야."

아드리안이 진지하게 대꾸했다.

"아니, 아니, 아니야! 그래서 여기 온 거라구, 여기서 해답에 한 발자국 다가가기 위해서 말이야."

안네가 흥분해서 소리쳤다. 아드리안이 놀라서 손을 거두어들였다.

아드리안은 침묵하였다. 그는 안네의 말을 이해하지 못했다. 하지만 이 여자가 뭔가 끔찍한 것을 끌고 왔다는 것, 그리고 그냥 망상일 뿐이라는 듯 그녀의 감정을 끌어내리는 것은 서툰 일이라는 것을 감지하였다. 안네는 아드리안을 바라보았다. 그에 관해서 말하자면 그는 분명히 두려움이란 것을 모른다. 그는 저돌적인 사람이었고 이런 태도로 그는 상당히 잘 견뎌냈다. 심지어는 한국전처럼 상당히 미묘한 상황도 이겨냈다. 그에 반해서 안네는 두려움을 갖지 않는다는 것은 때때로 어리석음이라는 점을 알고 있었고, 이전까지는 이런 의식을 가지고 잘 살아왔다.

"너한테 전부 다 말하지 않았어."

그가 포르트 드 바뇰레에 있는 시내고속도로를 빠져나가서 벨그랑 거리로 접어들고 있을 때 안네가 말했다.

"전부 말하지 않았다고?"

"나는 이곳 파리에서 어떤 교수를 만나보려는 거야. 어쩌면 내 상황에서 앞으로 나가는 것을 도와줄 수 있는 유일한 사람이야."

"이름이 뭐야?"

"마르크 포시우스."

"모르겠는데."

"모르는 것보다 사정이 더 나빠. 그는 정신병원에 있어. 그를 찾아내도록 네가 나를 도와주었으면 해."

"파리 정신병원에 갇힌 독일인 교수?"

"무슨 생각하는지 알아. 하지만 그 사람은 내게는 정말로 중요해. 이 순간 그가 유일한 희망이야."

아드리안은 자동차의 브레이크를 밟으면서 차를 오른쪽 길 가장자리로 몰아갔다.

"잠깐, 신문마다 루브르에서 레오나르도 다 빈치 그림에 황산을 뿌린 교수 이야기를 떠들고 있는데……."

"바로 그 사람이야."

"하지만 그는 미쳤어. 사람들이 그를 가뒀다고, 알겠어?"

그러면서 그는 집게손가락으로 관자놀이를 톡톡 쳤다.

"그럴지도 모르지. 하지만 지난 몇 주 동안 내 주변에서 일어난 일을 생각해보면 그의 행동도 그보다 더 정신나간 건 아냐."

안네는 침착성을 잃지 않고 대답하였다.

아드리안은 두 손으로 핸들을 잡고 앞유리창을 통해 거리를 바라보았다. 그는 아무 말도 없었지만 안네는 그의 머릿속에서 무슨 일이 일어나고 있는지 짐작할 수가 있었다. 마침내 그녀가 말했다.

"알아. 그 모든 일이 잘 납득이 가지 않을 거야. 내 머리가 완전히 온전치 못하다는 결론에 도달한다고 해도 너를 나쁘게 생각할 수는 없을 거야. 나도 때때로 내 분별력을 의심하곤 하니까 말야."

"아, 헛소리. 난 다만 정신착란을 일으킨 교수와 네 이야기 사이의 맥락을 모르겠을 뿐이야, 그냥."

그는 잠시 중단했다가 말을 이었다.

"이쪽이나 저쪽이나 다 정신나간 것처럼 보여. 내 말은 멀쩡한 정신을 가진 인간이라면 이루 다 말할 수 없는 가치를 지닌 그림에 황산을 뿌리지는 않는다는 거지. 그 교수가 정신이상 판정을 받기를 빌어줄 수 있을 뿐이라고 말하고 싶어. 그렇지 않았다가는 손해배상 요구로 인해서 인생이 즐겁지 않을 거니까 말이지."

안네는 머리를 끄덕였다.

"물론 나도 생각해봤어. 의식의 혼란이란 극히 여러 가지 이유에서 나올 수 있지. 무엇보다도 전혀 다른 영향 아래서 생겨났다가 다시 사라질 수도 있잖아. 포시우스 같은 행동을 한 사람은 절대로 분별력을 잃어버리지 않았을 거야. 그는 이런 행동을 했다는 점에서 미쳤을지도 모르지. 하지만 그 밖에는 완전히 정상이고 자기 학문 분야의 거물일 수도 있어."

그녀의 설명은 설득력이 있었지만 그래도 여전히 이런 의심이 남아 있었다.

"그럼 포시우스가 네 사건과 무슨 상관이 있지?"

안네는 쓰라린 심정으로 웃음을 터뜨렸다.

"단 하나의 단어가 우리를 연결시키고 있어. 하나의 이름인데, 자주 들을 수 없는 이름이지. 바라바야."

"바라바? 들어본 적이 없는데?"

"그렇다니까. 이 이름이 귀도가 지니고 있던 사라진 양피지에 나타나 있어. 어쨌든 내가 자문을 구했던 유명한 콥트학자가 그렇게 말했어. 그러면서 그는 포시우스라는 교수가 있는데 분명히 역사상의 인물인 바라바를 연구하고 있다는 거야."

"이제야 알겠다! 그 밖에 그 낡은 양피지에 뭐가 더 써 있지?"

아드리안이 신나서 외쳤다.

"나도 몰라. 내가 찾아간 다음날 콥트학자는 흔적도 없이 사라졌는데, 양피지의 사진판도 함께 없어졌어."

아드리안은 머리를 옆으로 저었다.

"참 정신나간 일이군. 정신나간 일이야. 포시우스를 찾아내야겠다. 우린 그를 찾아낼 수 있을 거야. 나는 전혀 다른 사람들도 찾아냈거든. 문제없어!"

3

아드리안 클라이버는 생 마르탱 운하와 드 레스테 문 사이의 베르됭 거리에 위치한, 커다란 창문들이 달린 널찍한 아파트에서 살았다. 이 강력한 건물은 19세기 말 이전에 만들어진 파리 가옥들의 전형적인 매력을 자랑하고 있었다. 붉은색과 푸른색의 장식용 유리가 달린 출입문, 놋쇠로 테두리를 박아넣은, 덜컹거리는 겹치는 문을 가진 목재 승강기, 군대가 행진해도 될 정도로 크지만 낡아버린 계단.

하얀색 칠이 된, 양쪽으로 열리는 문들이 아파트의 내부 공간들을 서로 갈라놓고 있었지만 이 문들은 닫혀본 적이 없었다. 주로 유겐트 슈틸의 예술품과 가구들, 이슬람 미술품 등은 아드리안이 골동품상과 파리의 벼룩시장에서 사들인 것들이었다. 클리냥쿠르 문과 생캉 문 사이에 있는 골동품상이 그가 가장 좋아하는 곳이었다. 그 중 많은 것들이 오늘날 한 재산 되는 것들임을 안네는 전문가의 눈길로 알아보았다.

네 개의 방 중에서 가장 작은 방을 아드리안 클라이버는 손님에게 내주었다. 이 방에 딸린 유일한 창문은 뒷마당으로 통하는 작고 둥근 발코니를 향해 열려 있었다. 그러면서 그는 집처럼 편안하게 지내라고 말했다. 하얀 소파 하나와 두 개의 낡고 어두운 색깔의 서랍장이 유일한 가구였다. 방이 좁아서 그 이상의 가구를 허용하지도 않았을 것이다. 자기 집의 크기와 고독에 비해 안네는 이곳에서 편안함을 느꼈다.

무엇보다도 아드리안이 보호해준다는 느낌 때문이었다.

아드리안은 저널리스트로서의 일에서 재미를 찾아냈다. 그는 이쪽 계통 사람들의 특징이기도 한 호기심과 모험욕으로 자기 일을 해나갔다. 몇 번 전화만으로 충분했다. 그것을 보고 안네는 아드리안이 사방에 친구를 두고 있다는 것을 알 수 있었다. 몇 번의 전화만으로 아드리안은 억류된 교수가 어디에 있는지 알아냈다. 생 뱅상 드 폴 정신병원이었다.

테이블이 전부 다섯 개뿐인데다 아늑한 거실 같은 분위기가 느껴지는 운하에 위치한 작은 식당 '셰 마르고'에서(특히 40대 후반의 짙은 화장을 한 편안한 여주인 마르고가 직접 요리도 하고 서빙도 하기 때문에 더욱 그런 분위기였다. 물론 시간이 한참 걸렸다) 저녁을 먹으면서 아드리안과 안네 폰 자이틀리츠는 어떻게 포시우스에게 접근할 것인지 전략을 짰다.

조사의 이유를 밝히는 것은 바람직하지 않아 보였다. 이런 경우 진실은 방해가 될 뿐이었다. 그래서 포시우스에게 접근하기 위해서 안네는 교수의 조카이자 유일한 친척이라고 하기로 했다.

아드리안은 외투 밑에 작은 카메라를 숨기기로 했다. 카메라 없이는 옷을 입지 않은 황제 같은 느낌이라는 핑계를 대고서, 그들이 '정신병원'이라는 문패가 붙은 생 뱅상 드 폴의 옆문을 지나갈 때 안네가 항의했는데도 고집을 꺾지 않았다. 거의 외국인 억양 없이 프랑스 말을 하는 아드리안은 하얀 옷을 입은 수위에게 방문 목적을 밝히려고 했다. 어차피 누가 들어도 명백하게 의심을 살 만한 일이었다. 어쨌든 수위는 위에서 아주 꼼꼼하게 안네의 독일 신분증을 들여다보고는 그녀의 이름을 적었다. 마침내 상아색깔 전화기를 집더니 다이얼을 돌리고 안네와 아드리안에게 눈길을 고정시킨 채 포시우스와 그의 독일인 친척 이야기를 했다. 그런 다음 그는 그들에게 대기실에 있는 하얀 칠이 된 목재 걸상을 가리켜보였다.

약 10분 가량 기다렸다. 안네에게는 영원처럼 여겨졌다. 그러자 수위는 창문을 옆으로 열고 기다리는 사람들에게 손짓을 하더니 아드리안을 향해서 환자는 친척이 없고 따라서 자이틀리츠 부인을 만날 의사가 없다고 알려주었다.

그러자 아드리안이 저널리스트적인 재능을 발휘하였다. 그는 담당 의사를 연결해달라고 하더니 엄청난 비난을 그에게 퍼부어댔다. 그 중에서 안네는 그렇게 통탄할 처지에 있는 사람이 자신의 유일한 친척을 기억하겠느냐는 말만 이해하였다. 어쨌든 조카는 사랑하는 아저씨를 만나고 싶은 열망이 크다고 했다. 이 말은 효과가 없지 않았다. 의사는 그들에게 2층의 면회실 201호로 오라고 했다.

안네는 정신병원의 면회실이란 대충 이런 모양이리라 상상했었다. 밝은 하얀색 벽, 격자살이 달린 창, 입구 옆에 있는 각진 의자, 방 한 가운데 오래 된 낡은 테이블, 그 둘레로 낡은 의자 네 개, 끝없이 높은 천장에는 우윳빛 전구 하나. 마루 닦는 왁스와 청어 냄새가 역겹게 뒤섞여 있었다.

4

잠시 뒤에 포시우스가 문간에 나타났다. 간호사와 의사가 그를 동반하고 있었다. 상당히 거만한 타입인 젊은 의사는 콧소리로 15분간 시간을 드린다는 말을 하고 사라져버렸다. 간호사는 밝은 색깔 환자복을 입고 상당히 무감동한 포시우스를 방 가운데 있는 테이블로 데려다놓더니 그 자신은 문간에 있는 의자에 앉았다.

"당신 참 구역질나는 사람이군!"

아드리안이 간호사에게 독일어로 소리쳤지만 간호사는 미소를 지었다. 안네는 깜짝 놀랐다. 아드리안이 안네를 향해 말했다.

"그가 독일어를 아는지 보려고 했을 뿐이야. 그는 한마디도 못해.

대부분의 프랑스 사람들은 독일어를 못하면서, 독일인이 프랑스어를 하는 것을 당연하다고 여기거든."

교수는 끔찍하게 생긴 의자 하나에 자리를 잡고 앉았다. 그는 설명을 기다린다는 듯이 편하게 손을 겹쳐놓고 있었다.

안네의 심장은 터질 듯이 뛰었다. 그녀는 이 만남이 어떻게 끝날지, 이 교수가 도대체 말을 해볼 만한 사람인지 알지 못했다. 다만 자기 맞은편에 말없이 기대에 차서 앉아 있는 이 수수께끼의 사나이가 마지막 희망이라는 것만 알고 있었다.

용기를 얻기 위해서라는 듯이 안네는 깊이 숨을 들이쉬고 말을 시작했다.

"교수님, 저를 모르신다는 것 압니다. 당신을 만나기 위해서 속임수를 썼어요. 물론 우린 친척이 아니지만, 당신은 저를 도와주실 수 있어요. 저를 도와주셔야 해요. 아시겠어요, 포시우스 교수님?"

그 남자는 눈을 내리떴다. 그는 그녀의 말을 이해한 것 같았다. 어쨌든 입가의 주름살이 갑자기 떨리기 시작하였다. 하지만 그 모든 것이 믿을 수 없을 정도로 오래 걸려서 안네는 불안한 태도로 한 번 더 말했다.

"제 말 아시겠어요, 교수님?"

포시우스는 천천히 입술을 움직였다.

"나를…… 여기서…… 빼내……주시오. 나를 빼내주시오, 모든 것을 설명할 수 있어요."

그는 천천히 그러나 아주 명료하게 말했다.

"기분이 어떠세요, 교수님. 대우는 잘 받고 계신가요?"

포시우스는 왼쪽 소매를 걷어 보였다. 팔목에 뚜렷한 바늘 자국들이 나 있었다.

"그들이 진정제를 주사한 거야. 세계의 모든 정신병원이 똑같아."

안네는 교수의 손을 잡았다.

"어떻게 도와드릴 수 있나요, 말해주세요!"

포시우스는 억지로 미소를 지었다.

"모든 것을 설명할 수 있소. 나를 빼내주시오."

"우리가 당신을 여기서 빼내드리지요. 하지만 그러기 위해선 당신의 도움이 필요합니다. 그것을 위해 꼭 필요한 온갖 정보를 가져야 해요. 이해하시겠어요?"

아드리안이 진정시키듯이 말했다. 포시우스는 고개를 끄덕였다.

"당신은 어떤 일을 하셨는지 알고 계시지요, 교수님? 어째서 여기 계신지도요?"

안네가 흥분해서 물었다.

포시우스는 기억을 되살리려는 것처럼 안네를 한동안 바라보았다. 그러더니 격하게 고개를 끄덕였다.

"어째서 그런 일을 하셨지요? 어째서 산을 그림에 뿌렸나요?"

그러자 그가 폭발적으로 말했다.

"어째서, 어째서, 모두들 어째서냐고 묻지요. 하지만 내가 설명하면 그들은 고개를 돌리고 내가 미쳤다고 말합니다. 나는 한마디도 하지 않겠소."

안네는 포시우스 가까이 다가와서 비밀을 털어놓듯이 말했다.

"교수님, 그것은 바라바와 무슨 상관이 있나요?"

"바라바?"

포시우스는 눈을 치켜뜨더니 우선 안네 폰 자이틀리츠를, 이어서 아드리안을 자세히 살펴보았다. 마침내 그는 깜짝 놀라 일어서더니 손가락으로 여자를 가리키며 소리쳤다.

"누가 당신을 보냈소?"

안네는 겨우 애써서 교수를 도로 의자에 앉힐 수가 있었다. 그가 다시 진정되기까지 한참이 더 걸렸다. 그녀는 포시우스에게 자기가 콥트 양피지를 하나 가지고 있는데, 거기에 바라바라는 이름이 나타나 있다, 그리고 뮌헨의 교수 한 사람이, 포시우스가 바라바 문제의 가장 중요한 연구자라는 사실을 말했다고 설명하였다. 그렇지만 진실 전체를 말하지는 않았다.

그녀의 설명은 교수를 만족시킨 것 같았다. 어쨌든 그를 상당히 평온하게 만들었다. 무심한 상태라고 할 만했다. 포시우스는 뒤로 몸을 기대고 고통스럽게 웃으며 질문을 했다.

"그럼 당신은 바라바에 대해서 무엇을 아시오?"

"솔직하게 말씀드리지요. 이 유령에 대해서는 도무지 아는 것이 없어요."

안네가 대답했다. 그러자 포시우스의 얼굴 표정이 연극처럼 승리자의 몸짓으로 변하였다. 그는 목을 꼿꼿이 쳐들고 눈썹이 반달 모양이 되도록 치켜올리고, 기관차처럼 코로 씩씩 숨을 내뿜었다. 그가 이 상황을 즐기는 것을 알 수 있었다. 그가 마침내 진지해지고, 막 설명을 하려는데 담당의사가 문간에 나타나서 명령조로 소리쳤다.

"면회시간 끝났어요. 이리 오시오, 포시우스!"

5분만 더 달라는 아드리안의 요청을 담당의사는 못마땅하다는 손짓으로 거절했다. 이어서 꼭 그래야 한다면 다음날 다시 오라고 말했다.

포시우스가 간호사에게 끌려가는 동안 아드리안은 의사에게 다가가서 환자가 지나치게 많은 진정제를 맞은 것 같다, 투여된 분량이 필요량을 훨씬 더 능가한 것 같다는 인상을 받았다, 고 말했다. 포시우스는 조용하고, 보아 하니 의식도 명료한 것 같다, 자기가 그에 대한 근무감독 신청을 한다면 그것은 의사의 뜻은 아닐 것이다, 지난해만 해도 다른 병원에서 의사가 환자에게 진정제를 지나치게 투여한 비슷한 사례가 신문에 표제기사로 실린 적이 있었다, 그런 사태를 막기 위해서 분명히 밝히는 바이지만 내일 방문을 위해서 환자에게 약을 투여하지 말라, 고 말했다.

아드리안의 으름장은 효과를 발휘하였다. 의사는 의학적인 결정은 자기에게 맡기라고 무뚝뚝하게 대답하기는 했지만 그래도 화해하는 뜻으로, 환자가 강한 진정제 없이 잘 견디는지 보겠노라고 덧붙였다.

의사를 다루는 아드리안의 솜씨를 보고 안네는 대단한 경탄을 느꼈다. 그녀는 아드리안이 이런 상황을 그토록 잘 처리하리라고는 상상도 못했다. 그는 정말 문제가 없는 듯했고, 그녀가 처한 상황에서 꼭 필요한 사람이었다.

그들은 말없이 생 뱅상 드 폴 병원을 나서서 쌀쌀한 가을 바람에 커다란 밤나무 잎사귀들이 우수수 떨어지는 밖으로 나왔다. 안네와 아드리안 두 사람은 동일한 생각에 잠겨 있었다. 포시우스는 미친 걸까, 아닐까?

"어떻게 생각해?"

아드리안이 걸어가면서 안네의 팔을 끼며 물었다.

"이렇게 잠깐 만나고선 말하기 어려운데."

"그의 말을 모두 생각해보면 그는 논리적으로 행동했다고 해야 할 것 같아. 나도 이런 상황에서는 다르게 말하지 않았을 것 같아. 특히 그가 어떤 상황에 있는지를 생각해보면 말야."

5

다음날을 위해서 두 사람은 어떻게 교수에게 말을 하게 할 수 있을지 정확한 계획을 세웠다. 이런 상황에서 포시우스의 마음을 가장 많이 움직이는 것은 의심할 것 없이 황산 테러일 것이다. 그는 결국 그 때문에 정신병원에 온 것이니까. 그러니까 그의 범죄의 결과를 보여주고 그의 반응을 관찰해야 한다, 어쩌면 이런 충격이 그의 혀를 풀어줄지도 모른다. 아드리안의 의견이었다.

AFP 통신 사진부에서 아드리안 클라이버는 손상된 레오나르도 그림의 컬러 사진 하나를 구했다. 다음날 오후 그들은 다시 생 뱅상 드 폴 병원에 나타났다.

포시우스는 달라져 있었다. 그는 안네와 아드리안에게 '사랑하는 조카'라고 말했다. 그리고 그들이 시작한 연극을 자기 쪽에서도 함께 거들었다. 교수는 오늘 주사를 맞지 않았다고 말했다. 그래서 분명한 의식으로 방문객들에게 몇 가지 질문을 하려고 했다.

안네 폰 자이틀리츠는 이 점을 예상했다. 그녀는 자기 이야기를 간략하게 말한 다음 이렇게 덧붙였다.

"이 모든 것이 믿을 수 없이 들린다는 것을 알아요. 하지만 사실 그대로라고 맹세할 수 있습니다."

안네의 설명은 교수에게는 전혀 놀랍지 않았고 오히려 그를 진정시켜주는 것 같았다. 그는 "재미있군" 하는 말만 했다. 그리고 한 번 더 말했다.

"재미있군요."

이야기를 하는 동안 안네와 아드리안은 각기 오늘 자기들 앞에 마주 앉은 교수는 아주 정상이라는 확신에 도달하였다. 그렇다고 해도 그리 놀라운 일은 아니었다. 정신분열의 경우에는 착란의 상태와 명료함의 상태가 번갈아 나타나는 것이 전형적인 표지니까 말이다.

지나가는 말투로 아드리안은 포시우스가 루브르에서 행한 일의 결과를 아느냐고 물었다. 교수는 눈을 크게 뜨고 질문하는 사람을 바라보았다.

아드리안은 봉투에서 사진을 꺼내서 포시우스 앞에 내려놓았다. 그는 성모의 가슴에 난 커다란 반점을 보았다. 거기에는 뚜렷하게 보석 목걸이가 드러나 있었다.

"맙소사, 그럴 줄 알았어, 그럴 줄 알았다구. 이것이 바로 레오나르도의 소식의 증거야!"

교수가 말을 더듬었다.

"무슨 말씀인지 모르겠군요, 교수님."

안네가 말했다. 그리고 아드리안도 거들었다.

"레오나르도의 소식이라니 설명 좀 해주시겠습니까?"

포시우스는 고개를 끄덕였다.

"당신들 두 사람이 파리에서 내 말을 믿는 유일한 사람들 같소."

그는 의자를 방문객들 가까이 끌어당겼다.

아드리안은 사진을 톡톡 두드렸다.

"전문가들 사이에서는 그림을 어떻게 복구할지, 목걸이를 넣을지 말지 토론이 분분하답니다."

교수가 코웃음을 쳤다.

"아, 무슨 전문가! 보석 목걸이를 한 성모 그림을 보신 적이 있소?"

"생각 안 나는데요."

아드리안이 대답했고, 안네는 고개를 흔들었다.

"하지만 분명히 레오나르도 다 빈치가 목걸이를 그렸어요. 아니면 그것이 뒷날의 위작이나 제자가 덧붙인 거라고 생각하시나요?"

그들은 포시우스가 무슨 말을 하려는지 눈치채지 못했다.

"반대요, 사랑하는 조카. 레오나르도는 아주 의도적으로 이 목걸이를 그렸소. 완성한 다음 황토 빛깔로 덮은 것도 역시 그의 의도였어요."

그가 말하는 동안 아드리안 클라이버는 교수를 측면에서 바라보았다. 그는 포시우스의 말을 어떻게 생각해야 할지 정확하게 알지 못했다. 교수는 모든 현실과는 거리가 먼 일 속으로 빠져드는 것 같은 인상을 주었다. 이 남자의 심리 상태를 완전히 신뢰해도 될 것인가 하는 의문이 그의 내면에 떠올랐다. 하지만 다음 순간 아드리안은 교수의 말에 사로잡히고 말았다.

"세계는 온통 비밀로 가득 차 있소. 몇몇 사람들은 아주 위대해서 대부분의 사람들의 이성을 훨씬 넘어서 있지요. 그게 좋을지도 몰라요. 그런 것을 알고 그 하중(荷重)을 느끼면 많은 사람들이 분별력을 잃어버릴 테니까. 그래서 아주 옛날부터 인류의 비밀은 인간 종족의 가장 영리한 사람들에게서 또 다른 영리한 사람들에게로만 전해지는 관습이 생긴 거지. 그것을 공개할 때가 될 때까지 침묵하기로 약속을 하고 말이오."

안네는 초조해졌다. 그녀는 그림에 있는 목걸이가 대체 인류의 비밀과 무슨 관계가 있는가 물어보고 싶었다. 그러나 포시우스의 말이 그녀의 말을 가로막았다.

"500년 전부터 사람들은 셰익스피어가 하늘과 땅 사이에 우리가 꿈꾸는 것보다 훨씬 더 많은 일들이 있다고 말했을 때 대체 무슨 뜻이었을까 궁금하게 여겨왔지요. 셰익스피어는 단테나 레오나르도 다 빈치와 마찬가지로 비밀을 전수받은 사람들 중의 하나였소. 그들 한 사람 한 사람이 은밀한 표지, 닫혀진 소식을 남긴 거지. 셰익스피어와 단테는 언어를 사용했고 레오나르도는 물론 이런 목적을 위해 그림을 사용했소. 그가 남긴 문헌들에도 그의 지식을 암시하는 것들이 나타나지만 증거가 없어요."

"알겠습니다. 그러니까 당신은 이런 황산 테러로 당신의 발견을 증명하려고 했군요."

아드리안이 말했다.

"그리고 성공한 거요. 이것이 증거지!"

포시우스가 손바닥으로 사진을 툭툭 쳤다.

"목걸이요?"

안네가 물었다.

"목걸이요."

교수는 명료하게 확인하고는 무심하게 출입문 옆 의자에 앉아 있는 간호사를 눈으로 찾았다. 면회시간이 다 지나갔다. 안네는 담당의사가 다음 순간이라도 방으로 들어서서 대화를 급히 중단시킬까 두려웠다. 그래서 그녀는 초조하게 포시우스에게 말했다.

"그렇다면 레오나르도가 누구나의 눈에 띄지 않도록 감추어놓은 목걸이와 콥트 양피지 사이의 연관성을 설명해주세요!"

포시우스는 고개를 끄덕였다. 그가 그 동안 당한 부당한 고통에 대한 보상을 받으려고 하는 것처럼 이 상황을 즐기고 있다는 것을 알 수가 있었다. 안네가 조를수록 교수는 더욱 느긋해졌다. 그가 말했다.

"확실한 것은 두 사람 다 동일한 지식을 가졌다는 겁니다. 이 문서를 쓴 사람과 레오나르도 다 빈치 말이오. 그들은 동일한 코드를 사용하고 있으니까요."

안네와 아드리안은 어쩔 바를 모르고 서로 얼굴을 마주보았다. 이 남자는 쉽게 털어놓지 않았다. 그는 자기들의 인내력을 시험하고 있다. 아드리안은 교수를 정상적인 척도로 생각할 수 있는지, 혹시 그가 자기 지식에 사로잡혀 있는 사람이나 가엾은 정신병자가 아닌지 하는 의심이 들었다.

6

포시우스는 사진을 집어들고 그것을 전리품처럼 수직으로 세우고는 손가락으로 목걸이가 있는 자리를 건드렸다. 황금색 꽃 장식으로 싸인 채 윗부분이 연마되어 광택을 내는 여덟 가지 보석이 나란히 줄지어 있는 목걸이였다.

교수가 확정적으로 말했다.

"여덟 개의 보석은 보기에 장식품일 뿐 그 이상은 아무것도 아닌 것 같지요. 하지만 각기 아주 특별한 돌입니다. 모두가 자기만의 의미를 가지고 있어요. 관찰자 쪽에서 보아 왼쪽에서 시작합시다. 첫 번째 누르스름한 돌은 베릴(Beryll, 녹주석)이오, 이것은 자기만의 역사를 가진 돌입니다. 그것은 10월생들의 탄생석으로 여겨지며 중세에는 눈을 고치기 위해서 이 돌을 갈아 물에 타서 이용했소. 뒷날 사람들이 이 돌을 적절하게 연마하자 사물을 확대시켜 보이는 기능이 있다는 것을 발견했어요. 그래서 안경(Brille, 브릴레)이라는 말이 생겼지요. 두 번째의 밝은 청색 돌은 아쿠아마린(Aquamarin, 녹옥석)으로, 베릴과 친척 관계에 있지요. 베릴은 청색에서 담녹색까지의 다양한 색깔을 띠니까요. 세 번째 암적색 돌은 누구나 아는 것입니다. 루비(Rubin)죠. 이 돌도 치유력을 가지고 있다고 여겨졌고, 황제 및 제국의 표장에 권력의 상징으로 박혀 있습니다. 네 번째 보라색 돌은 아메티스트 (Ametyst, 자수정)이고 2월생들의 탄생석이며 무시무시한 상징력을 가지고 있소. 그것은 독과 술취함을 막아주는 부적으로 사용되었지만 동시에 삼위일체를 상징하기도 합니다. 자주, 청, 보라의 세 가지 색깔을 갖기 때문이오. 이것은 고위 성직자들의 흉갑을 장식하고, 천상의 도시 예루살렘 성벽의 기초를 장식했던 여러 보석들 중 하나라고 합니다. 색깔은 다르지만 이어지는 다섯째와 여섯째 돌 역시 베릴입니다. 일곱 번째 돌은 검은 아하트(Achat, 마노)로 준보석일 뿐이지만, 고대와 중세에는 그것을 갈아서 사랑의 미약으로 썼소. 밝혀지지 않은 이유에서 그것은 교회의 여러 가지 기구들을 장식하는 돌로 쓰이고 있습니다. 마지막 돌은 녹색의 스마라크트(Smaragt, 에메랄드)요. 특히 레오나르도 다 빈치의 시대에 높은 명성을 얻었던 돌이지요. 이것은 복음서 저자 요한을 상징하는 돌입니다. 그 밖에도 순결, 순수를 상징하고 중세에는 특별한 치료 효과가 있다고 숭배되었어요. 여덟 개의 돌을 늘어놓은 것은 언뜻 우연처럼 보이지만 레오나르도가 이 목걸이를 그린 것은 우연이 아닙니다. 인생에는 우연이란 없어요. 내가 설명한 방식대로 왼쪽에서 오른쪽으로 여덟 보석의 첫 글자를 연결해 읽어보시오. 그것을 독일어로 읽건 아니면 레오나르도가 한 것처럼 이탈리아어로 읽건 마찬가집니다. 그러면 한 단어를 얻을 것이고 깜짝 놀라게 될 거요."

안네 폰 자이틀리츠는 두 손을 꼭 움켜쥐고 마법에 걸린 것처럼 사진을 들여다보며 읽었다.

"바－라－바－스(B－A－R－A－B－B－A－S). 맙소사, 이게 대체 무슨 뜻입니까?"

그녀는 나직하게 웅얼거렸다.

포시우스는 말이 없었다. 아드리안도 아무 말이 없었다. 눈길을 사진에 고정시킨 채 그는 생각 속에서 철자를 따라가보았다. 교수가 옳았다. 바라바.

그러나 두 사람이 이런 발견의 의미를 미처 깨닫기도 전에 그리고 질문을 하기도 전에 담당의사가 면회실로 들어와서 뻔뻔스러운 태도로 손바닥을 딱 하고 치며 면회시간이 끝났음을 알렸다. 포시우스는 몸을 일으켜 친절한 태도로 고개를 끄덕이더니 간호사를 따라서 복도로 사라졌다.

7

자동차를 타고 생 미셸 다리를 건너고 있을 때 안네가 아드리안을 향해 물었다.

"포시우스가 정신분열 같아? 그러니까 그가 생 뱅상에 갇혀 있는 것이 옳다고 생각하느냐고?"

"그는 너나 나처럼 정상이야. 다만 그는 엄청난 부담을 짊어지고 있어. 그를 절망의 가상자리로 내몬 어떤 짐을 말이야. 그가 정말로 앞으로도 우리를 도울 수 있을까 하는 의심이 든다. 레오나르도 다 빈치와 양피지 사이에 어떤 연관성이 있다는 말이 통 납득이 되지 않아."

"포시우스가 우리를 돕지 못한다면 아무도 우릴 돕지 못할 거야. 어쨌든 우리는 '바라바'라는 이름이 정말 꿰뚫어보기 어려운 이야기의 상징이라는 것만은 알게 되었어. 과거에도 가장 중요한 두뇌로 꼽히는 사람들이 이 문제에 몰두했지. 교수의 설명은 처음에는 내게도 사리에 맞지 않는 것으로 여겨졌어. 하지만 오래 생각해볼수록 그가 옳다는 생각이 들어. 어쨌든 레오나르도 다 빈치는 장난을 잘 쳤지. 그는 살아 있을 때 벌써 사람들을 바보로 만들곤 했으니까. 예를 들면 거울글씨 쓰기 같은 것으로 말이야. 이 목걸이 건만 해도 그런 못된 장난들 중의 하나지."

"하지만 그 연관성 말이야. 난 연관성을 모르겠어."

그에 대해서는 안네도 동의하는 수밖에 없었다.

"나도 모르겠어. 우리가 그 연관성을 안다면 아마 해답도 아는 거겠지."

"그는 해답을 우리에게 알려주진 않을 거야."

안네는 고개를 끄덕였다.

"이게 아니라면 말야……."

아드리안이 생각에 잠겨 말했다.

"말해봐!"

"그러니까 우리가 포시우스와 거래를 하는 거 말이지."

"거래라고?"

"그래. 거래라는 말은 적절한 표현이 아닌 것 같다. 계약이라는 말이 맞을 것 같아."

"정말 수수께끼 같은데."

"기억해봐. 우리가 그를 처음 만났을 때 말야. 그가 말한 첫마디가 뭐였지?"

"나를 빼내주시오!"

"그래 그거야. 내 생각에 그가 우리한테 이야기해준 이유는 자기가 명석한 판단력을 가지고 있다는 것을 증명하려고 했던 거야. 그는 의사들을 믿지 않아. 그들은 이미 그에 대한 판단을 끝냈어. 그림에 황산을 뿌린 사람은 분명 미친 거지. 그러니까 그는 우리가 자기를 도와줄 거라고 기대하는 거야. 그래서 네가 자기 조카라는 아이디어를 금세 받아들여서 우리와 함께 연극을 하는 거지. 아니, 교수는 정신병원

케이스는 아니야. 우리는 그것을 확신하고 있고, 그가 바라바에 얽힌 진실을 우리에게 모두 알려주겠다고 한다면 그를 거기서 빼내기 위해 모든 힘을 다할 생각이라는 것을 그에게 알려줘야 해."

"나쁜 생각은 아닌데. 하지만 포시우스는 에펠 탑에서 뛰어내리려고 했어. 그는 자살 후보자야. 그리고 자기 목숨을 끊으려고 하는 사람은 결국은 모두 정신병원으로 가고 말지."

"나도 알아. 하지만 그들은 죽을 때까지 갇혀 있는 건 아니지. 일정한 치료를 받으면 대개는 도로 풀려나오거든. 그 밖에도 나로서는 포시우스가 어째서 목숨을 끊으려 했는지 전혀 모르겠어. 그가 이 모든 것을 그 어떤 이유에서 그냥 연출했다는 생각이 들어. 그런 일을 하면서 결과를 고려하지 않았다는 게 정말 이상하지. 교수는 어떤 세심한 계획을 가지고 있었던 거야. 다만 그것을 실천하는 과정에서 뜻밖의 일이 생겼고, 그래서 지금 정신병원에 있는 거지. 그게 바로 우리한테는 기회이기도 하고 말이야."

그날 저녁 늦게 그들은 17구역에 있는 '조개껍데기(코키유)'라는 식당에서 저녁을 먹었다. 이곳의 요리는 '새롭다' 기보다는 전통에 더 가까웠고, 그 점이 안네와 아드리안의 입맛에 맞았다. 하지만 아무런 근심 없이 즐기려고 생각했던 저녁이 심각한 침묵으로 발전하고 말았다. 그들 각자가 자기만의 생각에 사로잡혔기 때문이다. 안네뿐 아니라 아드리안까지도 그 사이 이 사건의 그물망에 사로잡혀서 무슨 일을 하거나 생각해도 마지막에는 언제나 생 뱅상 드 폴 병원에 있는 포시우스 생각에 이르곤 했다.

안네는 단호해졌다. 아드리안의 도움으로 새로운 용기를 얻은 그녀는 자기가 상대할 수 없고, 아드리안도 맞설 수 있을지 확신이 안 서는 저 막강한 상대에 굳건히 맞서려는 각오를 다시 다졌다. 그런데 자기의 삶을 가로질러간 사람들이 모두 설명할 수 없는 방식으로 다치고 있는데 어째서 자기에게는 아무 일도 일어나지 않는가 하는 질문이 그녀를 괴롭혔다. 귀도는 죽었고, 라우셴바흐는 살해당했고, 구트만은 실종되었다. 그녀는 아드리안을 바라보면서 이 생각을 지워버리려는 듯 미소를 지으려 했지만 잘 되지 않았다.

그는 안네의 얼굴에 나타난 당혹감의 의미를 알 수는 없었지만 질문은 쓸모가 없었다. 그녀를 다시 만난 순간 느꼈던 호감은 지금 이 무시무시한 신경전에 밀려나고 말았다. 그는 좀더 좋은 상황에서 이 여자를 만났더라면 하고 바라기는 했지만, 그래도 아드리안은 어떤 상황을 자기에게 유리하게 바꾸는 법을 모르는 사람은 아니었다. 아드리안은 안네를 도와주어서 그녀를 얻기를 희망하였다. 공동의 적을 가지는 것보다 더 호감을 키워주는 것은 없는 법이다.

8

그들이 다음날 생 뱅상 드 폴 병원에 도착했을 때 그곳 사람들은 벌써 그들을 기다리고 있었다. 담당의사는 안네와 아드리안을 면회실로 안내하지 않고 아무런 설명도 없이 닥터 르보의 사무실로 안내하였다. 원장은 어울리지 않는 당혹감을 보이면서 포시우스 교수가 지난 밤 심장순환장애로 사망했다, 정말 유감이며, 가장 가까운 친척인 그들에게 깊은 애도를 표한다고 말했다.

언제나처럼 청어 냄새를 풍기는 끝도 없이 긴 복도를 안네는 아드리안의 부축을 받으며 걸었다. 포시우스의 죽음에 대해서 깊은 슬픔을 느꼈기 때문이 아니다. 지난 이틀 동안 포시우스에게 호감을 느낀 것은 사실이지만, 안네에게 충격이 된 것은 그의 죽음이 그녀가 믿고 싶지 않은 저 무서운 법칙성을 다시 한 번 확인해주었기 때문이었다. 그녀는 포시우스의 죽음이 우연이라고는 믿지 않았다. 과거의 다른 사건들처럼 그 어떤 이유도 맥락도 찾아볼 수는 없었지만 말이다.

꿈 속처럼 그리고 완전히 어찌할 바를 모른 채 그녀는 아드리안의 팔에 매달려 냄새 나는 복도를 타박거리며 걸어서 넓은 철제 계단을 내려왔다. 그들이 면회실에서 포시우스와 이야기를 나누는 동안 말없이 멍청한 얼굴 표정으로 문 옆에 앉아 있곤 하던 간호사가 계단에서 그들을 기다리고 있었다. 간호사는 아드리안에게 다가와 안네가 듣지 못하게 무슨 말인가 속삭였다. 이런 상황에서 그녀에게는 관심도 없는 일이었다. 그는 아드리안과 몇 마디 말을 나누더니 오후 7시에 이곳에서 멀지 않은 앙리 바르뷔스 거리, 라부아지에 고등학교 맞은편에 있는 간이식당에서 만나기로 약속하였다.

이런 이상한 약속은 안네 폰 자이틀리츠에게는 비몽사몽 중에 보는 허깨비처럼 여겨졌다. 집에 돌아와서야 아드리안은 그녀에게 이 이상한 간호사의 제안에 대해서 설명해주었다. 그가 교수의 죽음에 대해서 중요한 소식을 알려줄 수 있다고 암시하였고, 아드리안이 어째서 지금 당장 이곳에서 하면 안 되느냐고 항의하자 너무 위험하다고 대답했다는 것이다.

간호사가 중요하다고 생각하는 것이 무엇이든 아드리안과 안네는 아무리 생각해도 이 멍청한 남자가 자기들을 도와줄 수 있으리라고는 상상이 되지 않았다. 그래도 그들로서는 이 상황을 조금이라도 밝혀주는 것처럼 보이는 것은 극히 보잘것 없는 일이라도 잡지 않을 수 없었다.

약속한 간이식당은 파리에서는 이상할 정도로 크고 전체를 볼 수가 없는 장소였다. 아마 그래서 이 장소를 고른 것 같았다. 그는 뜻밖에도 약삭빠르고 이해력이 빠른 사람이었다. 어쨌든 그는 직설적으로 정신병원의 간호사들은 정말 보잘것 없는 보수를 받고 있어서 어떻게든 보충을 해야 한다는 말을 해서 자기가 무엇을 원하는지 정확하게 밝혔다. 그는 교수가 죽은 진짜 사정을 밝힐 수가 있고, 또한 유품도 가지고 있다. 그것은 어쩌면 그들의 사건에 쓸모가 있을지도 모른다고 말했다.

어떤 사건을 말하느냐고 아드리안이 물었다. 그러자 간호사는 지금까지 하던 프랑스 말에서 약간 서툴기는 했지만 충분히 이해가 되는 독일어로 말을 바꾸었다. 그는 그들과 교수 사이에 이루어지는 대화를 잔뜩 긴장해서 들었다는 것이다. 어디서 그렇게 독일어를 잘 배웠느냐는 질문에 그는 아내가 독일인이고, 특히 장인 장모가 프랑스 말을 전혀 모르는 사람들이라 어쩔 수 없이 배웠노라고 했다.

"얼마요?"

아드리안이 짤막하게 물었다. 그는 이 멍청한 간호사의 속셈을 꿰뚫어보지 못한 것을 개인적인 패배로 여겼다. 그래서 돈을 내고 이런 패배를 얼른 없애버릴 욕심에 높은 액수라도 지불할 각오가 되어 있었다.

두 남자는 5000프랑에 합의를 보았다. 2000은 당장, 나머지는 유품을 받으면서 주기로 했다.

아드리안은 간호사가 보이는 자신감에 당혹감을 느꼈다. 그는 이런 일이 처음이 아닌 것 같다는 인상을 풍겼다.

"어째서 나머지 돈을 받을 수 있다고 그렇게 자신합니까?"

아드리안 클라이버가 도전적으로 물었다. 간호사가 싱긋 웃었다.

"당신들은 내 손안에 있어요. 당신들이 포시우스와 친척이라고 핑계를 대고 정신병원에 들어왔다는 걸 내가 불어버리면 그가 갑자기 죽었으니 분명 경찰이 흥미를 느끼겠지요. 그러니까 우리 서로 상대방의 귀를 물어뜯는 행동은 하지 맙시다. 본론으로 들어가지요."

분명한 만족감을 보이면서 그는 2000프랑을 받더니 지폐를 두 번 접어서 양복 호주머니에 집어넣었다. 그러더니 검게 녹슨 탁자 위로 몸을 기울이면서 말했다.

"포시우스는 자연사가 아닙니다. 목졸려 죽었어요, 가죽 혁대로 말입니다."

어떻게 그 사실을 알았는가.

"아침 5시 반에 내가 교수를 발견했지요. 목에 청색과 적색 끈이 걸려 있더군요. 침대 앞에는 가죽 혁대가 떨어져 있었고요."

안네는 놀라지 않았지만 아드리안은 새로운 상황을 소화하는 데 어려움을 겪었다. 하지만 병원측이 이 사건을 감추고 사인을 심장마비라고 주장하는 이유가 무엇인가, 그가 물었다.

"그런 걸 말이라고 하시오?"

간호사가 흥분하였다. 그는 이제 프랑스어로 말했다.

"생 뱅상 드 폴에는 벌써부터 스캔들이 많았어요. 하지만 밤 사이 병원 건물에 살인자가 침투한 것은 아마 그 중 최고일 거요. 물론 자체 조사를 했고 아직도 끝나지 않았어요. 하지만 원장 선생님은 수수께끼를 풀지 못했지요."

그의 개인적인 의견은 어떤가?

간호사는 긴장이 되는지 손가락을 벌려서 검은 머리카락을 쓸었다.

"포시우스는 어제 저녁 이상한 방문객을 맞았답니다. 나는 못 봤어요. 저녁 당번이 아니거든요. 예수회 신부님이라고 하대요. 영어로 말했다던데요."

안네와 아드리안은 서로 바라보았다. 두 사람의 당혹감은 이 순간 다시 절정에 달하였다. 예수회 신부가 포시우스를 찾아왔다고?

"어쨌든 그 신부님이 마지막으로 교수와 이야기를 한 사람이지요. 물론 그 사람도 의심을 받고 있어요. 그가 진짜 예수회 신부라고 누가 장담하지요? 그 이상한 신부는 정확하게 30분 뒤에 생 뱅상 드 폴 정신병원을 떠났어요. 수위가 확인해두었죠."

이어진 대화는 들키지 않고 병원에 들어가는 것이 얼마나 쉬운가, 아니면 어려운가 하는 것이었다. 그러자 간호사는 침입자는 건물 내부에 공범이 있었을 것이라는 의견을 말했다. 그래야만 그 장소에 도달할 수가 있다는 것이다.

"그럼 당신은? 내 말은 당신이……."

아드리안이 생각에 잠겨서 물었다.

간호사가 화를 버럭 내며 소리쳤다.

"이보시오. 내가 정보를 판다고 나를 역겨운 놈이라고 여겨도 좋아요. 솔직히 말하면 그런 건 상관없어요. 하지만 당신이 말한 것은 살인방조요. 그런 일은 빨리 잊는 게 좋겠소."

간호사는 접시를 내려놓더니 꽝 소리가 나도록 돈을 탁자에 내놓고 그 옆에 지폐 한 장을 내던지고는 인사도 없이 사라져버렸다.

"그를 그런 식으로 공격하는 게 아니었어."

안네가 억양 없이 말했다. 그녀는 연기가 꽉 들어찬 공간의 어떤 상상적인 지점을 뚫어질 듯이 바라보고 있었다. 아드리안은 그녀의 두 손이 벌벌 떨리는 것을 보았다.

9

그들은 이 남자가 약속대로 다음날 다시 나타나서 약속한 금액의 나머지를 받고 정보와 물건을 넘겨줄지 의심하지 않을 수 없었다. 간호사에게 아직도 무엇을 더 기대할 수 있는지 이야기하면서 밤의 절반이 흘러갔고 그 과정에서 그들은 해답에 한 발자국도 다가가지는 못한 채 모험적인 생각들만 자꾸 만들어냈다. 자정이 훨씬 지난 시각에 마지막으로 그들은 어쩌면 간호사가 포시우스를 죽인 자의 이름을 알려줄 것이라는 확신에 도달하였다. 그렇지만 실제 사정은 달랐다.

약속대로—돈이란 악당에게만 명예보다 중한 것이 아니다—간호사는 다음날 같은 시각에 간이식당에 나타났다. 나머지 금액을 받더니 프로다운 침착성으로 봉인된 갈색 봉투를 탁자 위에 내놓았다. 아드리안이 그것을 찢었다.

"열쇠?"

안네는 실망감을 감추지 못한 어조로 말했다.

봉투에는 안전금고 열쇠 하나가 들어 있었다. 아무 데서나 볼 수 있는 '프랑스 안전'이라고 새겨진 열쇠였다.

"이게 전부요?"

아드리안이 물었다.

"네, 그게 전붑니다. 그 열쇠는 아무 의미도 없는 것처럼 보이겠지만, 어쨌든 말씀드릴 수 있는 것은 포시우스가 그것을 손수건으로 싸서 베개 밑에 감추어놓았다는 점이오. 분명 의미가 있을 겁니다."

아드리안은 열쇠를 손에 들고 주먹을 쥐었다.

"어쩌면 그 말이 맞을지 모르겠군요."

아드리안은 잠깐 생각한 다음 다시 말했다.

"그러나 이 열쇠가 들어갈 자물쇠를 모른다면 쓸모가 없지요."

"나머지는 당신들 문제요."

간호사가 말했다. 그는 고개를 까딱 하더니 인사도 없이 가버렸다.

다음 이틀 동안 그들은 악몽 속을 헤매는 것 같았다. 발상의 부족을 느낀 적이 없는 아드리안조차도 바닥이 난 것 같았다. 그는 안네에게 자기와 함께 다음 비행기를 타고 햇빛 밝은 곳, 튀니지나 모로코로 가자고 설득하려고 했다. 어쨌든 그녀가 혼자 뮌헨으로 돌아가는 일만은 한사코 말렸다.

안네는 피곤한 미소를 지었다. 근본적으로 그녀에게는 모든 것이 어차피 마찬가지였다. 그녀는 이쩌면 다음 번에는 아드리안이 무슨 일을 당할지 모른다는 끔찍한 불안에 사로잡혔다. 감히 그 생각을 밖으로 내놓지는 못했지만 상대방 모르게 이 생각을 맴돌았다. 그리고 어떻게 하면 아드리안을 떼어놓을 수 있을까 하는 가능성을 찾기 시작하였다. 다른 한편으로는 이 문제를 아드리안의 도움 없이 혼자서 감당하기에는 자기가 너무 약하다고 느꼈다. 아드리안이 조르는 대로 함께 휴가를 떠나는 쪽으로 생각이 기울고 있을 때 갑자기 그들은 전체 사건에 새로운 전환을 마련해주는 흔적에 부딪쳤다.

안네는 아드리안에게 콥트 양피지 문서를 찍은 필름을 넘겨주었다. 아드리안은 새로운 사본을 만들도록 현상실에 필름을 넘겼다. 이번에는 자기가 나서서 바라바라는 이름만 알려진 이 수수께끼 텍스트를 번역할 전문가를 찾아볼 셈이었다. 사진이 '상당히 졸속한' 수준이었기에—현상실 사람의 표현—그는 열 장쯤을 확대하였다. 그것들은 조명과 음영이 모두 약간씩 달라서 여기서는 이것을 저기서는 저것을 더 잘 알아볼 수 있었다.

안네를 몹시 흥분시킨 것은 이 한 가지만이 아니었다. 이 확대판의 왼쪽 가장자리에 손가락 네 개가 나타나 있었다(원본을 어떤 보조자가 카메라 앞에 들이대고 있었다. 그래서 사진의 질이 그렇게 나빴던 것이다). 정확하게 말하자면 그것은 손가락 세 개 반이었다. 집게손가락 윗부분이 없었기 때문이다.

"도나트!"

"도나트?"

"휠체어를 탄 여자와 함께 있던 남자 말야! 처음부터 그 사람을 안 믿었어. 귀도의 사고 자동차에 앉아 있다가 이틀 뒤에 퇴원한 여자는 자기가 도나트 부인이라고 했어. 도나트는 자기는 모르는 일이라고 했고. 그가 거짓말한 거야, 거짓말, 거짓말!"

"그리고 이 도나트라는 작자가 오른손 집게손가락의 윗부분이 없다, 그 말이지?"

"그래 분명해. 내 눈으로 보았어. 하지만 도나트는 아무것도 모르는 척했어. 어째서지? 뭘 숨기는 거지?"

안네는 두려웠다. 이 발견과 함께 드러날 새로운 질문들이 두려웠다. 정확하게 말하자면 귀도의 사고에서 자기는 한 발짝도 앞으로 나가지 못했다. 반대로 그녀의 탐구는 고고학적 발굴의 성과만을 얻었다. 그러니까 많은 것을 찾아낼수록 질문만 더 늘어나는 것 말이다. 그래서 그녀는 귀도가 어떤 여자와 일을 벌였고, 비열하게 자기를 속였다는 것으로 이쯤에서 일이 끝났으면 하고 바라는 마음이었다.

자기 의지에 반해서 어떤 역할을 떠맡은 연극 한가운데 말려든 것 같은 기분이었다. 자기는 다른 연기자들도, 전체 내용도 모른다. 하지만 원하든 원치 않든 그녀는 자기 역할을 끝까지 할 수밖에 없었다.

오르페우스 기사단

1

테살로니키 공항에서 밤을 뚫고 남쪽을 향하여 고속도로를 한 시간 쯤 달리고 나서 녹색 랜드로버 자동차는 카테리니 출구로 접어들었다. 카테리니는 그리스 북동부에 위치한, 해발 3000미터 높이의 올림피아 산을 등지고 있는 작고 예쁜 마을이었다. 그림 같은 시장이 있고, 거리에는 탁자와 의자들이 나와 있고, 저녁시간이면 갓 없는 전구들이 비추는 곳, 이곳 중심부의 도로를 따라 남시쪽으로 달리면 엘라손에 이르게 된다. 엘라손에서 하늘에 떠 있는 수도원들인 메테오라에 이르게 되는데, 메테오라에는 한때 24개의 수도원이 있었지만 지금 사람이 거처하는 곳은 네 곳뿐이다.

그리로 가는 도중 어딘가에서 속도를 늦춘 자동차는 들판으로 난 왼쪽 길로 접어들었다. 길에는 두 줄의 자동차 바퀴 자국이 자갈로 덮여 있었고, 한가운데는 풀이 나 있었다. 구트만은 어째서 도로가 없는 곳도 달릴 수 있는 이런 자동차를 가져왔는지 이제야 이해가 되었다. 두 개의 전조등 불빛은 울퉁불퉁한 자동차 바퀴 자국 위로 진짜 춤을 추었다. 이런 덜컹거리는 여행을 좋아하는 젊은 기사에게는 기쁨이었다.

"아직 산으로 3킬로미터쯤 더 올라가야 합니다."

탈레스가 구트만에게 말했다.

"그러면 라이베트라에 이르게 되지요. 마지막 길은 유감이지만 걸어야 합니다."

구트만은 미소지으며 고개를 끄덕였다. 그러나 미소짓는 것이 그에게는 쉽지가 않았다.

자동차가 1단을 넣고 가파른 산을 오르는 동안 길은 계속 이쪽 저쪽으로 꺾였고, 그때마다 사나운 암벽과 가파른 등성이가 한번은 이편, 다음엔 저편에 나타나곤 해서 구트만의 위장이 출렁일 정도였다. 이런 뱀 같은 길의 구석구석을 전부 아는 탈레스가 말했다.

"우리 앞에 놓인 몇 가지 특별한 점을 더 말씀드리고 싶군요. 물론 특별하다는 것은 당신한테 말이오. 당신은 라이베트라에 처음 오시는 길이니까."

구트만은 고개를 끄덕였다.

"우선 말하는 방식부터 달라요. 우리는 그냥 회원들끼리 동등한 호칭을 쓰죠. 우리의 철학에 따르면 인간은 만물의 척도니까요. 이런 견해를 가지고 있기 때문에 우리는 '아기아 트리아스'(삼위일체 수도원, 메테오라 수도원들 중 하나—옮긴이)나 '스테파노스 수도원'의 수도사들처럼 금욕적인 생활을 하지 않소. 우리는 모두 검은색 옷을 입기는 하지만 그것은 금욕과는 상관없이 우리가 통일된 사고 세계를 가지고 있다는 표시일 뿐이오. 그래서 우리는 각자가 수도원에서 통용되는 이름을 하나씩 가지고 있지요."

"알겠어요."

구트만이 경건하게 말했다. 그는 실은 전혀 아무것도 이해하지 못했고, 탈레스의 말은 상당히 모순되는 것처럼 생각되었다. 그는 자신의

128

결심을 후회할 지경이었다. 하지만 자기 뒤에 놓인 다리를 전부 없애기로 결심한 마당에 잠적하거나 단순히 물러서기에 라이베트라는 유럽에서 가장 안전한 장소였다. 그리고 구트만은 정말 물러나고 싶었다. 모든 강제를 버리고 싶었다. 지겨운 결혼, 학술적 직업세계의 경쟁, 그런 지위에 있는 사람에게는 의무이지만 그가 정말로 싫어하는 지겨운 모임들, 이 모든 것을 버리고 싶었다.

탈레스는 어두운 자동차에 앉아 있는 구트만의 옆모습을 바라보면서 말했다.

"여기 오신 것을 후회하시오?"

"아니오. 그냥 피곤할 뿐입니다. 비행기와 자동차 타는 일이 상당히 힘드네요!"

구트만은 상대를 안심시키기 위해서 확실하게 대답했다.

멀리 그들 머리 위 높은 곳에 갑자기 빛들이 나타났다. 그것은 6월 저녁의 반딧불처럼 반짝였다.

"라이베트라요!"

탈레스가 손으로 가리키며 말했다. 잠시 뒤에 이렇게 덧붙였다.

"아직 시간이 있소, 아직 생각해볼 수 있어요……."

하지만 구트만은 그의 말을 끊었다.

"생각할 것도 없습니다. 결심은 확고하니까요."

"좋소. 다만 경고하려고 했소. 퇴로가 없으니 말이오. 이미 자세히 설명드렸지요."

구트만은 불빛들이 가까워지는 것을 보았다. 라이베트라! 그는 지난 며칠 동안 이 수수께끼의 이름을 들을 때면 가슴이 두근거렸다. 탈레스는 어떤 사람들이 이 수도원에 모여 있는지 설명해주었다. 탈레스는 수도원, 혹은 기사단의 성이라고 부르곤 했다. 이 개념이 아마 이 단체의 성격에 가장 가까운 것 같았다.

"당신네 회원 중에서, 그러니까 그런 경우도 있었나요……?"

"지난 몇 년간 단 한 건뿐이었소."

상대가 무슨 말을 하려는 것인지 벌써 알아챈 탈레스가 테 없는 안경을 고쳐 쓰면서 대답했다. 그것은 구트만이 경험한 바로는 불쾌감을 표현하는 행동이었다. 탈레스는 말을 계속했다.

"누구에게나 나갈 길은 열려 있소. 하지만 여기서 은퇴한 사람이 정상적인 인간생활로 돌아갈 수는 없으리라고 생각합니다. 그런 경우를 위해 프리기아의 암벽이 있지요."

"무슨 말인지 모르겠는데요."

"소아시아의 프리기아 사람들은 범죄자들을 절벽에서 떨어뜨리곤 했어요. 자백한 사람에게는 스스로 절벽에서 뛰어내릴 권한을 주었소. 고귀한 방식의 사형이었던 거죠. 우리들 사이에서도 전에는 그런 관습이 있었소만 오늘날에는 좀더 인간적으로 바뀌었소. 생화학의 발전은 모든 회원의 침묵을 확보해줄 다른 수단들을 마련해주었으니까."

랜드로버는 천천히 달려서 협곡을 연결하는 좁은 다리를 건너갔다. 어둠 속에서 심연을 알아볼 길은 없었다. 엔진이 낮은 음으로 우르릉거렸다. 가파른 오르막길이라 자동차 불빛은 등대의 불빛처럼 허공으로 뻗어나갔다. 그러더니 갑자기 자동차의 불빛이 아래를 향했다. 똑같이 가파른 내리막길이었기 때문이다. 구트만은 밝은 조명의 광장 주변에 옹기중기 모인 검은 집들을 보았다. 광장에는 아직도 활발한 움직임이 있었다.

가까이 다가가자 천치 같은 얼굴들이 보였다. 남자들은 이상한 웃음을 띠고 여자들은 이유도 없이 날카로운 웃음을 터뜨렸다. 멜론처럼 커다란 머리에 작은 몸뚱이를 가진 아이들이 주변에 달려들었다. 머리카락이 하나도 없고 흰옷을 입은 노인 한 사람이 목재로 만든 장난감 배를 끈에 매달아 끌고 왔다. 몇 사람은 친절한 손짓을 하거나 지나는 길에 자동차 창에 다가와서 어린아이처럼 얼굴을 찌푸렸다.

어쩔 줄 몰라하는 구트만의 얼굴을 보고 탈레스가 말했다.

"겁내지 마시오. 이들은 자연이 정상적인 분별력을 주지 않은 해롭지 않은 존재들이오. 하지만 정상이라는 게 대체 뭔가요? 천재와 광인 사이엔 아주 작은 차이밖에 없다는 사실을 아실 거요. 공식적으로 라이베트라는 정신장애자들을 위한 구역입니다. 이곳은 우리 기사단에 의해 운영되지요. 이 때문에 우리는 인정과 안전을 보장받고 있소. 그러니까 일단의 정신병자들을 통해서 우리 자신을 보호하는 거지요."

"그게 무슨 말씀입니까?"

"우리에게 다가오려고 하는 사람은 누구나 우선 이 지역을 지나쳐야 합니다."

운전사는 사납게 경적을 울려서 마을을 통과하는 길을 열었다. 그는 때로 옆창문을 열고 큰 소리를 질렀다. 호기심에 차서 자동차로 달려드는 사람들에게 겁을 주려는 것 같았다.

한 번 길이 구부러지고 나자 밝은 불빛이 비치는 쇠문이 나타났다. 그것은 곧바로 산으로 통하는 문이었다. 자동차가 가까이 다가가자 문은 유령의 손길이 닿은 것처럼 스르르 열렸다. 문 뒤에는 암벽의 아치를 가진 홀이 하나 있었다. 뒤쪽에는 여러 대의 랜드로버 종류 차량들이 주차되어 있었고 왼쪽으로는 격자살로 막아놓은 쪽에 전기 계기들이 있었다. 맞은편 벽에는 두 대의 엘리베이터가 있었다. 오늘날에도 옛날식 셋집에서 볼 수 있는 엘리베이터로서 붉은 마호가니 목재로 만들어졌고 문에는 유리가 끼워져 있었다.

엘리베이터가 멈추자 탈레스가 구트만에게 내리라고 권했다.

"다 왔소. 짐은 나중에 방으로 운반되어 올 겁니다. 이리 오십시오."

2

구트만은 수도원을 기대했는데 이곳은 호텔 같은 인상을 풍겼다.

"물론 전혀 다른 것을 기대하셨지요?"

"그래요! 사치는 적고 금욕이 더 많을 거라 생각했소."

엘리베이터에서 내리자 어딘가에서 클래식 음악이 울려나왔다. 밝은 반달 모양 대기실의 반짝이는 돌바닥 위에는 번쩍이는 목재로 만들어진 안락의자와 이 지방 사람들이 생산하는 바구니 의자들이 가지런히 놓여 있었다. 엘리베이터 맞은편에는 작은 아치 모양의 창문들이 쭉 연결되어 있었다. 두 개의 복도는 서로 반대 방향으로 뻗어 있었다. 전체적으로 아주 널찍한 인상을 주어서 메테오라 수도원의 협소함과는 아주 달라 보였다.

탈레스는 낯선 사람에게 왼편을 가리켜보였다. 그곳에는 좁은 계단이 위로 향해 있었다. 거기에는 일종의 회랑이 있어서 그 회랑으로부터 일정한 간격을 두고 나란히 붙어 있는 문들이 두 개씩 나타났다. 쌍을 이룬 문들은 문틀의 모양과 색상이 맞은편에 있는 또 다른 한 쌍의 문들과 조화를 이루고 있었다. 길다란 복도를 따라 걸어가는 동안 구트만은 아무도 보지 못했다. 하지만 사람 없는 이 건축물은 사람으로 가득 찬 저 마을 광장 못지않게 으스스했다.

걸어가면서 탈레스가 말했다.

"당신의 말에 답변을 하자면 금욕이란 경탄할 만한 일이오. 그러나 오늘날 지혜로운 사람은 금욕하지 않소. 욕구가 없어서 하는 금욕이야 반대할 게 없지만! 디오게네스는 들어가 살 통 하나만 필요로 했소. 거기에 반대할 거야 없지요. 디오게네스는 이런 생활방식을 스스로 선택하였고 행복했으니까요. 수도사의 금욕은 오해에서 나온 것이오. 바울로는 그리스 스토아 학파의 철학을 이해하지 못했고, 그래서 금욕이 쾌락과 악덕에 대한 싸움에서 효과적인 수단이라고 생각한 겁니다. 기독교의 금욕은 인간 본성을 억압하고 파괴하는 방향으로 나아갔소. 성적인 욕망뿐 아니라 보고, 듣고, 맛보고자 하는 욕망까지도 말입니다. 그러나 진짜 스토아 철학은 자연과 철저히 일치한 삶을 사는 겁니다. 교회가 옳았다면 모든 수도원은 행복과 평화와 진리의 장소가 되었을 거요. 하지만 실제로는 어떻습니까? 수도원처럼 불행, 적대감, 거짓이 퍼져 있는 곳은 달리 찾을 수 없을 거요."

구트만은 멈추어 서서 놀란 눈으로 탈레스를 바라보았다.

"그 말은 정말 가혹하군요, 탈레스, 정말 가혹해요."

"내 말을 안 믿소?"

구트만이 어깨를 으쓱하였다.

"내 말은 무엇이든 믿어도 좋을 거요, 교수. 나는 내가 무슨 말을 하는지 알고 있소. 반평생을 수도원 벽 안에서 보내며 의지의 자유를 꿈꾸었지. 그게 무슨 뜻인지 상상하실 수 있소? 아니지. 그런 것은 직접 그런 상태에서 살아본 사람만이 이해할 수 있는 거니까. 이 세상에 있는 모든 현실적인 것, 작용력을 가진 것은 물체로 된 것이오. 인간의 힘은 비물질적인 것이거나 추상적인 것이 아니오. 인간이 산을 옮길 수 있는 진정한 힘은 의지의 자유입니다. 이성적이고 자연적인 욕망과 금지, 행동 혹은 행동하지 않음만이 인간의 진정한 행복을 보장해 줍니다. 수도복은 인간에게서 정신적 능력의 절반을 빼앗아가지요."

"전에 수도사였나요?"

탈레스는 머리를 아래로 숙였다. 구트만은 정수리에 동그랗게 머리카락이 덜 자란 곳을 보았다. 머리 중앙부 삭발의 흔적이었다.

"카푸친 수도사였소. 수도원에서는 머리카락이 나오지 않게 될 때까지 머리에 계속 성자의 표지로 변도하지요. 아주 특징적인 행동이오. 스스로 포기할 때까지 계속 금욕을 하는 거지. 하지만 마침내 나는 깨달았소. 묘비에 '그는 성자처럼 살았다'라고 새겨져 있다든가, 수많은 사람들이 '그는 인류를 위해 어떤 업적을 세웠는가?' 묻는다 해도 아무 의미도 없다는 것을 말이오. 내 이야기를 늘어놓아 지겹게 만들었군요."

탈레스가 상대를 쳐다보지도 않고 말했다.

"오, 아닙니다. 전혀 지겹지 않아요. 오히려 반대인걸요."

"그리고 깜짝 놀라게 만든 것 같군요."

"전혀 아닙니다. 다만⋯⋯."

구트만은 거짓말을 했다. 그는 당황해서 약간 말을 중단했다.

"그렇게 열렬히 의지의 자유를 설교하시니, 이곳에 여자들도 있다는 뜻인지요?"

"물론이오. 말하지 않았던가요. 이곳은 수도원이라기보다 어떤 운동 단체라고 말이오. 우리는 가장 영리한 두뇌들이 우리 편에 서기를 바라는 것뿐이오. 이곳에 오직 남자들만 있다면 우리 스스로 불합리한 존재들일 겝니다."

탈레스가 당연하다는 듯이 대답했다.

"그럼 그런 일이 복잡한 사태를 만들어내지 않나요?"

탈레스는 웃음을 터뜨렸다. 구트만은 당황스럽게도 지난 7일 동안이나 함께 있었던 이 남자가 처음으로 마음껏 웃는 것을 보았다.

"그거야 자연의 법칙입니다. 남자와 여자의 서로에 대한 태도와 지혜가 두 가지 다른 방향으로 전개되는 것 말이오. 하지만 서로 제한하고 보충하는 방향이 이른바 원초적 갈등을 만들어내지요. 하지만 갈등이란 우리 정신의 가장 매혹적인 현상 방식이오."

그렇게 말하면서 탈레스는 잠겨 있지 않은 문 하나를 열었다. 문 윗부분에 작은 접시 크기의 상징이 그려져 있었다. 머리와 반듯하게 선 삼각형과 사각형들, 그것은 충분히 오래 들여다보아야만 어떤 의미를 찾아낼 수 있을 것 같은 모습이었다.

교수의 탐색하는 눈길을 알아챈 탈레스가 설명하였다.

"라이베트라엔 숫자가 없어요. 어쩌면 이상하게 생각하시겠지만 인간에겐 숫자가 필요없지요. 우리는 비공식적으로만 목적을 위한 수단으로 숫자를 사용합니다. 많은 사람들이 오직 숫자로만 자기 의견을 표현할 수 있다고 믿기 때문이지요. 숫자의 사용은 우리 시대 가장 큰 재앙의 하나입니다. 숫자는 헤아릴 수 없을 정도로 자라고 있어요. 언젠가 인간은 우리 몸이 암세포에 먹히듯이 숫자에게 먹히고 말 거요."

구트만은 아무 말도 하지 않았지만 속으로 탈레스가 옳다고 생각했다. 수학의 창시자인 피타고라스도 이미 인간은 열 손가락으로 세상의 모든 것을 다 설명할 수 있다고 주장했다. 삼라만상과 공간은 3차원으로 되어 있다. 시간은 과거, 현재, 미래로 되어 있고, 모든 현실은 시작과 중간과 끝이 있다. 그러나 구트만이 이런 생각을 끝까지 하기도 전에 자기 앞에 펼쳐진 광경에 놀라고 말았다. 그는 아주 이상한 공간에 들어와 있었다.

그의 앞에는 멋진 가구들이 배치된 아파트가 놓여 있었다. 텔레비전 세트와 전화기가 있는 거실, 도서관이 딸린 작업실, 하얀 타일이 덮인 욕실, 이 모든 것은 수도원보다는 고급 호텔에서나 기대할 법한 것들이었다. 탈레스가 새로 들어온 사람에게 공간을 보여주는 동안 운전사가 짐을 날라왔다.

"내 말이 과장이라고 느끼지 않았으면 좋겠군요. 모든 것은 전임자가 남겨둔 그대로요. 물론 마음 내키는 대로 다시 배치할 수 있소. 정확하게 한 시간 뒤 공동의 저녁식사를 위해 누가 데리러 올 겁니다."

말을 마치고 탈레스는 사라졌다. 구트만은 이 모든 것을 정말로 체험하고 있는 것인지 아니면 꿈을 꾸고 있는 것인지 생각해보았다. 그는 죽도록 피곤했다. 그리고 피로는 때로 믿을 수 없는 일들을 느끼도록 하는 법이니까. 그는 노란 무늬가 있는 등이 높은 안락의자에 앉아서 두 발을 쭉 뻗치고 사방을 둘러보았다. 통증을 느끼는지 몸을 꼬집어보았다. 그때 전화 벨이 울렸다.

"네."

구트만은 공손하게 대답했다. 탈레스였다.

"이 말을 잊었소. 저녁식사에는 검은 양복을 입어요."

3

이상한 사람이다, 하고 구트만은 생각했다. 하지만 지난 두 주간 일어난 모든 일이 다 이상하지 않았던가? 탈레스는 대체 어떻게 자기가 처해 있는 상황을 알았더란 말인가? 어떻게 자신은 전혀 모르는 사람인 탈레스를 따라나설 용기를 얻었는가? 그의 진짜 이름도 모르는데. 이 사람은 누구나 제정신이 박힌 사람이라면 실현이 불가능하다고 말할 수밖에 없는 약속들을 해주었다. 라이베트라는 꿈인가, 유토피아인가? 인류의 가장 우수한 두뇌들, 각자 자기 분야에서 가장 위대한 두뇌들을 한 장소, 한 지붕 아래 모은다는 생각은 유치한 철학자들의 망상이 아닌가? 그들 말로는 인류의 역사와 더불어 시작된 인류의 타락을 막기 위해서라고 했다.

그는 그렇게 앉아서 자기가 혹시 망상에 넘어간 것이 아닌가를 곰곰 생각해보았다. 탈레스의 말과 약속들이 너무나도 확실하게 들렸기에 이상스럽게도 지난 며칠 동안에는 머리에 떠오르지 않았던 생각이었다. 그 동안 시간은 나는 듯 지나갔다. 그는 서둘러서 저녁식사를 위해 옷을 갈아입어야 했다.

예고된 시각에 노크 소리가 울렸다. 구트만이 서둘러 달려가서 문을 열었다. 그는 다른 사람은 전혀 알지 못했기 때문에 탈레스가 오리라고 생각했다. 하지만 문 앞에는 여자가 서 있었다. 그녀가 말했다.

"내 이름은 헬레나예요, 당신을 저녁식사에 데려오라는 지시를 받았어요, 교수님."

구트만은 돌처럼 굳은 채 서 있었다. 그는 이 낯선 여자 앞에 얼마나 오래 말을 잃고 서 있었는지 알지 못했다. 그녀를 들어오라고 청해야 할지 아니면 우선 머리에서 발끝까지 한번 훑어봐야 할지 알 수가 없었다. 그는 우선 그녀를 훑어보기로 했다. 헬레나는 외모로 보아서 지성과 엄격함의 인상을 풍겼다. 특별한 이유가 있는 것은 아니지만 흔히 함께 나타나는 특성이었다. 머리는 엄격하게 뒤로 빗어 넘겼다. 마치 이런 엄격함을 헤어 젤을 통해서 더욱 강하게 만들려고 한 것처럼 보였다. 좁고 검은 안경이 나머지 인상을 만들어냈다. 헬레나는 좁고 검은 의상에 굽 높은 검은 구두를 신었다. 그녀의 모습은 그의 눈에는 철저히 에로틱한 신호를 내보내기 위한 것처럼 보였다. 구트만에게도 이런 작용이 성공하였다.

"미안합니다. 나는 댁을 기다렸던 것이 아니라 혼란스럽군요."

그 말을 못들은 것처럼 헬레나는 냉정하게 말했다.

"오세요. 시간이 되었어요. 라이베트라에서 저녁식사는 제도라는 점을 아셔야 합니다. 늦어서는 안 돼요. 여기선 규율이 가장 중요하거든요."

아까는 사람 그림자도 없던 복도들에 갑자기 활기가 넘쳤다. 사람들은 걸어가면서 극장의 휴게실에서처럼 이야기를 주고받았다. 이런 상황이 구트만에게 온통 비밀투성이로 보였던 건물에서 마법을 많이 없애주었다.

아래층에 도착해서 그들은 오른쪽으로 꺾어져서 엘리베이터를 오른쪽으로 두고 반달 모양 전실(前室)을 가로질러서 길다란 복도를 지나 맞은편으로 갔다. 점점 더 많은 검은 옷을 입은 사람들이, 그 중에는 여자들도 섞인 채로 나타나서는 높은 아치형 천장이 달린 홀로 다가갔다. 돌바닥에는 양탄자가 깔려 있었다. 키다란 T 자 모양의 탁자가 방 전체를 차지하고 있었다.

"정해진 좌석의 순서는 없어요. 저 앞쪽말고는 말예요."

헬레나가 말했다.

모든 참석자들이 길다란 식탁에 자리를 차지하자——한 60명은 되어 보였다——T 자의 가로 부분 가까운 곳에 위치한 뒷문을 통해서 네 명의 남자들이 이상한 사람 하나를 동반하고 등장하였다. 이 사람은 어두운 색깔 더블 양복을 입고 있었는데 남자인지 여자인지 분간이 가지 않왔다.

"오르페우스예요."

헬레나가 머리를 돌리고 말했다. 구트만의 질문하는 눈길을 보더니 설명을 덧붙였다. 아주 당연하다는 듯한 말투였다.

"오르페우스는 반음반양의 인간이에요. 남자 쪽에 가까운지 여자 쪽에 가까운지는 중요하지 않은 일이죠. 나는 한 번도 그런 생각은 안 해봤어요. 하지만 우리 모두가 그를 오르페우스로 선택했지요. 그가 우리 중 가장 영리한 사람이고, 삶의 비밀을 아는 현자니까요. 강물을 멈추게 하고 눈을 녹게 하고, 돌이 말하게 하고, 나무가 변하게 만들 사람이 있다면 바로 그 사람뿐이죠. 오르페우스는 천재예요, 내 말은 그냥 천재라고요!"

구트만은 탈레스에게서 이 기사단은 어떤 미국인 교수가 이끌고 있다는 말을 들었다. 버클리 대학의 교수로서 비상한 정신적 능력말고도 물려받은 주식자본이 엄청나다고 했다. 그 자본은 어마어마한 액수로서 사람들 말로는 뉴욕과 파리의 주식시장을 휘젓고 있다고 했다. 그는 이 두 가지를 라이베트라로 가져왔다. 은퇴의 동기는 구트만의 그것과 비슷했다. 현존하는 학문계의 마피아에 대한 염증이었다. 그렇지만 그는 오르페우스를 전혀 다르게 상상했다.

불안해져서 구트만은 옆자리에 앉은 헬레나 쪽으로 몸을 굽혔다.

"내가 제대로 알아들은 것이라면 그러니까 저분이……."

헬레나가 그의 말을 끊었다.

"아서 시워드 교수죠. 캘리포니아 버클리 대학요. 하지만 우리는 자발적이 아니면 과거에 대해서는 이야기하지 않아요. 그래서 각자가 수도원 이름을 가지고 있는 거죠."

"알겠소."

구트만이 나직하게 말했다. 오르페우스가 네 명의 동반자들과 함께 자리를 잡고 나자 그는 오르페우스 오른쪽 옆자리에 앉은 탈레스를 알아보았다.

흰옷을 입은 웨이터들이 여러 가지 다양한 야채로 만든 전채를 가져왔다. 헬레나가 설명을 붙였다.

"지금까지 고기를 드셨다면 그건 잊어버리세요. 우린 모두 채식주의자거든요."

"입맛에만 맞는다면야."

구트만이 투덜거렸다. 그러나 전채는 아주 맛이 있었다.

"내 관심을 끄는 것은 탈레스가 여기서 상당한 위치에 있는 것 같다는 거요. 그건 몰랐소. 어쨌든 그는 내게 그런 암시를 하지 않았거든요."

"오, 그래요."

헬레나가 대답하였다. 그녀의 목소리에는 약간의 경탄이 섞여 있었다.

"탈레스는 우리 소우주에서는 모든 것을 움직이는 물이에요."

"그게 무슨 뜻입니까?"

헬레나는 손가락으로 탁자에 별을 그렸다.

"탁자의 저쪽에 앉은 다섯 명은 우리의 움직임 위에 떠도는 5각의 별표지요. 이 별은 전능과 정신적인 자기통제의 상징이랍니다. 그것을 마음대로 돌려보세요. 그래도 언제나 같은 모양이지요. 그 한 꼭지점이 오르페우스, 두 번째가 탈레스, 세 번째는 아낙시메네스, 그리고 헤라클레이토스와 아낙시만드로스가 있지요. 그래서 5각형 별이라고 하는 거예요. 그들은 원로원 혹은 의장단이라고 할 수 있어요. 정점에 오르페우스가 있구요. 그리고 4원소가 그를 둘러싸고 있는 거예요. 탈레스는 물을 나타내고, 학문·종교·교회의 모든 일을 책임집니다. 아낙시메네스는 공기를 대표하지요. 그의 영역에 예술과 역사가 들어 있습니다. 헤라클레이토스는 불을 상징하며 철학과 심리학을 관장하고 곁들여 말하자면 나의 상관이기도 합니다. 아낙시만드로스는 흙의 원소인데 기술과 미래에 관련된 모든 문제에 답변을 합니다. 그들은 모두 함께 우주의 문제를 지배합니다. 물론 그들은 각자의 분야에서 혼자만은 아닙니다. 그들 각자가 네 명의 조수를 두고 있지요. 각기 특수한 분야 전문가이고 언어도 다양한 사람들입니다."

메인 코스가 나왔다. 건포도가 들어간 아주 훌륭한 쌀요리였다. 곁들여서 훌륭한 붉은 포도주가 나왔다. 구트만은 이제 자기가 탈레스를 섬길 것이고, 어쩌면 조수가 되리라고 짐작하고서 이렇게 질문을 하였다.

"그렇다면 5각형은 어떻게 이루어지는 겁니까? 그러니까 의장단은 어떻게 구성되지요? 다른 말로 하면 어째서 당신은 헤라클레이토스의 조수이고 그 반대는 아닌 겁니까?"

헬레나의 진지한 얼굴 위로 웃음이 스쳐지나갔다. 그녀는 진지하게 답변하였다.

"5각형의 회원들은 우리 모두에 의해 선출되는 거예요. 누구나 자신의 지식을 자유롭게 보여줄 수 있어요. 공동체 전체가 그가 상관보다 더 뛰어나다고 판단하면 상관은 조수가 되고, 조수는 상관이 되지요."

"그럼 그런 일은 자주 있습니까?"

"자주는 아니에요. 하지만 가끔 있어요. 최근에 탈레스가 그렇죠. 탈레스는 6년 동안이나 다른 사람의 조수였어요. 그런 다음 그는 숨이 딱 막히는 발견을 한 거죠. 그러나 그의 조수가 그것은 자신의 발견이라고 주장했어요. 그 문제를 놓고 그들은 격한 싸움을 벌였죠. 우리는 둘 중 하나를 선택해야만 했어요. 한 사람의 상승은 다른 사람의 몰락이 되지요. 둘이 함께 물이라는 원소를 대표할 수는 없으니까요. 우리는 그들에게 각자의 가설에 대한 증거를 대라고 요구했지요. 오르페우스는 학술적인 조사를 위해서 엄청난 비용을 대주었어요. 하지만 두 사람 다 지나치게 서둘러서 큰소리쳤다는 것이 드러났답니다. 탈레스는 아직 증거를 대지 못했고요, 그의 라이벌은 조사를 위해서 프랑스로 갔습니다. 그는 그곳에서 해답을 구할 수 있으리라 생각했는데 아

직 돌아오지 않는군요. 하지만 탈레스가 당신을 데려온 것을 보니 그
가 해답을 거의 얻은 것 같군요. 아니면 벌써 주머니 속에 가지고 있
는 걸까요?"

구트만은 손짓을 해보였다. 마치 아직 멀었다고 말하려는 것 같았
다. 속으로 그는 자기가 올바른 선택을 한 것인가, 자기가 라이베트라
로 온 것이 비를 피해 낙수 밑으로 들어간 것이나 아닌가 하는 생각을
해보았다. 하지만 그는 얼른 그 생각을 쫓아내고 이렇게 말했다.

"솔직하게 말해서 나는 무엇이 문제가 되는지도 정확하게 모릅니다.
탈레스는 암시적으로 콥트 파피루스 전문가를 찾고 있다고 말하고 그
와 그의 조직을 위해 일할 마음이 있는지 나에게 물어보았지요."

헬레나가 말을 끊었다.

"조직이라고요? 탈레스가 정말 조직이라고 했나요?"

"좋아요, 뭐 다른 표현을 썼을지도 모르죠. 어쨌든 그의 제안이 내
마음에 들었어요. 솔직하게 말하자면 나는 위기에 처해 있었거든요.
이혼을 눈앞에 두고 있었는데, 이혼할 경우 재산의 대부분을 잃어버릴
것이고 대학의 일은 연구보다는 행정적인 요구가 더 많았어요. 그때
하룻밤 새 이 모든 것을 끊어버릴 가능성이 내게 나타난 거죠. 정말
매력적인 가능성 말입니다."

헬레나는 동의한다는 듯이 고개를 끄덕였다.

"우리들 대부분도 비슷한 운명을 거쳤어요."

"그럼 당신은?"

구트만은 호기심에 차서 물었다.

"할 말이 무엇이 있겠어요? 그의 이름은 얀이었고 네덜란드 사람이
었어요. 나처럼 신경생리학자였죠. 우리는 괴테보르크 신경생리학 연
구소에서 알게 되었어요. 나는 스웨덴 사람이고 제시카 룬트슈트룀이
라고 하죠. 우린 결혼했지만 내가 그보다 더 우수하다는 것이 드러났
어요. 얀은 자기가 아니라 내가 괴테보르크 대학의 교수직을 받은 것

을 참아내지 못했지요. 술을 마시기 시작했고, 끝내는 조교직마저 잃어버리고, 나를 때리고 내 일을 방해했어요. 어느 날 나도 모든 것을 던져버렸지요."

헬레나는 쓰라린 어조를 실어서 대답했다.

구트만은 갑자기 어쩔 바를 모르고 기댈 곳을 필요로 하는 여자를 바라보았다. 그녀는 자기 운명의 책이라도 읽듯이 탁자를 슬픔이 묻은 눈으로 바라보았다. 그녀의 얼굴에서 뻗어나오던 강인함이 갑자기 사라진 것 같았다.

"그럼 이곳 라이베트라에선 무슨 일을 합니까?"

구트만이 조심스럽게 물었다.

헬레나는 다른 세상에서 돌아온 것처럼 갑자기 표정이 달라졌다.

"헤라클레이토스는 내게 두뇌의 세 주요 부분의 생물학적 유전에 대해서 연구하고 그것과 결합해서 감정의 수수께끼를 풀라는 과제를 주었어요. 감정을 지배하는 사람이 인류를 지배하니까요."

"그럼 해답을 찾았나요?"

"진보라는 측면에서는 그렇죠. 하지만 감정의 집단적 통제에 대해서는 아직 멀었습니다."

"헬레나, 설명 좀 해주시죠!"

"물론 목적은 간단합니다. 인간의 범주에서 직업 수준, 나이, 동일 종족 등에게 동일한 감정을 부여한다는 것이지요. 그러니까 예를 들면 모든 아랍인은 모든 이스라엘 사람을 사랑한다, 혹은 모든 독일인은 모든 프랑스인을 사랑한다 등입니다. 이런 결론이 무엇을 뜻하는지 이해하시겠지요. 그럼 전쟁이 없어질 겁니다."

구트만이 이의를 달았다.

"하지만 그것은 반대를 뜻할 수도 있잖소. 공식을 가진 사람은 미움을 만들어낼 수도 있지요. 그러니까 아랍인들이 이스라엘 사람들에 대해서, 독일인들이 프랑스인들에 대해서 미워하고 자신의 문제는 잊어버리도록 말입니다."

"벌써 인간의 의지에 영향을 주는 약품들이 있어요. 당신의 전임자인 포시우스 교수는 에펠 탑에서 뛰어내리도록 되어 있었어요. 그가 자발적으로 그런 일을 했으리라 생각하세요?"

"그렇다면 이곳 라이베트라에선 삶과 죽음의 권한까지도 쥐고 있는 거로군요?"

"바로 그래요, 교수님. 그래서 우리는 그토록 진지하게 문제 제기를 하는 것이죠. 이미 말했듯이 글로벌한 문제 해결의 기미는 아직 보이지 않습니다만."

"그럼 이 모든 것이 두뇌의 세 부분의 생물학적 유전과 관계가 있단 말입니까? 더 자세히 설명해주시겠소?"

이제 헬레나는 자신의 특성을 드러냈다.

"인간의 두뇌는 진화가 진행되면서 생겨난 세 부분으로 이루어져 있어요. 가장 내부에 있는 부분은 뇌간(腦幹)인데, 파충류 두뇌라고도 부르죠. 그것은 오늘날에도 파충류의 특징이 되는 부분이니까요. 뇌간은 본능, 먹는 습관, 공격, 방어 등만을 저장하고 있습니다. 그 위로 간뇌(間腦)가 있어요. 이것은 뇌간이 더욱 발전된 형태로 겨우 몇억 년밖에 되지 않았고, 포유류의 특성입니다. 이 단계에서 처음으로 감정이 나타납니다. 두려움과 공격, 조심성과 시간 개념이지요. 하지만 호모 사피엔스는 다시 그것을 둘러싼 대뇌가 특징입니다. 이것이 바로 나의 주요 과제인데—대뇌에 도달하는 정보는 우선 파충류 두뇌와 간뇌를 거쳐야 합니다. 그래서 언제나 감정과 결합되지요. 이 기능들을 통제할 수 있다면 긍정적, 부정적 의미에서 어떤 가능성들이 열리겠는지 생각해보세요."

"그렇다면 그런 통제는 어떤 모양이 될까요?"

"잠깐 동안은 약물을 통해서죠. 먹는 물이나 인공비료를 통해서요. 장기적으로는 유전자 조작을 통하는 겁니다."

4

헬레나는 특별한 방식으로 교수를 열광하게 만들었다. 그녀의 태도에 드러나는 강하고 남성적인 요소가 그에게는 특별한 매력이었다. 좁고 검은 안경 뒤에 크고 검은 눈이 숨어 있었다. 그는 그녀가 이런 안경을 쓰는 이유가 근시 탓인지 아니면 단순히 이 마법적인 눈을 다른 사람에게 직접 보여주기 싫어서 쓰는 것인지 알 수가 없었다. 여자들의 속옷이 따뜻함을 위해서가 아니라 도발적으로 가리기 위해서 쓰이는 것처럼 말이다.

그의 생각을 읽기라도 한 것처럼 헬레나가 구트만을 쳐다보지도 않고 물었다.

"무슨 생각을 하세요?"

"오, 나는…… 나는 매혹되었소. 여기서 내 보잘것 없는 지식으로 견디어낼 수 있을지 모르겠는데. 대체 누가 고대 콥트 텍스트에 관심을 갖겠소?"

구트만이 당황해서 말을 더듬었다.

"속아넘어가지 마세요. 여기 식탁에 앉아 있는 사람은 누구나 다른 사람에 대해선 아무것도 모릅니다. 상대방에게도 그의 일은 일곱 봉인을 한 책이나 마찬가지로 수수께끼지요. 그래서 우리는 모두가 합쳐서 인간의 우주적인 두뇌가 되는 거예요."

헬레나는 손가락으로 길다란 탁자가 끝나고 T 자를 이루는 저 앞쪽을 가리켰다.

"맨 앞줄에 두 사람 보이지요. 오른쪽은 나처럼 헤라클레이토스 밑에 있어요. 그는 티몬이라고 합니다. 그의 시민 이름은 마크 워렌튼 박사, 옥스퍼드 출신, 크립토네지 분야에서 세계적인 전문가지요."

"크립토네지?"

"크립토네지란 잊어버린 정보를 기억해내는 능력이에요. 일부 사람들은 최면상태에서 이 능력을 가지고 있지요. 그들은 전생의 정보들을 살려내는데, 그것은 재생의 증거로 볼 수도 있는 일입니다. 티몬은 어떤 잉글랜드 사람의 도움으로 고대 이집트의 사실들을 발견했는데, 그것은 고고학적 발굴로 확인되었어요. 그의 맞은편에 있는 젊은 사람은 스트라톤이라고 해요. 원래 이름은 클로드 베유 이중박사로 프랑스의 가장 젊은 연구소장이었죠. 그는 신동으로 태어나서 열두 살에 고등학교 졸업자격증을, 열네 살에 의학박사 논문을 썼어요. 열여덟에 툴루즈의 과학연구센터를 지휘하고 정자세포를 액화질소로 급속 냉동시키는 일을 연구했지요. 그는 그곳에서 과학적인 문제보다 윤리적 문제를 더 많이 다루어야만 했기 때문에 이곳으로 왔어요. 그는 자기 기술이 1세기에 있었다면 언제라도 세네카의 아들을 만들어낼 수 있을 것이라고 큰소리치고 있지요."

구트만은 열광해서 헬레나의 말을 들었다. 그는 점차 라이베트라가 지식욕에 사로잡힌 인간들의 집이라는 것을 이해하였다. 그들은 단 한 가지 죄만을 인정하고 있었으니 곧 멍청함이었다. 이 장소가 그에게 숭배할 만한 것인지, 아니면 경멸해야 할 곳인지 이 시점에서는 아직 말할 수 없었다. 게다가 그는 자기를 둘러싸고 일어나는 일과 헬레나의 말에 아주 심한 동요를 느꼈다.

헬레나가 다시 말을 했다.

"내 생각에 수많은 질문들이 당신을 괴롭히고 있을 것 같군요."

구트만은 안경을 잡고서 붉은 포도주를 한 모금 깊이 들이마시고 동의하는 뜻으로 고개를 끄덕였다.

"물론입니다. 예를 들면 내게는 관심이 생기는군요. 그러니까 라이베트라는 돈이 많이 들텐데, 누가 배후에 있지요? 누가 그 모든 돈을 댑니까?"

그러면서 그는 헬레나의 옆모습을 바라보았다. 자기 질문이 혹 지나치지나 않았나 걱정하는 것 같았다. 하지만 그녀는 웃음을 터뜨렸다.

"그럼 당신은 전혀 재산을 안 가지고 오셨군요?"

"그래요. 콥트학 교수가 부호는 아니니까요."

"꼭 그럴 필요도 없지요! 아시겠지만 자발적으로 물러나는 사람들은 굶주림에 시달리는 경우가 드물거든요. 그들은 지겨워서 물러나니까요. 오르페우스는 부자예요, 지겨울 정도로 부자죠. 필론은 남미의 대지주 집안 태생이고, 헤게시아스는 세계의 가장 큰 자동차 임대사업의 절반을 소유하고 있어요. 헤르메스는 나이지리아 유정에 지분이 있고, 그 밖에도 각자가 자기 재산을 이리로 가지고 들어왔어요. 아니, 라이베트라에선 돈 얘긴 안 나와요."

홀의 분위기가 갑자기 시끄러워졌다. 자리들을 바꾸고 소규모 그룹들을 이루어 토론이 벌어졌다. 어디선가 모차르트 음악이 흘러나왔다. 철학자들의 낙원이었다.

"할 말이 있으세요?"

구트만은 웃었다. 그는 여자가 자기 얼굴에서 읽어내지 못하는 동작을 할 줄 모르는 것이 분명했다. 그는 사과하듯이 말했다.

"난 그냥 라이베트라가 철학자들의 낙원이라고 생각했을 뿐입니다."

헬레나는 아무 말도 하지 않았다. 하지만 그녀의 침묵에서 구트만은 자기가 뭔가 잘못 말했다는 것, 아니면 그녀의 동의를 얻지 못할 말을 했다는 것을 알아챘다. 헬레나는 잔을 잡더니 단숨에 비웠다. 마치 자신을 북돋우기 위한 것 같았다. 마침내 그녀는 몸을 일으키고 한마디 말도 없이 홀을 가로질러서 두꺼운 벽이 있는 창가의 니치로 다가갔다. 니치들은 아주 커서 나무 벤치들이 거기 놓여 있었다. 그녀는 창을 통해서 바깥 어둠을 내다보았다.

어찌할 줄을 모르고 구트만은 그 과정을 지켜보았다. 그는 무슨 일이 일어났는지 알 수가 없었다. 그래서 헬레나를 뒤쫓아 창가로 가서 사과하듯이 물었다.

"내가 뭐 잘못 말했나요?"

헬레나가 그의 말을 끊었다.

"아니, 아니에요. 라이베트라는 정말 철학자들의 낙원이겠지요, 철학자들이 없다면 말입니다."

"아하, 그거야 누구든 이해하겠지만, 나는 무슨 말인지 모르겠는데요."

"거기 대해선 말할 수 없어요. 더구나 신참 앞에선."

그녀는 쓰디쓴 어조로 내뱉었다.

구트만은 그녀의 흥분을 이해할 수 없었지만 자신의 침묵으로 그녀를 자극할 줄은 알았다. 그녀가 갑자기 말을 시작하였다.

5

헬레나는 눈으로 불안하게 홀을 이리저리 훑으면서 말했다. 아름다운 겉모습은 거짓말이다. 엄밀하게 말하자면 거의 모두가 모두에 대해 적이다. 지식이 지배해야 할 이곳 라이베트라에선 사실은 절대적인 부도덕성, 모든 도덕적 가치의 부정, 지식을 위해서 선악을 구별하는 것을 넘어가버리는 일 따위가 지배하고 있다. 지식이란 마약이기에 그렇다. 철학의 기원이 되는 놀라움과 의심은 라이베트라에선 웃기는 일이 되고 말았다. 여기서 통하는 것은 권력뿐이다. 지식이곧 권력이다.

조금 전까지만 해도 헬레나는 자의식 뚜렷하고, 강하고, 거의 허영심이 강한 냉정한 여성으로 보였었다. 그런데 갑자기 그녀의 말에서 바닥을 모르는 두려움이 울려나오는 것 같았다. 구트만은 그녀가 자기에게 도움을 구하는 것처럼 생각되었다. 그는 그녀를 위해서 자기가 무슨 일을 할 수 있는가 조심스럽게 물었다.

그런데 구트만은 이해할 수 없는 대답만을 얻었다. 라이베트라에선 누구도 다른 사람을 도울 수 없다. 더 높은 명령이 아니라면 말이다.

라이베트라의 서열 체계는 바티칸의 서열 체계처럼 엄격하다. 그래서 남에게 봉사하느냐, 아니면 출세하느냐, 두 가지 가능성밖에 없다는 것이다. 아니면 추락하느냐.

이 서열의 어느 단계에 헬레나가 도달했는가를 구트만은 감히 묻지 못했다. 그는 자기가 어느 서열에 편입될 것인가 하는 생각을 해보았다. 갑자기 그는 탈레스가 자기에게 어째서 한번 접어들면 퇴로는 없고, 모든 길은 가시밭길이라고 귀에 못이 박히도록 말했는가를 이해하였다.

"저 세 사람을 보세요."

헬레나가 말하면서 눈길을 왼쪽으로 돌렸다. 거기에 두 남자와 한 여자가 기둥 가까운 곳에 서서 조용한 태도로 서로 이야기를 하고 있었다. 여자는 약 60세 가량에 역동적인 모습이었는데 머리를 아주 짧게 자르고, 어깨에 커다란 쥐 한 마리를 올려놓고 있어서 눈에 띄었다.

"그들은 자기들이 라이베트라의 은밀한 지배자라고 느끼고 있어요. 그들은 세계에서 가장 중요한 세 사람의 암 연구자들입니다. 줄리아나는 시카고의 베데스다 병원장을 지냈지요. 2프로밀레의 혈중 알코올로 나이 든 여자를 죽게 만들기 전까지요. 수염난 사람은 아리스팁인데 베를린의 자선병원 출신이에요. 그곳에서 그는 정보부를 위해서 활동했기 때문에 미움을 샀지요. 그리고 크라테스는 이탈리아 학자인데 젊다는 이유로 기회를, 그러니까 연구비를 받지 못해서 볼로냐 대학교를 그만뒀어요. 쥐는 줄리아나의 성공을 상징하죠. 그녀는 암세포를 정상적인 체세포로 되돌리는 데 최초로 성공한 사람이니까요. 어쨌든 그녀 자신은 그렇게 주장합니다."

구트만은 라이베트라의 사정을 알게 될수록 자기가 이 장소에 어울리는 사람인가 하는 의심이 점점 더 들었다. 물론 그는 자기 영역에서 충분한 인정을 받았었다. 그는 유럽에서 두 명의 중요한 콥트학자 중

한 사람이었다. 그러나 여기서 수행되는 탐구와 비교해 볼 때 그의 과제는 상당히 해롭지 않은 것으로 보였다. 탈레스도 구트만에게 이곳 라이베트라에서 어떤 기대를 품고 있느냐는 질문에 대해서는 지금까지처럼 그냥 연구를 계속하면 된다고만 말했었다.

저녁 늦게—저녁식사는 새벽까지 이어졌다—탈레스는 신참을 옆으로 불러내더니 그를 오르페우스에게 소개하겠다고 말했다.

오르페우스는 키가 작고 길다란 금발을 하고, 부드러운 얼굴 모습에 둥근 체형을 가지고 있었고, 동작을 보아도 엄격한 남성 복장을 한 여자 같다는 인상을 주었다. 그러나 그의 목소리는 남성적으로 지배적인 톤이었고, 검사들에게서 볼 수 있는 어떤 냉정한 분위기를 풍겼다. 오르페우스는 침묵하고 있을 때에도 구트만에게 거듭 친절하게 고개를 끄덕임으로써 그를 환영한다는 것을 나타내려고 애썼다.

탈레스는 이제부터 구트만의 이름이 무엇이 되면 좋겠느냐는 질문을 했고, 오르페우스는 '메나스'라는 이름을 내주었다. 그리고 콥트학자에게 동의하느냐고 물었다.

구트만은 동의의 뜻으로 고개를 끄덕였다. 그는 오르페우스가 보통은 전문가들 사이에서만 통하는 이 이름을 안다는 사실이 놀라웠다. 오르페우스는 기독교와 관련하여 성서 외적인 콥트 텍스트의 의미를 침착하고도 당황스러운 전문지식을 가지고 증명해보인 다음에야 존경에 가득 찬 익수를 하면서 그를 놓아주었다. 탈레스는 새로운 학자에게 다음날 과제를 내주겠노라고 예고하였다.

이 시점까지 구트만의 존재를 알아채지도 못했던 나머지 사람들에게 오르페우스와의 대화는 오르페우스 기사단의 입단식으로 보인 것 같았다. 한 사람 한 사람이 메나스 앞으로 다가와서 자신의 수도원 이름을 말하고 악수를 청했기 때문이다. 이 의식은 그러나 마음에서 우러난 것 같지는 않았다. 대부분의 사람들은 이런 의무를 오히려 부담스럽게 느꼈다. 그리고 이런 심정을 메나스에게 감추지도 않았다. 보아 하니 헬레나가 과장한 것 같지는 않았다.

이제 당신은 다른 사람이 되었소. 당신 뒤에 놓인 모든 것은 아무 의미도 없소, 하던 오르페우스의 말이 귓가에 스치는데 메나스는 죽도록 피곤한 상태로 가파른 계단을 올라가 자기 방으로 돌아갔다. 그리고 그대로 침대에 몸을 던졌다. 그때 문을 두드리는 소리가 났다.

"네?"

헬레나였다.

"나하고 함께 자고 싶나요?"

그녀는 이렇게 말하더니 방 안으로 들어서서 자기 뒤로 문을 닫았다.

제5 복음서

1

안네 폰 자이틀리츠를 가장 불안하게 하는 것은 자기가 어떤 역할을 하는지 모른다는 것이었다. 그녀는 자신의 호기심의 토대 위에서 벌어지는 이 비극에서 중요하지 않은 부수적인 역할을 하는가, 아니면 가차 없는 비극이 자기에게 주인공의 역할을 맡겼는가. 어쨌든 안네는 자기 역할을 계속하지 않을 수 없었다.

죽은 라우셴바흐를 찾아내거나 포시우스의 살해를 알게 되는 그런 순간들에 안네는 이렇게 생각하곤 하였다. '넌 아직 목숨이 붙어 있다. 그런데 왜 그것을 위태롭게 하는 거냐?' 그런 순간에 그녀는 다른 대안이 있을까 하는 질문을 해보곤 하였다. 자기는 어떻게 행동하면 좋을까? 아무 일도 일어나지 않은 것처럼 해야 하나? 도망쳐야 하나?

안네는 운명을 마주보고 있을 때면 기분이 나아졌다. 무엇보다도 그녀는 자기가 되돌아가는 것이 불가능한 지점에 이미 도달했다고 느꼈다.

아드리안 클라이버는 이 며칠 동안 그녀를 위해서 아주 중요한 도움을 주었다. 그녀의 감정이, 악마가 자기를 뒤쫓는다는 맹목적인 패닉 상태에 빠질 때면 그녀가 기댈 수 있는 사람이 그였다. 그리고 나면 그녀는 조용하고 침착해지고, 귀도와 아드리안이 아직 친구로 지내던 시절로 돌아간 것처럼 되곤 했다.

하지만 그녀의 내면에 있는 무엇인가가 이 과거에 대해서 끊임없이 저항하였다. 그리고 아마 이것이 젊은 날의 친구인 아드리안이 그녀에게 가까이 접근할 때마다 설명할 수 없는 방식으로 그를 물리치는 이유였을 것이다. 안네는 모든 것은 각기 때가 있다는 진부한 말로 그것을 설명하려고 했다. 아드리안은 안네에게 집착하고 있었기에 그 말을 받아들였다.

같은 이유에서 아드리안 클라이버는 그녀와 함께 뮌헨으로 가기로 동의하였고, 그녀의 편안한 집이 아니라 호텔에서 묵기로 했던 것이다. 힐튼 호텔은 그녀의 저택에서 자동차로 10분쯤 떨어진 곳에 있었다. 주로 사업가들이 찾는 곳이었는데, 이 호텔 방은 다음날 전혀 예측하지 못했던 방식으로 가장 중요한 열쇠를 그들의 손에 넘겨주었다.

파리를 서둘러 떠난 것은 양피지 사본에서 도나트에 대한 암시를 보았기 때문이었다. 안네는 다음날 아무 예고도 없이 이 남자를 찾아가서 만나는 것이 좋겠다는 생각이었다. 그러면 그는 잘린 집게손가락이 사진에 나타난 경위를 설명해줄 것이라 여겼다.

겨울 냄새가 났다. 안네 폰 자이틀리츠와 아드리안 클라이버가 정오 무렵 호엔촐레른 링 17번지 집 앞에 도착했을 때는 얼음장 같은 바람이 뮌헨 동부를 통해 불어오고 있었다. 정원사가 세 그루의 단풍나무에서 떨어진 잎사귀들을 긁어모으고 있었다. 그는 방문객들을 살펴보고 있다가 그들이 들어가려는 것을 보더니 울타리로 다가왔다.

"안녕하슈!"

정원사는 그들에게 인사하면서 낡은 모자를 뒤로 밀쳤다.

"우리는 도나트 씨를 만나고 싶은데요!"

안네가 울타리 위로 소리쳤다.

"도나트 씨라고요? 그렇다면 며칠 늦으셨는걸요."

정원사가 잿빛으로 칠해진 쇠문 위에 팔을 걸치면서 말했다.

"늦었다고요? 그게 무슨 뜻이죠?"

"도나트는 떠났다는 뜻입니다, 아름다운 부인, 떠났어요, 가버렸다고요!"

"이해하지 못하겠네요."

"나도 못하겠소. 하지만 지난 화요일에—난 매주 화요일에 오거든요—와보니 집이 비어 있더군요. 도나트와 그 아내는 사라져버렸어요. 나는 관리인에게 전화를 걸어서 무슨 일이냐고 물었죠. 그 사람도 아무것도 모르던걸요. 집세는 석 달치가 선불되어 있어서 그는 상관이 없다 하고요. 나는 관리인에게서 받을 돈을 받았어요. 그렇게 된 거죠."

안네와 아드리안은 서로 마주보았다. 어쩔 바를 몰라서 안네는 거의 눈물을 흘릴 뻔했다. 그녀는 커튼도 없이 비어 있는 낡은 집을 바라보더니 그 말을 되풀이했다.

"그렇게 된 거군요."

그 말은 쓰디쓰게 울렸다. 그리고 그녀의 내면에서는 금지된 길에 들어섰다는 예의 고통스런 예감이 다시 깨어났다.

아무런 요청도 하지 않았는데 정원사는 이야기를 시작했다.

"나는 말입니다, 원래 그 사람들을 몰랐어요. 그래서 그들에 대해서 좋은 말도 나쁜 말도 할 말이 없어요. 그들 두 사람 사이가 아주 좋지는 않았어요. 항상 휠체어를 탄 여자라니, 뭐 쉬운 일은 아니겠지요! 무슨 일이 일어났는지 누가 알겠어요. 나하고 상관도 없고 말입니다. 그래, 그 사람들과 오래 알고 지내셨수?"

"아니, 아니에요."

안네는 서둘러 대답하며 질문을 했다.

"그럼 그 사람들이 어디로 갔는지 모르시겠네요?"

정원사는 고개를 옆으로 흔들었다.

"옆집 사람들도 그들이 떠나는 것을 몰랐대요. 어떻게 하룻밤 사이에 보따리를 싸들고 사라져버리는지 모르겠어요. 정말 모르겠수다."

안네는 억지로 웃었다. 그녀는 숨을 들이쉬었다. 첫 순간에 그녀를 사로잡았던 불쾌감이 차츰 어떤 해방감으로 바뀌었다. 그녀는 이 낡은 집에서 자기를 놀라게 할 어떤 것, 어떤 고통스러운 것을 알게 될지도 모른다고 두려워할 필요가 없어진 것이다.

그들은 자동차로 돌아왔다. 아드리안은 안네의 목에 팔을 올려놓았다. 그도 역시 어찌할 줄을 모르는 것 같았다.

"그럼 이젠 어떡하지? 이 일이 어떻게 될까?"

안네가 자동차 핸들을 잡으며 물었다.

"그 문제는 내일 이야기하자. 나 피곤해. 난 피곤하면 생각을 못하겠어. 나 좀 호텔로 데려다주라."

아드리안이 대답하고 좌석 깊숙이 몸을 밀어넣었다.

안네는 호텔 문 앞에서 짧은 키스를 하고 그와 헤어졌다. 집으로 돌아온 그녀는 기분이 좋지 못했다. 집은 낯설고 거의 적대적으로 느껴졌다. 벽에 달린 그림들과 그녀가 항상 좋아했던 조각상들이 알 수 없다는 듯이 그녀를 바라보고 있었다. 그냥 무엇이든 하기 위해서 안네는 집안의 불을 모조리 켜고 쌓인 우편물을 생각 없이 뒤져보고, 잔에 코냑을 따랐다. 더는 앞으로 나갈 길을 모르는 지점에 도착하였다. 그녀의 모든 희망은 아드리안을 향하였다.

그녀는 스스로와 아드리안에게 고백하고 싶은 것 이상으로 그에게 호감을 느꼈다. 하지만 귀도의 일에 대한 쇼크가 너무 깊었다. 이 모든 일이 일어난 다음 다시 남자에게 마음을 주기 위선 어떤 극복과정이 필요하였다. 아드리안이 그것을 원하고 있다는 것을 그녀는 느꼈다. 하지만 어느 날 모든 것이 다시 파국으로 치달을까 두려웠다. 그녀는 손으로 눈을 가렸다. 그것만은 생각하지 말자!

근본적으로 그녀는 바보였다. 그녀는 유령을 쫓고 있었다. 거의 광기에 이르도록 말이다. 그리고 그 모든 일은 남편이 자기를 속였다는 상처받은 허영심에서 비롯된 것이다. 안네는 이 모든 일이 대체 소용이 있는가 하는 질문을 거듭 해보았다. 어떤 이름, 어떤 사실에 대한 지식이 그녀의 생활을 다시 평안한 길로 안내해줄 수 있을까. 그러나 한번 시작된 조사가 너무나 복잡해서 달리 어쩔 수가 없었기 때문에 이런 질문은 무의미한 것이었다. 그녀는 그 조사를 계속하는 수밖에 달리 도리가 없었다.

2

아마 잠이 들었던 모양이다. 벨 소리가 울렸을 때 마치 총소리가 정적을 찢기라도 한 것처럼 안네는 깜짝 놀라 벌떡 일어났다. 밤 9시가 지나 있었다. 그녀는 날카롭고 적대적으로 울리는 전화기를 향해 다가가 고양이처럼 불신감에 가득 찬 채 수화기를 살그머니 잡았다. 이 시각에 대체 누굴까? 처음에는 전화 건 사람이 포기하리라는 희망에서 그냥 내버려둘까도 싶었다. 하지만 오히려 그 소리를 참을 길이 없었고 그래서 수화기를 집어들었다.

아드리안이었다. 그의 목소리는 몹시 흥분한 것 같았다.

"당장 이야기할 게 있어."

"지금은 안 돼. 나 피곤해, 제발 이해해줘!"

그러나 아드리안은 물러서려고 하지 않았다.

"택시를 탈게. 10분 뒤에 만나."

"대체 무슨 일이야! 이런 점에서는 우리 사이에 모든 것이 분명하다고 생각했는데. 제발 정신차려."

안네가 화를 냈다. 하지만 안네 폰 자이틀리츠가 수화기를 내려놓기도 전에 그녀는 전화기 저편에서 울려오는 말소리를 들었다.

"그럼 곧 보자."

그러더니 전화가 끊어졌다.

안네는 아드리안 클라이버를 문간에서 쫓아버리기로 결심하였다. 현관에서 오락가락하면서 밤의 방문객을 쫓아낼 적당한 말을 찾아내려고 애를 썼다. 하지만 아드리안이 들어섰을 때 그런 말들은 모두 잊고 말았다.

"나를 들여놓지 않을 거야?"

아드리안이 묻더니 안네를 옆으로 밀쳤다. 그녀가 뭐라고 대꾸하기도 전에 그가 물었다.

"생 뱅상 드 폴 병원의 간호사가 포시우스의 베개 밑에서 찾아낸 열쇠 어디 있어?"

너 정말 제정신이 아니구나, 한밤중에 이리로 와서는 그 교수의 베개 밑에 있던 열쇠를 찾다니, 하고 그녀는 소리지르고 싶었다. 하지만 그의 얼굴이 너무나 진지해서 그녀는 그 말을 못하고 바로크 양식의 책상으로 다가가서 열쇠를 꺼내 아드리안에게 건네주었다.

그는 그것을 응접실의 탁자 위에 놓더니 재킷 주머니를 뒤져서 자신의 열쇠를 꺼내어 그 옆에 나란히 놓았다. 탁자 위에는 누르스름하게 빛나는 쇠로 만들어진 두 개의 똑같은 열쇠가 놓여 있었다. 열쇠의 손잡이는 플라스틱으로 된 조가비 모양이었다.

안네는 두 개의 열쇠를 바라보다가 아드리안을 쳐다보고 말했다.

"무슨 일인지 모르겠어. 그 열쇠는 어디서 난 거야?"

아드리안이 묘한 미소를 지었다. 그는 자신의 지적인 우월성을 즐거워하고 있었다. 마침내 그는 대답했는데, 거의 우스꽝스러웠다.

"이건 내 호텔 열쇠야."

"힐튼?"

"그래."

그제야 안네는 이 발견이 무엇을 뜻하는지 알아차렸다.

"그러니까 내가 제대로 이해한 것이라면 포시우스는 체포되기 전에 힐튼 호텔에……."

"묵고 있었던 거지. 특히 그는 호텔 방에, 아마도 호텔의 안전금고에 중요한 물건을 보관해두었을 거야. 그렇지 않다면 열쇠를 눈동자처럼 그렇게 소중하게 보관했을 리가 없지."

"하지만 호텔에서 그 물건들을 이미 오래 전에 없애버렸을 거야. 너무 늦은 거지."

"그렇지 않대도! 내가 물어보았다니까. 손님들이 남겨둔 물건은 석 달 동안 보관한대. 보석이며 귀중품은 반 년이나 보관한다는데."

이 소식을 듣고 그녀가 느낀 감정은 감사의 마음이었다. 이런 감정에서 그녀는 아드리안의 목을 끌어안고 그에게 키스를 하고 외쳤다.

"그렇담 우린 새로운 흔적을 찾은 거네!"

"그래, 새로운 흔적을 찾았어. 파리에는 힐튼 호텔이 세 개나 있지만 그가 묵었던 곳을 찾는 일은 어려운 일이 아닐 거야."

"이런 세상에, 우연치고는. 네가 다른 호텔에 묵었다면 우린 절대로 이 흔적을 못 찾았을 거 아냐."

"내가 괜찮은 호텔을 고른 거지."

"물론 그래. 네가 호텔에 묵었다는 것 자체가 잘된 일이지."

안네는 약삭빠르게 자기 변명을 하였다.

"정말이야. 그건 네 생각이었고 말야."

"그럼 내가 선견지명이 있었다고 해야겠네. 정말 그런 게 있다니까."

"그래 맞아. 하지만 우리가 이런 흔적에 도달하게 된 원인을 논하는 것은 무의미한 일이야. 중요한 것은 우리가 새로운 흔적을 찾아냈다는 거지."

이 우연한 발견은 도나트가 사라진 것을 알고 깊이 실망한 두 사람에게 용기를 북돋워주었다. 그들은 내일이나 모레 파리로 돌아가기로 결정하였다. 안네에게도 나쁘지 않은 일이었다. 집에 잠깐 머물렀는데도 그녀는 자신의 두려움과 예감들은 집에서 가장 커진다는 사실을 알게 되었기 때문이다.

자정쯤 해서 아드리안은 작별인사를 했다. 그들은 다음날 오후에 만나기로 약속했다. 오전에 안네는 사업상의 일처리를 하고 싶었기 때문이다. 그녀는 침대에 누운 다음에도 통 진정할 수가 없었다. 불확실한 소리들을 들었다. 그 사이에 내리기 시작한 빗소리와, 비구름을 뒤따라온 지나가는 자동차들의 소리를 들었다.

그녀의 생각은 포시우스를 맴돌았다. 그가 한 설명과 그의 갑작스런 죽음을 곰곰이 생각해보았다. 포시우스가 하루만 더 살았더라면 어쩌면 이 수수께끼 게임은 전체적인 윤곽을 드러냈을지 모른다. 그리고 그녀는 지난 몇 주 동안의 사건들을 통해서 잃어버렸던 평온을 되찾았을지도 모른다.

3

점차 정상이 되어가고 있다고 그녀는 생각했다. 정상적으로 생각하고 정상적으로 느끼고 정상적으로 반응한다고 말이다. 자신의 가장 깊은 내면에서 느끼는 무감각과 냉정함이 그녀를 불안하게 했다. 자신이 다른 사람이 된 것 같았기 때문이다. 심정도 생각도 없이, 단 하나의 감정, 곧 두려움만 아는 사람 말이다.

아드리안 클라이버를 만난 것이 행운이라고 말할 수 있었다. 정신병자라는 의심을 받을까 두려워하지 않고도 자기 속을 털어놓을 수 있는 유일한 사람이었다. 아드리안은 그 사이 자기 자신이 이 사건에 너무나 깊이 빠져들어서 단순히 슬쩍 피해버리거나 아니면 자기하고는 상관없는 일이니, 제발 나 좀 내버려둬, 하고 말할 수 없게 되었다.

가만! 안네는 깜짝 놀랐다. 서재의 문 소리를 들은 것 같았다. 서재의 손잡이가 끽 하는 소리를 낸 것만 같았다. 그녀는 침대에서 벌떡 일어나서 가만히 귀를 기울였다. 피가 거꾸로 솟는 것만 같았다. 조심스럽게 입으로 숨을 쉬었다. 그녀는 끝도 없는 것처럼 생각되는 2분 동안 꼼짝도 하지 않고 앉아 있었다. 그런 다음 베개에 몸을 눕혔다. 그리고 울었다. 신경 탓이야. 그렇다, 자기 신경이 너무나 예민하다는 것을 인정하지 않을 수 없었다. 그녀는 밤이면 자주 놀라 깨어나고 익숙하지 못한 소리들을 듣곤 한다. 이번에도 헛소리를 들은 것이 분명하다.

홀쩍이면서 이런 생각을 끝까지 하지도 못했는데 아래서 유리잔 깨지는 소리가 들렸다. 아까 술을 따라놓았던 코냑 잔이다! 안네는 베개 속을 더듬었다. 최근에 그곳에 가져다 둔 길다란 부엌칼을 끄집어내서는 그것을 검처럼 붙잡았다. 그리고는 몸을 일으키고 발꿈치를 들고서 침실을 빠져나갔다.

최면상태에 빠진 것처럼 그녀는 조심스럽게 어두운 복도를 따라서 아래층으로 내려가는 계단으로 갔다. 불은 켜지 않았다. 침입자와는 달리 그녀는 이 집안을 호주머니 속처럼 잘 알기 때문이다. 어둠은 그녀에게 가장 강한 무기였다. 맨 아래쪽 계단을 밟고 귀를 기울일 때 뺨이 불길처럼 달아올랐다.

아무 소리도 들리지 않았다. 이 순간 그녀는 아래서 침입자를 만나기를 간절히 바랐다. 그렇다면 자기가 미치지 않은 것에 위안을 받을 수 있을 것 같았다. 이 모든 것이 자기의 망상이라는 사실이 드러날 경우 안네는 칼로 자신을 찌르리라 결심하였다. 완전히 미쳐버리기 전에 끝장을 내는 거다.

손에서 길다란 칼이 떨리는 것을 느꼈다. 안네는 자기가 그것을 침입자의 몸에 꽂아넣을 힘이 있는지 알지 못했다. 하지만 너는 그렇게 할 거야, 넌 그를 죽일 거야, 그걸 해낼 수 있어! 하고 자신에게 말했다.

맨 아래쪽에 닿은 다음 안네는 왼쪽으로 향했다. 대리석 바닥은 얼음처럼 차가웠다. 하지만 두 걸음을 떼어놓자 페르시아 양탄자에 닿았다. 꽃병이 놓인 탁자를 지나쳐서 대여섯 걸음이면 서재에 닿는다.

　문은 그냥 살짝 열려져 있었다. 좁은 틈을 통해서 거리 조명등의 희미한 불빛이 들어왔다. 안네는 멈추어 섰다. 귀를 기울였다. 눈길은 문틈 사이를 바라보았다. 원래는 그 어떤 손전등 불빛을 보거나 아니면 누군가가 서랍장 여는 소리를 듣게 되리라 기대했다. 하지만 그런 것은 없었다. 전혀 아무것도 없었다.

　오, 아니야. 착각한 것이 아니다. 안네는 속으로 말했다. 유리잔 깨지는 소리를 두 귀로 똑똑히 들었어. 잔이 혼자서 바닥으로 뛰어내린 것이 아닌 다음에야 누군가가 이 빌어먹을 방에 있는 게 분명하다. 그리고 넌 이 칼로 그를 찌를 거야.

　하지만 모든 것이 눈 깜짝할 새 일어났다. 칼을 든 오른손으로 안네는 문을 열고 왼손으로는 스위치를 켜서 천장의 조명을 밝혔다. 한밤중에 번개처럼 갑자기 모든 것이 환해졌다. 안네는 서재를 바라보았다.

　거기서 본 것은 그녀를 얼음처럼 굳어버리게 했다. 그녀는 재빠른 동작으로 도망치려고 했지만 사지가 말을 듣지 않았다. 칼을 든 오른팔은 허수아비처럼 축 늘어졌다. 머리는 움찔 하고 움직였다. 자석의 힘에서 벗어나려는 것처럼. 물론 소용없었다.

　그녀 앞 안락의자에 귀도가 앉아 있었다. 그는 검은 양복을 입고 아주 천천히 손을 쳐들었다. 마치 그녀에게 손짓하려는 것 같았다.

　그녀는 날카로운 소리를 질렀다. 이 소리가 그녀를 구원해서 움직일 수 있도록 해주었다. 안네는 칼을 떨어뜨리고 돌아서서 옷장으로 달려가 외투를 덮어쓰고 아무거나 닥치는 대로 신발을 신고 현관문에서 열쇠를 빼들고는 자동차로 뛰어들었다. 사나운 엔진 소리를 내며 그녀는 텅 빈 거리를 질주하였다. 목적지도 없었다. 하지만 어떤 본능이 그녀를 이끌어 아드리안이 묵고 있는 호텔 방향으로 향했다.

눈물이 얼굴을 타고 흘렀다. 비에 젖은 거리에 비친 헤드라이트는 기괴한 컬러 얼룩으로 변했다. 그녀는 명료한 생각을 할 수가 없었다. 오직 안락의자에 똑바로 앉아 있던 귀도의 모습만이 눈앞에 언제까지나 다시 떠올랐다. 안네는 이 환영을 몰아내려는 듯이 소매로 눈물을 닦아냈다. 헛일이었다. 큰 소리로 울었다. 절망감에서 벗어나고 그렇게 해서 이 모습을 쫓아내려고 했다. 하지만 그 환영은 끊임없이 그녀의 감각을 파고들었다.

호텔 앞에 안네는 자동차를 잠그지도 않고 세워두었다. 나중에 그녀는 자기가 시동을 껐는지도 생각나지 않았다. 잠에 취한 호텔 프런트의 직원에게 자기 이름을 대고 아드리안을 깨워달라고 절박하게 요청하였다. 그가 전화기를 내려놓기도 전에 안네는 계단을 달려올라갔다. 247호실에서 주먹으로 문을 두드리고 나직하게 하소연하는 목소리로 외쳤다.

"아드리안, 나야, 문 좀 열어!"

아드리안이 문을 열자 안네는 그의 목에 매달려서 열병에 걸린 듯이 그에게 키스하고 손가락으로 그의 두 팔을 할퀴었다. 아드리안은 무슨 일인지 몰랐지만 그녀의 절망을 알아채고 무엇인가가 그녀를 불안하게 한다는 것을 알아차렸다. 질문을 하는 것은 적절하지 않아 보였고, 그래서 그는 그녀의 머리카락을 부드럽게 쓰다듬었다.

그를 느끼려는 절박한 욕망에서 그녀는 다른 모든 것을 잊어버렸다. 그녀는 마치 멀리서 자기 자신을 관찰하는 것 같았다. 그에게서 떨어지지 않은 채 몸에서 외투를 벗어던지고 아드리안을 부드러운 바닥으로 잡아끌고서 자신의 허벅지로 그의 몸을 감싸고, 먹이를 움켜쥔 거미처럼 헐떡이면서 아드리안을 물어뜯고 열에 들뜬 것처럼 절망적으로 그에게 키스하였다. 오랜 절망의 정열로 그녀는 그를 공략했고 마침내 아드리안은 안네가 사랑을 원한다는 것을 알아차렸다.

아드리안은 그녀의 호감을 얻기를 갈망하고 있었지만, 지금 이런 상황에서는 너무 놀라서, 그녀의 열정에 응답을 했다기보다는 그냥 그 일이 일어나게 내버려두었다고 해야 할 것이다.

마침내 두 사람은 양탄자 위에 숨을 죽이고 누웠다. 안네는 뚫어져라 천장을 바라보고, 아드리안은 그녀의 옆모습을 바라보았다. 호텔 방 천장에서 눈을 떼지도 않고 안네는 억양 없이, 목소리에 그 어떤 감정도 싣지 않고 말했다.

"집 서재에 귀도가 앉아 있어."

아드리안은 침묵하였다. 그녀가 얼굴을 그에게 바짝 가져다대자 그는 그녀를 바라보았다.

"내가 말한 것 들었어? 집의 서재에 귀도가 앉아 있다고."

"그래."

아드리안이 대답하였다. 하지만 그의 얼굴에서 안네는 그가 그 말을 진지하게 생각하지 않는다는 것을 눈치챘다.

"맙소사! 정신나간 소리처럼 들린다는 거 알아. 하지만, 나 제정신이야."

그러고 나서 안네는 집에서 있었던 일을 말하였다. 평온하려고 있는 힘을 다했건만 그녀의 말은 점점 더 흩어지고 그녀는 어찌할 줄을 모르고 마침내 어린아이처럼 흐느끼기 시작하였다.

"내 말 안 믿는다는 걸 알겠어."

아드리안은 대답하지 않는 편이 더 낫다고 생각했다. 그는 그녀의 손을 잡으려 했지만 안네가 손을 뒤로 뺐다. 그러자 아드리안이 그녀의 외투를 잡았다.

"자 입어, 떨고 있잖아."

그가 말하자 안네는 그 말에 따랐다.

몇 분 동안 두 사람은 말없이 침대 가장자리에 나란히 앉아 있었다. 서로 상대의 온기를 느꼈다. 그들은 아주 가까이 있었지만 서로 다른 느낌이었다. 아드리안은 안네의 갑작스런 정열의 발작에 대한 설명을 찾아보려 애쓰고 있었다. 물론 그는 그녀가 환영에 시달렸다고 거의 확신하고 있었다. 어쩌면 물에 빠진 사람이 구원의 섬이 눈앞에 나타나는 것을 환상으로 보는 것 같은 일이라고 생각했다. 하지만 그런 체험에서 성적인 정열이 터져나온 것은 잘 이해가 되지 않았다. 안네는 이런 경험을 한 다음 더 분명하게 느꼈다. 그녀는 정열적인 유혹을 생각할 겨를이 없었다. 지난밤의 경험이 나머지 모든 생각 위에 있었기 때문이다. 어떻게 하면 아드리안이 자기가 정상이라는 것을 믿게 만들 수 있을까?

"나 미쳤다고 생각하지, 응?"

"아, 무슨 소리. 그건 지금 문제가 아니야. 난 네가 귀도를 보았다고 생각해. 하지만 그건 현실과는 상관이 없는 일이야. 넌 신경이 극도로 예민해 있고, 그럴 수 있다고 생각해. 그건 편집증과는 무관한 일이야. 네 이성이 그냥 장난을 친 것뿐이야. 어떻게 하면 너를 이 위기에서 구할 수 있느냐 하는 질문이 훨씬 더 중요해."

아드리안의 말이 안네의 심기를 건드렸다. 그녀의 눈이 분노의 불길을 뿜었다. 그래서 소리쳤다.

"옷 입어. 제발, 옷 입고 함께 가자!"

아드리안은 안네의 말을 거스르는 것이 잘하는 일이 아니라고 생각했다. 반대로 그녀와 함께 집으로 돌이기면 그녀는 자기가 환영을 보았다는 사실을 깨달을 것이다. 그래서 아드리안은 옷을 입고 안네와 함께 집으로 갔다.

4

비는 약해지고 대신 가을 바람이 불고 있었다. 호텔에서 안네의 집으로 가는 길에 두 사람은 한마디도 말이 없었다. 아드리안은 그녀의 불안이 집에 다가갈수록 커지는 것을 느꼈다. 링 도로를 벗어나 옆길로 접어들어서 처음으로 집이 보이자 안네는 흥분해서 외쳤다. 그러면서 환하게 불이 켜진 창을 가리켰다.

"저것 봐! 맹세할 수 있어, 내가 집을 떠날 땐 집 전체가 캄캄했어."

아드리안은 고개를 끄덕였다.

안네는 자동차를 맞은편에 세우고 이마를 핸들에 대고 눈을 감았다. 마치 자기 주변에서 일어난 일을 안 일어난 것으로 만들고 싶어하는 것 같았다. 힘들게 숨을 쉬었다.

"아니야. 나를 이 집으로 데려가지 마. 난 두려워, 알겠어? 귀도가 저 안에 있다면 그 사람이 무서워. 하지만 그가 집에 없다면 난 나 자신이 무서워."

아드리안은 그녀의 고개를 쳐들려고 했지만 안네는 경련적으로 머리를 핸들에 대고 꼭 눌렀다. 아드리안이 대답했다.

"안네, 용감해야 해. 진실을 피한다고 해도 소용없어. 넌 진실의 눈을 들여다보아야 해. 그렇지 않으면 네가 미치고 말 거야. 자, 가자!"

"내 신경이 견디지 못해."

"견딜 수 있어, 자, 가자!"

자기 말이 아무 소용이 없는 것을 보자 아드리안은 내려서 운전석 쪽으로 가서 자동차 문을 열고 부드러운 힘으로 안네를 운전석에서 끌어내렸다. 안네는 그가 하는 대로 두었다. 그녀는 저항하지 않았다. 속으로 아드리안이 옳다고 생각했기 때문이다. 이런 미친 증세를 일평생 끌고 다니지 않으려면 집으로 들어가야 한다.

"나 좀 잡아줘."

안네는 두려워하면서 아드리안을 꼭 붙잡았다. 거리는 텅 비어 있었고 바람이 그들의 얼굴을 향해 불어와서 그들은 바람을 막아주는 집으로 들어선 것이 행복할 지경이었다. 멀리서 교회탑 시계가 종을 쳤다. 5시나 6시였다. 분간이 가지 않았지만 아직 동이 트지는 않았다.

아드리안 클라이버는 두려움을 잘 느끼지 않는 인간이었다. 하지만 현관문을 열고 조심스럽게 밀치는 이 순간 그는 관자놀이에 맥박이 뛰는 것을 느꼈다. 지금 이 순간 그는 안네가 단순히 신경증에 시달린 것인지 확실하지가 않았다. 자기들은 지난 며칠 동안 온갖 불가능한 일들을 겪지 않았던가? 자기들은 미친 사람을 만났는데—그가 한 행동을 달리는 표현할 수가 없다—그는 완전히 정상이 아니던가? 아드리안 자신은 안네가 말하는 것을 처음에는 의심하지 않았던가? 어쩌면 귀도 폰 자이틀리츠는 정말로 죽지 않았을지도 모른다. 어쩌면 이 수수께끼 사건들을 뒤에서 연출한 사람이 그였을까?

그들은 숨을 멈추고 귀를 기울였다. 거리에 신문배달 소년이 지나갔다.

"자, 이리!"

아드리안이 안네의 손을 붙잡았다.

그녀 자신의 집이었지만 안네는 자기가 침입자인 것처럼 느꼈다. 그녀는 다른 여자의 삶을 탐구하는 것 같은 기분이었다.

현관 한가운데 아드리안이 멈추어 섰다. 그는 묻는 듯이 안네를 바라보았다. 그녀는 고개로 오른쪽 끝에 있는 문을 가리켰다. 문은 약한 뼘쯤 열려 있었다. 좁은 틈새로 빛이 새나왔다.

아드리안은 자기 손 안에 든 그녀의 손이 얼음덩어리처럼 차가운 것을 느꼈다. 안네를 거의 끌다시피 했다. 서재 문 앞에 이르자 아드리안은 손을 뻗어서 문을 밀쳤다. 안네는 떨면서 아드리안의 손을 꼭 잡았다.

문이 열리고 안쪽이 보이자 안네는 소리를 질렀다. 의자는 비어 있었다.

"네가 무슨 생각하는지 알아."

한동안 말없이 서 있다가 안네가 말했다.

"쓸데없는 소리."

안네는 물러서지 않았다.

"내가 유령을 볼 정도로 신경이 완전히 망가졌다고 생각하는 거지?"

아드리안은 '쓸데없는 소리'라는 말을 되풀이하고 안네를 포옹하려고 했다. 하지만 그것은 시도로 끝나고 말았다. 안네가 몸을 빼고 이 방 저 방으로 달려갔기 때문이다. 마침내 그녀는 위층으로 올라가는 계단으로 달려갔다. 아래층에 남아 있던 아드리안은 사납게 문을 닫는 소리를 들었다. 계단을 내려왔을 때 그녀는 훨씬 진정되어 있었다. 그녀가 말했다.

"아무것도 없어. 아무것도 없어."

서재에서 아드리안은 깨진 코냑 잔을 바라보고 있었다.

"나는 그 잔을 깨뜨리지 않았어. 나는 잔 깨지는 소리에 놀라 일어났던 거야. 그렇지 않다면 아래층으로 내려오진 않았을 거야."

안네는 아드리안을 보고 말했다. 아드리안이 쳐다보지도 않고 고개를 끄덕였다.

"그러니까 그 말은……."

그는 생각에 잠겨서 말을 시작하고는 오랫동안 말을 끊었다.

"네가 생각하는 것을 말해봐."

"네 주목을 끌기 위해 유리잔을 일부러 바닥으로 내던졌다는 뜻인데."

"어둠 속에서 부딪친 것일 수도 있지."

"그럴 수도 있지. 하지만 그럴 경우 침입자는 도망쳤을 거야. 그냥 의자에 앉아 있지는 않았을 거야."

"침입자는 귀도였다니까!"

안네가 몹시 흥분해서 소리쳤다.

"좋아!"

아드리안이 대답했다.

"귀도였어! 난 그 사람하구 17년이나 결혼해서 살았어. 귀도였다니까!"

166

"제발 진정해! 그 사람이 귀도였는지 다른 누구였는지는 전혀 중요하지 않아. 그 사람은 네게 겁을 주려고 했던 거야. 어쩌면 조사를 중단하게 하려고 했을지도 모르지. 의자에 앉아 있던 사람이 정말로 귀도였다면 그는 아직 살아 있고, 어떤 이유에선지 너를 가지고 아주 몹쓸 장난을 하고 있다는 이야기지. 이 사람이 귀도의 흉내를 낸 다른 사람이었다고 해도 동기는 같아. 그들은 너를 겁주려고 한 거야."

아드리안이 안네의 겨드랑이를 잡고 확고한 눈초리로 그녀를 바라보았다.

"하지만 그는 귀도였어."

안네가 눈물어린 소리로 되풀이해 말했다.

"좋아. 귀도였어. 그가 무슨 옷을 입었지?"

"너무 흥분해서 자세히 보지 못했어. 하지만 검은 양복이었어, 짙은 회색이나 갈색이야. 그래, 귀도의 옷이야."

"그의 옷장에서 나온?"

"내 생각에 우리 지금 같은 생각을 하는 것 같은데."

위층에 있는 귀도의 옷장은 벽면 하나를 다 차지하였다. 그 안에 그의 양복들이 빽빽하게 걸려 있었다. 그 사이로 빈 옷걸이가 두 개 있었다.

"뭔가가 없어졌어?"

이드리안이 물었다. 안네는 옷을 하나하나 손으로 건드렸다.

"잘 모르겠어. 하지만 두 벌이 없는 것 같아. 귀도가 사고 때 입었던 것하고, 짙은 회색 양복. 그래, 바로 그거야!"

"그러니까 그 말은 귀도나 혹은 귀도 흉내를 낸 다른 사람이 네가 도착하기 전에 벌써 집안에 있다가 너를 죽도록 놀라게 만들 기회를 엿보고 있었다는 뜻이 될 거야."

"그렇겠지. 달리는 설명할 수가 없으니까."

이 시점에서 그녀는 안락의자에 앉아 있던 남자가 귀도였는지 아니면 귀도를 흉내낸 사람이었는지 확실하게 말할 수 없었다. 하지만 아드리안이 옳았다. 그것은 상관이 없었다. 그게 누구였든 어차피 마찬가지로 비열한 사람이었다.

안네는 안락의자에 앉는 것을 피했다. 그 대신에 옛날 수도원에서 나온 목재로 짜맞춘 검은 의자에 앉았다. 두 손으로 머리를 받치고 한 번 더 생각을 정리하려고 했다. 저 모르는 사람이 어째서 자기 생명은 보호하면서 자기를 광증으로 몰아가려고 하는지 알 수가 없었다. 이건 순전히 사디즘일까, 아니면 그는 거기서 어떤 이익을 얻으려는 걸까? 답을 알 수가 없었다.

"귀도의 사망증명서 받았니?"

아드리안의 질문이 멀리서 울려왔다.

"사망증명서? 그래, 물론이지."

그녀는 책상을 열어보았다.

"귀도가 죽은 다음 그를 한 번이라도 본 적이 있어?"

그녀가 종이를 찾는 동안 아드리안이 물었다.

안네는 부인하였다. 자기가 그것을 거부했다. 그의 상처는 너무나 끔찍했다. 그 동안 그녀의 동작이 점점 격렬해졌다.

"사망증명서는 이곳에 있었는데! 정말 맹세할 수 있어. 아니야, 이제 생각났다. 매장기관이 사망증명서를 받았어."

아드리안은 그녀의 말에 그다지 중요성을 부여하지 않고 이렇게 말했다.

"그렇다면 귀도가 아직 살아 있다는 것이 가능하다고 생각해? 그러니까 이 모든 일을 겪은 지금 말이야."

안네는 다시 머리를 손으로 받치고 앞만 바라보았다. 몇 시간 전, 이 일을 겪은 직후만 해도 그녀는 화를 내며 이 질문을 물리쳤을 것이다. 물론 그녀는 귀도를 알고 있었다. 17년이나 결혼해서 산 남자였다. 하지만 갑자기 그녀는 이 남자의 외형이 기억에 남아 있지 않고,

그래서 그와 그의 그림자를 구분할 수 없다는 것을 고백하지 않을 수 없었다. 그녀는 머리를 흔들고 생각했다. 어떤 사람과 여러 해나 함께 살고 그를 속속들이 안다고 여겼는데, 갑자기 그가 이중생활을 했다는 것을 알게 되었고, 그를 정확하게 묘사할 수도 없게 되었다.

안네가 아무런 대답도 하지 않았기 때문에 아드리안은 질문을 다른 식으로 표현하였다.

"내 말은 그러니까 귀도가 이 이상한 숨기장난 놀이를 할 사람이냐고?"

"몇 주 전만 해도 아니라고 했을 거야. 생각할 수 없어. 하지만 그 사이에 이 모든 일이 일어나고 보니……. 우리 결혼생활이 그렇게 나쁘진 않았어. 뭐 특별히 좋지도 않았지만. 그러나 대부분의 결혼생활과 비교해보면 긍정적이었다고 말하고 싶어. 물론 귀도는 자주 출장을 갔지. 하지만 나는 그를 믿었고, 어쨌든 불평할 이유는 없었어. 우리 사이에 진지한 이야기를 나누었던 것들이 기억나. 우리 각자가 자기 길을 가자는 주제였어. 귀도는 그런 것이 현대적인 결혼이라고 말했지. 그 말에 대해서 나는 그가 나를 속일 필요가 있다면 내가 못 알아채게 몰래 하라고 말했지. 귀도는 이 요구를 이해했던 모양이야. 어쨌든 자동차에 있던 여자는 다른 결론을 허용하지 않으니까."

창문을 통해서 12월의 아침이 밝아오고 있었다. 안네는 부엌으로 가서 커피를 만들었다. 그러면서 자기가 집을 떠날 때와 마찬가지로 아직도 외투 속에 아무것도 안 입고 있다는 것을 알았다. 위층으로 올라가서 옷을 입고 아래층으로 내려와 그녀는 말했다.

"귀도가 그 모든 일을 했다고 상상할 수도 있어. 그는 언제나 어두운 것에 끌리는 성향을 가지고 있었거든. 그럴 동기도 있었다고 생각해. 하지만 그래도 비논리적이야."

"나도 그렇게 생각해. 귀도가 영원히 사라질 의도를 가지고 있었다면 그는 더 간단한 해결책을 찾았을 거야. 그 밖에도 대체 귀도의 무덤에 누가 물었느냐는 질문이 나오지. 아니, 그건 불가능한 일인 것 같아."

"그가 나를 제거할 마음이 있었다고 해도 그는 아무것도 얻지 못할 거야. 그의 죽음이 서류상 확인되어 있으니까, 그는 자기 재산도 요구할 수가 없잖아."

5

커피를 마시면서 이야기를 나누는 동안 안네와 클라이버는 지난밤의 신비한 현상은 분명 다른 사건들과 연관성을 가진 것이고 귀도와 그녀의 관계와는 상관이 없다는 결론에 도달하였다. 그 으스스한 출몰 현상 뒤에 숨겨진 의도가 두 사람에게는 분명하지 않았다. 안네는 자기가 완전히 잘못 반응했다는 것을 깨달았다. 신비로운 연출자가 계획하고 기대한 그대로 반응했던 것이다. 그녀는 자기가 그 남자를 비웃고 그의 흉내가 엉터리라고 말하고 그를 집에서 쫓아냈더라면 좋았을걸 하고 생각했다. 맙소사, 하지만 누가 그 정도로 신경이 튼튼하단 말인가!

그때 갑자기 그녀는 귀도의 무덤을 방문하고 싶다고 느꼈다. 그것은 이상한 일이었다. 안네는 유치원 이후로 묘지를 싫어했기 때문이다. 여섯 살 나이로 아버지의 무덤 앞에 섰고, 이 체험은 그녀의 기억에 깊이 새겨졌다. 그 이후로 그녀는 무덤에 가는 것을 피했다. 그래서 귀도가 죽었을 때도 장례식 이후의 모든 일과 무덤 관리를 관리회사에 맡겼던 것이다. 그리고 그녀는 절대로 이 묘지에 발길을 하지 않으리라고 결심했다.

조촐한 장례식이 아직 그녀의 기억에 남아 있었다. 그녀는 관이 무덤에 내려지는 것을 베일을 통해서 바라보았다. 바닥은 내려다보고 싶지 않았고, 그녀는 이날을 성공적으로 기억에서 쫓아내버렸다. 어쨌든 그렇다고 스스로 믿었다. 하지만 갑자기 귀도가 정말로 갈색의 더러운 땅에 파묻혔다는 사실을 확인해보고 싶은 듯 신비로운 힘에 이끌렸다.

아드리안에게 이런 생각을 밝히고 그도 함께 가주었으면 좋겠다고 말하자 아드리안은 믿을 수 없다는 얼굴을 했다. 그녀의 거부감을 알고 있었기 때문이다. 하지만 그녀의 확고한 눈초리를 보더니 함께 가겠다고 동의했다. 안네는 그의 무덤이 거기 있는 것을 보면 귀도의 죽음을 확신할 수 있게 될 것 같다고 말했다.

무덤은 그대로였다. 그러니까 잿빛 대리석과 꽃들이 놓여 있었다. 그녀가 묘지 관리회사에 주문한 대로였다. 아드리안은 어째서 그녀가 이렇게 특이한 관리를 하게 되었을까 생각했다. 안네는 묘지에서 돌아오면서 마음을 굳게 먹은 듯한 인상을 풍겼다. 상황은 전혀 변하지 않았는데도 그녀는 거의 해방된 것처럼 행동했다.

6

안네는 전과 마찬가지로 아드리안에 대해서 소극적인 자세를 취했다. 아드리안도 다른 기대를 하지 않았다. 그들은 그의 호텔 방바닥에서 여러 해 동안 떨어져 있던 커플처럼 사랑을 나누기는 했으나 안네는 이 일을 악몽처럼 물리쳐버린 것 같았다. 아드리안은 정열이라는 것이 그녀의 체험 세계에 속하는 것일까 의심했다. 이 특별한 사랑의 행동은 어쩌면 그녀의 영혼에서 그저 짧막한 한 단편에 지나지 않았던 것이 아닐까 하는 생각이었다.

물론 그 문제에 대해서 안네와 이야기를 해보는 것이 가장 간단한 방법이었을 것이다. 하지만 아드리안은 그러지 않았다. 대답을 안다고 여겼기 때문이다. 그는 그녀에게 시간을 주고 싶었다. 그녀는 아직 거기까지 가지 못했다. 그녀가 다시 만나던 첫날 말한 그대로 말이다. 그리고 안네가 자신의 정열의 발작을 간단하게 부정한다고 해도 아드리안은 전혀 놀라지 않았을 것이다.

사랑에 있어서 아드리안은 과도한 감정을 갖지 않았다. 그것은 그가 이 나이가 되도록 결혼하지 않았고, 결혼할 생각조차 하지 않은 이유의 하나일 것이다. 그는 여자가 없다는 것에 대해서 불평을 하지 않았고 어떤 관계든 대개의 경우 1년을 넘기지 못했다. 늦어도 1년이면 어떤 여자든지 이 남자는 단 하나의 파트너, 곧 자신의 직업만을 진지하게 여긴다는 것을 깨닫곤 하였다.

아드리안은 이 사실을 아주 잘 알고 있었고, 여자들이 일정 시간이 지난 다음 그의 삶에서 물러난다고 해도 그것을 이해하였다. 그런 여자들은 때때로 나타났다가 사라지곤 했다. 그래서 그는 애인이 적지는 않았으나 장기적인 파트너는 없었고, 그 사실을 고통스럽게 여기지도 않았다.

안네와의 관계는 좀 달랐다. 아마도 안네가 처음부터 그들 사이에 경계선을 그어놓았기 때문인지도 몰랐다. 그는 이런 일에 익숙하지 않았다. 지금까지의 여자들은 일을 너무 쉽게 해주었다. 너무나도 일이 쉽게 진행되어서 '나를 건드리지 마' 하는 태도로 그를 매혹한 적이 한 번도 없었다. 그런데 잠에 취한 상태에서 성적인 기습을 받은 일은 어떻든 그에게는 에로틱한 면에서 중요한 경험이 되었다.

안네를 향한 아드리안의 우정어린 호감은 그날 밤 호텔의 사건 이후 진짜 정열로 변하였다. 그 이전의 모든 정열을 능가하는 정열이었다. 그에게는 불가능한 일로 여겨지던 일, 곧 안네를 위해서 직업도 던져버렸다. 그리고 처음에는 직업상 큰 건수 올린다고 여겼던 일을(심지어는 생 뱅상 드 폴 병원에서 포시우스 교수의 사진까지 찍어두었다) 이제는 개인적인 사건으로 여기게 되었다.

그렇게 해서 아드리안이 그토록 열렬하게 이 사건에 열중하게 된 이유는 두 가지였다. 한편으로는 그의 개인적인 호기심이고—좋은 기자라면 언제나 호기심이 많아야 한다—다른 한편으로는 그가 이 불행한 사건에서 그녀를 구해내야만 그녀의 마음을 얻을 수 있으리라는 점이었다. 그는 이 점을 분명히 알고 있었던 것이다.

그들의 모든 희망은 이제 파리에 있는 힐튼 호텔의 열쇠에 달려 있었다. 파리에 힐튼 그룹의 호텔은 세 개가 있었다. 오를리 공항 힐튼은 아니었다. 생토노레 거리에 있는 호텔 프랑스 역시 아니었다. 그곳에서는 이 방 열쇠를 보더니 아주 분명한 의심의 눈초리를 보냈다. 그래도 마르크 포시우스 교수는 이 호텔에 묵은 적이 없다, 어쨌든 지난 3개월 동안 이 이름으로는 아니라는 확인은 해주었다.

에펠 탑에서 멀지 않은 쉬프랑 거리에 있는 힐튼만 남았다. 지금까지 조사해온 경험으로 안네와 아드리안은 호텔 리셉션에 말을 하지 않고 지배인을 찾아가는 것이 낫겠다고 생각했다. 지배인은 고상한 엘자스 사람으로 독일어가 아주 유창했다. 그들은 지배인에게 안네의 아저씨인 포시우스가 생 뱅상 드 폴 병원에서 뜻밖에도 돌아가셨는데 유품에서 이 열쇠를 발견했다. 아마 호텔에 짐을 남겨놓으신 것 같다고 설명했다.

이야기는 그럴싸했다. 부르츠라는 이름의 지배인은 불투명한 유리문 뒤로 사라졌다가 카드 한 장을 들고 돌아와서 포시우스의 방은 앞으로도 사흘 동안 그의 앞으로 예약되어 있다고 말했다. 계산을 하면 그분의 짐을 넘겨드리겠다, 트렁크 하나와 작은 가방이다, 그리고 마담께서 여기 사인하시면 된다는 것이었다.

아드리안이 수표를 지불했다. 수위가 그들에게 짐을 넘겨주었다. 새로운 희망을 품고 그들은 아드리안의 벤츠 자동차를 타고 베르됭 거리에 있는 그의 집으로 갔다.

7

교수의 짐이 새롭고 확실한 어떤 흔적을 주리라고 기대하는지 그들 자신도 몰랐다. 하지만 아드리안은 저널리스트들 사이의 오랜 원칙대로 행동했다. 가능한 모든 정보를, 그러니까 처음에는 무의미하게 보이는 것까지도 긁어모을 것, 그러면 그것들은 나중에야 그 의미가 이해가 된다는 것이었다.

두 사람은 나중에 무엇인가를 이해하게 되기를 기대할 필요가 없었다. 트렁크에는 속옷과 기타 옷가지들 외에 몇 가지 책들과 지도들(특히 눈에 띄는 것은 북부 그리스의 아주 상세한 지도 한 장과 중부 이집트의 역시 못지않게 정교한 지도) 그리고 옛날 문서들의 사본이 든 서류철이 하나 들어 있었다. 그것은 안네의 사본들과 비슷하였다.

이 서류철에서 가장 흥분되는 발견은 살짝 봉인된 커다란 봉투였다. 안네는 그것을 검사하라고 아드리안에게 넘겨주었다. 그는 안네를 쳐다보더니 어깨를 으쓱하였다.

"열어봐!"

안네가 신경질적으로 말했다. 아드리안은 봉투를 열고 두 장의 투명한 박지 사이에 끼워진 갈색의 부스러기 쉬운 물건을 꺼냈다. 안네는 그것을 곧바로 알아보았다.

"그거다!"

안네가 극도로 흥분한 목소리로 외쳤다.

"뭐라고? 이게 뭐라고?"

아드리안이 어리벙벙해서 물었다.

"원본이야! 저 탈레스가 베를린에서 75만 달러를 제안했던 그 양피지 말이야!"

"이 낡은 양피지에 대해서 말야?"

"그래. 이 낡은――네 표현마따나――양피지에 대해서 말이야. 아주 분명해."

안네와 아드리안은 서로 바라보았다. 두 사람은 같은 생각을 한 것 같았다. 이 양피지 문서가 그렇게 찾던 그 문서라면 귀도는 죽기 전에 포시우스와 어떤 접촉을 했거나 아니면 포시우스가 저 끔찍한 사고 후에 양피지를 소유하게 된 것이 분명하다. 물론 그와 함께 이런 질문이 나왔다. 포시우스는 카드를 보여주고 게임을 했을까?

사본을 비교해보자 안네의 말이 맞다는 것이 드러났다. 그것은 어떤 이유에서였든 한쪽에게는 그런 엄청난 값을 지불할 만한 것이고 다른 쪽에게는 살인을 해서라도 얻을 만한 물건이었던 것이다. 이것이 그녀를 불안하게 했다. 이 발견물이 중요한 만큼 그것은 위험하기도 했던 것이다.

안네가 중얼거렸다.

"어쩌면 그들이 내가 사본만 가지고 있다는 것을 알고 있었기 때문에 나는 죽지 않고 살아남았던 것 같아. 원본이 우리 소유라는 것이 알려지면, 신이 우리를 보호하시기를."

"하지만 우린 아무것도 해볼 수가 없는걸. 양피지의 의미를 알기 위해서는 전문가를 찾아야 해. 그렇지 않으면 이건 아무것도 아니야."

아드리안이 이의를 달았다.

"배후의 사람들도 바로 그 점을 생각하고 있을 거야. 그들은 내가 제시된 금액에 넘어가리라고 생각하는 거지. 그후에 나를 없애면 되니까. 아니, 이 양피지는 내게는 생명보증서나 마찬가지야."

이 소중한 양피지에 대해 흥분한 상태에서 두 가지 발견물이 더 나타났다. 올림픽 항공사의 테살로니키—아테네—파리행 비행기 티켓이었다. 이것은 처음에 그들에게 아무런 의미도 없었다. 그리고 날짜와 봉투가 없는 편지 한 통이 있었다. 여자의 손길로 영어로 씌어진 편지였다. 발신인 주소는 '오렐리아 포시우스, 4083 보니타 뷰 드라이브, 샌디에이고, 캘리포니아 91902'로 되어 있었다.

"포시우스는 결혼했었군."

"정말이네."

안네가 편지를 읽기 시작했다. 그것은 길지 않았다. 대략 20줄 정도의 편지였다. 포시우스와 보낸 시간은 그녀의 생애에서 가장 아름다운 순간들이었지만 지금 자기들의 결혼이 깨진 마당에 후회할 것은 없다는 내용의 이별 편지였다. 그녀는 그의 계획을 전혀 이해하지 못하지만 어쨌든 성공하기를 빌고, 어쩌면 두 사람의 길이 다시 만나기를 빈다고 했다. '사랑으로, 오렐리아.'

"포시우스가 죽은 걸 그녀가 알까? 감동적인 편지네."

안네가 대답을 기대하지도 않고 질문했다.

"그건 교수에게도 중요한 것이었을 거야. 그렇지 않다면 그것을 보관하지는 않았을 테니까."

아드리안이 말했다. 안네도 긍정의 뜻으로 고개를 끄덕였다.

"포시우스가 결혼했다는 사실말고도 그녀가 그의 계획을 전혀 모른다는 암시가 특히 흥미로운데. 이 계획이 혹시 수수께끼의 양피지 문서와 상관이 있는지 말이야."

"누가 알겠어! 단 한 가지 가능성밖엔 없는데. 그녀에게 물어보는 것 말야."

"캘리포니아에 가서?"

"왜 안 돼? 이 여자는 우리를 도울 수 있는 유일한 사람 같은데. 어쨌든 그녀는 그의 작업 배경에 대해서 좀더 알겠지."

안네는 이 여자가 유럽에서 온 낯선 사람들에게 이혼한 남편에 관한 정보를 줄 마음이 생기겠는가 하는 의심을 쉽게 물리칠 수 없었다. 그래서 그들은 포시우스의 전부인에게 할 이야기를 꾸며내야만 했다. 아니면—아드리안의 생각이었다—이 여자에게 전체 진실을 다 털어놓든가. 그들은 이 부인에게 의미가 없지도 않은 작별편지를 전해드리고 싶다고 말이다. 이런 방식으로 그녀의 신뢰를 얻을 수 있을 것이다.

그래서 그들은 샌디에이고로 날아가기로 결정하였다. 이렇게 갑자기 파리를 떠난다면 자기들의 안전을 위해서도 이익이 되리라고 생각했다. 그들은 얼마 전부터 남몰래 관찰을 당하고 있다는 것, 자기들의 발자국마다 누군가 뒤를 밟고 목적지를 탐색하고 있다는 것을 알고 있었다. 어쨌든 이 모든 일을 겪은 지금 그것은 피할 수 없는 일처럼 보였다.

그래서 아드리안 클라이버는 포시우스의 가방에서 나온 문서를 잘 보관하기 위한 교묘한 계획을 세웠다. 일단 안네는 혼자서 집을 떠나 택시를 타고 루브르로 갔다. 그 동안 클라이버는 교수의 문서를 지니고 베르됭 거리의 아파트 건물 뒷마당을 통해 빠져나가서 자전거 보관소를 가로질러 드 발미 선창가로 나간 다음, 그곳에서 생 마르탱 운하를 지나 파비앙 장군 광장에 있는 자신의 거래 은행에 도착하였다.

아드리안은 은행에 대여금고를 가지고 있었는데 귀중품보다는 지금까지 직업상 얻게 된 중요한 서류들을 보관하기 위한 것이었다. 이 금고에 그는 양피지와 그 밖의 포시우스의 문서들을 넣어두었다.

아드리안과 안네는 한 식당에서 만나 자기들의 반란을 축하하였다. 아드리안은 편집부에 일시 휴가원을 제출하였다. 그런 일은 특별한 일은 아니었다. 드물지 않게 그는 여러 주 동안이나 어떤 주제를 추적하다가 이야기를 가지고 돌아오곤 했기 때문이다. 다음 날짜로 캘리포니아행 비행기를 예약했다. 부르제 공항에서 목요일, 오전 9시 30분 출발이었다.

8

캘리포니아는 기대와 다른 모습이었다. 이곳에는 드물지만 그런 만큼 더욱 격한 태풍과 엄청난 비가 내렸다. 특히 로스앤젤레스에서 남쪽 샌디에이고로 해안선을 따라 가는 비행은 조종사에게는 거의 투쟁이었다. 안네는 작은 비행기가 동쪽으로부터 집들의 바다를 넘어 린드버그 공항에 무사히 착륙하자 정말 기뻤다.

아드리안은 전에 몇 번 와본 덕택에 이 도시를 알고 있었고, 북부

항구 입구에 위치한 호텔을 예약하였다. 그곳으로부터 샌디에이고 만을 넘어 코로나도 섬을 향한 전망이 펼쳐져 있었다. 부두에는 '인디아의 별'이라는 배가 정박해 있었다. 19세기에 만들어져 여러 번이나 개조된 범선으로 지금은 박물관이 되어 있었다. 호텔의 6층에 있는 방은—아드리안은 일부러 나란히 붙은 방 두 개를 예약하였다—엘리베이터를 타고 올라가야 했는데, 그것은 호텔 외벽에 붙어 있어서 바깥 전망을 볼 수 있었다.

첫날은 잠으로 보냈다. 잠깐 저녁을 먹고 산타페 철도의 종착역까지 짧은 산책을 하러 일어났을 뿐이다. 다음날 아침 깨었을 때 샌디에이고 만은 태양 빛을 받아 터키 옥처럼 빛났다. 다른 날씨란 있을 수 없을 것만 같았다.

점심때쯤 그들은 자동차를 한 대 빌려서 도시 남부에 있는 보니타로 떠났다. 젊은 멕시코 사람인 친절한 수위는 그곳에서 편지의 주소지를 찾을 수 있으리라고 알려주었다. 그래서 그들은 5번 고속도로를 타고 티화나 방향으로 달렸다. 10분쯤 달려 이스트 스트리트 쪽 출구로 빠져나와 패스트푸드 식당들, 주유소, 슈퍼마켓 등이 있는 교외 거주지를 1킬로미터쯤 달리니 곧바로 보니타 거리에 닿았다. 거기서 왼쪽으로 잘 가꾸어진 골프장을 끼고 2킬로미터를 달려 신호등 앞에서 꺾어 완만한 경사지로 올라가자 원하는 주소에 도착하였다.

근처에 있는 대부분의 집들처럼 목재 판을 덮은, 지붕이 납작한 통나무집은 거리에서 보아 약간 안쪽으로 깊숙이 자리를 잡았고, 골짜기쪽은 숨이 멎을 듯 멋진 전망을 보여주었다. 오렌지 나무들은 집주인이 원예를 사랑한다는 것을 보여주었다. 무엇보다도 높이 자란 용설란들이 원래도 소박한 집에 이국적인 정서를 더하고 있었다.

오렐리아 포시우스는 집에 없었다. 하지만 한국전이 벌어지는 동안 이곳에 남편과 함께 거처를 잡았다는—그녀는 자발적으로 그런 이야기를 들려주었다—검은머리의 동아시아 여자인 이웃집 여자 말로는 포시우스 부인은 샌디에이고 시청에 근무하고 오후 5시경에나 집에 돌아온다고 했다. 그러면서 자기가 도울 일이 없느냐고 물었다.

아드리안과 안네는 괜찮다고 말하고 세 시간 뒤에 다시 오겠노라고 했다. 높다란 다리로 연결되어 있는 코로나도 섬에 다녀올 시간이 충분했다. 이 다리는 샌디에이고 만 위로 둥근 류트 현처럼 높이 걸려 있었다.

보니타 뷰 드라이브로 돌아왔을 때 포시우스 부인은 이미 그들이 다녀갔다는 소식을 듣고 있었다. 이웃집 여자는 낯선 사람들이 독일인이라는 것도 미리 말해놓았다.

오렐리아 포시우스는 네브래스카 출신의 자그마한 미국 여자로 해군에 근무한 다음 샌디에이고에 주저앉았다. 그녀는 약간 불신감을 품고 있었지만 그래도 손님들을 미국식 친절함으로 맞아들였다. 안네가 마르크 포시우스에게 보낸 오렐리아의 편지를 꺼내자 비로소—그녀는 그것을 첫눈에 알아보았다—불안감이 그녀의 눈에서 사라졌다.

그들은 포시우스가 살해된 것 같다는 의심에 대해서는 말하지 않기로 약속했다. 그에 대한 증거가 없었고, 그 정보는 오직 수상쩍은 간호사의 암시에만 근거한 것이었기 때문이다. 하지만 교수의 죽음에 대해서는 이혼한 부인에게 아주 분명하게 알려주었다. 그런 이유로 안네와 아드리안이 그의 유품을 소지하게 되었고, 그 유품에서 이 편지가 나온 것이기 때문이다.

작은 사람들에게 특징적인 일이지만 외모에 완강함과 고집스러움을 지닌 포시우스 부인은 이 소식을 뜻밖에도 아주 침착하게 받아들였다. 옛날 편지에 대한 반응에서 알 수 있는 일이지만 그녀는 아직도 포시우스에 대해 강한 유대감을 가지고 있었다. 그녀는 전남편이 그림에 산을 뿌린 일에 대해서는 모르고 있었다. 하지만 이 사건은 그녀에게 비상한 인상을 준 것 같았다. 어쨌든 안네와 아드리안은 그녀가 과거에 이미 교수의 의도와 관련하여 근심을 했었다는 인상을 받았다.

그녀의 신뢰를 얻기 위해서, 그리고 안네의 운명과 교수의 운명이 수수께끼 같은 방식으로 서로 연결되어 있다는 것을 오렐리아가 알 수 있도록 안네는 말을 멀리 돌려서 자기 남편의 죽음과 그와 더불어 일어난 사건들을 사실대로 들려주었다. 그 결과 자기들이 이곳까지 오게 된 것이다.

같은 운명은 사람을 결합시키는 법이다. 포시우스 부인은 점차 낯선 사람들을 믿었다. 처음의 냉담함을 거두어들이더니 안네의 이야기를 다 듣고 나서 말했다.

"그 모든 일이 내겐 전혀 놀랍지 않다고 말해도 놀라지 않으셨으면 해요."

안네와 아드리안은 서로를 바라보았다. 이 말은 놀라운 것이었다.

오렐리아는 말을 계속하였다.

"아니오, 마르크의 죽음도 놀랍지 않아요. 벌써 그러리라고 예상하고 있었는걸요. 그들이 그를 죽음으로 몰아갔다고 생각해요."

"그들이라고요?"

"그들 말예요! 오르페우스 기사단, 예수회, 연구자 마피아! 그 사람 뒤에 누가 숨어 있는지 내가 어떻게 알겠어요."

안네와 아드리안은 귀를 기울였다.

"오르페우스 기사단, 예수회, 연구자 마피아? 그게 대체 뭡니까?"

작은 부인은 박하향 담뱃갑을 더듬었다. 그녀의 손가락이 신경의 떨림을 드러냈다. 그녀는 담배에 불을 붙이면서 말했다.

"당신들은 내가 솔직하게 그에 대해서 얘기할 수 있는 유일한 분들 같군요. 다른 사람 같으면 나를 미쳤다고 할 거예요."

9

오렐리아는 짧은 간격을 두고 담배 연기를 뱉어내면서 말을 시작하였다.

"잘 생각해보면 이 모든 문제는 벌써 10년 전 마르크가 캘리포니아로 올 때 시작됐어요. 그는 샌디에이고 대학교 비교문학부에 교수 겸 연구 프로젝트를 맡았지요. 그는 자기 분야에서 세계 1인자들 중의 하나입니다. 하지만 일을 시작하면서 결정적인 잘못을 저질렀어요. 그는 미술사가들과 한판 붙었던 거죠. 구체적으로 말하자면 이들 전문가들에게 그들이 알지 못했고 알 수도 없는 일을 이야기한 겁니다. 그 결과 마르크는 처음부터 적만을 두게 된 거예요."

"무엇에 관한 일이었지요?"

"간단한 말로 표현하자면 이래요. 마르크는 미술사 교수들에게 이런 이론을 제시했어요. 레오나르도 다 빈치는 천재적인 예술가였을 뿐 아니라 위대한 철학자이기도 했다. 그는 세계를 변화시킬 비밀지식을 가지고 있었다고 말입니다. 그런 말은 미술사가들 마음에 들지 않았죠. 문학 연구자가 자기들이 가장 위대하다고 생각하는 사람에 대해서 논쟁을 걸어왔으니까요. 그들 생각으로는 포시우스는 셰익스피어나 단테를 연구하는 것이 옳다는 거죠."

"그 비슷한 말을 포시우스는 파리에서 우리에게도 했어요. 레오나르도의 그림에 산을 뿌린 것은 그림이나 그 묘사 자체를 향한 것이 아니고 레오나르도를 향한 것은 더욱이 아니고 오히려 미술사가와 그들의 고집스런 태도를 향한 것이라고 말입니다. 포시우스는 우리에게 그렇게 설명했지요. 하지만 당신은 '오르페우스 기사단'과 예수회를 언급하셨는데요?"

안네가 말했다.

거부적인 손짓으로 포시우스 부인은 불쾌감을 표시하였다. 마침내 그녀는 담배를 짓이겨 끄더니 우물거렸다.

"그들 모두 갱단이에요."

안네와 아드리안은 눈으로 서로 합의를 보았다. 더 이상 물어보는 것은 현명한 짓이 아니다. 오렐리아 포시우스가 이야기하고 싶다면 자발적으로 그렇게 할 것이다. 안네는 지나가는 말처럼 말했다.

"교수님은 그림에서 바라바의 암시를 발견하고 대단히 자랑스럽게 생각하셨어요."

포시우스 부인이 그녀를 바라보았다.

"그랬나요?"

그녀의 목소리는 쓰라린 어조로 변했다.

"그래요. 그림에 목걸이가 나타났는데 그 보석들이 '바라바' 라는 이름을 나타내고 있다고요."

"아, 그렇다면 당신들은 어차피 모든 것을 알고 계시는군요."

그녀는 당황한 것 같았다.

"아니, 그 반댑니다. 교수님은 우리에게 자신의 탐구 세계를 슬쩍 보여주셨는데 다음날 우리가 병원에 가보니 벌써 돌아가셨어요."

"그것이 우연이라고 생각하세요?"

오렐리아 포시우스가 냉담하게 물었다.

안네는 깜짝 놀랐다.

"무슨 뜻이지요, 포시우스 부인?"

"좋아요, 나는 마르크가 자연사했다고는 생각지 않아요."

"왜죠, 포시우스 부인?"

오렐리아 포시우스는 눈을 감고 당황한 어조로 말했다.

"당신들이 마르크에게 보낸 내 편지를 읽었으리라고 생각합니다. 우리가 서로 사이가 나빠져서 헤어진 게 아니라는 걸 아셨겠지요. 그래요, 마르크와의 생활은 내 생애 가장 아름다운 순간들이었어요."

말을 하면서 그녀는 두 손으로 편지를 마구 구겼다. 그리고 말을 계속했다.

"하지만 그의 연구열이 우리의 사랑을 밀어내고 말았죠. 자기 직업과 결혼하는 남자들이 있지요. 그것은 여자로서는 견디기 힘든 일이죠. 마르크의 경우엔 더 심했어요. 그는 직업을 애인으로 여겼지요. 그래서 피할 수 없이 파국이 온 거예요. 그는 오직 한 가지 생각밖에 없었어요. 애인 생각뿐이었죠. 다른 사람이 애인을 빼앗으려고 하면 그는 제정신을 잃는 거예요."

안네와 아드리안은 오렐리아의 암시를 이해하기가 어려웠다. 분명히 이 여자는 자기들이 기대했던 것보다 더 많이 알고 있다. 하지만 그녀에게서 비밀을 캐내기란 쉬운 일이 아니다. 그것은 점점 더 분명해졌다.

"그가 제정신을 잃는다니 그게 무슨 뜻이죠?"

안네가 물었다.

"자기 가설에 대한 증거를 찾기 위해 마르크는 세계의 절반은 뒤졌을 거예요. 파피루스와 양피지 문서들을 사들였는데 아무에게도 보여주지 않았지요. 그러고는 연구소에 과도한 연구비를 떠넘겼어요. 샌디에이고 대학은 그에게 징계를 하고 쫓아내겠다고 위협했지요. 마르크는 자기 연구결과를 제출하기를 완강하게 거부하고 있었거든요. 그는 아무 말도 안 했지만 나는 어떤 문제인지 그냥 변두리 정도는 알게 되었지요."

"어떤 문제였나요?"

안네는 참을성 없이 의자를 이리저리 흔들었다.

"카톨릭이세요?"

포시우스 부인이 안네에게 단도직입적으로 물었다.

"개신교예요."

안네는 깜짝 놀라서 이렇게 대답하고 작은 소리로 덧붙였다.

"물론 서류상으로만요."

오렐리아 포시우스가 말을 계속하였다.

"일을 순서대로 말하는 것이 옳겠지요. 마르크가 자기 연구 중 일부를 발표하기를 거부하였기 때문에 그리고 해고될 처지에 있었기 때문에 그는 스스로 일자리를 떠났어요. 우린 가난하지는 않았지만 얼마 안 되는 민간 학자의 수입을 보충하기에는 내 수입은 턱없이 모자랐지요. 그러다가 마르크는 어떤 여행에서 웃기는 사람을 알게 되었어요. 그는 탈레스라는 이름이었는데⋯⋯."

"뭐요? 탈레스라고요? 이상하게 붉은 뺨을 가진 머리가 하얀 남자, 어딘지 수도사의 냄새를 풍기는?"

안네가 몹시 흥분해서 외쳤다.

"난 몰라요. 난 그 사람을 본 적이 없어요. 하지만 그는 무슨 수도원의 멤버였죠. 오르페우스 기사단 소속이었으니까요. 이른바 세계에서 각 분야의 가장 우수한 두뇌들을 모아놓았다는 기묘한 엘리트 집단이에요."

포시우스 부인이 대답했다.

"탈레스라고!"

안네가 소리치고 머리를 흔들었다.

"그를 아세요?"

"글쎄요. 그는 내 남편이 가지고 있다는 어떤 낡은 양피지 문서를 구하려 하고 있었어요. 귀도가 죽은 다음 그를 베를린에서 만났지요. 그는 아주 이상한 일들을 꾸미고 이 작은 문서에 대한 대가로 내게 엄청난 액수를 제시했어요."

포시우스 부인은 긍정의 뜻으로 고개를 끄덕였다.

"오르페우스 기사단은 엄청나게 부자거든요. 이 사람들은 믿을 수 없을 정도의 돈을 가지고 있어요. 마르크 말로는 남편이 연구에 필요한 재정적인 요구를 하자 그만 웃고 말았대요. 마르크가 필요한 만큼 많은 돈을 써도 좋다고 했답니다."

"믿을 수 없군요. 하지만 이런 일은 물론 뒤에 갈고리가 숨겨져 있지요."

아드리안이 놀라워했다.

"그 사람들은 조건을 제시했어요. 제1조건은 이래요. 과거와의 유대를 완전히 끊어야 한다, 그리고 그리스 북부 어딘가에 있는 기사단으로 들어가야 한다는 거였죠. 두 번째 조건은 오르페우스 운동을 위해서 모든 연구를 한다는 거였어요. 세 번째 조건은 한번 맺은 계약은 해지할 수 없다, 그러니까 죽을 때까지 지속된다는 거였죠. 앞의 두 조건에 대해서 마르크는 내게 대충 알려주었고, 세 번째 조건에 대해서는 상세히 이야기를 했어요. 이 조건이 그를 가장 망설이게 한 것이죠. 마르크 말로는 10년 뒤에 자기 인생이 어떻게 될지 미리 알 수는 없는 일이 아니냐고 이의를 다니까 탈레스가 그것을 미리 생각해두어야 할 거라고 대답했다더군요. 오르페우스 기사단에 받아들여진 사람들은 세계에 대해서 위협이 될 만한 비밀지식을 갖게 된답니다. 그래서 그들이 기사단을 탈퇴하려고 할 경우 자살하도록 강요받는다고요."

"정말 미친 사람들이군요! 모두 미쳤어요!"

아드리안이 소리쳤다. 포시우스 부인은 어깨를 으쓱하였다.

"그럴지도 모르죠. 하지만 이제 당신은 내가 어째서 남편이 자연사했을 거라고 믿지 않는지 이해하실 거예요."

"이해하겠어요."

아드리안이 작은 소리로 말하고 안네의 옆모습을 바라보았다. 두 사람은 서로의 마음을 이해하였다. 아니, 이런 상황에서 포시우스 부인에게 사실을 털어놓는 것은 바람직하지 않다.

포시우스 부인은 몸을 일으키더니 벽난로 건너편에 있는 책장이 놓인 벽으로 가서 나무상자에서 서류 한 장을 꺼내왔다.

"마르크의 마지막 편지예요."

그녀는 손등으로 주름이 잡힌 종이를 쓸어내렸다. 그러더니 편지는 쳐다보지도 않고 그 내용을 말했다. 포시우스는 기사단을 떠날 생각을 품었다. 그 안에서 싸움이 있었다고 한다. 교수가 자신의 발견을 출판하겠다고 고집했기 때문이다. 오르페우스 사람들은 지식을 자기들만의 것으로 간직하려고 했다. 그들 말로는 지식이 지상에서 유일한 권력이기 때문이라는 것이다. 마르크는 자신의 발견에서 폭발력을 지닌 것이 대체 무엇인지 설명한 적은 없었다. 그는 다만 바티칸을 박물관으로 만들고 교황을 오페레타 주인공으로 만들 만한 일이라고만 암시하였다.

"교수님은 분명히 교황 편은 아니셨군요."

아드리안이 미소지으며 확인하였다.

"그는 그들을 미워했어요. 그는 그들을 아주 열정적으로 미워했어요. 신앙의 이유에서가 아니라 지식의 이유에서였죠. 그는 갈릴레오 갈릴레이를 위해 복수하겠다는 생각에 사로잡혀 있었죠. 종교재판이 갈릴레이를 고약하게 대접하고 교회는 오늘날까지도 그의 권리를 회복시키지 않았다고 말입니다. 6월 22일은 언제나 그에게는 기념일이었어요. 그날 그는 어딘가에 숨어서 생각에 잠기고 복수를 맹세하곤 했지요."

마법에 걸린 것처럼 포시우스 부인의 말을 경청하던 안네가 물었다.

"6월 22일이 무슨 날인데요?"

"6월 22일에 갈릴레이는 종교재판에 의해 코페르니쿠스 체계를 부인하라는 판결을 받았어요. 이 사건을 생각만 해도 마르크는 병이 날 정도로 공격적이 되곤 했어요. 그의 말로는 어리석음이 지식을 이겼기 때문이래요."

이 말은 마르크 포시우스 교수의 특이한 성격을 설명해주는 것이었다. 갑자기 레오나르도의 그림에 산을 뿌린 것도 이 모습에 추가되었다. 포시우스는 사람들이 자신의 발견에 주목하도록 만들기 위해서 자신의 사건에 여론이 집중되기를 원했던 것이다.

"당신은 교수님이 어떤 발견을 했는지 전혀 짐작도 못하시나요?"

안네가 묻자, 포시우스 부인은 두 사람의 신뢰성을 시험이라도 하려는 듯이 두 사람의 눈을 들여다보았다. 그리곤 아무 말도 없이 깊이 숨을 들이쉬었다. 여러 해 전부터 그녀는 아무와도 이야기할 수 없고 자기만 아는 일들을 마음속에 지니고 다녔다. 그런데 이제 낯선 사람 둘이 와서 그녀에게 이 모든 것을 알려달라고?

다른 한편으로는 이 낯선 여자와 자신이 일종의 운명 공동체로 묶여 있다는 생각을 떨쳐버릴 수가 없었다. 어쨌든 그녀는 귀도 폰 자이틀리츠가 암살되었다는 것을 조금도 의심하지 않았다. 이것이 그녀의 결심에 결정적인 힘을 주었다. 그녀는 일어섰다.

"이리 오세요."

그녀는 안네와 아드리안을 안내해서 작은 정방형 방으로 안내하였다. 정원으로 난 창문은 관목으로 가려져서 거의 빛이 들지 않았다. 수없이 많은 책들과 책상보를 덮지 않은 책상은 그것이 교수의 서재였다는 것을 분명히 보여주었다.

"이상하게 보일지도 모르겠네요. 하지만 나는 마르크가 떠난 뒤로도 이 방을 건드리지 않았어요. 편하게 둘러보셔도 돼요."

포시우스 부인이 말했다.

오히려 당황한 채로——안네는 내심 오렐리아의 이상한 태도에 대해 생각하고 있었다——그녀는 벽에 놓인 책들을 바라보았다. 놀랍게도 전부가 온갖 언어로 된 성서와 신약성서에 대한 주석들이었고, 일부는 수백 년이나 된 것들이었다. 2절판 대형 서적들은 곰팡내를 풍겼다.

"내 남편은 지금까지 알려져 있지 않은 복음서를 찾아냈어요. 나머지 네 개의 복음서들이 그것을 토대로 삼고 있다는 이른바 원복음서(原福音書)죠. 그러니까 마르크는 그 중 일부를 찾아낸 거예요. 그것은 몇 년 전에 중부 이집트의 미니아에서 발견된 양피지 문서에서 나온 겁니다. 돌을 연마하는 사람이 석회석을 찾다가 문서들이 감추어져 있던 곳에 닿게 되었답니다. 그는 양피지 문서들을 세 아들에게 선물했고, 그들은 그것을 나누어 팔아서 각기 자기 몫의 돈을 벌었죠. 마르크는 각각의 부분을 다시 찾으려고 했어요. 그러다가 다른 사람들도 이 문서들을 쫓고 있다는 것을 알게 되었고, 그래서 진짜 전쟁이 벌어진 거죠."

포시우스 부인이 평온한 태도로 말했다. 오렐리아의 설명은 안네 자이틀리츠를 불안하게 만들었다. 그녀는 억양 없이 말을 계속했다.

"이 복음서는 일부 사람들이 비밀로 간직하고 싶어하는 사실들을 포함하고 있다나 봐요……."

생각 속에서 안네는 귀도의 사고를 떠올렸다. 귀도가 이 양피지를 소유하려는 싸움의 희생자가 되었다는 것이 이제는 거의 의심의 여지가 없었다.

"자, 한번 보세요!"

포시우스 부인이 서가에서 책 몇 권을 빼내서 그것을 펼쳐 안네의 얼굴 앞에 내밀었다. 책 속의 일부 구절들은 표시가 되어 있고 어떤 구절들은 지워져 있으며 다른 구절들은 낯선 문자로 보충이 되어 있었다. 연결선들, 십자가 주석들이 미로처럼 얽혀 있는데, 그 모든 것이 단 한 번이나 열 번이 아니었다. 100여 권의 책 속에 수없이 많은 난외 주석들, 지시들, 번역들, 가로지른 연결선들이 표시되어 있었다. 오렐리아 포시우스는 책장에서 아무거나 뽑아서 새로운 책들을 계속 내밀었는데 그것들마다 기묘한 표지들과 지시들로 가득 차 있었다. 어떤 책에서 안네는 밑줄이 쳐진 구절들을 읽었다.

"바리사이파 사람들의 누룩을 조심하여라. 그들의 위선을 조심해야 한다. 감추인 것은 드러나게 마련이고 비밀은 알려지게 마련이다. 그러므로 너희가 어두운 곳에서 말한 것은 모두 밝은 데서 들릴 것이며 골방에서 귀에 대고 속삭인 것은 지붕 위에서 선포될 것이다."

붉은 잉크로 포시우스는 난외에 이렇게 표시해놓았다.

루가   12 : 1~3
마태오   10 : 26절 이하

마르코   8 : 15

루가   8 : 17

바라바   17 : 4

마지막 줄은 이중으로 밑줄이 그어져 있었다. 바라바라고! 안네 폰 자이틀리츠는 깜짝 놀랐다. 그녀는 손가락을 그 줄에 가져다대고 그것을 아드리안에게 내밀었다. 그는 안네를 바라보았다. 바라바, 그 유령이었다.

안네는 다음 질문을 위해서 모든 용기를 다 짜내야 했다. 어쨌든 그녀는 오렐리아 포시우스가 어떤 반응을 보일지 알 수가 없었다.

"포시우스 부인, 교수님은 이 '바라바' 가 무엇인지 혹시 이야기하셨나요?"

그러면서 상대방의 얼굴에 그 책을 들이대었다.

"바라바요?"

오렐리아 포시우스가 읽었다. 생각에 잠기더니 머리를 옆으로 흔들었다.

"그가 이런 이름을 말한 적이 있는지 기억이 나지 않는군요."

"이상하네요."

안네가 책장을 계속 넘기면서 대답했다. 또 다른 자리에서는 다음과 같은 구절을 찾아냈다.

"이것은 요한의 증언이다. 유태인들이 예루살렘에서 대사제들과 레위 지파 사람들을 요한에게 보내어 '당신은 누구요?' 라고 물어보게 하였다. 이때 요한은 이렇게 증언하였다. '나는 메시아가 아니오' 그는 조금도 숨기지 않고 분명히 말했다. 그들이 '그러면 누구란 말이오? 엘리야요?' 하고 다시 묻자 요한은 또 아니라고 대답하였다. '그러면 우리가 기다리던 그 예언자요?' 그들이 다시 물었을 때 요한은 그도 아니라고 하였다. '우리를 보낸 사람들에게 대답해줄 말이 있어야 하겠으니 당신이 누군지 좀 알려주시오. 당신은 자신을 누구라고 생각하고 있소?' 이렇게 다그쳐 묻자 요한은 그제야 '나는 예언자 이사야의 말대로 주님의 길을 곧게 하라, 하며 광야에서 외치는 이의 소리요' 하고 대답하였다."

이 구절에도 교수의 주석이 붙어 있었다.

요한   1 : 19
마태오   11 : 14, 17 : 10
마르코   9 : 11
바라바   ??

바라바에는 다시 밑줄이 그어져 있었다.

"아뇨, 그는 이 이름을 말한 적이 없어요. 나는 그 이름을 처음으로 듣는걸요. 그건 분명해요. 대체 무슨 뜻일까요?"

포시우스 부인이 말했다.

그 구절에 빠져 있던 아드리안은 고개를 흔들어서 답을 했다.

"난외주석들에는 이 구절들이 나타난 여러 복음서의 장절이 표시되어 있다고 보아야겠죠. 그러니까 바라바는 이 다섯 번째 복음서의 저자를 뜻하는 것 같아요. 그렇지만 이 사실만으로는 이 이름을 둘러싸고 있는 폭발력을 설명할 수 없을 것 같은데요."

안네가 보충 설명을 했다.

"바라바라는 이름은 어떤 비밀스런 의미를 감추고 있는 게 분명해요. 그것은 일종의 코드 같아요. 오직 아는 사람들끼리만 이 말을 아는 거죠. 마치 놀라운 의미를 가진 비밀로 들어가는 열쇠 같은 것 말예요."

포시우스 부인은 마치 아무것도 이해하지 못한 것 같은 인상을 주었다. 그냥 그런 척하는 것일까, 아니면 그녀는 자기 남편이 8년 동안이

나 추적했던 일에 대해서 정말로 아무것도 모르는 것일까? 어쨌든 그녀는 안네와 아드리안이 서재에서 책에 몰두해 있는 이 순간에 특이하게도 평온한 인상을 만들어냈다. 그녀는 자기의 운명과 남편의 운명을 마침내 받아들인 것 같았다.

수많은 책들 안에 들어 있는 수많은 암시들에 마음이 헷갈린 안네는 교수가 혹시 자기 연구에 대해서 말한 적은 없는가, 자기 작업의 목적을 혹시 밝힌 적이 없는가 물어보았다.

포시우스는 극히 폐쇄적인 사람이었다고 오렐리아는 대답하였다. 물론 그는 자기 일에 대해서 말을 하기는 했지만 그녀에게는 그런 이야기들이 이해하기 힘들었고, 그가 자기 전공 분야, 특히 비교문학에 대해서 말을 하면 그녀는 그의 사고를 쫓아갈 수가 없었다고 했다. 마르크는 두 가지 인간 유형을 내면에 지니고 있었다고 했다. 사랑스럽고 매력적인 보통 사람, 그와 그녀는 보니타의 골프 클럽에서 함께 골프를 쳤다. 그리고 또 하나는 영혼을 빼앗긴 학자로서 일상생활에서 함께 잘 지내기가 곤란한 사람이었다는 것이다. 유감스럽게도 두 번째 모습이 첫 번째 모습을 점점 몰아내서 그들의 결혼은 그다지 행복하지 못하게 되었다. 포시우스 부인은 자기가 이미 너무 많은 말을 한 것 같다고 마지막으로 덧붙였다.

안네와 아드리안은 거기서 그만 물러나라는 요구를 보았고, 그래서 작별을 고하고 나왔다.

10

호텔로 돌아오는 길에 처음에는 아무도 말이 없었다. 각자가 자기 생각을 정리하느라 여념이 없었다. 그러다가 안네가 말을 시작했다.

"포시우스 부인을 어떻게 생각해?"

아드리안은 웃음과 울음의 중간이 되도록 얼굴을 찌푸렸다.

"말하기 어려운데. 그녀가 거짓말을 한다고 말하고 싶어. 포시우스 부인이 중요한 것을 말하지 않았다는 인상을 떨쳐버릴 수가 없어."

"자기 남편이 어떤 일을 하고 있었는지 몰랐다고 주장하는 것 말야?"

"일테면 그런 거지. 8년 동안이나 결혼해 살면서 남편이 무슨 일을 해서 돈을 버는지 모를 수가 있나."

"물론 그녀는 알고 있었어. 그녀는 포시우스가 무엇에 빠져 있는지를 구체적으로 몰랐을 뿐이야. 나도 네가 직업상 어떤 일을 하는지 알아, 다만 구체적으로 모를 뿐이지. 정직하게 말하자면 그런 일은 내 관심 밖이야. 그러니까 포시우스 부인이 그의 일에 대해서 관심을 안 가졌을 수도 있는 거잖아."

아드리안은 고개를 흔들었다.

"그렇게는 생각할 수가 없어. 그 남자는 어떤 양피지 조각을 찾으려고 세계의 절반을 여행했어. 그는 아내에게 어째서 그 양피지 문서가 그렇게 중요한지 분명히 설명했을 거야. 만약 그가 자발적으로 설명하지 않았다면 그의 부인이 물어보았을 거고 말야. 하지만 포시우스 부인은 그 사실을 부인했어. 난 그걸 믿을 수가 없어."

보니타 골프 클럽을 지나칠 때 아드리안이 차를 세웠다.

"포시우스 부인이 그들이 여기서 골프를 쳤다고 말하지 않았니?"

"그래, 그랬어. 우리 둘 다 같은 생각을 하는 것 같은데?"

아드리안은 커다란 주차장으로 들어갔다. 클럽 하우스의 테라스에서 몇몇 손님들이 이야기를 하면서 아이스 티를 마시고 있었다. 안네와 아드리안은 독일에서 온 포시우스의 친구라고 말하고 혹시 누가 교수와 가까이 지낸 사람이 없는가 물었다.

안다니 무슨 말이냐, 자기들은 그를 자주 만났다는 대답이었다. 특히 포시우스의 조교였던 게리 브랜든이 교수와 가까이 지냈다고 했다. 어떤 사람이 가까운 페어웨이를 가리켜보였다. 한 남자와 여자가 공을 러프에서 건져내려고 애쓰고 있는 게 보였다. 게리와 그의 아내라고 했다.

게리 브랜든과 남편에 비해 살이 통통한 그의 아내 리즈는 아주 친절한 사람들이었다. 말을 주고받은 지 얼마 안 되어 벌써 브랜든이 그 사이 포시우스의 후임교수가 되었다는 사실을 알게 되었다. 안네가 브랜든 부부에게 파리에서 포시우스가 죽었다는 소식을 전하자 리즈는 음료수라도 한잔 하지 않겠느냐고 말했다. 자기들은 그 소식을 듣고 싶다고 했다.

안네와 아드리안은 이 초대에 기꺼이 응했다. 어쩌면 브랜든 부부는 포시우스와 그의 일에 대해서 더 많은 것을 알려줄지도 몰랐다.

게리와 리즈는 코로나도 섬에서 오렌지 거리 서쪽으로 난 7번 거리에 살았다. 작은 목재 방갈로 앞에 조그만 정원이 있고 뒤쪽으로 작은 안마당이 있는데, 그 안에는 유치한 분수가 있고, 분수의 표면에는 전기장치가 되어 있어서 10초 간격으로 카멜레온처럼 불빛이 변하고 있었다. 집안의 벽들과 암갈색의 촌스러운 가구 여기저기에 액자에 담긴 사진들이——수백 장은 될 듯싶었다——걸려 있었다. 이 사진들은 대가족이나 수많은 친구들에 둘러싸인 브랜든 부부의 모습을 보여주었다. 1940년대에 찍은 오래 된 사진들도 있었다.

대화의 초점은 재빨리 포시우스에게로 맞춰졌는데, 게리 브랜든이 그에게 열렬히 경탄하고 있다는 사실이 금세 드러났다. 포시우스는 이른바 절대적인 기억력을 소유하고 있었다고 한다. 이것은 수백만 명 중 한 사람 정도나 가질 수 있는 재능으로, 이런 재능을 가진 사람은 자기가 읽은 것을 두뇌 속에 저장하고 필요할 경우에는 여러 해가 지난 다음에도 구절구절 정확하게 되불러낼 수 있다는 것이다.

포시우스는 이런 능력을 비교문학 분야에서 보여주었다. 포시우스는 다른 사람들이 모두 작은 종이로 작업을 하던 시절에도 컴퓨터처럼 정확하게 일을 하곤 했다. 학문을 하는 사람으로서는 다행스런 경우였다. 교수는 자유자재로 단테의 『신곡』과 괴테의 『파우스트』에서 어떤 구절들을 끄집어내어 서로 비교할 수가 있었다. 그는 천재였던 것이다. 물론——이 말을 하면서 브랜든은 진지해졌다——이런 절대적인 기억력 덕분에 포시우스는 점차 아주 분명하게 이성을 잃게 되었다는 것이다.

하지만 저 생 뱅상 드 폴 정신병원에서도 포시우스는 아주 정상처럼 보였다고 안네가 약간 흥분해서 말했다. 자기들도 처음에는 포시우스가 명료한 정신인가 아닌가를 의심했지만 여러 번에 걸친 대화를 하면서 모든 의심이 사라졌다고 말이다.

'그게 바로 그의 태도에서 항상 나타나는 점'이라고 브랜든이 말했다. 포시우스와는 가장 복잡한 문제를 토론할 수가 있었다는 것이다. 그가 갑자기 정신나간 소리를 하기 시작한다는 것을 알아채지도 못한 채 말이다.

그가 좋아하던 주제들 중에서 한 가지는 로마 교회의 절대적 요구에 관한 것이었다고 한다. 변신론의 입장과 달리 포시우스는, 기독교가 그리스도 신앙을 받아들이지 않고도 다른 모든 신앙보다 우월하다는 것을 학문적으로 혹은 단순한 추측으로 증명할 수 있는가 하는 질문에 대해 그렇지 않다고 주장하고 계속 반대증명을 내세웠다는 것이다. 마지막에는 이른바 새로운 복음서까지 들이댔다.

이 새로운 복음서가 어떤 내용을 가진 것이냐는 질문에 브랜든은 대답을 하지 못했다. 학과의 누구도 이 대답을 할 수가 없다, 포시우스는 자기 주변에 비밀의 장막을 만들어 세웠기 때문이다. 자기가 모아들인 조각들이 아직 발견되지 않은 복음서의 일부분이라는 것이 가능한 일이라고 말하면서도 그 진짜 의미에 대해서는 집요하게 침묵을 지켰다는 것이다.

조교에 대해서까지도?

조교에 대해서까지도.

물론 그것은 극히 이상한 일이었고 결국은 그래서 결별에 이르게 되었다. 그의 원래 학과목과 이 일은 무관한 것이었기 때문이다. 유감스러운 일이다, 브랜든으로서는 포시우스를 정말 대단한 학자라고 생각했는데.

게리 브랜든이 말을 하는 동안 안네는 수많은 사진들을 구경하였다. 그러다가 그녀의 눈길이 한 곳에 머물렀다. 그녀는 다른 커플들과 함께 숨이 멎을 정도로 아름다운 모뉴멘트 계곡을 배경으로 찍은 게리와 리즈를 가리켜보였다. 다른 커플들 중의 한 남자는 대담하고 거의 젊은이 같은 포즈를 취한 포시우스였다. 그런 모습을 본 적은 없었다. 그의 옆에 머리를 길게 기른 미모의 여자가 있었다. 안네는 이 여자를 어디선가 만난 적이 있는 것 같다는 생각이 들었다. 어딘지는 알 수가 없었다.

리즈는 안네의 눈길을 알아채고 벌써 5년이나 지난 일이라고 말했다. 슬픈 이야기라고 말이다.

안네는 묻는 얼굴로 리즈를 쳐다보았다.

"한나와 오렐리아 이야기예요! 그 이야기를 모르세요?"

"몰라요. 어떤 이야긴데요?"

안네가 묻자, 게리가 아내 대신에 대답하였다. 그는 매우 조심스럽게 말했다.

"마르크와 오렐리아는 몇 년 동안 행복한 결혼생활을 했죠. 한나가 오기 전까지 말입니다. 한나는 고문헌학자였고 게다가 고전고고학도 가르쳤어요. 한나는 드문 여자였어요. 대단히 영리하고 넋을 빼앗길 정도로 아름다웠죠. 한나는 포시우스를 마음대로 조종했고, 그는 그녀의 말을 들었어요. 오렐리아에게는 하나의 세계가 깨진 겁니다. 그녀는 싸웠지만 패배자로서 싸운 거예요. 정말 안됐다 싶었어요. 그녀는 아직도 그를 사랑하는 것 같아요."

게리의 말은 오렐리아 포시우스의 태도에 대해 많은 것을 설명해주었다. 어떤 아내가 남편이 자기를 속였다는 말을 쓸데없이 하겠는가.

게리는 말을 이었다.

"우리에게는 상황이 단순치가 않았어요. 우리는 오렐리아를 좋아했지만 한나도 좋아했거든요. 마지막 몇 년 동안 한나는 마르크를 완전히 독점했어요. 사생활이나 직업상으로나 말입니다. 생각하면 할수록 나는 한나가 마르크를 노렸다는 생각을 하게 됩니다."

안네와 아드리안은 서로 바라보았다.

"노렸다니요? 설명 좀 해주시겠소?"

아드리안이 물어보았다.

"그러니까 포시우스를 이른바 오르페우스 기사단과 연결시킨 것은 한나였다는 뜻이죠. 한나는 캘리포니아로 오기 전에 이미 그 기사단에 소속되어 있었다는 생각이 들어요. 그리고 마르크를 끌어들이려는 의도를 가지고 이곳으로 왔다고요."

"그 기사단에 대해서 더 자세한 것을 혹시 아세요?"

안네가 끈질기게 물었다.

"신비스럽다는 말이 아마 그 단체에 어울리는 말일 겁니다. 오르페우스단은 학자들 사이에서는 하나의 신화예요. 많은 사람들은 그런 것이 없다고 생각하죠. 세계의 가장 위대한 천재들을 모아서 끝도 없는 재원(財源)으로 그들을 뒷받침하는 그룹입니다. 내가 포시우스의 조교가 아니었다면 나는 그런 곳이 있다고는 생각도 못했을 겁니다. 그런데 진짜로 있어요. 그리고 그것은 강력하고 또 위험하지요. 나는 심지어 이 단체에 범죄적 요소도 있다고 생각합니다. 그들이 목적을 달성하기 위해서 고지식하지만은 않다는 것은 잘 알려진 사실이지요……."

"어떤 목적 말입니까?"

아드리안이 끼여들었다.

"포시우스에게 한번은 그 목적에 대한 질문을 했지요. 그가 여기서 모든 관계를 끊기 직전이었어요. 그는 이렇게 대답했어요. 무지 상태에 있는 모든 날은 잃어버린 시간이다.”

게리가 대답했다.

“거기에 대해선 할 말이 없군요.”

아드리안이 동의했다.

“없지요. 하지만 이들 오르페우스 단원들은 지식의 광기 속에서 살아요. 그들은 모두 광인처럼 위험한 존재죠. 그들은 살인까지도 마다하지 않는다고 나는 생각합니다. 그리고 나는 포시우스나 한나처럼 지나치게 영리하지 않은 것이 아주 기뻐요. 그들의 추적을 받지 않아도 되니 말입니다.”

“그러니까 그들 두 사람은 영리하기 때문에 불행하게 되었다는 뜻입니까?”

아드리안이 재미있다는 얼굴을 했다.

“그래요, 물론 미친 소리 같겠죠. 오르페우스 단원들은 끊임없이 천재들을 사냥하러 다닙니다. 정상적인 학자는 그들의 관심을 조금도 끌지 못하지요.”

게리가 대답했다.

“그럼 포시우스는 오르페우스 단원들 사이에서 자기를 기다리는 운명이 무엇인지 짐작하고 있었나요?”

게리 브랜든은 어깨를 으쓱하였다.

“그는 한 번도 그런 말은 하지 않았어요. 솔직하게 말하자면 나는 당시 그런 일에 관심이 없었고요. 나는 그런 일이 어떻게 끝날지 몰랐거든요. 마르크는 한나만 바라보고 있었고, 그녀와 함께라면 아프리카 숲 속이라도 갔을 거예요. 끔찍한 이야기죠.”

“그럼 당신은 포시우스 교수 소식은 다시는 못 들었나요?”

“더는 못 들었습니다. 오렐리아는 그의 편지를 한 통 받았지요. 그가 뭐라고 썼는지는 말하지 않았지만 우리도 조를 생각은 없었어요. 이해하시겠지요?”

"포시우스가 어디 머물렀는지 아셨습니까?"

"북부 그리스 산악지대 어디였어요. 마르크는 오르페우스 수도원이 자리잡고 있는 장소를 한번 말한 적이 있습니다. 라이베트라라고 하더군요. 나는 이 특이한 이름이 기억하기가 어려워서 일부러 외웠어요. 그리고는 가장 정밀한 지도에서 찾아보았지만 못 찾았지요. 대규모 백과사전들도 이 지명에 대해서는 말하지 않습니다. 다만 고대의 아주 오래 된 사전에서 그 이름을 찾아냈지요. 거기 써 있는 것에 따르면 라이베트라는 마케도니아 지역 올림포스 산의 발치에 있는 장소라고 되어 있더군요. 수많은 전승에 따르면 오르페우스가 태어나고 죽었거나 아니면 매장된 장소라고요. 라이베트라의 주민들은 옛날부터 아주 멍청한 사람들이라고 합니다."

아드리안을 쳐다보고 안네가 말했다.

"그리스는 세계의 밖에 있는 게 아냐. 기회가 된다면……."

그러면서 그녀는 한 번 더 사진을 바라보았다.

11

안네와 아드리안은 브랜든 부부와 작별을 하면서 포시우스 사건에 새로운 점이 나타나면 알려주겠다고 약속을 해야만 했다. 호텔로 돌아오면서도 안네의 생각은 계속해서 사진을 맴돌았다. 아드리안이 그녀가 침묵하는 이유를 물었다. 그러나 안네가 아무런 대답도 하지 않고 대답할 의사도 없는 것을 보고는, 확신이라기보다는 안네를 약올릴 셈으로 말했다.

"리즈와 게리 브랜든도 어쩌면 오렐리아 포시우스처럼 모든 것을 다 말하지 않았을지도 몰라."

그러자 안네가 격하게 반박하였다.

"브랜든 부부는 자기들이 아는 것을 모두 말한 것 같은데. 그들은 이 사건에 개인적인 관심이 있어. 그렇지 않았다면 우리에게—포시우스 부인과는 반대로—새로운 소식을 알려달라고 청하지는 않았을 거야. 나는 이 이야기가 그들의 마음을 사로잡았다는 느낌이 들어."

"브랜든은 포시우스가 뜻하지 않게 자리를 비워준 것이 분명 행운이었을 텐데. 그들은 정말 좋은 친구였을 거야."

"다만 사진의 그 여자 말이야, 포시우스의 애인……."

"그들은 그 여자에 대해서 존경심을 품고 있었어. 호의라기보다는 오히려 어떤 경탄 같은 거 말야. 그녀가 정말로 오르페우스 단원들이 포시우스를 노리고 파견한 사람이라면 이 사건은 새로운 차원을 얻는 거지. 비밀첩보원 사건 같잖아."

"그건 네 상상일 뿐이야."

그녀는 목소리에 비웃음을 깔고 말했다. 하지만 곧 진지해졌다.

"사실에만 머물러 있자."

"사실, 사실! 이 사건에서 사실은 어차피 작가의 가장 대담한 상상력이 만들어낼 수 있는 것보다 더 정신나간 것들이잖아."

아드리안은 안네가 자기의 내심을 모욕하기라도 한 것처럼 벌컥 화를 냈다. 안네는 고개를 끄덕이고 사과하려는 듯이 침묵하였다. 호텔 앞에 도착하자 아드리안은 자동차를 주차시키고 안네에게 잠깐 산책이나 하자고 제안하였다. 태양은 만 쪽으로 많이 기울어 있었다. 청록색 바닷물은 수많은 하얀 포말을 일으키며 햇빛 속에 번쩍였다. B 거리 부두 쪽에 자리잡은 출렁이는 생선요리 레스토랑의 뒤쪽으로 난 창문을 통해서 오일 타는 고약한 냄새가 피어올랐다. 근처 멕시코에서 온 떠돌이 상인들이 판지로 만든 좌판 뒤에서 재치 있는 말로 지나가는 행인들을 유혹하였다.

"셔츠나 바지를 바꿔야 한다니까요, 여기서는 두 가지 다 살 수 있어요."

교통량이 한결 뜸한 북쪽으로 난 길로 접어들면서 안네가 말을 시작하였다.

"사진에서 본 여자가 머리에서 사라지질 않아."

"포시우스의 애인 말이야?"

"그래, 포시우스의 애인."

"그 여자가 어쨌다는 거야?

아드리안이 안네의 길을 막아서며 그녀의 눈을 들여다보았다. 안네는 어쩔 줄 모르는 얼굴을 했다. 그러더니 망설이면서 말을 이었다.

"너한테 얘기했잖아, 귀도와 함께 사고 자동차에 앉아 있던 여자를 찾다가, 도나트의 집에서……."

"그러니까 갑자기 사라져버린 저 도나트 말이지?"

"그래, 바로 그 사람. 그 도나트라는 사람은 부인이 있었는데, 완전히 마비된 상태였어. 휠체어에 앉아 있었고, 머리말고는 전혀 움직일 수가 없었어."

"그 여자가 어쨌다는 거야, 얼른 말해봐!"

"그 휠체어 탄 여자가 브랜든 부부의 사진에 나온 여자 같단 말야, 포시우스의 애인."

아드리안은 안네를 그대로 두고 두어 걸음 선창가로 다가가서 춤추는 파도를 바라보았다. 그는 이 내용을 가능한 한 지금까지의 지식 안으로 받아들이려고 애써 보았지만 잘 되지 않았다.

"그러니까 브랜든은 다 말하지 않았던 거지."

아드리안이 말했다.

"그는 내가 한나 도나트와 이상한 방식으로 만났다는 것을 몰랐어."

"아니면 그가 그것을 알았지만 그녀의 정체를 말하지 않을 이유가 있었던가."

"아니야. 그렇다면 그는 다른 이름을 말했을 거야."

안네가 날카롭게 대답했다.

"그는 그녀의 이름을 말했어. 한나라고 말이지."

"우리도 그녀의 성을 묻지는 않았잖아!"

"그러니까 넌 한나가 도나트의 부인이란 게 확실하다는 거지?"

"그러니까 자칭 도나트의 부인이라는 거 말이야. 물론 난 전혀 확실하지 않아. 그녀는 놀랄 만큼 닮았어. 하지만 그렇게 심한 후유증을 남긴 사고라면 얼굴도 변하겠지. 그녀는 그러니까 한나 루이제 도나트일 수도 있다는 거지."

안네가 그의 말을 정정하였다.

"한나 루이제 도나트! 하지만 귀도와 함께 사고를 당한 여자도 이 이름을 쓰고 있었잖아."

아드리안이 말하고 안네의 두 팔을 꼭 붙잡았다.

안네의 얼굴에 깊은 당혹감이 나타났다. 그녀는 깊은 절망감에서 침을 꿀꺽 삼켰다. 그녀도 이제는 아무것도 알 수가 없었기 때문에, 그리고 갑자기 귀도가 자기를 속인 것이 아니라는 사실이 분명해졌기 때문이었다. 그리고 자기들이 악의적인 음모와 이름을 알 수 없는 공포에 희망 없이 붙잡혔다는 것도 분명해졌다. 그녀는 다시금 저 형언할 수 없는 공포, 자기 몸을 꿰뚫고 목구멍까지 치밀어올라 말을 할 수 없게 만드는 공포, 어디서나 만나고, 어디서나 자기를 기다리는 저 공포를 다시 보고 있었다.

아드리안은 안네를 호텔로 데리고 갔다. 안네는 방에서 맥주 한 병을 마셨다. 그녀가 잠이 든 다음 아드리안은 그녀의 방을 나와서 게리 브랜든에게 전화를 했다. 포시우스의 애인 한나의 성이 도나트냐고 물었다.

"오, 그래요."

브랜든이 대답했다.

"그 말을 안 했던가요?"

포시우스 교수와 남편의 사고 차에 타고 있던 여자 사이에 비밀스런 연결이 존재한다는 생각지도 못한 발견은 안네에게 엄청난 충격을 준 것 같았다. 그녀는 아무것도 먹으려 하지 않았고 무엇인가를 삼키기도 어려웠다. 다음 이틀 동안 신경질적인 식사는 대부분 급작스럽게 끝나곤 하였다. 안네가 식탁에서 벌떡 일어나서 토해버리곤 했기 때문이다. 아드리안은 자기가 이야기를 시작하면 잠시 뒤에 안네가 자기 말을 전혀 듣지 않는다는 것을 알 수 있었다.

그러다가 저 불행한 목요일 아침이 찾아왔다. 아드리안은 어찌할 줄 모르는 상태에서 안네를 품에 안고 부드럽게 속삭이고 특이한 요법을 행하는 기적의 치료사처럼 쓰다듬고 키스하였다.

처음에는 안네가 그의 따뜻함을 좋아하는 듯이, 그에게 몸을 맡긴 듯이 보였다. 그렇지만 아드리안이 그녀를 호텔 방의 안락의자에 앉히고 우연히도 일이 진행되어 그녀 앞에 무릎을 꿇고 자기 얼굴을 그녀의 무릎에 파묻었을 때 갑자기 전기충격이라도 받은 것처럼 안네가 몸을 흔들었다. 그녀는 아드리안의 머리를 붙잡아서 옆으로 밀쳐버리고는 다른 것은 대체 머릿속에 없느냐고, 차라리 악마에게나 가보라고 소리를 질렀다.

아드리안은 안네보다 자신에게 더욱 괴롭게 생각되는(그녀는 이날 아침 정말 명료한 의식이 아닌 듯했다) 이 고통스러운 장면을 중단하고 호텔 앞의 주차장으로 달려나가서 자동차에 몸을 싣고 시동을 걸었다. 그제야 좀 진정이 되는 듯했다. 그리고 자동차를 몰아 5번 고속도로로 들어가 남쪽 방향으로 달렸다.

10분 동안 맹렬히 달리자 어느 새 멕시코 국경을 지나쳤다. 그곳에서 도로 위에 붙은 투시화가 예고하듯이 '세계에서 가장 큰 소도시'가 소음과 먼지, 수많은 역겨운 냄새들로 그를 맞아들였다. 아드리안은 하루 낮과 밤의 절반 동안 구걸하는 아이들의 떼거리를 밀어내고 수많은 싸구려 창녀들을 불쾌한 독충처럼 떨쳐버리면서 티화나의 주점들을 순회하면서 퍼마셨다. 그리고 자정쯤 되어서 넓고 하얀 선처럼 조명이 된 국경선을 넘어 샌디에이고로 돌아왔다.

호텔에 도착하자 수위가 문을 열어주면서 자이틀리츠 부인은 서둘러 떠났다고 알려주었다. 그녀가 자기에게 메시지를 남겼느냐는 질문에 친절한 노인은 유감이지만 아니라고 대답했다.

이 순간 그가 서운했다고 한다면 아마 잘못된 표현일 것이다. 안네는 그의 가장 깊은 내면을 모욕하였다. 만약 안네가 아직도 옆방에 있다면 무슨 일이 일어났을지 상상할 수도 없었다. 그랬다면 어떻게 행동해야 했을까? 그녀에게 용서를 구하나? 무엇에 대해서? 그는 지난 몇 주 동안 진정한 친구라고 할 만큼 극히 조심스럽고도 친절한 태도로 대하지 않았던가?

의심할 데 없이 안네는 용서할 수 없을 만큼 아드리안을 모욕하였다. 지난 시간의 사건들뿐만 아니라 안네의 성격도 어딘지 무섭고 예측할 수 없는 특성을 갖게 되었다. 점점 예측할 수 없게 변하는 그녀의 태도에도 불구하고 그는 그녀를 사랑하게 되었다. 어찌할 줄 모르는 처지와 깨어 있는 지성이 혼합된 여자, 한편으로는 보호를 필요로 하면서도 다른 한편으로는 독립적인 이 여자를 말이다.

그는 그녀를 사랑하였고 그녀의 문제가 해결되는 일보다 더 바라는 일이 없게 되었다. 하지만 함께 조사한 것을 결산해보면 자신의 개인적인 문제는 그것을 통해서 작아졌다기보다 오히려 커졌다는 사실을 고백하지 않을 수 없었다. 안네 폰 자이틀리츠는 그 사이에 자기 없이도 일을 꾸려갈 수 있다는 확신에 도달한 것 같았다. 그녀의 떠남이 그 증거가 아닌가?

아드리안은 안네의 머릿속에 자기를 위한 공간이 있었을지, 그렇다면 그것이 대체 어떤 것이었을지를 생각해보았다. 그녀는 자기를 단지 이용하기만 하고, 도움을 필요로 하다가 이제 더 이상 그가 도움을 줄 수 없다는 사실을 깨닫고 사랑할 수 없는 기생충처럼 옆으로 치워버린 것일까? 하지만 자신은 그녀의 뒤를 쫓아 여행하는 것말고 다른 방도가 있을까?

데킬라에 늘신하게 취해 엄습하는 눈물어린 생각들에 둘러싸여 옷도 벗지 않은 채 아드리안은 호텔 침대에서 잠이 들었다.

악마의 말발굽

1

길다란 홀의 머리 부분 왼쪽으로 난 높은 창문을 통해 로마의 빛나는 가을 아침 햇살이 들어와, 뒤쪽에서도 보이는 황금문자들로 새겨진 제명(題銘)을 비추었다. '옴니아 아드 마요렘 데이 글로리암'(Omnia ad maiorem Dei gloriam). '모든 것은 하느님의 더 높으신 명예를 위해서.' 사다리의 횡목(橫木)처럼 가느다란 책상들이 홀 안에 정확하게 사이를 두고 차례로 가로놓여 있었다. 다만 오른쪽에만 책들과 오래 된 2절판 대형 서적들이 방의 천장까지 빼곡하게 들어차 있었다. 줄마다 약자로 된 철자 코드들이 붙어 있었다. 'Scient. theol.'나 'Synop. hist.'나 'Mon. secr.' 따위의 약자 코드들은 수많은 지식과 성스러움을 드러내주었다. 이쪽에는 좁은 통로가 있어서 그 통로를 통해서 검은 잿빛 옷을 입은 예수회원들이 각기 자신의 자리로 찾아갈 수 있게 되어 있었다.

필로타 광장에 있는 그레고리아나 교황 대학교의 뒤쪽 건물은 1930

년대에 지어진 육중한 건물이었다. 그것은 대학보다는 오히려 우쭐거리는 관공서 건물에 더 어울리는 것으로 이 건물 안에 들어 있는 이 홀은 대부분의 학생들이 알지 못하는 곳이었다. 복도들과 계단들이 미로처럼 뒤얽힌 건물 안을 헤매다가 우연히 이곳까지 흘러들어온 신학생이라도 높은 이중문 앞을 지키는 문지기가 출입을 가로막았다. 홀에 들어선 사람들은——겉모습이나 거동으로 보아서 절대로 학생들은 아니다——펼쳐진 책에 서명을 하고 묵묵히 자기 일을 할 뿐이었다.

길고 좁은 책상들 위에는 건축사 사무실처럼 접는 지도들이 펼쳐져 놓여 있었다. 하지만 가까이 다가가서 보면 이 두루마리들은 단 하나의 거대한 퍼즐임이 밝혀진다. 수없이 많은 작고 불규칙한 조각들과 수많은 지점들을 모아서 짜맞추는 거대한 퍼즐이었다. 거대한 그림에서 군데군데 빠져 있는 색채처럼 그런 자리에는 번쩍이는 책상의 목재 상판이 드러나 있었다.

몇몇 책상들에는 사람들이 없었지만 다른 곳에는 대여섯 명의 예수회원들이 몰려 있었다. 모두 합쳐서 30여 명의 사람들이 이 홀에 자리를 잡고서 꿰뚫어보기 힘든 체계로 각자의 작업에 몰두하고 있었다(물론 예수회원들의 작업은 체계를 가지고 있었다. 심지어는 대단히 정교한, 거의 수학적인 질서를 가진 체계였다. 하지만 대단히 주의 깊게, 특히 매우 가까이 보아야만 책상에 펼쳐진 종이부분들이 모두 같은 것이고 게다가 하나의 원본을 복사한 것이라는 것을 알아볼 수 있었다. 그러니까 30장의 동일한 퍼즐 게임 종이였다).

예수회원들은 각자의 성격만큼이나 다양하게 작업을 하고 있었다. 어떤 사람들은 이마를 두 손에 파묻고 깊은 절망감에 사로잡혀서 자기 앞을 뚫어지게 응시하였다. 미켈란젤로가 「최후의 심판」에 그려놓은 죄인 같은 모습이었다. 다른 사람들은 커다란 확대경으로 무장하고서 확대경이 보여주는 것을 흰 종이들에 옮겨적었다. 아주 불완전한 낯선 문자들이었다. 또 다른 사람들은 악마 같은 표정으로 텍스트 주위를 이리저리 춤추고 있었다. 마치 보이지 않는 적과 숨기장난이라도 하는 것 같았다.

여섯 명이 한 책상에 모여 있는 곳에는 다른 곳과 달리 커다란 흥분이 나타나 있었다. 그런 것은 매일 일어나는 일은 아니었다. 머리를 매끈하게 면도하고, 깊숙한 눈과 뼈마디가 불거져나온 매부리코를 한 야윈 폴란드 사람인 슈테판 로진스키 박사가 단어들의 연속, 특히 이 날은 문장의 연속을 읽고 있었기 때문이다. 여러 파편들 중 하나에 나타나 있는 콥트 문서 텍스트라고 그가 생각하는 내용이었다. 이 문장들은 둘러선 사람들에게 마치 들어보지 못한 끔찍한 사건이기라도 한 것처럼 두려움을 불러일으켰다.

로진스키는 손가락으로 책상에 놓인 텍스트 한 곳을 가리키며 읽어 내려갔다.

"그는 빛이 아니라 다만 그 빛을 증언하러 왔을 따름이다. 모든 인간을 밝게 비추어주는 참된 빛이 세상에 오셨다. 그분은 세상에 계셨다. 세상은 그분을 통하여 생겨났지만 세상은 그분을 알지 못했다. 그리고 그것이 좋았다……."

선서한 수도사이며 교단에 네 명뿐인 총평의원 중의 하나이고, 그런 직책으로 인해 엄격하게 비밀리에 진행되는 이 작업의 지휘를 맡고 있는 만초니 교수는 로진스키가 스케치한 종이 위에 몸을 굽히고 그것을 책상에 붙여진 문서와 비교해보았다. 그가 읽는 동안 소리 없이 입술을 움직이다가 마침내 높고도 불쾌한 목소리로 말했다.

"이거 정말 요한복음과 비슷한걸, 1장 8절에서 11절까지."

"하지만 요한복음이 아니오. 당신도 나처럼 잘 아실 테지만."

로진스키가 거만하게 말했다.

만초니는 고개를 끄덕였다. 두 사람 사이에는 화해할 길 없는 적대감이 있었다. 폴란드 사람은 단순한 부관이었고, 이탈리아 사람 만초니는 교단의 최고위직 다섯 명 중 하나였다. 그러니까 서열과 직책으로 보아서 한쪽이 다른 사람의 적이 될 수가 없는데도 그랬다. 그들의 경쟁은 학문적인 영역에서 벌어졌다. 로진스키는 성서학자로서, 특히 신약성서 분야에서 1인자였다. 그는 여러 번이나 만초니의 잘못을 수정해주었고, 수치스런 오류를 입증해보였는데, 그런 오류는 그와 같은 직급에 있는 사람에게는 어울리지 않는 일이었고, 심지어는 기독교 학문계의 엘리트 군단이라고 일컬어지는 예수회 전체의 명성을 손상시킬 만한 일이었다.

다른 사람들은 미소를 지었다. 그들은 두 사람의 싸움에 익숙해져 있었다. 그들의 싸움은 닭싸움처럼 달아올라서 툭하면 이탈리아어와 라틴어가 뒤섞인 욕설을 서로 상대방의 머리에 퍼붓곤 했다. "카베토, 로마네"(Caveto, Romane), 그러니까 "조심해라, 이 로마 인간아!"라고 하면 언제나 상대방이 맞받아치는 말 "눌로스 알리콴도 마기스트로스 하뷔스 니지 퀘르쿠스 엣 파고스"(Nullos aliquando magistros habuis nisi quercus et fagos), 그러니까 "도토리와 상수리말고 다른 선생은 본 적도 없는 작자야!" 하는 따위의 욕설이었다.

그렇지만 자유로운 수도사들 사이에서 벌어지는 이런 이상한 말투가 그들이 가장 높은 분의 명령을 받들어서 바벨 탑처럼 엄청난 혼란을 만들어내는 일에 몰두하고 있다는 사실까지 없애버릴 수는 없었다. 그레고리아나 대학에서 그들은 '1급 기밀'로 작업을 하는 중이었다. 그것은 그레고리우스 교황이 달력에서 지워 없앤 저 10일의 비밀에(그레고리우스 13세의 달력 개혁. 그 결과 1582년 10월 4일 뒷날이 10월 15일이 되었고, 달력에서 열흘이라는 시간이 사라져버렸다—옮긴이) 견줄 만한 것이었다. 만초니는 콥트학자들, 고대문헌학자들, 성서학자들, 그리고 트라우베 학교와 스키아파렐리 학교의 최고급 고문서학자들을 자기 주위로 불러모으고는 침묵을 지킨다는 교단의 맹세를 시켰다. 그들 중 누구도 진짜로 어떤 일이 진행되는지 정확하게 알지 못하고 있었다.

엄격하게 말하자면 30명의 예수회원들의 작업은 아직 이 시점에서도 순수한 이론에 근거하고 있었다. 그러나 교회 자체가 가설에 근거하고 있기에 교황청은 새로운 이론을 언제나 진지하게 받아들이지 않을 수 없다. 이 경우에는 어떤 양피지 문서의 조각들이었는데, 그것은 거룩한 어머니 교회에 대해서 무시무시한 경고를 품고 있었다. 비참한 최후를 맞은 바빌론의 왕 벨사살의 식사시간에 유령의 손이 나타난 것과 같은 경고였다. 이들 학자들 중의 그 누구도 여기서 무엇이 문제가 되는지 감히 입 밖에 내어 말하지 못하였다. 그러는 사이 동일한 기원을 가진 종이들과 누더기 조각들이 두려움을 불러일으키기에 충분한 암시들을 담은 채 계속 나타나고 있었다.

게다가 힘이 드는 일은 방사선 탄소검사 결과 이 문서들이 우리가 사용하는 시간계측 방식으로 첫 번째 세기에 기록된 것임이 밝혀진 것이다. 이 시점으로 인해서 이 문서 유물들이 나타날 때마다 로마 교황청은 불안해지지 않을 수 없었다. 우연히 발견되었거나 아니면 남몰래 발굴된 이 유물들은 적절하지 못하게 다루어졌고 이 양피지 문서가 어떤 내용을 담고 있는지 알지도 못한 채 더 많은 돈을 벌기 위해서 여러 부분으로 나뉘어서 여러 나라들로 팔려나갔던 것이다.

처음에는 콥트 문서라는 것말고는 전혀 아무런 암시도 드러나지 않다가 대략 5년쯤 전에 전문가들이 몇몇 조각들을 해독하였다. 그것은 마태오, 마르코, 루가, 요한의 복음서들과 놀라울 정도로 비슷하다가도 때때로 이상하게 내용이 달라지고 어긋나곤 하였다. 그것은 마태오, 마르코, 루가 등 세 개의 공관(共觀)복음서와 전혀 다른 방식으로 기록된 요한 복음서가 서로 엇갈리는 일에 견줄 만한 것이었다. 요한 복음서는 오늘날까지도 기독교의 교리인 '성모의 원죄 없으신 잉태' 설 등에 어려운 점을 만들어내고 있다.

미리 말하자면 이런 사정은, 예수회 교단 총장인 피에로 루페로가 극비리에 예수회의 가장 유능한 형제들의 도움을 받아서 가능한 모든 조각들을 사들여 안전하게 보관하고 번역할 것, 입수하는 일이 불가능할 경우 사본이라도 구하라는 명령을 카톨릭 교회 최고위직으로부터 받은 이유를 설명해줄 것이다. 교단 총장 루페로는 예수회 규정에 따라 이 비밀 프로젝트를 교단의 총평의원인 만초니에게 위임하였고, 그는 다시 63개 지역의 통솔자들에게 전문가들을 보내줄 것을 요청하였다. 그들 중에 폴란드 사람 로진스키가 있었다. 그의 기묘한 외모는 악마조차도 성수를 맞은 것처럼 놀라서 물러서게 만들 정도였다.

로진스키는 비밀요원의 소질을 갖고 있었다. 그는 저돌적인 유형이었고—특히 만초니를 상대할 경우—다른 사람들이 깜짝 놀라 물러날 정도로 직설적인 면모를 보였다. 로진스키는 가까이 보아도 예수회의 부관처럼 보이지는 않았다. 반대로 필요할 경우 그는 골동품 밀매꾼으로 일생을 보낸 지하세계의 장물아비 노릇도 거침없이 해치울 수 있었다. 다른 사람들 눈에 경건하게 보이지 않는 사람이 진짜로 경건하다고 그는 입버릇처럼 말하곤 했다(무엇보다도 이 말은 만초니를 향한 것이었다. 만초니는 언제나 창백한 얼굴에 황홀경을 담아 가지고 다녔고 어두운 색깔의 신사복을 입어도 예수회원임을 감출 수가 없는 사람이었다).

로진스키의 특별한 강점은 보통은 수도사들에게 드러나지 않는 다양성과, 그와 결부된 세속적인 능숙함이었다. 이런 특별한 재능 덕분에 그는 미국 여행에서 위에 말한 양피지 문서의 세 부분을 가져올 수 있었다. 그 중 하나는 개인 수집가를 홀려서 빼앗다시피 하였다. 상당한 금액을 지불하기는 했지만 그래도 마찬가지였다. 두 번째 부분은 필라델피아 신학교에서 다른 물건을 주고 바꾸었다. 세 번째 부분은 아마도 가장 중요한 부분이었는데, 샌디에이고에 있는 남캘리포니아 대학교의 비교문학과에 보관되어 있는 원본을 얻을 수가 없었기 때문에 적어도 쓸 만한 사본을 얻어온 것이다. 모자이크의 이 세 부분이 각기 어떤 의미를 갖는지는 알지도 못한 상태였다.

앞의 두 양피지 조각들은 이 힘겨운 퍼즐의 전체를 구성하는 한 부분이라는 점을 빼면 별다른 의미가 없었다. 오히려 사본만 구해온 세 번째 조각이 거기 적힌 말의 내용과 관련해서, 그리고 특히 올바른 자리를 찾는 문제와 관련해서 예수회원들에게 수수께끼를 만들어주었다. 세 개의 다른 지점에 집어넣기 위한 근거들이 필요하였고, 그것이 이 작업을 쉽지 않게 만들었다.

만초니의 지시를 받고 로진스키는 캘리포니아 대학교와 편지 연락을 해서 원본을 얻는 대가로 해부학 연구에 대한 레오나르도의 친필 기록을 내주겠다고 제안하였다. 그에 대한 답변은 없었다. 그러다가 로진스키는 놀랍게도 자신의 협상 파트너였고 당시 학과장이었던 사람이 파리의 루브르 박물관에서 레오나르도의 그림에 황산 테러를 감행한 다음 체포되어 정신병원에 감금되었다는 소식을 신문에서 읽었다.

이 소식은 로진스키에게 심한 충격을 주었다. 그는 마르크 포시우스 교수가 삶을 사랑하고 지식이 높은 사람이라고 생각하고 있다. 그가 자신의 연구작업에 관해서 명백하게 거절했을 때에도 그에게 어떤 호감을 느꼈다. 그런 업적을 세울 능력이 있는 사람이 어떻게 정신착란 상태에 빠질 수 있는지 이 예수회 수도사로서는 이해할 수가 없었다. 로진스키는 파리에 있는 포시우스를 찾아가서 그 양피지 문서의 의미에 대해 물어볼 마지막 기회라고 여겼다. 그곳에서 그는 캘리포니아에서 협상을 벌였던 사람과는 완전히 달라진 사람을 보았다. 로진스키는 그것이 환자의 정신상태 탓이려니 생각했다. 어쨌든 포시우스는 거부적인 태도를 보였고 중요한 것은 전부 대학측으로 미루었다. 그래서 로진스키는 잠깐 이야기한 다음 논의를 중단하고 성자들의 축복을 베풀어주고는 물러났다.

로마의 그레고리아나 대학에 있는 예수회원들은 양피지 문서와 교수의 착란행동 사이의 맥락에 대해 전혀 짐작도 못했다. 그런데도 그들은 그 사건이 일어난 이후로 이 양피지 문서의 탐구를 특별한 열성으로 계속했다. 그리고 처음으로 저 교수가 사본을 넘겨주면서 그것을 위조한 것이 아닌가 하는 의심까지 품게 되었다. 그러니까 자신의 연구가 훨씬 앞서 나가도록 하기 위해서 가장 중요한 부분들을 악의적으로 변조하거나 오류를 집어넣은 것이 아닌가 하는 의심이었다. 의심은 앎과 더불어 커지는 법이고 학문과 탐구의 영역보다 불신이 더 큰 곳은 없기 때문이다.

2

학문상의 불신에 대해서는 만초니와 로진스키가 가장 좋은 예였다. 간교한 로진스키는 기회가 있을 때마다 굼뜨기는 하지만 못지않게 영리한 만초니에게 자신의 지식으로 도전을 하거나 다른 사람들 앞에서 망신을 주려고 했다. 만초니도 반대 경우를 시도했지만 성공한 경우가 한 번도 없었고, 그래서 만초니는 대단히 고통스러웠다. 만초니는 네모난 두개골에 허옇게 센 머리를 짧게 자른 옷장 같은 사람이었는데, 로진스키보다 행동만 느린 것이 아니라 생각도 느렸다. 그의 그런 특성은 이탈리아 사람에게는 드물게 질질 끄는 듯한 말과 각 문장 사이에 뜸을 두는 것으로 표현되었다.

로진스키가 방금 낭독한 텍스트 부분은 이 양피지 두루마리 문서가 어떤 의미를 가지는가 하는 근본적인 토론을 새로이 부채질하였다. 그 문제에 대한 만초니와 로진스키의 의견은 서로 달랐다. 지금까지 전체 양피지 문서의 1/10 정도가—그것도 제대로 된 순서에 따라서가 아니라 온통 결함투성이로—해독되었지만 그래도 예수의 행적과 가르침을 내용으로 삼고 있는 그 내용에 근거해서 이것이 복음서 텍스트라는 결론을 내릴 수가 있었다.

로진스키는 두 손을 모두었다. 경건한 의도에서가 아니라 자기 말을 특별히 강조하기 위한 행동이었다. 그는 만초니를 향해서 말했다.

"그리스도 안의 형제여, 이 텍스트가 요한 복음과 어느 정도 비슷하다는 당신의 의견을 인정합니다. 하지만 이 문서가 요한 복음의 원본 문서보다 50년 더 먼저 나왔다는 점을 인정하셔야 합니다. 요한 복음은 주후 100년경에 나온 것이죠. 자연과학자들은 이 양피지 문서가 50년경에 씌어진 것이라는 점을 반박의 여지없이 밝혀냈습니다. 따라서 우리가 이름을 모르는 이 저자가 베낀 것이 아니라 요한이 이 저자의 글을 베낀 것이지요."

만초니가 숨을 내뿜었다.

"그 무슨 소리! 열 개가 넘는 위작(僞作) 복음서들이 있고, 역시 그 정도로 많은 위작 사도들의 이야기가 있어요. 토마스 복음서, 유다 복음서, 이집트 복음서, 베드로 행전, 바울로 행전, 안드레아 행전 등이 있고, 심지어는 세네카와 바울로 사이의 편지교환서, 또 예수와 에데사의 압가르 사이의 편지교환서도 있어요. 이런 경건한 위작들이 교회를 해치지는 않습니다. 나는 우리 작업을 비밀에 부치는 것도 지나친 일이라고 봅니다."

그러자 로진스키가 만초니의 얼굴 앞에서 사납게 손을 흔들어댔기 때문에 모두들 고위 성직자간의 싸움의 증인이 되기 위해 우르르 몰려들었다. 그는 분노에 사로잡혀서 소리쳤다.

"그렇게 비교하시면 안 되지요. 당신이 거론한 그 모든 위작들은 탄식할 만한 방식으로 신약의 문서들을 흉내낸 것들입니다. 위조하겠다는 음흉한 생각도 못한 채 그냥 경건한 의도에서 말입니다. 그러나 본질적인 것은 그 문서들은 모두—그리고 그것은 증명되었어요—훨씬 뒷날 나온 것이라는 점이죠."

그러자 만초니가 화가 나서 주먹을 쳐들고 좁은 책상을 쾅 소리가 나도록 내리쳤다.

"나는 신약성서를 자연과학의 방법으로 판단하기를 거부합니다. 성서연구는 문헌학자들과 역사학자들과, 그리고 좋소, 고문서연구자들과 암호학자들, 언어학자들의 일이오. X레이 연구자들은 4복음서에서 손을 떼야 할 겁니다."

"5복음서요!"

로진스키가 얼굴에 뻔뻔스러운 웃음을 지으며 말했다. 이것은 승리의 순간이면 언제나 나타나는 웃음으로 나머지 예수회원들 사이에서 그를 인기 없게 만드는 요인이었다.

"뭐라고?"

"5복음서라고 했소이다, 그리스도 안의 형제여. 어쨌든 우리는 다섯 명의 복음서 저자들이 우리 주 예수의 가르침과 삶을 기록했다는 가능성을 배제할 길이 없어요."

로진스키의 말은 수도사들 사이에 불안감을 만들어냈다. 이상한 불안감이었다. 각자가 자기 일을 맡은 이후로 자기가 무슨 일을 하는지 알고 있었기 때문에 이상하다는 것이다. 대부분의 사람들은 있어서 안 되는 일은 있을 리가 없다는 생각을 품고 있었지만 로진스키의 명료한 말은 죄많은 생각처럼 수도사들을 두려움에 빠뜨렸다. 하지만 언제나 죄많은 생각을 뒤쫓아 쾌감과 고통이 따라오듯이 진실을 향한 호기심이 점점 더 커지면서 그레고리아나 대학의 예수회원들을 괴롭혔다.

이 그룹의 가장 젊은 축에 속하는 케슬러는 결과에 대한 고려 없이 가차없이 일을 앞으로 밀고나가는 로진스키와 같은 스타일이었다. 그가 말을 시작하였다.

"다섯 복음서가 있다는 우리의 가설이 확인된다면 우리 텍스트의 저자는 물론 다섯 번째 복음서 저자가 아니라 첫 번째 복음서 저자입니다. 그렇게 되면 마르코는 이름 모르는 이 저자에게 첫 번째 자리를 내주어야 할 겁니다."

"증거가 없소!"

만초니가 이런 지적을 물리쳤다.

"아니, 증거는 없습니다. 하지만 흥미 있는 관찰이 있습니다."

젊은 케슬러가 대답하였다.

"우리 모두 경청하고 있소."

"4복음서에 빠져 있는 것은 우리 주 예수의 생애에 대한 전기적인 기록들입니다. 네 개의 복음서에서 우리 주님의 외모에 대한 기록은 찾아볼 수 없어요. 전혀 없습니다! 왜 그럴까요? 네 명의 복음서 저자들 중 누구도 예수를 직접적으로 알지 못했고 그냥 구전되어 오는 것을 적었다는 것이 교회의 견해입니다. 역사적인 관심은 여기서 거리가 멉니다. 그들은 신앙에 도움을 주려고 했어요. 마르코는 자기 신앙을 알아듣기 쉬운 말로 표현해서 로마인들을 얻으려는 의도로 복음서를 썼지요. 마태오는 예수님이 구약의 기대를 실현하셨다고 유태 방식으로 생각하는 사람들을 설득하려는 의도로 복음서를 썼습니다. 그들 중에서도 지식인이었던 루가는 마르코 복음서를 원전으로 삼았지만 지식인층을 대상으로 삼아서 성령의 문제점 같은 철학적인 문제들을 많이 다루었습니다. 요한은 이 대열에서 이탈하고 있는데, 그는 세 개의 공관복음서를 알고 있으면서 작업을 시작해서 우리 주 예수님의 자기 계시를 주제로 삼았지요. 이들 넷 중 누구도 예수의 성격과 개성을 문제삼은 이는 없습니다."

만초니가 익누른 음성으로 이의를 제기하였다.

"맙소사, 그리스도 안의 형제여, 방금 말씀하신 것은 전혀 새로운 것이 아니오. 우리 주 예수님이 어떤 모습이셨는지 아는 것이 중요한 일인지도 의심스럽소. 180센티미터에 75킬로그램이었는지, 당시 대부분의 사람들처럼 검고 긴 머리 모양을 했는지 그런 것 말이오."

안경 뒤에서 젊은 케슬러의 눈이 간교하게 빛났다.

"물론 아니지요. 하지만 만일 우리가 그것을 안다면, 그리스도 안의 형제여, 당신은 이런 정보를 제공하는 원전의 저자는 다른 저자들과 달리 예수님을 직접 보았다는 사실을 인정하셔야 할 겁니다."

갑자기 홀 안이 조용해졌다. 그때까지 자신의 텍스트에 열중해 있던 사람들까지도 일을 멈추고 바라보았다. 케슬러는 작은 양피지 조각을 손에 들고 있었다. 가로 세로 대략 20센티미터 크기였는데, 이곳의 모든 사람들이 사용하는 방식으로 원본 위에 투명한 종이를 대고 연필로 베낀 일종의 투사지였다. 이런 방식으로 원본을 손상시키지 않고 종이 위에 있는 빠진 부분을 보충해볼 수 있게 된다.

케슬러는 말을 계속했다.

"나는 어제부터 작업의 성과를 가지고 있었습니다. 심지어 그것을 베고 잠을 잤어요……."

"그렇게 기다리게 하지 마시오, 케슬러! 당신의 지식을 우리와 나누시오!"

만초니가 참지 못하고 소리쳤다. 그는 기분 상한 말처럼 헐떡였다.

이들 사이에서는 일부를 번역하거나 보충한 사람이 자신의 작업을 발표하고 그러면 그 내용과 개연성을 놓고 모두 함께 토론하는 방식이 자리를 잡고 있었다. 이런 특권을 만끽하면서 케슬러는 양피지의 처음을—아니, 여러 가지 표지들로 미루어 처음이라고 간주되는 부분을—탐구하고 있었다. 그는 지금까지 자신의 작업에 대해서 발표한 적이 없었다. 그 이유는 모든 양피지 문서의 첫 부분은 가장 많은 손상을 입고 있기 때문이다. 찢어지거나 끄트머리가 풀려나갔거나, 귀퉁이나 일부가 없어져서 앞부분 작업은 가장 힘이 드는 일이었다.

케슬러가 말을 시작하였다.

"미리 말씀드리지만 내 보충과 번역에 대해서 슈테판 로진스키 형제와 이야기를 해보았고, 그는 내 번역에 대해 동감입니다. 그에 따르면 양피지 문서의 처음 세 줄은 여기 없고 아마 앞으로도 발견되지 않을 것입니다. 복구할 수 없는 손상이기 때문이지요. 네 번째 줄은 이렇게 시작됩니다. '아버지. 예수는 자기가 하느님께로부터 선생의 자격으로 왔다고 말씀하셨다, 우리에게 표지를 보여주기 위해서…… 메시아를 보내심…… 그래서 나는 그의 증인이 되었다…… 아버지처럼 아들을 사랑하심……. 사람들은 그의 모습을 존경하였다. 정수리까지 4엘레이고 나풀거리는 머리는 흑단 같은 색깔이다. 그에 비해 나는 당시 갈릴레이 지방의 다른 남자들처럼 키가 작았다. 그의 부드러운 목소리를 들으려고 사방에서 사람들이 몰려들었다…….'"

처음에 수도사들은 아무 말도 없었다. 각자 자신의 텍스트를 한 번 더 훑어보는 것 같았다. 만초니가 맨 처음으로 반응을 보였다.

"맙소사, 텍스트의 얼마가 확실하고 얼마가 보충했거나 아니면 다른 이유에서 의문의 여지가 있는 것입니까?"

"20퍼센트가 보충된 것입니다. 1/5이죠."

케슬러 박사가 대답하였다.

"그럼 우리 주 예수를 묘사한 부분은?"

"확실한 부분으로 간주될 수 있습니다. 그것은 가장 잘 보존된 부분입니다. 앞부분보다 뒤로 갈수록 텍스트 상태가 더 나으니까요."

케슬러는 자신의 투사지를 만초니에게 주었다.

만초니는 문자들을 눈으로 집어삼킬 듯이 들여다보았다. 보통은 거룩한 어머니 교회의 가르침을 의심하는 것만큼이나 그에게서 찾아보기 어려운 성급한 동작은 그를 사로잡은 내면의 긴장감을 보여주었다. 그가 오른손 십게와 가운데 손가락으로 단어를 하나하나 해석하는 동안 그의 입술이 움직였다. 마침내 그는 케슬러에게 종이를 돌려주고는 높은 창문을 통해 밖을 내다보면서 눈길을 돌리지 않고 말했다.

"당신의 작업방식이 옳은 것이라면 당신 말이 맞아요, 그리스도 안의 형제여, 이 텍스트의 저자는 정말이지 우리 주 예수님 곁에 아주 가까이 서 있었던 것이 분명합니다."

그는 홀의 앞쪽에 위치한 자기 자리로 돌아가기 앞서 나직한 말로 덧붙였다.

"훌륭하게 일을 하셨소. 정말로 훌륭해."

3

로진스키는 케슬러의 옆구리를 살짝 치더니 자기 자리로 돌아가는 만초니를 머리로 가리켜보였다. 그는 젊은이에게 속삭였다.

"그가 할 말이란 게 고작 그것뿐이라니."

케슬러는 머리를 가로저었다.

"그는 전혀 준비가 안 되어 있었어요. 지금 너무 많은 것이 생각 속으로 밀려들어오고 있을 거예요. 불쌍한 만초니!"

로진스키도 약간 웃었다. 그러더니 다시 진지해져서 말했다.

"우리가 병영 속에 감금되리라는 점을 계산에 넣어야 하오. 사람들이 우리의 깨달음에 어떤 의미를 부여하느냐에 달려 있지. 하지만 교황청이 그런 조치를 취한 것은 처음이 아닐 거요. 교황선출회의란 카톨릭 교회의 발명품이니까."

"교황을 선출하기 위해서요."

"교황을 선출하기 위해서. 원래는 추기경들이 빨리 선출하도록 강제하기 위해서였소. 그러다가 또 다른 생각이 중요한 역할을 하게 되었지. 곧 비밀엄수였소. 그 누구도 누가 누구를 원하고, 누구를 반대하는지 알아서는 안 됩니다. 나는 우리가 여기서 작업하는 이 과제가 교황청에는 새 교황을 뽑는 일보다 더 중요한 일이고, 따라서 그들이 이 모든 것을 비밀로 하기 위해 있는 힘을 다할 거라고 상상이 되는데."

"우리는 교단에 맹세를 했어요, 그리스도 안의 형제여!"

"당신은 교단의 맹세를 진지하게 믿는군. 하지만 여기를 한번 둘러보시오. 여기서 만나는 모든 사람을 믿으시겠소? 저 네덜란드 사람 펠포르트, 프랑스에서 온 저 불평가, 그리고 당신의 동향인 뢰리히 같은 사람을 말이오? 유혹이 그들에게 닥치면 교단의 맹세 따위가 무슨 상관이란 말이오."

"유혹이요?"

로진스키는 어깨를 움찔하면서 손바닥을 밖으로 뒤집어보였다. 마치 '누가 알아?' 하고 말하는 듯했다. 하지만 그가 무슨 뜻으로 그런 말을 했는지 케슬러로서는 알 수가 없었다. 어쨌든 그는 이런 생각이 미덕이 아니라는 것만은 느꼈다.

로진스키는 눈길을 아래로 떨어뜨리고 케슬러에게 가까이 다가왔다.

"이봐요, 인식의 나무는 시기하는 사람이 많아요. 인간이 있어 온 이후로 인간은 인식을 갈구하고 있거든. 지식은 육체의 쾌락처럼 일종의 쾌감이고, 무지는 일종의 고통이오. 그리고 고통을 좋아하는 사람은 아주 드물기에 모두들 인식과 지식을 갈망하는 겁니다. 그리고 앎과, 그와 결부된 권력은 거룩한 어머니 교회도 원하는 것이오. 아니면 교황이 자신의 양떼에 대해서 영향력을 가지는 것은 그가 지식이라는 점에서 이들을 앞선다는 사실에 근거하는 것이라고 내가 주장하면 당신은 내 말에 반대하시겠소?"

"그리스도 안의 형제여!"

케슬러의 분노는 꾸며낸 것이 아니었다. 그는 교단 형제의 입에서 이렇듯 이단적인 말이 나오는 것을 전에는 들어본 적이 없었다.

로진스키는 손짓으로 홀의 앞쪽에 새겨진 제명을 가리켰다. 그곳에 선 만초니가 자기 책상을 내려디보고 앉아 있었다.

"우리 교단의 창시자 이냐치오(성 이그나티우스 로욜라)님의 좌우명은, '모든 것은 하느님의 더 높으신 명예를 위해서'이지, '모든 것은 교회의 더 높은 명예를 위해서'가 아니라는 점을 명심하시오. 우리는 가장 높으신 분께 봉사하는 것이지 교회에 봉사하는 것이 아니오."

다시 한 번 더 뻔뻔스런 미소가 그의 얼굴 위를 스쳐지나갔다. 그런 다음 그는 말을 계속하였다.

"포르투갈, 프랑스, 에스파냐, 스위스, 그리고 독일 사람들까지 우리 교단을 금지하였다는 것은 비난할 만한 일입니다. 그러나 교황이 이런 조치를 취했다는 것은 교회에는 수치요. 어째서 교황이 그렇게 했을까요? 부르봉 왕조의 억압 아래서 역사책들은 우리를 현명하게 만들었어요. 클레멘스 14세는 우리의 지식을 두려워했지. 이런 측면에서 우리는 아주 기분 좋은 처지에 있는 것은 아니오. 우리가 다섯 개의 복음서와 관계를 맺고 있고, 4복음서들이 하나의 원복음서에 의존하고 있다는 우리의 가설이 확인된다면 어떤 일이 벌어질지 한번 상상해보시오."

"그 결과에 대해서는 솔직히 아직 생각해보지 않았어요. 하지만 양피지에 씌어 있는 내용과 진술에 달려 있는 것 같은데요."

케슬러가 조심스럽게 대답했다.

"악마가 사방에 말발굽을 들이밀 거요."

로진스키가 젊은 수도사를 검사하듯이 바라보았다. 그는 만초니의 굼뜬 지성과 뚜렷하게 대비되는 빠른 이해력 때문에 이 젊은이를 평가하고 있었다. 하지만 그는 이 독일인을 믿어도 좋을지 알 수가 없었다. 게다가 그는 케슬러를 잘 몰랐다. 국외자는 짐작하기 어려운 일이지만 예수회라는 경건한 덮개 아래에는 기독교의 교단보다는 오히려 수상쩍은 기업연합에나 더 어울릴 듯한 공범자 집단도 들어 있었기 때문이다.

로진스키가 말을 계속했다.

"당신이 나와 같은 생각인지 모르겠소, 젊은 친구. 하지만 나는 교회의 권위에 의존하기를 거부했던 '경이로운 박사' 로저 베이컨과 함께할 거요. 교회는 분명한 근거도 없이 믿음을 요구하고 있으며, 철학적·변증법적 방법도 마찬가집니다. 그것은 사물 자체를 이해하는 일을 허용하지 않아요. 베이컨은 학문적 탐구의 결과 얻은 인식을 모두 강제로 알릴 필요는 없다는 생각이었소. 그것이 잘못된 두뇌에 들어가면 이로움보다는 해를 더 많이 만들어내기 때문이지요."

케슬러가 웃었다.

"그의 사상은 700년이나 되었지만 그 점에 대해서는 정말 한판 붙어볼 만하겠는걸요!"

"그렇다고 이 사상이 더 나빠지는 건 아니오. 아리스토텔레스는 2300년 전에 살았지만 그의 신의 증명은 오늘날에도 보통은 무엇이든 비판하고 의심하는 철학자들을 상당히 곤란하게 하고 있어요. 아니면 그리스도 안의 형제여, 당신은 다르게 생각하시오?"

"나는 콥트학자이고 고문서학잡니다. 아리스토텔레스의 문헌들은 제대로 연구해본 적이 없어요."

"잘못이오. 아리스토텔레스는 가장 위대한 회의론자도 한계로 몰아넣었소. 그는 신을 증명하기 위해서 시간에서 출발했어요. 시간은 영원합니다. 그렇지만 시간도 움직임이오. 앞쪽에는 미래가, 뒤쪽에는 과거가 있지요. 하지만 움직이고 있는 것은 무엇이든지 원인이 필요합니다. 영원한 움직임에 대해서도 다른 어떤 원인을 받아들이지 않을 수 없지요. 그리고 이 원인에 대해서도 또다시 원인이 필요하고, 이런 식으로 계속된단 말입니다. 그러나 무한까지 계속 그렇게 할 수는 없으니까 스스로는 다른 것에 의해 움직여지지 않은 '제1동인'이 있을 것이 분명합니다. 그게 바로 신이오."

"그것 참 좋은 생각인데요!"

케슬러가 소리쳤다. 턱수염을 기른 예수회원 하나가 일에 방해를 받았는지 올려다보고 조용히 하라고 경고하였다.

케슬러가 속삭이는 말로 되풀이했다.

"그건 정말 좋은 생각이군요. 하지만 우리는 주제에서 벗어났군요. 그렇다면 우리의 연구 결과를 비밀로 하는 것이 더 낫다고 생각하신단 말입니까?"

로진스키는 어깨를 움찔하였다. 그런 동작이 이 야윈 사내에게 독수리 같은 외양을 만들어주었다. 그는 말했다.

"그것은 당신이나 내가 결정할 수 있는 일이 아닙니다. 하지만 나는 그가 함께 이야기할 만한 사람이라고 생각지 않소."

그러면서 그는 고갯짓으로 만초니를 가리켰는데, 거기에는 경멸의 의미도 섞여 있었다. 그러더니 덧붙였다.

"어쨌든 당신은 탐구의 결과를 알리는 일을 조심해야 할 거요. 당신이 머릿속에 간직한 것은 아무도 훔쳐가지 못하니까 말이오, 그리스도 안의 형제여."

이런 말을 하고 두 사람은 각기 자기 자리로 돌아갔다. 로진스키는 홀의 첫 번째 창가에 있는 책상으로, 케슬러는 천장 높이의 책꽂이들이 앞에 있는 책상의 끝으로 갔다.

로진스키와 나눈 이야기는 케슬러를 혼란스럽게 했다. 그는 로진스키가 무슨 말을 하려고 했는지 이해할 수는 없었지만 거기에는 자기가 모르는 어떤 비밀스런 협상이 있는 것처럼 보였다.

그 밖에는 어떤 새로운 인식도 없이 지나간 그날 저녁 만초니가 케슬러를 옆으로 부르더니 진지한 목소리로 로진스키를 경계하라고 경고하였다. 로진스키는 탁월한 학자이고 그 밖에도 엄청난 일반 지식을 가지고 있다, 그는 사제들에게 정통이 아닌 학문, 예컨대 재즈 음악과 비교(秘敎)에 대해서도 전혀 거리낌이 없다, 그러나 심정으로 보아 로진스키는 이단이다, 만초니는 그가 유다 이스카리오트처럼 우리 주 예수를 은화 30냥에 팔 수도 있는 사람이라고 생각한다,고 했다.

만초니의 말은 케슬러에게 혼란스런 인상을 남겼다. 그는 냉담하게 대답했다. 설사 고위 성직자라 해도 동료 수도사를 판결할 권한은 없으며 특히 로진스키가 어떤 비행도 저지르지 않은 데에야 더욱 그렇다, 닭이 울기 전에 우리 주님을 세 번이나 모른다고 거부한 베드로도 용서를 받았다,고 대답했다.

만초니는 자기 말을 황금 저울에 놓으려는 것은 아니라고 반격하였다. 물론 자기는 존경하는 동료 슈테판 로진스키를 신앙을 배신한 죄로 고발하려는 생각은 해보지도 않았다. 그러나 그가 거룩한 어머니 교회와 이떤 알력관계에 있다는 것은 공공연한 비밀이다. 그러니 케슬러가 신앙이 확고한 형제들인 루치노 박사나 프랑스인 비구와 가까이 지낸다면 더 좋겠다. 그들과는 어떤 이야기든지 터놓고 할 수 있을 것이라고 말했다.

케슬러는 그러마고 약속하였다. 어차피 그가 달리 어떻게 할 수 있었으랴. 하지만 그레고리아나 대학에서 이 일을 하면서 숙소로 삼고 있는 아벤틴 언덕의 예수회 수도원으로 돌아가는 길에(수도원 생활에 익숙하지 않은 다른 예수회 수사들은 시내의 하숙집에 묵었다) 그는 수도사들의 단결을 방해하는 것으로 보이는, 설명할 수 없는 어떤 그물망에 자기가 걸려들었다는 생각을 떨쳐버릴 수가 없었다. 단결이라니 대체 무슨 말이냐! 여러 주 전부터 케슬러는 동료 수도사들 사이에 눈에 보이지 않는 담이 세워져서 그들이 두 진영으로 나뉘어 있다는 불쾌한 느낌을 가져왔다. 자신은 어느 편에 속해야 할지 결정할 수가 없었다.

4

하느님을 두려워하는 일이나 경건함과는 거리가 먼 예수회원들의 태도는 케슬러를 분노하게 만들었다. 그리고 그는 자신이 다음 며칠 동안 학문적인 일보다는 동료 수도사들의 태도에 더 많은 주목을 하고 있다는 사실을 깨달았다. 로진스키는 케슬러와 마찬가지로 아벤틴 언덕에 있는 산 이냐치오 수도원에 살고 있었다. 그들의 방은 같은 층에 있었지만 케슬러는 그때까지 로진스키에게 거의 주목하지 않았다. 예수회원들은 수도회의 회칙을 따르기는 하지만 일반인들과 같은 생활을 하는 수도사들이다. 그들은 다른 수도회와는 달리 수도복을 입지 않고 세속적인 성직자의 의상을 입었고, 합창의무도 없었다. 그들의 생활은 수도사의 것이라기보다 세속적인 특성을 띠고 있었다.

케슬러는 로진스키에게 주의를 기울이게 되자 그가 저녁이면 자주 수도원을 떠나 자정이 지나서야 돌아온다는 것을 알았다. 이 유명한 공동체에서는 그런 것은 특별히 눈에 띄는 일도 아니었다. 그것이 정기적으로 이루어진다는 것말고는 말이다. 케슬러는 로진스키에게 직접 물어볼까 아니면 그냥 뒤를 쫓아가볼까 마음이 흔들렸다. 그러다가 그는 제자가 주님의 뒤를 따르듯이 그를 바짝 뒤쫓아보기로 결정하였다.

다음날 저녁 로진스키는 오후 8시 무렵 방을 떠나 언제나처럼 열쇠를 문간에 걸어두고 빠른 걸음으로 산타 사비나 거리에서 로물루스와 레무스 광장 쪽으로 내려가더니 그곳에서 택시를 탔다. 케슬러도 택시를 잡아타고 쫓아갔다. 자동차는 테베레 강변을 따라가더니 캄포 데이 피오리 광장에 이르렀다. 그곳에서 로진스키는 택시에서 내려서 비토리오 에마누엘레 대로 쪽으로 통하는 좁고 어두운 옆길로 접어들었다. 그곳에서 그는 높은 6층짜리 건물로 사라져버렸다.

케슬러는 로진스키를 뒤쫓아 건물 안으로 들어갈 용기는 없었다. 그래서 맞은편 거리에서 어느 정도 시간이 흐르기를 기다렸다. 건물의 아래 두 층은 어둠 속에 잠겨 있고 3, 4, 5, 6층은 불이 켜져 있었다. 마침내 그는 길을 건너갔다.

로마의 대문들은 그 자체가 자산이다. 문들은 화려하고 부유한 인상을 준다. 문 안에 다 쓰러져가는 셋집이 자리잡고 있을 경우라도 그렇다. 이 건물의 입구도 마찬가지였다. 네 개의 광택을 낸 놋쇠 문패들이 변호사 한 사람, 의사 둘, '프레스토'라는 이름의 광고업자 한 사람을 알려주고 있었다. 구식 초인종 판은 희미한 조명으로 알아볼 수 있는 정도로, 언급할 가치가 없는 여덟 명의 이름을 달고 있었다. 문은 잠겨 있었다. 케슬러는 수도원으로 돌아와서 생각에 잠겼다.

여자를 따라다니는 일처럼 진정시킬 수 없는 열망이 되고 만 죄많은 호기심에 사로잡혀서 케슬러는 로진스키의 활동을 아주 세밀하게 탐색하기로 결심하였다. 이틀 뒤에 로진스키가 방을 떠나 로물루스와 레무스 광장 방향으로 나가자마자 케슬러는 문간으로 가서 로진스키의 방 열쇠 대신에 자기 열쇠를 걸어두고는 그의 방으로 들어갔다.

그 방은 본질적으로는 자기 방과 별로 다르지 않았다. 비오 10세 시절에 만들어진 문이 셋 달린 장롱은 검고 위엄에 가득 차 있었는데, 아주 훌륭하게 짜여진 것으로 교회 법전을 보관하기 위한 것이었다. 약간 더 오래 된, 좌우 대칭의 문이 달린 책상은 광택이 나는 하트 모양의 장식이 붙어 있고, 교황 그레고리우스 16세 치하 쾰른의 혼란을 무사히 넘긴 것 같은 상태를 하고 있었다(여기 어울리는, 수직의 횡목을 댄 높은 등받이를 지닌 의자는 모양으로는 아니지만 적어도 그 흉측함으로는 책상과 잘 어울렸다). 깊이 푹 들어간 수조를 지닌 정방형의 목재 세면대는 베네딕트 15세처럼 믿기 어려운 외관을 하고 있었지만 그 용도로 말하자면 베네딕트 15세처럼 매우 쓸모가 있었다. 가장 최근의 가구는 비오 12세 시대에 만들어진 침대였다. 검붉은 소파 모양의 괴물이었는데 아랫부분에는 서랍이 달려 있었다.

이 가구들은 3×5미터의 공간에 답답하게 모여 있었다. 천장에는 조명을 위한 하얀 전구가 매달려 있었고, 출입문 맞은편 좁은 벽면에는 하나뿐인 높은 창문이 있었다. 원래는 붉은색이었지만 수없이 밟아서 길색이 된 야자 껍질 섬유로 만들어진 깔개가 목재 바닥을 덮고 있었다. 그것은 걸음을 옮길 때마다 낮은 신음소리를 내고 낡은 범선의 삭구(索具)처럼 삐걱거렸다.

케슬러는 뒤꿈치를 들고 방안을 걸어다녔다. 이렇게 해도 삐걱거리는 소리는 조금도 줄지 않았다. 그는 장롱의 왼쪽 문을 열었다. 그 내부는 책과 낡은 서류 뭉치로 묶은 편지들이 가득 들어차 있었는데 네 개의 칸막이로 분할되어 있었다. 대홍수가 지상에 몰려오기 전 노아의 방주 속의 혼란도 이보다 더하지는 않았을 것이다. 가운데에서 열게 되어 있는 두 개의 문 왼쪽엔 속옷이 쌓여 있었다. 수직의 벽으로 칸막이가 된 오른쪽은 로진스키의 옷들이 자리잡고 있었다. 조심스럽게 다림질이 된 어두운 색의 양복들과 예수회원들이 즐겨 입는 검은 외투였다.

아래쪽 옷칸에는 속이 가득 채워진 자루가 비스듬히 놓여 있었다. 그것은 선원들이 옷가지를 담는 선원자루와도 비슷했다. 죔쇠가 달린 가죽끈 두 개로 윗부분의 입구가 묶여 있었다. 케슬러는 두 손으로 각진 내용물을 더듬어보려고 했지만 그 이상한 자루를 오래 만져볼수록 녹색 자루 속에 무엇이 감추어져 있는지 호기심이 점점 더 커졌다. 그는 단호히 결심하고서 죔쇠를 풀었다.

"예수, 마리아님!"

신음소리가 그의 입에서 저절로 새나왔다. 그리고 한 번 더 중얼거렸다.

"예수, 마리아님!"

케슬러는 굽이 높고 앞이 뾰쪽하고 새빨간 여자 신발 하나를 자루에서 끄집어냈다. 살면서 단 한 번도 그는 그토록 죄많은 신발을 손에 잡아본 적이 없었다. 이 예술품을 신었을 작은 발은 대단히 자극적으로 구부러졌을 것이고, 그것을 신은 여자는 뒤꿈치를 높이 쳐들고 있어서 원래 날씬한 다리가 창조주께서 만들어주신 것보다 훨씬 더 길게 보였을 것이다. 아마도 그녀는 종아리에서 허벅지까지 연필 선처럼 가느다란 선이 그어진 투명한 검은색의 스타킹을 신었을 것이다.

더러운 생각에 마음이 흔들린 케슬러는 가죽으로 된 붉은 죄악을 자루 속에 도로 집어넣었다. 역겨움으로 이만 자루를 묶어버릴 셈이었지만 그래도 다른 내용물을 한 번 더 살펴보지 않을 수 없었다. 여러 가지 구두들뿐이었다. 얇은 샌들, 검은색의 엄격한 펌프스화, 심지어는 연필처럼 가느다란 굽을 가진 부츠도 한 짝 있었다.

길고 하얀 리본들이 달린, 눈처럼 하얀 물건이 케슬러의 주의를 사로잡았다. 그것을 꺼내보지 않을 수 없었다. 그의 예감은 틀림이 없었다. 발레리나가 신는 비단 발레화였다.

"예수, 마리아님!"

야생동물의 가죽으로 만들어진 신발 바닥은 얼마나 부드러운가! 케슬러는 손을 그 안으로 밀어넣었다가 마치 죄를 범하기라도 한 것처럼 얼른 도로 뺐다. 이 신발은 높이 들어올려진 짧은 스커트 아래로 꽃대처럼 사라져버리는, 하얀 스타킹을 신은 젊은 아가씨의 다리를 위해서 만들어진 것이다. 케슬러는 동작을 멈추었다.

갑자기 그는 로진스키가 지저분한 의도로 모아놓은 구두가 자기에게도 똑같이 죄많은 생각을 불러일으킨다는 사실을 깨달았다. 이것을 처음 발견했을 때만 해도 로진스키를 죄많은 인간이라 저주했건만. 대단히 당황해서 케슬러는 자루를 도로 묶고 장롱 속 제자리에 넣어놓았다. 널찍한 문을 막 닫으려는 참에 그의 눈길은 점잖지 못한 갈색 가방 위에 떨어졌다. 장롱 위쪽에 놓인 미사 전서보다 더 크지 않은 크기의 가방이었다.

이 가방에 닿기 위해서는 손을 길게 뻗어야 했다. 그것은 잠겨 있었다. 책상 맨 윗서랍에서 케슬러는 세 가지 종류의 열쇠를 찾아냈다. 그 중 가장 작은 것이 가방에 맞을 것 같았다. 열쇠는 맞았다. 죄많은 선원자루를 본 다음 케슬러는 정말 많은 것에 대해서 마음의 준비를 하고 있었다. 그런데도 뚜껑을 열자 자기 눈을 믿을 수가 없었다. 가방에는 돈이 들어 있었다. 조심스럽게 쌓아놓은 20달러와 100달러 지폐들이었다.

돈과는 일체의 관계를 끊고 있던 케슬러는 이게 대체 얼마일지 짐작도 하지 못했다. 1만, 5만, 10만 달러? 어쨌든 이런 발견은 로진스키가 뭔가 이상하다는 그의 생각을 더욱 강화시켜 주었다. 가방을 도로 잠그고 장롱 위에 올려놓고 열쇠를 서랍에 도로 넣으면서 케슬러는 이 사람이 대체 무슨 장난을 하는 것일까, 그가 하수인을 가지고 있는 걸까, 대체 어떤 목적을 가진 걸까 머리를 굴렸다.

이런 종류의 상황은 원래 사냥개가 엉뚱한 발자국을 따라가도록 만든다. 후각은 다른 모든 감각과 얽혀 있기 때문이다. 그래서 케슬러는 또 다른 생각을 하느라 지체하지 않고 어떻게든 로진스키의 속셈을 드러내줄 또 다른 상황증거들을 찾아보았다.

책상은 왼편에 세 개, 오른편에 세 개의 서랍들을 가지고 있었다. 그 내용물에 케슬러는 가장 많은 기대를 걸었지만 거의 성과가 없었다. 예수회원보다는 혼란스런 정신에나 어울리는 이런 무질서 속에서 로진스키의 의도나 교제의 원인을 추론하게 해줄 물건을 찾아낼 수가 없었기 때문이다.

그래서 케슬러는 한 번 더 책들과 서류들이 들어 있는 장롱의 왼편 문으로 향했다. 책들은 비밀을 폭로하는 특성을 가진다. 하지만 책들은 가장 음험한 방식으로 폭로한다. 잠깐만 훑어보고도 케슬러는 로진스키가 경건한 기독교도에게 어울리는 종교서에는 도무지 관심이 없고, 예수회 전통의 신학적·철학적 서적들에 대해서도 별로 관심이 없다는 것을 알았다. 그 대신에 이단적인 책들이 그의 눈에 들어왔다. 『기사단의 역사』, 『세례 요한의 등장에서 정의로운 야곱의 몰락에 이르기까지 메시아의 독립운동』, 혹은 『종교사적인 문제 ; 성서의 구원자에 대한 기대』, 『생리학적으로 불가능한 십자가에서의 그리스도의 죽음』, 『어휘전승의 관계에서 본 공관복음 저자들의 기적 서술』, 이 모두가 기독교 신앙을 부정하는 특성을 가진 책들이었다.

로진스키는 이단자라고 말한 만초니가 옳았던 것일까? 그렇다면 세상에 어째서 만초니는 이런 이단자를 교회에 받아들여 그토록 중요한 프로젝트를 맡겼나?

케슬러에게는 단 한 가지 설명만이 가능하였다. 만초니는 로진스키를 경멸하고 있다, 그를 미워한다, 다만 그의 지식을 필요로 할 뿐이라는 것이다. 로진스키가 다른 사람보다 더 영리하고 더 학식이 있다는 것은 의문의 여지가 없었다. 이 한 가지만 해도 많은 적들을 만드는 것이다. 그러나 로진스키는 정말로 다른 사람이 대신할 수 없는 재능을 가지고 있다는 말인가? 그가 다른 자리에 있으면 이 그레고리아나 대학에 있는 것보다 더 많은 해를 입힐 것이기 때문에 오직 그 이유에서만 존경받지 못하는 그가 이들 사이에 받아들여진 것은 아닐까, 하는 생각이 들었다.

로진스키는 무엇을 알고 있었나?

서류철 사이에서 케슬러는 그리스어와 콥트어로 된 파피루스와 양피지 문서들의 모사본, 스케치, 재구성한 것, 사본들 따위를 발견하였다. 보통의 무질서와는 어울리지 않게 정확하고 작은 글씨로 씌어진 수많은 문헌들이 가장자리에 적혀 있었다. 케슬러는 로진스키가 이 문제에 대해서 자기가 잡은 양을 다시는 놓치지 않으려는 맹수처럼 이를 악물고 있다는 결론을 내렸다. 케슬러는 종이를 하나하나 자세히 들여다볼 여유는 없었지만 잠깐 훑어만 보고도 그 모두가 로진스키의 전문 영역인 초기 기독교 텍스트들이라는 것을 확인할 수 있었다. 로마 황제 티투스를 기념한 건축물인 티투스 개선문의 수많은 스케치와 사진들은 로진스키가 그레고리아나 바깥의 문제에도 관심이 있거나 아니면 과거에 있었다는 결론을 내리게 만들었다.

두 개의 두툼한 판지 사이에 특별히 조심스럽게 보존된 종이 하나가 젊은 케슬러의 관심을 불러일으켰다. 투명한 박지(薄紙)로 공기가 통하지 않게 잘 보존해놓은 이 문서는 자기가 며칠 전에 번역문을 낭독한 그 문서와 거의 비슷했다. 하지만 그것은 맞지가 않았다. 이 콥트 텍스트는 자신의 것과 비슷하기만 했지 똑같지가 않았기 때문이다. 이 문서는 특별히 보존상태가 좋고 읽기가 좋아서 케슬러는 원하지 않는데도 갈색의 낡은 서류를 훑어보았다. 고문서학자들이 언제나 그렇지만 그는 우선 장소나 고유명사, 혹은 보통 문장 앞부분에 나와 있는 문장의 주제 등 가장 잘 읽혀지는 부분을 먼저 살펴보았다.

이런 방식으로 읽어가던 그는 이름을 보고 멈칫하였다. 그것은 특히 콥트 문서에서는 예수라는 이름처럼 통상적이지 않고 드물기 때문이다. 그 이름은 바라바였다.

바라바라고?

케슬러의 생각은 급격하게 중단되었다. 복도에서 발걸음 소리가 가까이 다가왔기 때문이다. 그는 박지를 성급하게 판지 사이에 끼우고 원래 있던 자리에 놓았다. 그리고 숨을 멈추고 귀를 기울였다. 이런 순간은 1초가 1시간 같다. 어쨌든 케슬러는 발걸음이 맞은편 방향으로 사라지고 나서야 다시 숨을 쉴 수가 있었다.

이 사건은 너무나 놀라워 그는 전신을 사시나무처럼 떨었다. 그래서 그는 이날의 조사를 그만 끝내기로 했다. 문간의 열쇠 칸에서 열쇠를 다시 바꾸고 자기 방으로 돌아와서 침대에 몸을 던졌다. 머리 뒤로 손을 깍지 끼고서 천장을 뚫어져라 바라보았다.

5

그는 맨 처음 만초니에게 이야기해야겠다고 생각했다. 교단 상사의 말씀이 생각났다. 그가 로마의 일을 위해서 뽑혔을 때 사람들과 잘 어울리라는 말을 해주고, 그 때문에 자기가 선발되었다고 알려주었다. 지금까지의 삶에서 케슬러는 정말로 이런 태도를 의심하게 할 만한 잘못을 저지른 적은 없었다. 그러나 만일 만초니와 이야기한다면 그곳에서 보았던 다른 것들은 말하지 않더라도 자기가 로진스키의 방에 몰래 들어갔다는 고백만은 하지 않을 수가 없다.

어떻게 하면 로진스키에게 말을 하도록 할 수 있을까? 단순히 그에게 말을 걸어 어떤 기묘한 연구를 하는지 물어보나? 그는 모든 것을 반박할 것이다. 이럴 경우 케슬러는 웃음거리가 될 것이다. 몰래 훔쳐본 것을 감추든 털어놓든 마찬가지다. 로진스키는 어떻게 해도 흔들릴 사람이 아니다. 아니, 케슬러는 자기가 이 사람보다 힘과 의지력이 못하다는 것을 인정하지 않을 수 없었다. 자기가 절대로 고백하지 않는다 해도. 가장 깊은 내면에서 케슬러는 자기 자신도 그 무엇엔가에 빠져들지 않았던가, 그 모든 것이 언젠가는 「창세기」에 나오는 셈의 가계(家系)처럼 저절로 밝혀지지 않겠는가, 하고 의심하기 시작하였다.

물론 로진스키의 옷장에 있는 선원자루 속의 죄많은 내용물은 성직자와는 어울리지 않는다. 하지만 자기는 그 가죽구두에서 로진스키와 똑같은 쾌감을 맛보지 않았던가? 가장 경건한 기독교도들조차도 때로는 이집트의 역질과 같은 힘으로 괴롭히는 육욕을 로진스키는 가죽과 비단의 불안한 환상으로 만족시키고 있으니 자기보다 더 나은 수도사가 아닌가? 그에 비하면 자기는—주여, 가련한 죄인에게 은총을 내리소서—그런 날이면 트라스테베레 지역의 집들을 남몰래 찾아가지 않았던가. 그곳에선 어두운 출입구마다 여자들이 어떤 남자 앞에서든 치마를 들추곤 한다. 물론 그들이 치마를 입었을 경우에 말이지만.

가장 가혹한 독신 사제라도 하느님 아버지의 의지에 따라 아담의 갈비뼈에서 나온 존재가 가진 차이점을 보지 않을 도리가 없다. 흠없는 마음을 가진 마리아의 축제 다음날 여름의 열기 속에서 충동이 그를 엄습했을 때, 그는 이런 유곽들 중에서도 가장 악명이 자자한 곳에서 매주 자신의 고해성사를 받아주던 프란체스코회 신부를 만나지 않았던가. 그 자신도 이닐 밤 색정에 잠긴 관찰자의 쾌락을 넘어 손수 빨간 머리 창녀의 품안에 뛰어들 참이었다. 하지만 두 사람은 이렇게 만나자 가장 거룩하신 분의 손짓을 깨닫고 함께 그 장소를 떠나서 다시는 그에 대해 서로 이야기를 나누지 않았다.

로진스키의 꿰뚫어보기 어려운 음모에 관해서는 차라리 이 약아빠진 사람과 친해져서 그의 신뢰를 얻는 쪽이 더 나을 것 같았다. 어쨌든 그는 양피지를 번역하면서 자제하라는 경고를 해주었다. 케슬러에게는 아직까지도 수수께끼로 남아 있는 요구였다.

하지만 로진스키는 케슬러의 일을 쉽게 해주지 않았다. 그는 다음 며칠 동안 의식적으로 케슬러를 피했다. 어쨌든 그런 인상을 받았다. 심지어는 단어들과 텍스트 구절들에 대한 토론이 일상의 일과가 되어 버린 그레고리아나 대학에서의 작업시간에도 이상하게 침묵을 지켰다. 자신의 번역에 몰두해서 이틀 동안이나 전혀 말을 하지 않았고, 진전이 좀 있느냐는 케슬러의 공손한 물음에 대해서도 한마디로 자르듯이 없다고 대답해서 케슬러는 자기 쪽에서 그를 피하는 것이 낫겠다는 생각이 들었다.

그런데도 그는 로진스키에게서 눈을 떼지 않았다. 그래서 거리 판매대에서 신문을 산다든가, 우체통에 편지를 부치러 가는 것 등 극히 하찮은 일들까지도 다 주목했고, 가능할 경우에는 로진스키의 뒤를 밟았다. 며칠이 지나자 그는 아주 대담해져서 3류 소설에 나오는 탐정처럼 옷을 바꿔입는 변장까지 하게 되었다. 그렇게 해서 이 수수께끼 남자의 삶에 대해 조금씩 더 알게 되었다.

모든 성인의 날에 로진스키는 다시 수도원을 떠나 택시를 타고 카부르 거리로 갔다. 그곳 돌계단 앞에서 택시를 세웠다. 돌계단은 오른편으로 산 피에트로 인 빈콜리 교회로 연결되었다. 언제나처럼 검은 외투를 입고 있었고, 겉모습만으로는 예수회원임을 보여주는 것은 없었다. 사방을 둘러보지도 않고—로진스키는 그토록 자신감을 가졌다—그는 돌계단을 한 번에 두 개씩 뛰어올라갔다. 케슬러는 그를 쫓아가기가 힘들었다.

산 피에트로 인 빈콜리는 그곳에 보관된 사도 베드로의 쇠사슬로 유명했지만 무엇보다도 미술사의 가장 위대한 비극의 하나인 미켈란젤로의 「모세」 조각상으로 유명한 곳이었다. 로진스키가 이곳을 방문한 것이 이상할 것은 없었다. 그가 분명한 목적 의식을 가지고 고해석 한 군데로 다가가서 목재 격자창 앞에서 십자를 그으면서 무릎을 꿇은 것도 이상한 일은 아니었다. 하지만 이 장면을 아주 가까운 기둥 뒤에 숨어서 관찰한 케슬러는 이 고해성사가 어쩐지 고해신부에 대한 질책 비슷하다는 느낌이 들었다. 로진스키는 자신의 죄에 대한 용서를 구하지 않고 가엾은 상대방을 심하게 꾸짖어서 고해신부는 한마디도 하지 못했다. 어쨌든 그래 보였다.

이 과정은 급격하게 끝났다. 죄를 고백한 사람에게 성화를 건네주기 위해서 거룩한 어머니 교회의 뜻에 따라 마련되어 있는 격자창 아래 틈을 통해서 두툼한 봉투가 나타났고 로진스키는 그것을 외투 주머니에 집어넣었다. 그 자신도 같은 루트를 통해서 좀더 작은 봉투를 넣어주고 재빨리 십자를 긋고는 그곳을 떠났다. 이 만남은 로진스키가 이중 게임을 하고 있다는 케슬러의 의심을 확인해주었다. 그는 로진스키를 가게 내버려두었다. 고해석에 숨어 있는 사람이 누군지가 더 그의 관심을 끌었기 때문이다. 케슬러는 이 사람이 가련한 죄인들에게서 고해를 받는 신부는 아니라고 확신하였다.

하지만 섬세한 현대적인 복장을 하고는 있지만 그래도 정말로 신부와 같은 모습의 중년 남자가 고해석에서 나왔다. 그는 로진스키와는 반대로 극히 불안한 행동을 보였고 사방을 살피면서 어두운 교회를 떠났다.

케슬러는 적당한 거리를 두고 그를 쫓아갔다. 그는 이 남자가 비토리오 에마누엘레 대로를 거쳐 바티칸에 이르는 길을 잡고 그곳 사무실 한군데로 사라졌다고 해도 전혀 놀라지 않았을 것이다. 하지만 잘못 생각하였다. 모르는 사람은 카부르 거리에 있는 한 카페에서 에스프레소를 마시고 곧바로 이 도시에서 가장 세련된 엑셀시오르 호텔로 향했다.

홀에는 사람들이 빽빽하게 모여 있어서 케슬러는 별 어려움 없이 그 남자를 바로 뒤따라갔다. 그의 모습에는 세속적인 요소가 있었다. 그런 것을 전혀 모르고 살아온 젊은 예수회원은 그에 비하면 소년 같았고, 전혀 어쩔 줄을 몰랐다. 자, 어떻게 해야 하나?

로진스키가 산 피에트로 인 빈콜리 교회에서 저 낯선 사람을 만난 일은 케슬러를 어찌할 줄 모르는 상태로 몰아넣었다. 그날 케슬러는 자기 방의 기도대에서(그러고 보니 로진스키의 방에는 이런 기도대가 없었다) 명상에 잠겨보았지만 그의 추측은 전혀 진전을 보지 못했다. 다만, 그때까지는 여러 가지 이유에서 로진스키가 나쁘다고 의심해왔다면, 고해석에서의 이런 교환을 목격한 다음부터는 로진스키가 알 수 없는 더러운 일에 연루되어 있는 것이 분명하다고 확신하게 되었다.

그것이 그레고리아나 대학의 비밀 프로젝트에 관한 것인가, 아니면 전혀 다른 사건일까, 케슬러는 결론을 내릴 수 없었다. 그는 로진스키에게 물어보지도 못했다. 로진스키는 분명 모든 것에 대해서 반박을 할 것이고 그 이후로는 의심을 품고 자기를 대할 것이기 때문에 배후의 이유를 캘 수가 없을 것이다. 하지만 그는 이유를 알고 싶었다.

그에 대해서 오래 생각할수록 케슬러는 마음속으로 예수회의 모든 동료 수도사들 사이에 불신이 자리잡고 있다는 확신을 얻게 되었다. 아무것도 모르는 상태에서 자신이 악용될 수도 있다는 생각은 그의 마음을 상하게 했다. 너무나 심하게 마음이 상해서 그는 이 일의 원인을 캐보기로 결심하였다.

덫

1

저 이상한 출몰현상 이후로 안네 폰 자이틀리츠는 자신의 집을 피하였다. 그녀는 이 사건이 밝혀지기 전에는 단 하룻밤도 집에서 묵지 않기로 단단히 결심하였다. 뮌헨에 머물면서 주로 속옷을 갈아입고 사업상의 일들을 처리하는 이틀 동안 그녀는 전에 아드리안이 묵었던 호텔에 들었다.

아드리안과의 일은 유감이었지만 어떤 의미에서는 일이 그렇게 끝난 것이 기뻤다. 그녀는 아드리안이 그녀의 문제보다는 그녀 자신에게 더 많은 관심을 가지고 있음을 느꼈다. 이 상황에서 그녀에게 필요없는 것이 있다면 그것은 뒤따라다니는 남자였다. 물론 그녀는 그가 온다면 그에게 손을 내밀 것이다. 어릴 때 양어머니의 말씀이 생각났다. 양어머니는 엄격한 목소리로 원수라 하더라도 악수하자고 내민 손을 거절해서는 안 된다고 말씀하셨다. 하지만 그녀는 이런 만남이 이루어지지 않으리라고 거의 확신하고 있었다. 지금 안네의 머리에는 너무나 많은 생각들이 밀려들어와서 남자를 위한 자리가 없었다.

그것은 남자에게 속은 여자를 채찍질해서 상상도 못할 업적으로 이끌어가는 자존심이었다. 자기 혼자만의 힘으로 흔적을 따라간다는 것은 옛날의 안네 폰 자이틀리츠로서는 상상도 할 수 없었을 것이다. 그것은 세계의 절반을 넘어가는 일이었고 온갖 위험과 모험과 결부된 일이었다. 그것도 오로지 사태를 명료하게 하기 위해서, 그러니까 그녀가 사태를 밝혀낸다고 해도 자신에게는 조금도 이익을 가져다주지 않을 이유로 말이다. 하지만 자신과 그 모르는 일, 그 신비스러운 존재 사이에 마법의 끈이 만들어진 것 같았다. 어쨌든 안네는 거기서 벗어날 수가 없었다.

그녀를 사로잡은 것, 그녀의 모든 생각을 붙잡고 다시는 놓아주지 않는 이것이 바로 자주 묘사되곤 하는 악의 마법일까?

이런 생각들은 그녀의 삶에서 중요하지 않았다. 현재의 상황에서는 그것이 좋았다. 아니라면 안네 폰 자이틀리츠는 자기가 그 사이 얼마나 변했는지를 알아채고 말았을 것이기 때문이다.

그녀는 지금까지 한 번도 어떤 생각에 사로잡혀 본 적이 없었다. 자신을 잊고 목적을 추구하는 사람들을 경탄보다는 오히려 못마땅해하면서 바라보았었다. 이제 한 가지 생각에 사로잡혀서 그녀는 자신을 잊고 사랑, 삶, 사업 등 모든 것을 뒤로 미루어버렸다. 그런데도 그녀 자신은 그 사실을 몰랐다. 도망칠 수 없는 일들이 있는 법이다.

캘리포니아에서 알아낸 사실들은 남편이 세계적인 음모에 연루된 것이 분명하다는 확신을 더욱 강하게 해주었다. 그가 알았느냐 몰랐느냐는 지금 시점에서는 말할 수가 없었다. 학자들을 사냥꾼이 되게 만들고 다른 사람들을 사냥감이 되게 만든 것은 새로운 성서 텍스트의 발견만은 아닐 것이다.

포시우스 부인은 분명 수상쩍었다. 안네는 그녀의 정직성을 의심하였다. 며칠의 거리를 놓고 보니 심지어는 오렐리아 포시우스가 거짓

역할을 했던 것은 아닐까 하는 의심마저 들었다. 가장 중요한 실마리는 브랜든이 알려준, 북부 그리스 어딘가에 있다는 오르페우스 기사단이었다. 안네는 그곳에서 무엇이 자기를 기다리고 있을지, 자기가 이 신비스러운 장소로 들어갈 수나 있을지 전혀 알지 못했지만 그녀의 결심은 확고하였다. 라이베트라로 가야만 했다.

2

게리 브랜든의 상세한 설명을 근거로 안네 폰 자이틀리츠는 아테네로 날아갔다. 계속해서 그 지역에서는 줄여서 살로니키라고 불리우는 테살로니키로 갔다. 그곳에서 그림 같은 구(舊)도시에 있는 마케도니아 궁에 여장을 풀었다.

직업상 여행을 많이 했던 귀도는 그녀에게 이런 요령을 알려준 적이 있었다. 낯선 도시에서 친구가 하나도 없을 때에는 호텔의 수위에게 듬뿍 팁을 주라고 말이다.

프런트에 있는 젊은이의 이름은 니콜라오스였다. 이 지역에서는 두 명 중 한 명이 니콜라오스였다. 그는 영어를 아주 잘했다. 안네가 그에게 내민 큰 액수의 지폐는 그에게 생각지도 못한 능력을 발휘하게 만들었다. 안네는 그의 일과가 끝난 다음 바다를 내려다볼 수 있는 하얀 탑 근처에 자리한 거리 카페에서 그와 만났다. 그녀는 말을 돌리지 않고 죽은 남편이 이상한 음모에 말려들었다, 그 배후에 있는 사람들을 아마도 라이베트라에서 찾을 수 있을 것 같다고 직설적으로 말했다. 그 이상 자세한 말은 하지 않았다.

스물다섯은 넘지 않았고 검은 고수머리에 깜빡이는 검은눈을 가진 니콜라오스는 낯선 여자의 솔직함과 신뢰에 기분이 좋아져서 그녀를 돕겠다고 약속하였다. 그는 솔직하게 우선 자기는 라이베트라 수도원에 대해서 들어본 적은 있지만 살로니키에는 더 자세한 것을 아는 사람이 없다고 고백하였다. 대부분의 사람들은 라이베트라는 정신병원을 운영하는 경건한 수도원이라는 것 정도를 그저 들어서 알 뿐이라고 했다. 그렇지만 이들 장애자들은 그리스인이나 이 근처 사람들이 아니라 외국인들이라고 했다.

어쩌면 정신병원은 그냥 은폐용일지도 모르고 실제로는 라이베트라에는 전혀 다른 것이 숨겨져 있을지도 모른다고 안네는 설명했다.

니콜라오스는 자기 매형이 언젠가 올림포스 언덕에 있는 이상한 암벽 수도원 이야기를 했던 것을 기억해냈다. 하지만 자기는 당시 그에 대해서 특별한 관심이 없었기 때문에 자세한 것은 기억이 나지 않는다고 말했다. 니콜라오스의 매형인 바실레오스는 살로니키에서 남쪽으로 자동차로 한 시간쯤 떨어진 곳에 있는 카테리니에서 '알키오네'라는 이름의 호텔을 운영하고 있었다.

다음날 니콜라오스는 안네 폰 자이틀리츠를 자동차로 카테리니에 있는 매형 바실레오스에게 데려다주었다. 그는 안네가 이웃의 '올림피온' 호텔이 아니라 자기 호텔에 들었는데도, 그리고 니콜라오스가 친절한 말로 그녀를 소개해주었는데도 대단히 못미더워하는 태도로 대했다. 바실레오스는 니콜라오스와는 정반대였다. 굼뜨고 어두운 눈초리에다, 특히 마음이 닫혀 있었다. 게다가 안네에게 더 고약했던 것은 바실레오스의 말이었는데, 그는 이상한 라인 강변 어조가 들어간 독일어에다 힘들게 배운 영어와 북부 그리스 억양이 뒤섞인 이상한 언어로 말을 했다.

이 지역의 대부분의 사람들은 이렇다고, 니콜라오스는 그의 무뚝뚝한 태도를 사과하고는 바실레오스와 크고도 진지한 어조로 이야기를 나누었다. 안네는 한마디도 이해하지 못했지만 두 사람의 몸짓과 반응을 보고 니콜라오스가 매형에게 이 손님을 특별히 잘 대접하라, 독일에서 온 이 숙녀는 대단히 너그러운 분이라고 말하는 것을 이해할 수 있었다. 그런 다음 그는 그녀가 자기 도움을 필요로 할 경우를 위해서 살로니키에 있는 자신의 전화번호를 주었다. 그러고는 돌아갔다.

카테리니는 흐리고 차가운 날씨에도 아주 그림 같은 시골 도시였다. 그렇지만 사람들이 여행의 목적지로 삼는 곳이 아니라, 그저 우연히 지나치는 곳이었다. 바실레오스의 호텔——실은 여인숙이라는 이름이 더 어울렸다——에도 하룻밤 이상 묵는 손님은 드물었다. 이런 의미에서 안네 폰 자이틀리츠는 특이한 경우였다. 이튿날, 그녀가 소도시의 거리들과 그림 같은 시장을 다 구경하고도 떠나지 않자 집 문 앞에 바구니로 된 의자에 앉아 있던 나이 든 남자들은 저 낯선 여자가 대체 누구며 이곳에서 무엇을 찾을까 하고 수군거리기 시작하였다. 이상한 일이었지만 낯선 나라 낯선 사람들 사이에서 안네 폰 자이틀리츠는 언제나 감시당하는 고향에서보다 더 안전함을 느꼈다.

상당히 많은 남자, 늙은이들뿐만이 아닌 남자들이 문 앞에 웅크리고 있었다. 각진 얼굴에 무성한 눈썹을 가진 남자들, 전혀 달콤하지 않은 삶에 저항하느라 수척하고 단단해진 사람들이었다. 그들은 서로서로 의지해서 살았다. 소매상인은 미장이 덕에, 미장이는 목수 덕에, 목수는 제재소 주인 덕에, 제재소 주인은 다시 소상인 덕에 겨우 살고 있었다. 남쪽과는 사정이 달랐다. 그리스 남부는 역사만으로도 먹고 살 수 있었다. 심지어는 역사가 남겨놓은 오물 덕으로도 살았다. 빈곤은 불신을 낳는 법, 카테리니 사람들은 아주 의심이 많았다. 그들 상호간에, 그러나 특히 낯선 사람에 대해서. 혼자 여행하는 여자는 대단한 불신을 만들어내서 그들은 가능한 한 이 숙녀를 피하였다.

3

바퀴 세 개짜리 수레로 거리를 돌아다니면서 사업을 벌이는(수레의 뒷부분은 페달까지 달려 있는 낡은 자전거였고, 앞부분은 두 개의 바퀴가 달린 나무상자로 만들어져 있었다. 이 나무상자는 이 마을의 전기상이 10년 전에 카테리니에서 팔았던 세탁기를 포장했던 물건으로, 게오르기오스는 그 상자에 유리창을 만들어서 거리에서 누구라도 바삭바삭한 갈색으로 구워진 그의 빵과 과자들을 들여다볼 수 있게 만들었다) 과자 행상 게오르기오스 스필리아도스만이 안네와 말을 시작하였다. 그녀가 그에게서 과자를 조금 샀기 때문이다.

게오르기오스는 위생상의 이유로 과자를 갈색 종이에 포장해주었다. 그러면서 그는 벌써 오래 전에 독일에서 일을 한 적이 있고 지금은 여기서 자영업으로 살아가고 있다는 사실을 밝혔다. 이 지역에서는 그의 그리스 이름을 알고들 있었지만—그의 이름은 수레에 씌어 있었다—대부분의 사람들은 그를 그냥 '독일인'이라고 불렀다.

여기서 휴가를 보내느냐고 그가 물었다. 그렇다면 계절을 잘못 골랐다며, 카테리니는 4월이 가장 아름답다. 온화하고, 향기로운 꽃들이 피어난다고 말했다. 안네는 웃으면서 아니라고 말하고 혹시 라이베트라에 대해서 아느냐고 물었다. 그러자 빵장수는 재빨리 도망치려는 듯 서둘러 페달을 밟았다. 안네는 허둥지둥 그의 소매를 붙잡아 세웠다.

어째서 그렇게 도망치려 했느냐는 그녀의 질문에 게오르기오스는 그녀가 혹시 그들 중의 한 사람인가 하는 질문으로 답변했다. 안네가 절대로 그렇지 않다. 자기는 다른 이유에서 이 사람들에 대한 관심을 가지고 있다고 대답을 하자 비로소 그가 멈추어 섰다.

보통은 사람들과의 교류가 능숙한 게오르기오스 스필리아도스는 손으로 이마를 쓰다듬으며 아주 나직한 소리로 말을 했다. 그녀가 기자라면 『데일리 텔레그래프』 기자 한 사람이 2주 전에 이 지역에서 어슬렁거리면서 라이베트라 사람들에 대한 정보를 수집했는데—그는 심지어 돈까지 지불했다—어느 날 머리통이 깨진 상태로 발견되었다는 것을 알아두시라고 말했다. 공식적으로는 올림포스 산의 암벽에서 추락했다는 것이지만, 그를 발견했던 자기 친구 요한니스 말로는 발견

지점에 암벽은 없었다고 맹세했다는 것이다. 조심스럽게 이곳을 떠나는 것이 가장 좋을 것이라고 했다.

안네에게 게오르기오스는 도움을 구할 수 있는 유일한 사람이었다. 그래서 그녀는 빵장수에게 지폐를 찔러주었는데, 그는 화를 내며 돈을 거절했다. 하지만 오래 걸리지 않아서 그런 저항은 수그러지고 게오르기오스는 돈을 검은 모자의 안쪽 테두리 안에 꽂아넣었다. 안네는 게오르기오스에게 누구에게도 라이베트라에 대한 자기의 관심을 말하지 않겠노라는 맹세를 요구하였다. 게오르기오스는 약속하였다.

두 사람은 오후에 두 블록 떨어진 그의 가게에서 만나기로 약속하였다. 그가 늦어질 경우 아내인 반나에게 그 사실을 알려놓겠다고 했다. 그들이 이곳에서 공개리에 더 오래 이야기를 했다가는 이상하게 보일 것이다.

안네가 약속시간에 맞춰 그의 가게에 들어가자 타일이 박힌 작은 가게 뒤편에서 가지각색의 플라스틱 끈들로 이루어진 일종의 커튼 사이로 반나가 얼굴을 내밀었다. 판매공간은 좁고 길다란 탁자 하나와 벽쪽에 거칠게 박아 만든 목재 판매대 하나로 이루어져 있었다. 거기에 몇 가지 빵들이 놓여 있었다. 윗입술 위쪽에 거무스름한 수염이 나 있는 주름진 얼굴의 반나는 게오르기오스의 어머니라고 해도 될 정도였다.

그녀가 낯선 여자를 맞아들인 뒤쪽의 공간도 못지않게 썰렁하였다. 가운데에 네모난 목재 테이블과 의자 네 개가 놓여 있고, 문도 없이 온갖 부엌 살림이 들어 있는 키 큰 장 하나, 그 옆에 하얀 개수대 하나, 맞은편에 널찍한 쇠받침으로 벽에 고정된 찬장 하나가 전부였다. 반나는 포도주를 내오더니 권했다.

곧 이어서 게오르기오스가 나타났다. 안네는 자기가 어째서 카테리니로 왔는지를 설명하려고 했다. 그녀는 귀도의 이상한 사고 이야기를 하고, 자기를 이리로 이끌어온 그 동안의 일들에 대해서도 이야기를 했다. 그렇게 해서 게오르기오스의 동정심을 얻어냈다. 그는 그녀의 이야기에 귀를 기울이면서 멀건 포도주를 단숨에 들이켰다. 그리곤 가게문을 잠그더니 돌아와서 네모난 탁자 앞에 앉아 손가락으로 상판을 톡톡 쳤다. 그는 집중해서 생각에 잠길 경우에는 언제나 그런 모양이었다.

석회를 바른 천장에 매달린 갓 없는 전구에서 나온 창백한 빛이 방 안을 가득 채웠다. 안네의 눈은 그의 얼굴에서 신경질적인 손동작으로, 그리고 다시 그의 얼굴로 번갈아가며 오락가락했다. 게오르기오스는 자기 앞만 바라보고 아무 말도 없었다. 그가 오래 침묵할수록 그가 자기를 도와줄 거라는 안네의 희망은 줄어들었다.

그가 마침내 말했다.

"믿을 수 없는 이야기군요. 정말, 믿을 수 없는 이야기예요."

"그럼 내 말을 안 믿으세요?"

그러자 게오르기오스는 진정시키듯이 말했다.

"아니 믿어요. 그 사람들은 정말 위험한 것 같군요. 여기 우리들은 그들에 대해서 별로 몰라요. 이 지역에서 사람들이 말하는 것은 그냥 소문뿐이죠. 누군가가 다른 사람에게 살짝 이야기를 하지요. 대장장이 아내인 알렉시아는 그들이 사람들을 장작더미에 올려놓고 불태우면서 춤추는 것을 봤다는 거예요. 그리고 동쪽 기슭에 채석장을 가지고 있는 소스티스는 서로 죽이는 미친 사람들이라고 하대요. 아주 영리한 사람들이라는 얘기를 들었어요. 난 정말 모르겠어요. 그들이 자기들을 뭐라고 부른다고요?"

"오르페우스 기사단, 그러니까 오르페우스의 제자들이라는 거죠."

"미쳤군, 정말 미쳤어."

"내 생각으로는 그들은 일부러 그런 소문을 세상에 퍼뜨리는 것 같아요. 자기들의 진짜 행동을 감추려고 말이죠."

안네는 게오르기오스에게 설명했다.

"공식적으로 라이베트라는 정신장애자들을 위한 치료소예요. 하지만 출입이 막혀 있는 저 울타리 안에서 정말 무슨 일이 벌어지는지는 아무도 모르죠. 그들은 아토스 산의 수도사들처럼 물건을 받고, 자동차를 가지고 있어서 살로니키에서 대규모로 물건을 사들일 수 있지요. 카테리니의 우체국장 말로는 그들은 살로니키의 중앙우체국과 직접 우편물을 처리한다더군요."

"그리고 그들은 상상도 할 수 없을 정도로 많은 재산을 가지고 있고요."

안네가 덧붙였다.

게오르기오스는 믿을 수 없다는 듯이 머리를 흔들었다. 그가 마침내 물었다.

"당신을 도우려면 어떻게 하면 됩니까?"

"당신이 나를 라이베트라에 데려다주셨으면 해요!"

안네 폰 자이틀리츠는 확고한 음성으로 말했다.

게오르기오스는 손가락으로 엉킨 머리를 쓰다듬었다. 그가 흥분해서 말했다.

"미쳤군요. 그런 일은 안 합니다."

"돈은 잘 드리겠어요! 200달러 드리지요."

"200달러라고요? 정말 미쳤군요!"

"당장 100달러, 그리고 그곳에서 100달러."

안네 폰 자이틀리츠가 보이는 냉정한 고집이 게오르기오스를 흥분하게 만들었다. 그는 벌떡 일어나더니 불안한 태도로 텅 빈 방안을 이리저리 거닐었다. 안네는 그를 정확하게 관찰하였다. 200달러는 카테리니의 빵장수에게는 정말 큰 돈이었다. 성모 마리아님, 200달러라니!

안네는 핸드백에서 100달러 지폐를 꺼내서 탁자 한가운데 펼쳐놓았다. 게오르기오스는 말없이 뒤쪽의 문 뒤로 사라졌다. 안네는 삐걱거리는 나무계단을 통해 위층으로 올라가는 그의 발걸음 소리를 들었다. 그녀는 자신의 용기에 스스로 놀랐지만 지금 그녀는 무슨 일이든 할 각오가 되어 있었다. 이 사건의 어둠에 빛을 비추려면 라이베트라로 가야만 했다.

정확하게 말하자면 그녀는 그곳에서 무엇이 자기를 기다릴지 전혀 알지 못했다. 그러나 비밀스런 강제가 살인자와 희생자를 서로 엮듯이 안네는 올림포스 산등성이에 있는 암벽 수도원을 보고 싶은 충동을 느꼈다. 그곳에 모든 비밀이 숨겨져 있을 것만 같았다. 두 손으로 머리를 받치고 눈길을 100달러 지폐에 고정시키고 안네는 게오르기오스가 돌아오기를 기다렸다.

그는 낡고 너덜너덜한 지도를 가지고 돌아왔다. 아무 말도 없이 지폐를 잡더니 그것을 접는 지도에 올려놓았다. 그는 오른손 가운뎃손가락으로 지도의 한 지점을 짚었다.

"여깁니다. 라이베트라요."

그 자리엔 하나의 원과 그 위에 십자가 표시가 되어 있었다. 그것은 수도원을 가리키는 표지다. 장소 이름은 나와 있지 않았다. 말없이 그는 손가락으로 카테리니에서 엘라손으로 가는 길을 따라가다가 포장되지 않은 노새 길을 표시하는 가느다란 선을 가리켰다. 그 선은 올림포스 산등성이 어딘가에서 사라졌다. 가벼운 손동작으로 그는 이 길이 여기 어디로 계속되리라는 것을 가리켜보였다. 그는 못마땅한 듯 혼자말로 웅얼거렸다.

"이른 저녁시간에 해야 됩니다. 낮에는 그들이 멀리서도 누가 오는 것을 볼 수 있으니까요."

"좋아요!"

안네는 지극히 당연하다는 듯 대답하고 용감하게 덧붙였다.

"언제?"

게오르기오스는 망설이며 일어서더니 전깃불을 끄고 창문을 통해서 하늘을 올려다보았다.

"마침 유리한 시기군요. 반달이에요. 원하신다면 내일요."

게오르기오스는 불을 다시 켠 다음 안네 앞으로 돌아와 앉았다. 지도 위에 몸을 굽히고 두 사람은 다음날의 계획을 세웠다. 그는 오토바이 한 대를 가지고 있었다. 오토바이를 타면 엘라손까지 가는 동안 사람들 눈에 별로 띄지 않을 것이다. 그는 사람들의 주목을 끌고 싶지 않았다. 안네도 이 계획에 찬성하였다. 카테리니 사람들에게 떠들어댈 기회를 주어서는 안 된다.

4

첫날은 위치를 알아보느라 보내야 할 것이다. 안네는 무엇보다도 들키지 않고 오르페우스 수도원 건물 안으로 들어갈 수 있는가를 알아보려고 애썼다. 그녀는 물론 그것이 위험한 일임을 알고 있었다. 게오르기오스는 그녀의 생각을 자살행위라고 말했다. 하지만 그녀는 자신감이 있었다. 오르페우스 사람들이 그녀를 지금까지 보호한 데에는 분명히 그럴 만한 이유가 있을 것이었다.

호텔로 돌아올 무렵은 서늘했지만 춥지는 않았다. 일주일치 방값을 미리 지불한 다음부터 바실레오스는 뜻밖에도 친절해졌다. 그래봤자 천성적으로 무뚝뚝한 사나이의 입에서 나오는 말이라곤 "어떠세요"라든가, "부인" 하는 말 정도에 지나지 않았지만 말이다. 그러나 바실레오스는 사람들에겐 여전히 무뚝뚝했기 때문에 안네는 그가 자기에 대해 떠벌릴까 봐 걱정하지 않아도 되었다.

그녀의 방은 거리로 향해 있었다. 이날 밤 그녀의 생각은 눈앞에 둔 모험을 맴돌았다. 자정이 한참 지났을 때 개들이 짖어댔다. 한 마리에서 시작된 개들의 울부짖음은 텅 빈 거리를 통해 울렸다. 길모퉁이에 위치한, 카테리니에 있는 대부분의 집들처럼 집이라기보다는 차고와 더 비슷한 어떤 집에서 끝없이 음악소리가 울렸다.

'알키오네' 호텔 1층에 자리잡은 바실레오스의 레스토랑에 있는 환풍기가 계속해서 돌면서 음식 냄새를 거리로 내뿜었다. 늦은 통행자들이 거리 양편에서 서로 소리질러 이야기를 주고받았다. 반 시간쯤이나 큰 소리로 이야기를 주고받은 다음에도 서로 가까이 다가서려고 하지 않았다. 그랬다면 목소리 소모를 좀 줄일 수도 있었을 테지만, 네 번이나 다섯 번쯤 맑게 울리는 높은 뒷굽이 달린 구두를 신은 여자가 거리를 따라서 목적지를 향하여 걸어갔다가 몇 분이 지나면 또다시 목적지를 향하여 돌아오곤 하였다. 그 밖에는 시장 광장의 텅 빈 아스팔트 길을 자기들만의 경주장으로 삼은 자동차들이 굉음을 내며 달려서 밤의 정적을 깨뜨리곤 했다.

그녀는 아드리안이 없어서 두려움을 느낄 것이라고 생각했지만 혼자 힘으로 서고 보니 실은 그 반대라는 사실을 깨달았다. 안네는 자신의 의도를 카테리니 경찰서에 알리겠다는 원래의 생각을 철회하고 일주일이 지나도록 자기가 살아 있다는 표지를 보내오지 않으면 게오르기오스가 신고를 하는 것이 좋겠다고 계획을 바꾸었다.

아직 컴컴한 아침 무렵 안네는 잠이 들었던 모양이다. 꿈을 꾸었기 때문이다. 지진이 올림포스 산을 뒤흔들었다. 무너져내린 산등성이 위로 불타는 용암이 수많은 줄기를 이루며 미친 듯이 흐르는 냇물처럼 골짜기로 쏟아져내렸다. 금속성으로 빛나는 보트를 탄 남자와 여자들이 길다란 막대로 배를 조종하면서 누군가 자기 앞을 막아서면 서로 때렸다. 보트를 조종하는 사람들은 얼굴에 오색 마스크를 썼다. 그들은 넓고 바람에 펄럭이는 외투로 몸을 감싸고 손에는 흰 장갑을 끼었는데 움직임으로 보아 남자들과 여자들이라는 것을 알아볼 수 있었다. 미친 듯한 속도로 골짜기로 치닫는 수많은 보트들은 용암을 갈라놓는 암벽에 부딪쳐서 들끓는 불꽃 속으로 칙 소리를 내며 사라져버렸다.

여러 갈래가 난 용암의 줄기들은 산의 발치에서 하나의 강물을 이루며 넓게 부풀어올라서 마을과 도시들을 삼켰다. 재앙이 다가오는 것을 본 사람들은 마비된 듯이 서서 도망도 치지 못했다. 안네도 마찬가지였다. 붉은 강물이 다가와서 발뒤꿈치를 태울 때 안네는 전신을 벌벌 떨면서 깨어났다. 그녀는 재를 털어내듯이 자기 몸에서 이 악몽을 털어냈다.

약속된 시각에 그녀는 엘라손으로 가는 길가에 있는 대장간 뒤에서 게오르기오스를 만났다. 안네는 이 지역의 여자들이 입는 것 같은 넓고 긴 바지를 입었다. 게오르기오스는 깜짝 놀라서 그녀를 바라보았다. 그녀가 다른 여자들과 똑같이 보였기 때문이다. 그녀가 이렇게 차리리라고는 기대하지 않았다. 익숙하지 않은 변장을 변명하려는 듯이 안네는 어깨를 움찔해보였다. 그녀는 웃었다. 안네가 지금까지 한 번도 오토바이를 타보지 않았다고 말하자, 게오르기오스는 그것을 이해하지 못했다. 그의 말에 따르면 자동차를 타는 사람은 언제나 우선 오토바이를 타야 한다는 것이다.

5

길은 서쪽으로 뻗어 있었고 카테리니에서 멀어질수록 인적이 드물어졌다. 이따금 화물차를 만날 뿐이었다. 그리고 교차로에 이르면 검고 흰 도로 표지판들이 있었다. 마침내 길은 사람 없고 황폐한 땅을 지나 구불구불 계속되었다. 안네는 눈물을 흘렸다. 오토바이를 타고 이런 바람을 맞아본 적이 없었다.

반 시간쯤 달린 뒤에 게오르기오스는 속도를 늦추고 눈으로 왼쪽을 찾아보았다. 두 그루의 측백나무들이 비포장도로를 표시해주었다. 거기에는 길 안내판도 없었다. 길은 두 줄의 깊이 팬 바퀴 자국으로만 되어 있었다. 게오르기오스는 멈추었다.

"이것이 라이베트라로 가는 길입니다."

그는 몹시 힘이 드는 듯이 마침내 자동차 바퀴 위로 접어들었다.

무거운 오토바이를 좁다란 바퀴 자국 위로 달리는 것은 쉬운 일이 아니었다. 게오르기오스는 균형을 맞추느라 진짜 기술을 발휘했다.

"꼭 잡으세요!"

그는 옆쪽이 상태가 더 낫다 싶으면 이렇게 외치고는 이쪽 줄에서 저쪽 줄로 위치를 바꾸곤 했다.

측백나무들이 자라고 있는 언덕을 향하여 길은 가파른 오르막이었다. 이 길 위에 있는 자갈이 너무나 울퉁불퉁해서 뒷바퀴가 헛돌고 자갈돌들이 총알처럼 뒤쪽으로 튀었다. 게오르기오스는 안네에게 산길을 걸어서 올라가라고 말했다. 그는 오토바이를 끌고 가파른 길을 올라갔다.

아래쪽에서는 보이지 않는 넓은 암벽으로 이루어진 산봉우리에 이르렀을 때 날은 어둑어둑해져 있었다. 게오르기오스는 오토바이를 옆으로 끌고 갔다. 그는 주위를 살펴보더니 팔을 뻗쳐서 서쪽을 가리켜 보였다. 길은 아래쪽으로 구불구불 나 있었고, 약 1킬로미터 정도―여기서 보아서―지나서 다시 가파르게 위로 이어져 있었다. 그곳에서 길은 검은 침엽수들에 가려졌다.

"저기가 라이베트라로 들어가는 입구예요."

안네는 깊이 숨을 들이마셨다. 그녀는 길이 좀더 단순하리라고 상상했다. 주변을 둘러싼 정적이 마음을 무겁게 하고 주위의 풍경은 적대적이었다. 축축한 냉기가 옷 속으로 스며들었다.

게오르기오스가 말했다.

"다음번 산등성이까지는 타고 갈 수 있지만 마지막 구간은 걸어가야 합니다. 오토바이 소리를 들을지 모르니까요."

안네는 고개를 끄덕였다. 저 위쪽 검은 침엽수림 뒤에 인간의 거처가 있다는 것은 상상하기 어려웠다.

그가 말한 장소에 도착하자 게오르기오스는 오토바이를 옆에 있는 덤불 속으로 밀어넣었다. 멀리서 폭포소리 같은 소리가 들렸다. 그것은 길이 뻗어나간 방향에서 들려왔다. 길은 빽빽한 침엽수림 사이로 이어지고 있어서 아래쪽에서는 보이지 않지만 가파르게 산등성이로 연결되어 있었다. 안네는 헐떡였다.

"당신은 미쳤어요!"

게오르기오스가 안네를 쳐다보지도 않고 말했다. 그녀는 대답하지 않았다. 그의 말이 맞다. 하지만 그녀가 지난 몇 달 동안 경험한 것은 모두 미친 일이었다. 이 저주받은, 어둡고 가파른 돌투성이의 길은 그녀를 해답 가까이 데려가주는 유일한 길이었다. 국외자에게는 이해하기 어려운 일이었다.

어둠 속에서 높이 올라갈수록 그 소음은 더욱 커졌다. 그것은 여러 음성들이 속삭이는 것 같은 느낌을 주었다. 골짜기에서 가벼운 바람이 불어와서 침엽수 가지를 통해 쌩 하는 소리를 내며 지나갔다. 길 양편의 늪지대 같은 바닥에서는 증기가 솟아올랐다.

그러다가 길은 아주 갑작스레 숲 밖으로 나왔다. 저 아래 분지의 전망이 활짝 틔었다. 분지의 맞은편 가장자리는 쐐기 모양의 단층이 막아서고, 양쪽은 암벽으로 둘러싸여 있었다.

게오르기오스가 웅얼거렸다.

"분명 저것이 골짜기로 들어가는 입구일 거예요."

거기까지는 300미터 거리도 되지 않았다. 가까이 다가가면서 안네는 양쪽으로 솟은 두 암벽의 오른쪽 암벽 앞에 작은 오두막이 있는 것을 보았다. 골짜기를 향하여 네모난 창이 난 오두막이었다.

"오, 맙소사!"

안네는 신음소리를 내고 게오르기오스의 팔을 붙잡았다.

"어쩌면 협곡 입구 앞에 있는 초소일 겁니다."

게오르기오스가 말했다.

"그럼 우린 이제 어쩌지요?"

어쩔 줄 모르고 안네가 한 방향을 뚫어질 듯이 바라보았다.

게오르기오스는 말없이 그냥 계속 걸어갔다. 그는 자기 임무를 완수할 셈이었다. 어쨌든 적은 돈은 아니었으니까. 그가 못마땅하다는 듯 웅얼거렸다.

"무장한 보초가 있다면 우린 기회가 없는 셈이지요."

초소는 어둠에 잠겨 있었다. 길에서 몇 걸음 벗어나 부르는 소리가 들릴 정도의 거리에서 안네와 게오르기오스는 덤불 뒤로 몸을 숨겼다. 게오르기오스가 돌을 하나 주워서 오두막 방향으로 던졌다. 돌이 벽에 맞아서 딱 하는 소리가 울리고 길로 튕겨나왔다. 조용했다.

"나으리들께서 마실 가신 모양인데."

게오르기오스가 속삭였다.

안네는 고개를 끄덕였다. 그들은 조심스럽게 오두막으로 다가갔다. 오두막은 사람이 긴 시간 머물지 않는 곳인듯 보였다. 안네는 손전등을 꺼내서 창문을 통해 안을 비추어보았다. 상자 하나, 단순한 나무 책상 하나, 의자 두 개가 전부였다. 벽에는 낡은 전화기가 있어서 이 한적한 곳에 사람이 있다는 것을 보여주었다. 문은 잠겨 있었다.

"라이베트라 사람들은 분명 자기들이 아주 안전하다고 느끼고 있나 봐요. 초소에 사람이 없는 걸 보면."

안네가 말했다.

"누가 알겠소. 어쩌면 우리는 이미 아까부터 감시를 당하고 있고 그 대로 덫에 걸려드는 것인지."

게오르기오스가 대답했다.

"두려워하는군요, 게오르기오스! 좋아요, 당신은 임무를 다했어요. 감사해요."

안네 폰 자이틀리츠가 노한 목소리로 말했다. 그러고는 그에게 손을

250

내밀었다.

"여기 당신의 100달러예요."

게오르기오스는 정말 두려운 것 같았지만 안네의 날카로운 말에 항의조로 대답하였다.

"돈은 가지고 계십쇼! 당신이 다시 무사히 돌아오시면 받겠어요. 목적지에 도착하신 것을 확인할 수 있는 자리까지 따라가지요."

안네가 그에게 기대했던 것이 바로 이것이었다. 그녀는 가장 위험한 부분이 아직 자기들 앞에 있다는 것을 짐작했기 때문이다. 비포장도로는 협곡의 바닥을 휘몰아치는 시냇물과 나란히 달렸다. 군데군데 암벽이 튀어나온 곳에서 바퀴 자국이 사라지곤 했다. 쏟아져내리는 물에 젖지 않으려면 바위에서 바위로 건너뛰지 않으면 안 되었다. 희미한 달빛 아래서는 목숨을 건 시도였다.

자기들이 이미 아까부터 관찰을 당하고 있을 수도 있다는 게오르기오스의 생각을 안네는 정신나간 일이라고 생각지는 않았다. 이 협곡의 좁은 바닥에서 그녀는 어딘가에 수문이 있을지도 모른다는 생각을 떨쳐버릴 수가 없었다. 그렇게 되면 그들은 도망칠 기회가 없을 것이다. 하지만 그녀는 생각만 했을 뿐 말은 하지 않았다.

시냇물이 가져다준 냉기가 다리와 팔을 타고 올라와서 그들을 떨게 했다. 어쩌면 이 협곡에서 빠져나갈 길이 없다는 생각 때문이었는지도 모른다. 그녀의 숨은 점점 무거워지고 차가운 공기가 날카로운 칼날처럼 폐부로 스며들었다. 하지만 안네는 계속 걸었다. 점차 산으로 올라가고 있었다. 길이 너른 지형으로 넘어가는 곳에서는 환했다. 그러나 높은 암벽들 사이로 빛줄기가 새나오는 일은 드물었다. 게오르기오스가 앞장서서 걸었다.

갑자기—안네는 얼마나 오래 말없이 게오르기오스의 뒤를 따라왔는지 알지 못했다—그가 멈추어 섰다. 이제야 안네는 보았다. 100미터도 떨어지지 않은 곳에 전깃불이 시냇물과 자동차 길 사이에 자리잡은 초소를 비추고 있었다. 길은 여기서 넓어졌다.

게오르기오스가 몸을 돌렸다.

"저기를 어떻게 통과하시겠어요?"

그는 저 높은 곳에 있는 협곡의 틈을 올려다보았다. 그들이 서 있는 이곳에서 협곡은 지금까지보다 훨씬 더 낮아져 있었다. 하지만 5미터에서 10미터 정도의 암벽은 여전히 넘어갈 수 없는 것이었다.

"우선 초소에 사람이 있는지 보고요."

안네가 나직하게 말하였다. 하지만 그녀가 말하는 사이에 오두막 문이 열리더니 남자 하나가 밖으로 나섰다. 그는 지루한 듯 몇 걸음 오락가락하였다. 총을 메고 있는 것이 보였다. 마침내 그는 다시 오두막 안으로 사라졌다.

안네와 게오르기오스는 조심스럽게 초소 가까이로 기어갔다. 그것은 아까 보았던 것과 똑같은 오두막이었다. 한참 동안 그들은 길을 가로막은 횡목을 바라보았다. 그러더니 게오르기오스가 말했다.

"우리 둘 다 같은 해결책을 생각하고 있는 것 같네요."

"그래요, 들키지 않고 넘어갈 유일한 가능성은 시내예요."

"무지하게 찹니다."

"그래요."

안네가 말했다. 안네가 이런 위험을 감당할 수 있을까, 게오르기오스가 의심하고 있는 사이에 안네는 각오를 마쳤다.

"고마워요, 게오르기오스."

안네는 게오르기오스의 손을 잡고 흔들었다. 그런 다음 그에게 돈을 내주고 신발과 양말을 벗기 시작하였다. 바지를 높이 걷어올리면서 조용히 말했다.

"일주일 이내에 내 소식이 들리지 않거든 경찰에 신고해주세요."

"그래도 소용이 없을까 봐 걱정입니다. 지구가 생긴 이래 이곳에 경찰이 온 적은 없을 테니까요."

안네는 안심시키는 손짓을 했다.

"좋아요, 상관없어요."

그리고 그녀는 출발하였다.

6

불빛이 날카로운 원을 길 위에 던지는 초소 몇 미터 앞에서 그녀는 시냇물로 들어가 조심스럽게 한발 한발 얼음처럼 차가운 물을 더듬어 나갔다. 가방과 신발은 가슴 앞으로 묶은 채. 다행히도 물은 무릎까지만 찼다. 그래서 안네는 생각보다 쉽게 초소 건너편으로 넘어갔다.

어둠의 도움을 받으면서 그녀는 구두를 다시 신고 계속 산을 올랐다. 길은 이제 오른쪽, 암벽 속으로 나 있었다. 산의 왼쪽은 날카롭게 깎인 돌투성이의 어두운 골짜기였다. 암벽의 튀어나온 부분을 돌아서자 그녀는 뿌리가 박힌 듯 그 자리에 멈추어 섰다. 그녀 앞에는 산의 정적 속에서 밝게 조명된 작은 도시가 솟아 있었다. 집들과 좁은 길들이 바닥에서 솟아오른 것처럼 나타나 있었다.

그녀는 기억에서 꿈을 쫓아내듯이 손바닥으로 얼굴 앞을 휘저었다. 그러다가 눈길이 위를 향했는데, 위쪽의 모습은 거의 숨이 막힐 지경이었다. 어지러운 높이의 암벽 위에 또 다른 집들이 서 있었다. 하지만 그것은 아래쪽 도시와는 달리 어둠에 싸여 있었다. 마치 어두운 비밀을 감추고 있는 것 같았다.

꿈의 도시에는 사람이 없었다. 여기서는 개 짖는 소리조차 들을 수 없었다. 그것이 이 기묘한 곳을 더욱 기괴하게 보이게 했다. 무엇보다도 아래쪽 도시의 집들을 비추는 날카로운 빛은 번개가 모든 생명을 빼앗아가버린 것처럼 유령 같고 형이상학적이었다. 이것이 라이베트라일까?

가까이 다가가면서 안네는 대낮처럼 조명이 되어 있는 이 도시에는 가로등이 전혀 없다는 사실을 알아챘다. 그런데도 집들은 설명할 수 없는 방식으로 조명이 되고 있었다. 이 장소는 요새처럼 접근할 수 없이 산등성이에 붙어 있었지만 골짜기 쪽엔 높은 철조망이 둘러싸고 있었다. 돌로 된 길은 넓은 자동차 문 앞으로 연결되어 있고 문은 활짝 열려 있었다. 문 안쪽 도로는 어두운 색깔의 정방형 돌들로 포장되어 있고 첫 공연을 앞둔 무대장치처럼 깨끗하게 청소가 되어 있었다. 인간의 그림자 없는 이 유령도시는 어딘지 극장의 무대를 연상시켰다. 거리엔 먼지 한톨 없고 보통 길거리에 나뒹구는 종이 조각 하나 없었다. 가을의 앙상한 나무들도 없었고, 무엇보다도 잠든 도시들도 만들어내는 소음이 전혀 없었다.

안네가 라이베트라의 모습을 천상의 현상처럼 빨아들이면서 어떻게 해야 할까를 생각하고 있는데 전혀 예상 밖의 일이 일어났다. 단조로운 인간의 음성이 들려온 것이다. 그것은 배경에서 나와서 거리를 울리면서 점차 커졌다. 안네는 우선 중세의 야경꾼을 생각했다. 어쨌든 그 커다란 외침은 그것과 비슷했다. 그러나 가까이 다가가면서 안네는 그레고리안 성가의 라틴어 텍스트를 들을 수 있었다.

그녀는 서둘러서 문을 통과한 후 가장 가까운 집의 입구에 몸을 숨겼다. 그곳으로부터 돌기둥을 통해서 이 주요 도로 전체를 바라보았다. 오래지 않아서 옆 골목 한군데서 야윈 남자의 모습이 나타났다. 머리는 깨끗하게 면도가 되어 있는데 길고 하얀 일종의 수도사 옷을 입었다. 그것은 커다란 주름을 이루며 그의 야윈 몸에 걸쳐져 있었다. 교회의 기도자처럼 충심으로 그는 자신의 경건한 성가를 노래하고 있었다.

안네는 깜짝 놀랐다. 그가 자기를 본 것일까? 그는 확고한 음성으로 계속 낭송하면서 똑바로 그녀를 향해 다가왔다. 두려움에 가득 차서 그녀는 기둥 뒤에 몸을 숨기려고 했다. 그러자 대머리가 멈추어 서더니 두 팔을 쭉 뻗치고 밤을 향해서 소리를 질렀고 그 소리는 메아리쳐

울렸다.

"키 아마트 아니맘 수암, 페르데트 에암……."

그러더니 그는 반대 방향을 향해서 다시 소리를 질렀다.

"에고 숨 비아, 베리타스 엣 비타. 네모 베니트 아드 파트렘, 니지 페르 메."

하얀 옷을 입은 남자는 혼란스런 인상을 만들어냈다. 그는 천천히 팔을 아래로 내리더니 하늘을 바라보았다. 그렇게 움직이지 않고 조각 상처럼 그대로 서 있었다. 누군가가 이 고독하게 외치는 자를 방해하였고, 어디선가 창문이 열렸거나 아니면 누군가가 거리로 내려오는 모양이라고 생각될 정도였다. 그러나 그런 일은 일어나지 않았다. 이 대머리가 라이베트라의 유일한 주민이라고 생각될 정도였다.

그에게 말을 붙여야 할까? 분명한 결정을 내리기도 전에 안네는 기둥 뒤에서 나와 상대방이 자기를 보도록 했다. 그러나 그는 자신의 망아적인 자세 그대로 서 있었다. 그리고 안네가 내뱉은 성급한 속삭임에도 전혀 자세를 바꾸지 않았다.

"여보세요!"

안네는 그를 부르며 한 걸음 다가갔다.

"여보세요!"

그는 머리를 그녀 쪽으로 돌리더니 끝도 없이 느린 동작으로 눈을 떴다. 그는 전혀 놀라지 않았다. 마치 그녀를 기다리고 있기라도 한 것 같았다. 그가 안네를 향하여 선량한 미소를 보내며 그녀에게 손을 내밀었기 때문이다. 가장 놀라운 것은 그가 말을 시작했다는 사실이다.

"누구십니까, 낯선 여인이여?"

"나의 언어를 할 줄 아세요?"

안네가 당황해서 대답했다.

"나는 모든 언어를 알아요."

대머리가 아주 지극히 당연하다는 듯이 무심하게 대답하고는 다시 말했다.

"당신은 내 질문에 대답하지 않았어요."

"나는 셀마 되블린이라고 해요."

안네는 거짓말을 했다. 다른 어떤 생각도 떠오르지 않았기 때문에 어머니의 소녀시절 이름을 댄 것이다.

"내 이름은 알려드릴 수가 없군요. 나는 그래서는 안 되지요. 어쩌면 놀라실지 모르지만요. 나는 의인화된 불화(不和)요, 나를 불화라고 부르시오."

"경건한 수도사께는 이상한 이름이군요."

"그렇다면 나를 교만이라 부르시오, 그쪽이 더 마음에 든다면. 아니면 히브리스(Hybris, 역시 교만이라는 뜻—옮긴이)라고 부르시오, 하지만 나더러 경건하다고는 하지 마시오, 제기랄."

안네는 움찔하였다. 그때까지만 해도 선량하던 대머리의 눈이 갑자기 두려움을 불러일으키는, 찌르는 듯한 눈초리로 변했기 때문이다. 불화, 교만, 히브리스, 혹은 이 남자의 이름이 무엇이 되었든 그 눈초리는 고집스럽게, 거의 최면적인 작용을 할 정도로 안네에게 고정되었다. 그녀는 이 남자의 모습에서 정신병자의 어리석음과 철학자의 영리함이 아주 기묘한 방식으로 뒤섞인 것을 보았다. 그녀는 갑자기 자기 앞에 서 있는 이 대머리 사내가 오르페우스 사람들이 반갑지 않은 침입자로부터 자신들을 지키기 위해 세워놓은 인간방패에 속하는 사람이라는 사실을 깨달았다. 그렇지만 그녀는 자기가 올바르게 행동한다면 이 남자가 자기를 도와줄 수도 있다는 것을 알아챘다.

대머리가 얼음처럼 차가운 목소리로 말했다.

"당신은 법을 위반했소. 라이베트라의 주민은 밤에는 집을 벗어나면 벌을 받아요. 당신이 새로 온 사람이라도 그 정도는 아시겠지요. 난 이 사건을 신고해야겠소."

그러면서 그는 집게손가락을 쭉 뻗어 윗도시가 어둠 속에 잠겨 있는 저쪽 하늘을 가리켰다.

"이리 오시오!"

야윈 수도사는 안네의 팔을 세게 잡고서 도둑을 심문하러 데려가는 것처럼 끌고 갔다. 그녀는 도망칠 수도 있었지만 그럴 경우 어디로 가야 하나? 하는 질문을 자신에게 던졌다. 그래서 그녀는 그대로 불화 형제와 함께 주요 도로를 따라서 교차로까지 왔다. 오른쪽 코너에 있는 집은 이곳의 다른 모든 집들처럼 3층이었는데 집은 더 넓지만 창들은 더 작았다. 서늘한 복도를 통해 걸어서 쇠로 만들어진 각이 진 돌계단에 이르렀다. 그것은 거대한 새장 같았다. 각 층 사이에 철조망이 세워져 있었기 때문이다. 길거리와 마찬가지로 이곳 계단도 날카로운 조명이 되어 있었다.

안네는 자기에게 어떤 일이 닥칠지 생각하지 않으려고 애썼다. 넌 이것을 원했어, 하고 자신에게 말했다. 대머리는 붙잡은 손길을 늦추지 않고 안네를 2층으로 데려갔다. 활짝 열린 문을 통과해 커다란 방 안으로 들어갔다. 이곳엔 어둑한 빛만이 있었다. 안네는 사람들이 약 20개 가량의 야전침대에서 잠자고 있는 것을 보았다. 침실은 정말 깨끗해 보였지만 잠자는 사람 하나가 갑자기 일어날지도 모른다는 생각이 들 정도로 위협적으로 보였다.

불화는 비어 있는 창문 옆에 놓인 야전침대를 가리켰다. 그리고는 한마디도 없이 사라져버렸다. 안네는 가방을 침내 아래에 놓고 침대에 앉았다. 아침까지는 이곳을 빠져나가야 한다, 그것만은 분명했다. 불화는 자기를 고발할 것이다, 그리고 자기를 어떻게 할지 누가 알겠는가.

7

두 손으로 머리를 받치고 앉아서 생각하는 동안 그녀는 누군가가 뒤쪽에서 자기를 향해 다가오는 것을, 심지어는 손 하나가 자기 머리를 쓰다듬는 것을 느꼈다. 그녀는 공격자를 놀라게 할 속셈으로 머리를 휙 돌렸다. 그러다가 깜짝 놀란 소녀, 아니 부드러운 모습을 한 아직 어린아이를 보았다. 소녀는 매가 두렵기라도 한 것처럼 두 손으로 얼굴을 가렸다. 낯선 여자가 자기를 때릴 생각이 없다는 것을 알아채자 소녀는 다가와서 조심스럽게 안네의 머리에 손을 넣고 보석처럼 머리를 쓰다듬었다. 안네는 이해하였다. 소녀의 머리는 짧게 잘라져 있었다. 이 공간의 모든 사람들의 머리는 짧게 잘라져 있었다.

"무서워하지 마."

안네가 속삭였지만 수줍은 소녀는 손을 움츠리고 자기 침대의 이불 밑에 몸을 숨겼다.

뒤쪽 구석에서 한 목소리가 울려왔다.

"그애는 당신 말을 이해하지 못해요. 걘 벙어리에 귀머거리거든요. 그 밖에도 유치증을 앓고 있어요, 그 말이 무슨 뜻인지 이해하시는지 모르지만."

여자는 늙었다. 굵은 주름이 그녀의 얼굴을 가로질렀다. 늘어진 눈까풀이 끝없이 슬퍼 보이는 인상을 만들어냈다. 그러면서도 그녀는 이상하게도 아주 영리해보였다. 요양소의 환자로 얕잡아보이도록 짧게 잘린 머리조차도 그녀의 영리함을 완전히 없애지 못했다.

안네는 늙은 여자를 살펴보았다. 그녀는 한 손을 가슴에 얹고 거의 자부심에 넘쳐서 말했다.

"파과병(破瓜病) 정신분열증이죠, 아시겠어요?"

안네가 놀라서 음미할 시간을 가진 다음 물었다.

"그럼 당신은?"

안네는 뭐라고 말해야 할지 몰랐다. 분명히 이 노파는 그녀가 이곳에 온 이유를 알고 싶어하고 있었다.

"나한테는 솔직하게 털어놓아도 돼요. 난 의사거든."

노파가 상당히 큰 소리로 말을 해서 안네는 침실에 있는 다른 사람들이 깰까 봐 걱정되었다. 안네가 대답을 하지 않자 노파는 침대에서 일어났다. 그녀는 길다란 잠옷을 입었다. 그 아래로 특별히 크고 하얀 발이 삐죽이 나와 있었다. 그녀는 안네에게로 다가왔다. 그리고 아주 나직한 목소리로 말했다.

"무서워하지 말아요. 난 여기서 유일하게 정상이오. 닥터 사전트요. 당신이 왜 여기 왔는지 맞혀보지."

이 말을 하면서 그녀는 안네 앞으로 다가와서 양손의 검지로 그녀의 뺨을 누르고 오른쪽 눈까풀을 위로 쳐들었다.

"악성 긴장병이군. 그게 뭔지 아시오?"

"몰라요."

안네가 대답했다.

"긴장병이란 과도하게 긴장해서 생기는 병이지. 운동장애, 불안증, 심리적 흥분상태 등이 특징이오. 경우에 따라서는 체온이 올라가기도 하고. 그럼 이제 악성 긴장병에 대해서 이야기해봅시다. 위험성이 없지 않아요."

노파의 말하는 방식과 그 명료함이 안네를 놀라게 했다. 이 수수께끼 같은 닥터 사전트를 어떻게 생각해야 할까? 그녀는 맥박이 빨리 뛰고 이런 예기치 못한 상황에 매우 불안해졌다는 것을 인정하지 않을 수 없었다. 그녀의 동작이 통제되지 않는 것처럼 보였을지도 모른다. 세상에 이 늙은이는 그것을 어떻게 그렇게 빨리 알아봤지?

"그가 뭐라고 했지요?"

닥터 사전트가 직설적으로 물었다.

"누구요?"

"요한 말이오!"

"그는 내게 자기 이름을 가르쳐주지 않았어요. 나는 셀마예요. 셀마 되블린."

노파는 고개를 끄덕였다.

"나를 그냥 닥터라고 불러요. 여기 있는 모든 사람이 그렇게 부르니까."

"좋아요, 닥터. 그런데 어째서 그렇게 이상한 말투를 쓰지요?"

닥터 사전트는 두 손을 높이 쳐들었다.

"위의 명령이니까. 여기서 일어나는 모든 일은 다 위에서 나온 명령에 따른 거요. 그러니까 당신도 그에 저항하지 않는 게 좋을 거야. 심한 벌을 받거든. 요한이 당신에게 기독교 신앙을 고백했나요?"

"그는 라틴어로 뭔가 낭송했는데요."

"불쌍한 친구. 그는 여기 온 지 오래 되지 않았어요. 전에 사제였는데 그만 실성했고, 지금은 자기가 복음서를 쓴 요한이라고 믿고 있지요. 밤낮 복음서를 노래하고 모두를 개종시키려고 해요. 전형적인 편집증이죠. 그것이 어떻게 생겨났는지 안다면 흥미로울 텐데. 보석 연마공처럼 욕설을 퍼붓는 순간들이 있어요. 그 밖에는 좋은 사람이죠."

"그는 아무도 밤에 거리에 나와선 안 된다고 했어요. 그러면 법을 어기는 것이라고."

"맞아요. 요한말고는 모두가 그것을 지키지요. 그는 일종의 특별 위치를 즐기는 거요. 어째선지는 아무도 모르지만."

여러 가지 질문들이 안네의 혓바닥까지 와 있었다. 어째서 당신은 여기 있나요, 닥터? 당신은 상당히 정상이라는 인상을 주는데요? 더 많은 질문들이 밀려들어왔다. 당신은 내가 이 한밤중에 어디서 이리로 왔는지 어째서 관심이 없지요? 어째서 당신은 마치 오래 전부터 나를 기다리고 있었던 것처럼 나하고 이야기를 합니까? 어째서 내 정신적인 상태에 대해서 더 자세히 캐묻지 않는 거죠? 하지만 안네 폰 자이틀리츠는 그 모든 것을 물어보지 않았다. 감히 그러지 못한 것이다.

닥터 사전트가 다시 말을 시작했다.

"그들은 당신을 진단할 거요. 그러면 이 진단의 징후들을 다 나타내는 게 신상에 좋아요. 그들에게 좋은 일 좀 해요. 그러면 여기서 형편이 좋겠지만 그렇지 않으면……."

"그렇지 않으면?"

"위에서 동의가 없이는 아무도 밖으로 나가지 못해요. 어차피 난 그런 일을 단 한 건도 못 들었지만."

이 말을 한 다음 긴 침묵이 흘렀다. 각자가 상대방에 대해서 생각하고 있었다. 마침내 안네가 용기를 갖고 물었다.

"여기 오래 계셨나요, 닥터?"

닥터 사전트는 눈을 내리깔았다. 안네는 자기가 이 질문으로 상처를 건드렸을까 겁이 났다. 닥터 사전트의 심리상태를 정반대 쪽으로 유인하면 어떡하나. 그러나 잠시 뒤에 노파는 체념한 듯이 그러나 침착하게 말했다.

"난 12년 전부터 라이베트라에서 살고 있어요. 물론 여기서죠."

그러면서 그녀는 집게손가락으로 자기 침대 모서리를 톡톡 쳤다.

"첫해부터요. 정신분열증이라고 그들은 주장하죠. 들었어요, 정신분열증이라고요! 진짜로는 내 연구가 그들의 개념에 들어맞지 않았던 거죠."

갑자기 닥터 사전트는 자기 손가락을 입술 위에 가져다댔다. 복도에서 발걸음 소리가 들렸다.

"순찰이오. 얼른 이불을 덮어요!"

안네가 미처 움직이기도 전에 닥터 사전트는 그녀를 침대에 밀어붙이고는 면 이불을 두 사람의 머리 위로 덮었다.

그 순간 두 사람의 제복을 입은 보초가 방안으로 들어와서 잠자는 사람들을 눈으로 훑어보았다. 그들은 가죽 투구를 쓰고 곤봉과 권총지갑이 묶인 띠를 두르고 있었다.

그들이 방을 떠난 다음 닥터 사전트는 이불을 걷고 말했다.

"이제는 아침까지 괜찮아요. 이 사람들과 상종하는 것은 좋지가 않아요. 잔인한 사람들이죠, 정말 잔인한 종족이라니까."

안네는 일어났다. 닥터 사전트와 짧은 시간 한 이불 속에 누워 있는 일이 그녀에게 깊은 불쾌감을 주었다. 그녀는 자신의 야전침대로 가서 몸을 눕혔다. 갑자기 이리로 오는 길이 만들어낸 긴장감이 몰려왔다. 사지가 노곤했다. 뻣뻣하게 누워서 귀를 기울였다. 안네는 밤 속으로 귀를 기울였다. 소음이 없는 도시에 있다는 것을 믿을 수가 없었기 때문이다.

그렇게 해서 그녀는 자기 앞을 바라보면서 절반쯤만 잠이 들었다. 그녀의 두뇌 일부는 다가오는 하루가 어떻게 흘러갈 것인가 상상하는 일을 그칠 수가 없었기 때문이다. 여기서 도망쳐서 몸을 숨기는 것이 낫지 않을까를 생각하는 일을 그만둘 수가 없었기 때문이다. 그러기에는 너무나 피곤하였다. 몸의 무게가 그녀를 딱딱한 야전침대 위로 내리눌렀다. 안네는 도망치려고 하지만 몸이 말을 듣지 않아서 도망칠 수 없는 꿈속처럼 느꼈다.

그렇게 그녀는 두세 시간을 고통과 휴식의 중간 상태에서 누워 있었다. 그때 밖에서 한 목소리가 울부짖으면서 다가왔다. 남자의 목소리가 같은 말을 반복하였다. 얼음 같은 침묵 속에서 안네는 끝나지 않고 울리는 부름이 이상하다고 느꼈다. 그러다가 갑자기 누군가가 자기 이름을 부르는 것만 같았다.

안네는 벌떡 일어났다. 입을 벌리고 귀를 기울였다. 이제 뚜렷하게 들렸다.

"안네…… 안네."

소리를 내지 않기 위해 조심하면서 안네는 일어나서 가까운 창가로 기어갔다.

밝게 조명된 거리 한복판 50미터도 떨어지지 않은 곳에 눈에 띄게 하얀 얼굴에 검은 옷을 입은 남자가 서 있었다. 귀도였다. 안네는 침을 삼켰다. 그녀는 눈을 부릅떴다. 오른손으로 왼손을 아프도록 눌렀다. 자기가 꿈을 꾸는지 확인해보고 싶었기 때문이다. 안네는 소리를 지르려고 했다. 되지 않았다. 검은 옷을 입은 남자는 그녀가 이 창문 뒤에 서 있다는 것을 알기라도 하는 듯이 그녀를 향해 얼굴을 쳐들었다. 그였다.

뒤꿈치를 들고서 안네는 닥터 사전트에게 갔다. 하지만 그녀는 잠들어 있었다. 안네는 우선 그녀를 흔들어 깨워야 했다. 하지만 그녀는 깨어나서도 창밖을 내다보기 위해 움직이려고 하지 않았다.

"부르는 소리가 안 들려요?"

안네가 절박하게 속삭였다.

"그건 우리 복음서 저자 요한이에요."

닥터 사전트가 못마땅해서 대답했다.

"아니에요! 한 번만 창밖을 내다보시라니까요!"

"그럼 발레를 추는 마우로야. 그는 밤에 자주 잡히곤 해요. 자기 말로는 전에 볼쇼이 발레단에서 춤을 추었다는군."

안네는 닥터 사전트의 팔을 잡았다.

"제발 이리 좀 와보세요. 내가 본 것을 확인해주기만 하면 돼요."

닥터 사전트가 몸을 일으켰다.

"확인? 뭐 땜에 내가 확인해야 하죠?"

"거리에 있는 남자는…… 내 생각으로는…… 확실해요…… 거리에 있는 남자는 내 남편이거든요."

안네는 더듬거리며 대답했다.

"그가 여기 있어요?"

안네는 한참 뒤에야 대답했다.

"그는 석 달 전에 자동차 사고로 죽었어요."

뜻하지 않은 이런 주장이 닥터 사전트를 흔들어 깨웠다. 그녀는 안네의 얼굴을 들여다보더니 마지못해 일어났다. '정 그렇다면' 하고 말하는 듯했다. 어쨌든 그녀는 밤에도 벗지 않는 두꺼운 양말을 신은 채

발을 질질 끌면서 작은 창가로 가서 밖을 내다보았다. 안네는 아직도 부르는 외침을 들었다.

"안네…… 안네…… 안네."

닥터 사전트는 머리를 이쪽 저쪽으로 움직이더니 좀더 잘 보기 위해서 뒤꿈치를 들어올렸다. 그런 다음 몸을 돌리더니 야전침대로 돌아가면서 투덜거렸다.

"거리엔 아무도 없는걸!"

"하지만 저 소리 들리지요?"

"난 아무 소리도 안 들리고 아무것도 안 보여요. 환각이 위기와 겹친 거요. 두뇌의 측엽부가 병든 거지."

닥터 사전트가 무뚝뚝하게 대꾸했다. 그러더니 그녀는 면 이불을 머리에 덮어쓰고 안네에게 등을 돌렸다.

안네는 그녀의 말을 이해하지는 못했지만 여전히 부르는 소리를 듣고 창틀에 이마를 댔다. 귀도는 없어졌다. 하지만 그녀의 머릿속에선 못된 메아리가 울렸다. '안네…… 안네.' 그녀의 눈은 이 외침소리가 울려온 포장도로를 뚫어질 듯이 바라보았다. 하지만 포도는 환하고 쓸쓸한 모습으로 거기 있었다. 그럴 리가 없어, 그럴 리가 없다니까. 이제 광증에 이르고 있는 것일까? 안네는 전신이 찢어질 듯이 긴장한 것을 느꼈다. 그녀는 자신이 꿈속의 세계에 살고 있는가, 귀도의 죽음과 그 운명적인 결과를 오직 꿈만 꾼 것일까, 자기는 착란상태에서 어쩔 줄 모르는 존재가 되었는가, 하는 생각들을 하였다.

뜨거운 이마에 창문이 서늘하게 느껴졌다. 안네는 있는 힘을 다해서 창을 밀었다. 유리가 단번에 무너지는 부서지기 쉬운 물건이라는 것을 생각할 정신이 없었다. 그녀는 덜덜 떨면서 텅 빈 거리를 바라보았다. 눈에서 눈물이 솟아나왔다. 유리창이 날카로운 소리를 내며 튕겨나갔다. 안네는 자기 얼굴 위로 따뜻한 무엇인가가 흘러내리는 것을 느꼈다. 그런 다음 끝없는 심연으로 떨어지는 느낌이었다. 점점 가까워지는 검은 심연의 차가움을 느끼다가 쿵 부딪치면서 의식을 잃었다.

8

깨어났을 때는 아직도 (아니면 벌써) 밤이었다. 썰렁한 침실에는 변한 것이 없었다. 안네는 두 손으로 자기 머리를 더듬어보았다. 그녀는 이마에 띠를 두르고 있었다. 하지만 가장 놀라운 점은 이곳 라이베트라의 다른 주민들처럼 머리가 짧게 깎여 있다는 것이었다.

여기선 머물 수 없어, 하는 것이 그녀의 맨 처음 생각이었다. 하지만 무엇을 할 것인가 계획을 세우기도 전에 그녀는 자기가 이렇게 머리카락을 잘리고 라이베트라에 수용되었다는 사실을 깨달았다. 그녀는 이제 이곳 사람이 되었고, 이 사실은 이 장소의 비밀을 탐구하는 데 더 나은 기회를 제공할 리가 없었다. 그러면서 그녀는 두려움을 느꼈다. 그런 유회에 자기를 끌어들인 귀도, 혹은—그가 아니라면—자신의 두려움을 계산에 넣고 그런 계략을 만들어낸 사람들에 대한 두려움이었다.

"자, 이제 정신이 들어요?"

안네는 뒤쪽을 바라보았다. 닥터 사전트가 팔을 기대고 안네의 움직임을 흥미롭게 바라보고 있었다.

"나를 어떻게 한 거예요?"

그녀는 걱정스럽게 물으며 신경질적으로 머리띠를 잡아당겼다.

"당신이 무엇을 했느냐고 묻는 게 나을 거예요! 당신은 착란증에 빠져서 머리로 유리창을 뚫고 나가려고 했어요. 내가 마지막 순간에 잡지 않았다면 목을 베이고 말았을 거요. 그러면서 계속 귀도라고 헛소리를 하던걸."

닥터 사전트가 거품을 뿜으며 되받았다.

그녀의 목소리에 있는 악의적인 어조가 안네를 화나게 만들었다.

"그러니까 내 목숨을 구해줬으니 고마워해라 이건가요?"

그녀는 도전적으로 물었다.

"난 닥터 사전트요. 목숨을 구하는 것은 내 의무지."

노파가 냉정하게 대답했다.

"고맙군요."

"좋아요."

방 안의 불빛은 약해져 있었지만 모든 것을 알아볼 수 있을 만큼 환했다. 그녀는 나직하게 외쳤다.

"닥터 사전트, 유리창요!"

"유리창이 어쨌다고요?"

닥터 사전트가 지루하다는 듯이 물었다.

"내 머리로 유리창을 박살낸 것 같은데?"

"정말 그랬소."

"하지만 유리창이 온전하잖아요? 다시 고쳤다는 말씀인가요?"

"그래요. 어쨌든 당신은 4일 동안이나 잠을 잤으니까!"

"뭐라고요?"

"4일 동안요. 닥터 노르만은 뭘 꺼리는 사람이 아니니까. 하기야 요양소 환자를 조용하게 만드는 일이라면 여기서 꺼리는 사람은 없지. 신경안정제는 여기선 깡통 단위로 쓰니까."

안네는 자기에게 뒤집어씌워 놓은 길다란 하얀 셔츠의 소매를 올려보았다. 양쪽 팔오금에 주사 자국이 있었다.

"놀라운가요? 여기 있는 사람들이 천성적으로 평화로운 사람들이라고 생각해요? 한번 둘러봐요. 한 사람 한 사람 자세히 살펴봐요."

강제로 시키기라도 한 것처럼 안네는 야전침대에서 일어나서 느린 걸음으로 침실을 한 바퀴 돌았다. 사지가 거대해진 여자들, 커다란 붉은 머리와 균형이 맞지 않은 나무로 깎아 만든 것 같은 얼굴 모습을 한 여자들이 누워 있었다. 안네는 기형인간들을 보았다. 뒤틀린 사지와 정박아처럼 찌푸리는 사람들, 계속 살아갈 수 있을까 의심이 드는 사람들이었다. 안네의 심장이 사납게 뛰고 관자놀이에서 피가 방망이질을 쳤다. 그녀는 혼란스러웠다.

닥터 사전트의 침대에 이르자 그녀는 무릎을 꿇고 속삭였다.

"끔찍하군요. 당신은 여기서 얼마나 오래 견디고 있나요?"

"모든 일에 익숙해지게 마련이에요."

닥터 사전트가 냉정하게 말했다.

이 홀에 있는 다른 여자들과 비교해볼 때 닥터 사전트는 상당히 정상적인 인상을 풍겼다. 안네는 질문을 하지 않을 수가 없었다.

"이보세요, 닥터, 당신은 어째서 이곳에 있지요?"

그러자 여자의 눈이 사납게 분노의 불꽃을 뿜기 시작하였다. 그녀는 대답을 하려고 했지만 그러나 어떤 생각이 그녀를 방해하는 것을 볼 수 있었다. 마침내 그녀는 짤막하게 대답했다.

"저 위에 물어봐야 할 거요."

이 여자의 신뢰를 얻기란 쉬운 일이 아닐 것이다. 그래서 안네는 닥터 사전트는 환자로서 이곳에 있는 것이 아니라 이 홀을 감시하는 것이 그녀의 의무일 거라는 추측을 말함으로써 다른 방식으로 답을 얻으려고 해보았다. 그러나 닥터 사전트는 자기는 모르는 일이라고 했다. 여기서는 누구든 서로 감시한다, 그것이 라이베트라의 기본 원칙이라고 했다.

안네는 그 말을 믿지 않았다. 안네는 닥터 사전트가 오르페우스 기사단의 신분에 속할 것이고 이곳 정신병자는 아닐 거라는 강한 추측이 들었다. 그래서 저 이상한 요한 형제에 대해서 더 이야기해달라, 그의 과거와 그가 어디 머무는가를 이야기해달라고 부탁했다. 안네는 이 특이한 남자가 그녀와 어떻게든 연결되어 있다는 불확실한 느낌을 가졌다.

그러나 닥터 사전트는 그런 조사, 특히 이제 환자가 된 그녀의 이런 조사가 못마땅하다는 사실을 분명하게 알려주었다. 그리고 그녀 자신은 믿지 않지만 이른바 거리에서의 출몰현상이 있은 이후로 그녀가 안네를 사례관찰하고 있다는 사실도 분명히 하였다. 요한이 머물고 있는 구역에는 어차피 들어갈 수도 없으니 그런 짓은 하지 말라고 했다.

안네는 이런 이야기를 하는 동안 농아 소녀가 자기 입술을 관찰하는 것을 놓치지 않았다. 마치 그녀의 입술에서 모든 말을 읽어내는 것 같았다.

오후에 여자들이 작은 그룹을 이루어 야외에서 시간을 보내게 되자 안네는 처음으로 자기 머리 위로 높이 솟아 있는 이 암벽도시의 어마어마한 크기를 볼 수 있었다. 그때 농아 소녀가 두 감시인과 닥터 사전트가 보지 않는 사이에 슬그머니 작게 접은 쪽지를 그녀 손에 쥐어주었다. 종이 조각에는 스케치 같은 것이 되어 있었는데 자세히 들여다보자 지도였다. 처음에는 거기 표시된 것들과 화살표를 이해할 수 없었다. 맨 처음 화살표엔 숙소가 있고, 맨 마지막 화살표엔 '요한'이라는 단어가 있고 그 밑에 두 번 밑줄이 그어져 있었다.

안네는 낮 동안 요한이 오지 않을까 망을 보았지만 이 가련한 복음서 저자는 보이지 않았다. 그래서 금지되어 있는데도 저녁에 남몰래 탐색을 나섰다. 소녀의 지도는 말도 못하게 소중한 도움을 주었다. 라이베트라는 집들과 작은 거리들이 뒤엉켜 있어서 크레타 섬의 미노타우로스의 미로와도 비슷했다. 그녀가 혼자서 돌아다니는 것에 대해서 아무도 이상하게 여기지 않았다.

그녀의 유일한 생각은 밝게 비추어진 거리에서 귀도를 만날지도 모른다는 가능성에 집중되었다. 귀도가 갑자기 자기 앞에 나타난다면 어떻게 해야 할지 그녀 자신도 몰랐다. 도망치나? 아니면 그에게 다가가서 손으로 따귀를 한 대 갈겨주나? 아니면 고약한 배우에 대해서 빈정거리는 말을 해주나?

라이베트라의 집들은 번호가 없이 철자 아니면 비밀 코드들이 적혀 있었다. 모르는 사람이 방향을 잡기란 거의 불가능하였다. 그러나 농아 소녀의 그림은 아주 정교해서 안네는 잠깐 지정된 길을 벗어나서 이상한 소리를 따라가볼 수도 있었다. 그것은 고양이나 개의 울음소리, 혹은 그 두 가지 다의 울음소리처럼 들렸다.

다른 모든 건물들처럼 이 건물도 잠겨 있지 않았다. 목재 문에 걸린 쇠빗장을 당겨 안마당으로 들어섰다. 거기에는 격자창이 달린 다양한 크기의 짐승 우리들이 가파른 목재 사다리로 서로 연결되어 3층 높이로 쌓여 있었다. 우리의 절반 이상이 비어 있었지만 안마당에는 엄청난 혼란이 지배하고 있어서 안네가 안으로 들어서도 전혀 표가 나지 않았다.

커다란 신음소리는 1층에 있는 우리에서 나오고 있었다. 불안해하는 짐승들 앞을 지나쳐가면서 그녀는 무시무시한 동화 속 동물을 둘이나 보았다. 고양이 머리에 털 없는 꼬리를 가진 그레이하운드였다. 날카로운 발톱으로 옆에 있는 나무 위로 기어오르려고 애쓰는 고양이의 행동이 아니었다면 멀리서 보면 개로 보였을 것이다.

안네는 불구가 된 이 고양이에 깜짝 놀랐지만, 다음 우리에서도 책임감 없는 동물학자들의 피조물을 살펴보지 않을 수 없었다. 털북숭이 개의 꼬리를 가진 염소양도, 영양의 뿔을 가진 돼지도 있었고, 정상보다 두 배나 길어서 배가 땅에 끌리는 동물도 있었다.

가장 큰 우리에는 배꼽 아래쪽이 오랑우탄 비슷한 암갈색의 괴물이 들어 있었다. 괴물의 상체는―이것이 가장 끔찍한 점이었다―인간처럼 털이 없는 모습이었다. 두 팔은 부자연스러울 정도로 길게 늘어져 있지만 두 손, 특히 손톱은 정확하게 인간의 것이었다. 털이 없는 새빨간 머리에는 조그마한 귀가 달렸고, 털이 수북한 눈썹 아래 두 눈이 아주 또렷하게 안네를 바라보고 있어서 이 괴물이 말을 시작해서 그녀에게 여기서 무엇을 찾느냐고 물어본다고 해도 놀라지 않았을 것이다.

이런 것들이 안네를 불안하게 했다. 그녀는 끔찍한 사육장을 서둘러 나와서 농아 소녀가 가르쳐주는 대로 화살표를 따라갔다. 이 길은 빽빽하게 줄지은 집들을 벗어나 광장으로 이어졌다. 광장 맞은편에는 열려 있는 높은 세 개의 문이 있었고 그것은 거대한 암벽동굴로 연결되었다. 이 동굴에서는 발전기와 연결기계들의 단조로운 음이 울리고 있었다. 광장에선 활발한 움직임이 있었고, 그래서 안네가 아치 문 속을 들여다보아도 별로 눈에 띄지 않았다. 동굴 속 아치에는 윗도시로 연결되는 여러 대의 엘리베이터가 들어 있었다.

여기서 들락거리며 위로 올라가는 사람들은 라이베트라의 다른 주민들과 현저히 달랐다. 머리를 짧게 자른 사람들은 별로 없었고 대부분 검은 의상을 입고 있었는데, 고귀하고도 사제와 같은 분위기였다. 그 누구도 다른 사람과 이야기를 하지 않았고 만나는 사람들을 쳐다보지도 않았다.

라이베트라의 윗도시로 가는 것을 방해하는 보초는 없었다. 그녀는 이곳의 안전조치가 소홀하다는 것에 대해 상당히 놀라고 당황하였다. 무예가 뛰어나 보이는 무장한 감시인들이 보이기는 하였지만 이들은 아주 드물었고 그들이 나타나도 전혀 두려움을 불러일으키지는 않았다. 어디에나 나타나는 평온과 규율이 안네에겐 수수께끼 같았다. 어쨌든 강제력으로 폐쇄되어 있는 기관이 아닌가.

농아 소녀의 지도를 손에 들고 안네는 저 미친 복음서 저자 요한을 계속 찾았다. 그에게서 새로운 정보를 얻기를 바라고 있었다.

9

쪽지가 보여주는 대로 그녀는 위에서 서술한 거리의 커브 뒤쪽에서 집을 한 채 찾아냈다. 집의 외벽에는 대포의 길다란 포신처럼 튀어나온 쇠 대롱이 매달려 있었다. 이 대롱에서 가느다란 물줄기가 졸졸 흘러나와 포도로 떨어졌다.

안네 폰 자이틀리츠는 자기가 묵고 있는 저 병자들의 숙소 비슷한 집을 기대했다. 그러나 놀랍게도 이 집은 도서관이나 아니면 이름이야 뭐가 되었든 어둡고 먼지 쌓인 공간에 책들과 2절판 대형 서적들을 모아놓은 곳이었다. 잠기지 않은 문을 통해 안으로 들어서자 좁은 참나무 계단으로 연결되는 전실(前室)이 나왔다. 이곳을 지난 다음 안네는 밝은 불이 켜진 방에서 벌어지는 토론을 목격하게 되었다.

처음에 안네는 맥락 없는 단어들만을 이해했다. 두 목소리가 극히 흥분한 상태였기 때문이다. 그러나 점차 토론의 내용이 분명해졌다. 무엇보다도 그녀는 잔뜩 흥분해서 상대방을 공격하는 두 목소리 중 하나가 요한의 목소리라고 생각했다. 미친 사람이라고 여겼던 요한이 상대방에 의해서 아주 진지한 대우를 받는 것을 보고 안네는 깜짝 놀랐다. 그의 말을 들어보니 그의 이해력을 의심할 근거가 전혀 없었다.

여기서 토론되는 주제는 요한 1서에 관한 것이었다. 요한이 소아시아에 있는 수신자들에게 세상의 끝이 가까워오면서 특별한 숫자들로 나타나는 엉터리 가르침을 조심하라고 경고하는 부분이었다. 요한의 상대방은 이 말을 놀렸다. 그는 마태오 24장에서 예수도 거짓 예언자와 거짓 메시아를 조심하라고 경고하였다. 그것은 근거가 없지는 않지만 쓸모가 없었다고 말했다.

안네는 전문적인 논쟁을 표피적으로만 따라갈 수 있었다. 그녀는 호기심에 차서 어두운 전실을 둘러보았다. 책들이 대부분의 가구를 채우고 있는 방들은 보통은 정숙과 조화의 분위기를 보인다. 하지만 이 방에 있는 수많은 책들은 강력한 카오스의 벽돌처럼 보였다. 수많은 책들이 표제가 씌어진 등딱지를 보이지 않고 껍질이 없는 허연 앞면이나 역시 껍질 없는 윗면을 보이고 있어서였다(말하자면 어떤 책들은 반대로, 그러니까 등딱지를 벽면으로 해서 꽂혀 있기도 하고, 어떤 책들은 등딱지를 보이면서 꽂혀 있기도 하고 혹은 아랫면을 벽에 기대 세운 것들도 있었다). 게다가 두 권 중 한 권 정도는 낱장이나 덩어리째 종이들이 흘러나와 있었고, 책을 덮은 먼지는 그것들이 이미 오래 전에 의미와 내용을 잃어버렸다는 추측을 하게 해주었다. 방 한가운데 있는 높고 네모난 나무 책상과 의자를 빼면 가구들은 없었다.

두 남자의 토론은 갑작스럽게 끝났다. 안네는 뒷면에 벽이 튀어나온 곳 뒤로 몸을 숨겼다. 처음에 요한이 문에 나타났다. 그는 화가 나서 머리를 옆으로 흔들고 몇 마디 알 수 없는 말을 중얼거리고는 좁은 나무계단을 통해 위층으로 올라가더니 문을 꽝 소리가 나도록 닫았다.

약간 뒤에 상대방이 한 더미의 서류를 팔 밑에 끼고 나왔다. 안네는 그를 즉시 알아보았다. 하지만 어둠 속에서 나와 그의 앞으로 다가가면서도 생각지도 않은 이런 만남에 놀라서 말문이 막혔다. 물론 그녀는 이 목소리를 전에도 들은 적이 있었다. 기억이 났다. 구트만이었다.

그는 그녀를 즉시 알아보지 못했다. 상처를 감추기 위해서 여전히 검은 띠를 이마에 터번처럼 두르고 있었기 때문이다.

"나는 메나스요."

구트만은 안네에게 다가와서 고개를 끄덕이며 인사했다.

"메나스요? 당신은 베르너 구트만 교수잖아요! 나한테 대답해주셔야 할 것도 있고요."

구트만은 가까이 다가오더니 당황해서 말을 더듬었다.

"무슨 말인지 모르겠는데……."

"난 안네 자이틀리츠예요."

"당신이?"

구트만이 깜짝 놀랐다. 안네는 구트만이 몸을 움츠리고 손가락으로는 서류를 꽉 움켜쥐는 것을 보았다.

"하지만 그건 불가능해요!"

안네는 뜻밖에도 당당한 태도를 취했다. 그녀는 구트만에게 한 걸음 다가서서 날카로운 어조로 말했다.

"이 벽 안에서는 모든 것이 가능하죠. 그렇게 생각지 않나요?"

구트만은 동의의 뜻으로 고개를 끄덕였다. 그가 어쩔 줄 모르고 서류를 움켜쥐는 모습을 보면 이 만남이 그에게 고통스러울 뿐 아니라 극히 불쾌하다는 것을 알 수 있었다. 혼란스러워하는 이 남자가 갑자기 도망을 친다고 해도 안네는 놀라지 않았을 것이다.

"제게 대답을 해주셔야 하는데요. 당신에게 콥트 텍스트가 있는 양피지 사본을 넘겨드렸죠. 하지만 그것을 번역해주시지 않고 그냥 사라져버리셨잖아요."

안네는 공격하듯이 반복하였다.

"당신에게 경고했을 텐데. 당신은 이곳에 끌려왔나요?"

안네의 말에 대답은 않고 구트만이 물었다.

안네는 일부러 웃음을 터뜨렸다.

"끌려와요? 나는 자발적으로 이곳으로 왔어요. 여기서 어떤 일이 꾸며지는지 알고 싶어서요."

구트만은 믿을 수 없다는 듯이, 거의 어쩔 바를 모르고 바라보더니 눈물 섞인 어조로 말했다.

"제정신으로는 아무도 자발적으로 라이베트라에 오지 않아요."

"그럼 당신은 왜 여기 있죠?"

"좋소, 원하신다면……. 나도 자발적으로 여기 왔소. 유혹의 압력을 받으면서. 잘 만들어진 올가미였소. 이제는 내 목을 감고 있지요."

"그럼 여기서 뭘 하세요?"

구트만은 이 질문을 기대했다는 듯이 고개를 끄덕이며 대답했다.

"그들은 내 지식과 내 일을 필요로 합니다……."

"포시우스가 죽었기 때문에, 그리고 그가 바라바의 비밀에 대해서 알고 있는 유일한 사람이었기 때문이죠!"

"맙소사, 어디서 아셨소?"

안네는 공손하게 말을 시작했다.

"구트만 교수님, 나는 여러 달 전부터 유령 하나를 뒤쫓고 있어요. 그것은 세계의 여러 곳에 흔적을 남겨놓았죠. 유령의 이름은 바라바예요. 그리고 보아 하니 지금까지의 성서학이 몰랐던 어떤 복음서 속으로 들어간 것 같아요. 이른바 다섯 번째 복음서지요."

"당신 너무 많이 아는군! 어째서 이 일을 그대로 놓아두지 않는 겁니까?"

"난 아직도 너무나 몰라요. 무엇보다도 나는 내 남편의 이중생활의 진실을 알고 싶어요. 귀도 폰 자이틀리츠를 아세요?"

"아니오."

구트만이 대답했다.

"전에 그를 알았느냐고 물어야 옳겠지요. 그는 자동차 사고로 목숨을 잃었으니까요. 나는 장례식을 위해서 2500마르크나 지불했고요. 하지만 그는 사흘 전 밤에 이곳 거리에 나타나서 내 이름을 불렀어요. 그는 전에도 한밤중에 찾아와 우리 집 서재에 앉아 있었죠. 나는 무엇을 믿어야 할지 모르겠어요. 어쨌든 분명하게 알기 전에는 포기하지 않을 겁니다."

구트만은 한동안 아무 말도 하지 않았다. 그는 자기 앞 바닥만 바라보더니 안네에게 물었다.

"그럼 여기는 왜 오셨습니까?"

"아주 간단해요. 사람들이 복음서의 요한이라고 부르는 사람이 내가 여기서 만난 첫 번째 사람이죠. 그가 미쳤다고들 하더군요. 그리고 그는 때때로 그런 인상을 주고 있고요. 하지만 아까 당신들의 토론을 보았는데……. 어쨌든 그가 무엇인가를 알고 있다는 인상을 받았어요. 그 남자는 누구죠?"

안네는 말을 하면서 어두운 방을 둘러보았다.

"그의 이름은 조반니 포스콜로입니다. 그런 건 중요하지 않아요. 그는 이탈리아 예수회원이었고, 자기 분야의 천재입니다. 신약성서학자이고 4복음서뿐 아니라 사도들의 이야기를 완전히 외고 있어요. 사도 바울로의 모든 편지들을 외고 있죠. 로마, 고린토, 갈라디아, 에페소, 필립비, 골로사이, 데살로니카, 디모테오, 디도, 필레몬 사람들에게 보낸 편지들과 요한의 묵시록까지 모두 기억해서 말할 수 있어요. 게다가 그는 상호연결 관계를 모두 알고 있죠. 그러니까 마태오 16장 13절부터 20절까지와 마르코 8장 27절부터 30절, 루가 9장 18절부터 21절 하는 식으로 말입니다. 정말 천재예요."

"그래서 이 많은 낡은 책들과 2절판 책들이 있군요! 하지만 그가 천재라면 어째서 사람들이 그가 미쳤다고 말하는 거죠?"

구트만이 어깨를 으쓱 올렸다. 안네 폰 자이틀리츠는 그가 무엇인가를 말하지 않으려 한다는 인상을 받았다. 그래서 조심스럽게 이렇게 물었다.

"혹시 그가 자기의 세계를 붕괴시킨 어떤 증거에라도 부딪친 것이 아닐까요?"

교수는 놀라서 그녀를 바라보았다.

"대체 무슨 말씀을 하시려는 겁니까?"

"오르페우스 기사단이 다섯 번째 복음서의 비밀을 쫓느라 그토록 많은 에너지를 쏟아붓고 있다면, 그리고 조반니 포스콜로가 그토록 천재적인 탐구자였다면 그가 유령 바라바의 성체를 밝혀냈다고, 그리고 그 때문에 그가 미쳤다고 생각할 수도 있겠지요."

안네의 말은 구트만을 불안하게 만들었다. 그는 자신의 서류를 정리하기 시작했고, 그의 음성은 처음 만났을 때처럼 불안하기만 했다. 그는 당황해서 이렇게 말했다.

"난 이미 너무 많이 지껄였소. 난 약속이 있습니다. 실례를 용서해 주신다면."

"안 돼요, 구트만 교수님! 당신은 여기서 그냥 사라질 수는 없어요!

벌써 한 번 나를 곤란에 빠뜨리셨잖아요."

구트만은 손짓으로 안네를 진정시켰다.

"조용히. 라이베트라에는 벽마다 귀가 달렸어요. 우리가 함께 있는 것을 누가 본다면 우리 두 사람 다에게 해로울 겁니다. 이렇게 제안하죠. 내일 같은 시각에 여기서 만나기로 말이오."

안네가 이 제안에 동의하기도 전에 구트만은 돌아서서 사라져버렸다.

10

안네는 다시 말없는 학문 세계 한가운데 혼자가 되었다. 가까이 다가가 보면 겨울 산하에 쌓인 눈처럼 먼지가 뽀얗게 쌓인 세계였다. 그리고 겨울 산하에서처럼 조반니 포스콜로가 책을 뺐다가 다시 꽂은 곳마다 흔적이 남았다. 이 흔적들 중의 일부는 이날 혹은 전날 만들어낸 것이고 다른 것들은 새로운 먼지에 덮여 언제였는지를 알려주지 않고 있었다. 이런 흔적들은 머지않아 완전히 다시 사라지고 말 것이다.

넓은 등판에 온갖 언어로 된 제목들이 남몰래 방문한 여자의 눈앞에서 춤을 추었다. '미트라──신비교와 초기 기독교', '다마스커스 단편(斷片)과 유태 기독교 종파의 기원', '신학연구와 비판:마태오 16장 17절부터 19절은 언제 삽입되었나?', '신약성서의 암호문자들', '복음진리의 서' 등등.

옷이 사람을 나타내듯이 책의 등딱지는 그 기원과 나이를 보여준다. 하지만 많은 책들에는 검은 펜이나 잉크로 'O'나 'P'라는 글자가 그려져 있어서 눈에 띄었다. 책장에서 제목들을 많이 읽을수록 점점 더 분명해졌다. 여기 보존된 것들이 경건하고 신앙심 깊은 책들이 아니라는 사실이었다. 반대로 서가에서는 어떤 위협이 관찰자를 노려보고 있었다. 그래서 안네는 표시된 책 한 권을 꺼내들기가 거의 두려울 정도였다. 거기에는 이런 제목이 붙어 있었다. '신약성서의 암호문자들.'

제목의 첫 번째 철자 'D'가 새카맣게 칠해져 있었다. 하지만 슬쩍 책장을 넘겨보니 주목을 끄는 점이 별로 없어서 안네는 그것을 제자리에 도로 꽂았다.

조반니 포스콜로와 이야기를 해보기 위해서 가파른 계단으로 올라가려는 순간 안네는 집으로 다가오는 발걸음 소리를 들었다. 그녀는 높은 서가 뒤로 몸을 숨기는 것이 좋겠다고 생각했다. 라이베트라에 도착하던 날 이미 보았던 제복을 입은 두 명의 경비원이 문을 통해 들어와서 곧바로 위층으로 올라갔다. 안네는 짧고 격한 말다툼 소리를 들었고 책들이 들어찬 벽에 안전하게 숨어서 정신이 혼란스런 조반니 포스콜로가 끌려가는 모습을 바라보았다.

안네는 적당한 거리를 두고 이 남자들을 뒤쫓았다. 그녀는 포스콜로가 큰 소리로 밤을 향해 외치는 것을 들었다.

"예언의 말씀을 읽고 듣고 거기 적힌 대로 행하는 사람은 복이 있다. 때가 가까웠다."

하지만 그녀는 이해할 수가 없었다. 포스콜로는 길을 알고 있는 듯했다. 경비병들에 앞서서 텅 빈 거리를 걸어가더니 불이 환하게 밝혀진 큰 건물로 다가갔기 때문이다. 그 건물은 불투명한 하얀 유리창들과 입구에 커다란 유리문이 달려 있었는데, 병원처럼 보였다.

포스콜로와 경비원들은 이 건물로 사라졌다. 입구에서 출입을 금하는 사람은 없었지만 안네는 이 건물 안으로는 들어가지 않았다. 그녀는 문득 귀도가 정말로 아직 살아 있다면 이 건물 안에 있으리라고 생각하였다.

이런 상황에서 그녀를 도와줄 수 있는 유일한 사람들은 닥터 사전트와 구트만 교수였다. 안네는 여의사를 믿지 않았다. 구트만의 역할도 의심의 여지가 있었지만 그러나 그의 망설임은 그가 고백하는 것보다 더 많이 알고 있다는 사실을 입증하고 있는 듯했다.

이튿날 저녁 무렵 안네는 교수와의 약속시간에 맞춰 그곳으로 갔다.

전날 구트만과 포스콜로를 만났던 도서관은 활짝 열려 있었고 안에는 아무도 없는데 아주 밝게 조명이 되어 있었다. 그것은 라이베트라의 특성 중 하나였다. 누구도 관찰받지 않고 혼자 있다고 느껴서는 안 된다, 누구도. 호기심이 그녀를 위층으로 가는 계단으로 이끌었다. 아주 조심해서 나무 계단을 올라갔는데도 삐걱거리는 소리가 나서, 집안에 누군가가 있었다면 분명히 안네가 오는 소리를 들었을 것이다.

계단 마지막 층계에서 안네는 멈추어 섰다. 귀를 기울여보았다. 아무것도 움직이지 않았으므로 그녀는 닫혀진 문이 있는 방향으로 세 발짝 걸어갔다. 그리곤 노크를 하겠다는 생각을 버렸다. 그것은 낯선 사람에게나 어울리는 생각이다. 하지만 대체 무엇이 이곳에 어울릴까.

그녀는 문을 열었다. 놀랍게도 눈앞에 펼쳐진 방은 어둠에 잠겨 있었다. 안네는 스위치를 건드렸다. 밝은 천장등이 켜져서 단순한 가구들이 놓인 서재를 비추었다. 길거리로 난 두 개의 창문 사이에 놓인 넓은 나무 책상 위에 서류며 카드들, 끈으로 묶인 서류들이 쌓여 있었다. 왼쪽 벽엔 불규칙한 모자이크를 이루면서 안네가 모르는 문자들이 씌어진 종이 조각들이 붙어 있었다. 그것들은 그녀의 양피지 문서와 비슷했다. 오른쪽 벽에는 붉은색을 띤 갈색의 기하학 무늬가 들어간 낡은 소파가 놓여 있었다. 그리스에서 흔히 볼 수 있는 물건이었다.

안네는 자기 뒤로 문을 닫고 나서 옷걸이에 포스콜로가 입곤 하던 길다란 의상이 걸려 있는 것을 보고 깜짝 놀랐다. 그렇다면 분명 여기는 포스콜로의 서재였다. 안네는 미친 사람의 서재가 이런 모습일까 하고 자문해보았다. 바닥에서 책상 위쪽 벽까지 서류들이 쌓여 있는, 슬쩍 보아 카오스 같아 보이는 것은 실은 철저한 체계를 가지고 있었다.

두꺼운 서류 묶음 하나가 안네의 특별한 관심을 끌었다. 그것은 서류더미 맨 위에 놓여 있었고 타자로 찍힌 것인데 이런 제목이 붙어 있었다. '마르크 포시우스. 중부 이집트 미니아의 이름 없는 무덤과 그 것이 신약성서에 대해서 가지는 의미.' 이 발견으로 안네는 두 가지 중요한 결론을 내릴 수 있었다. 포시우스는 정말 이 사건의 핵심인물 이었다는 것, 지금까지는 몰랐던 어떤 흔적이 아마도 이집트로 향한다 는 것.

그녀는 잔뜩 흥분해서 이 두꺼운 원고를 이리저리 넘겨보았다. 안네 는 대부분의 내용을 읽을 수도 이해할 수도 없었다. 그때 문득 그녀는 자기 뒤에 누군가가 있다는 느낌이 들었다. 돌아보고 싶었지만 두려움 에 몸이 마비되었다. 그 순간 뒤에서 팔 하나가 그녀의 목을 감더니 저항하기도 전에 그녀의 입과 코를 향해 헝겊조각을 덮었다. 안네는 의식을 잃었다.

11

그녀는 절반쯤 잠든 상태로 깨어났다. 어쨌든 나중에 그녀는 다음과 같은 사건이 기억났다. 그 모든 것이 다만 꿈을 꾼 것인지 아니면 실 제로 일어난 일인지 정확하게 알 수가 없었다. 그리고 이런 일이 어디 서 일어났는지도 알 수 없었다. 그녀는 어둠 속에서 자기에게 어떤 여 자가 다가와 전신이 무거운 상태로 누워 있는 자신의 눈 앞에 추를 흔 드는 것을 보았다. 추는 이리저리 오락가락했다.

그러자 모르는 여자가 말을 시작하였다. 나직하고 또렷하게 안네에 게 말을 했다. 그녀의 얼굴은 여전히 어둠 속에 남아 있었지만 목소리 를 듣고 닥터 사전트임을 알 수 있었다. 그 목소리는 무뚝뚝하고 그 동안 대화할 때와는 달랐다. 그 여자는 마치 힘든 일을 하는 것처럼 호흡이 무거웠다.

지금 닥터 사전트가 자기에게 말을 거는 어조는 그녀의 모습만큼이 나 거부감이 들었다. 안네는 스스로 몸을 움직일 수는 없었지만 있는 힘을 다하여 그녀를 거부하였다.

"내 음성 들려요?"

"네."

안네는 약하게 대답했다. 말하는 것이 힘들었다.

"눈앞에 추가 보여요?"

"네, 보여요."

안네는 자기가 눈을 뜨고 있는지 감고 있는지 잘 몰랐지만 실제로 그것이 보였다.

"내 목소리에 정신을 집중하세요. 내 목소리에만. 다른 모든 것은 이제부터는 전혀 의미가 없어요. 내 말 이해했나요?"

"네."

안네는 거의 기계적으로 대답하였다. 대답하는 일이 싫었지만 달리 어쩔 도리가 없었다.

"당신은 내 모든 질문에 대답할 겁니다. 그리고 깨어나면 더는 아무 기억도 못할 거예요."

안네는 저항하였다. 모든 힘을 다하여 자신의 의지에 저항하였다. 하지만 저항하기 어려운 힘이 그녀 자신에게서 답을 쥐어짜냈다.

"나는 대답하고 나중에 더는 아무 기억도 못할 거예요."

그녀는 자기 자신에 대해서 화가 났다. 벌떡 일어나서 달려나가고 싶었지만 그런 생각을 하자마자 벌써 납덩이 같은 무게가 그녀를 짓눌렀고, 그래서 움직임도 없이 그대로 누워 있었다.

"이곳 라이베트라에서 무엇을 찾고 있나요?"

역겨운 목소리가 그녀를 공격하였다.

"진실이오. 나는 진실을 찾고 있어요."

"진실? 여기선 진실을 찾지 못할 거요!"

안네는 묻고 싶었다. 여기가 아니라면 대체 어디서 찾나요? 하지만 그녀는 질문할 능력을 잃었음을 느꼈다. 목소리가 말을 듣지 않았다.

그래서 닥터 사전트의 다음 질문을 불안하게 기다렸다.

"양피지는 어디에 숨겼나요?"

목소리는 강력하고 큰 소리로 질문하였다.

"당신이 무슨 말을 하는지 모르겠어요."

안네는 생각도 하지 않고 말했다.

"바라바라는 이름이 들어 있는 양피지 말이에요."

"모르는데요."

"당신은 양피지를 갖고 있어!"

"아니오."

그렇듯 갇힌 상태에서 안네는 다음 질문을 기다렸다. 하지만 닥터 사전트의 목소리는 침묵하였다. 안네는 자기가 어디 있는지 몰랐다. 자기의 거처를 암시해줄 만한 어떤 소리라도 들어보려고 애를 써도 아무 소리도 들리지 않았다. 그저 귀머거리처럼 누워 있었다. 눈을 뜨려는 시도는 실패했다. 그녀가 자기 의지로 관철해보려고 하는 일은 모두 그렇듯이 사지가 너무 무거워서 할 수가 없었고, 다만 닥터 사전트가 최면술의 도움으로 자기를 복종시키려 한다는 것만 알았다.

여의사의 말은 그녀의 머릿속에서 고약한 메아리처럼 울렸다. '양피지는 어디에 숨겼나요…… 숨겼나요…… 숨겼나요…….'

'만일 네가 양피지의 비밀을 폭로한다면 너의 생명은 버섯만한 가치도 없을 거야. 그들은 양피지를 갖지 못하는 한 네게 아무 짓도 못해!' 안네는 그 생각을 이미 수십 번쯤 했다. 그래서 이런 상황에서도 그것이 머릿속에 남아 있었다.

그녀는 얼마나 오래 이런 마비된 경직상태에 누워 있었는지 알 수가 없었다. 아무 말도 해서는 안 된다는 단 한 가지 생각에만 매달렸다. 눈을 감고 있어도 자기 위에 그림자가 있음을 느꼈다. 닥터 사전트의 목소리가 다시 울렸다.

"당신은 이제 나의 모든 질문에 대답하고, 기억 속에 있는 것에 대해서는 아무것도 침묵하지 않습니다."

안네는 여의사의 손가락이 자기 이마에 닿는 것을 느꼈다. 불쾌한 느낌이었지만 그것을 피하고 저항할 수는 없었다.

"양피지의 내용을 아나요?"

목소리가 조르듯이 물었다.

"아니오, 모릅니다."

"하지만 당신은 복사본이 있을 텐데."

"아무도 해석하지 못했어요."

"그럼 원본은?"

"모릅니다."

"당신은 잘 알고 있어요!"

닥터 사전트는 안네에게 덤벼들었다. 안네는 그 여자가 자기 팔을 붙잡고 흔드는 것을 느꼈다. 차갑고 침튀기는 목소리가 위협하는 것을 들었다.

"당신이 말하도록 주사를 놓을 거예요."

그 이상은 기억할 수가 없었다.

12

깨어났을 때 안네는 일부러 어둡게 만든 방에 누워 있었다. 부자연스러운 정적이 흐르고 있었다. 그녀는 몸을 쭉 뻗치고 사지에서 무거움을 떨쳐버리려고 했다. 상황은 죽음의 공포를 불러일으키기에 충분했지만 안네는 조금도 두렵지 않았다. 모든 두려움은 지난 몇 주 동안에 이미 다 써버렸다. 반대로 이런 상황에서 그녀는 꿈에도 몰랐던 용기를 발전시켰다. 일어서서 어둠 속에서 희미한 빛줄기를 방안에 던지고 있는 아주 작은 광원을 향하여 비틀거리며 다가갔다. 그리고 창에 부딪쳤다. 손잡이를 더듬어 잡고 창문을 열자 나무로 된 덧문이 있었다. 빗장을 열고 덧문을 열었다.

밝은 빛이 눈에 고통스럽게 쏟아져들어왔다. 거기 익숙해지는 데 한참이 걸렸다. 그녀는 우선 하늘을 보았다. 그리고 눈을 아래로 떨어뜨려 아래쪽으로 깊이 펼쳐진 산악 풍경을 보았다. 그녀는 자기가 윗도시에 있다는 것을 알았다. 그녀는 들통났던 것이다. 그리고 절대로 은밀하게 라이베트라로 숨어들어온 것이 아니라 처음부터 관찰을 받고 있었다는 사실을 깨닫지 않을 수 없었다.

안네로서는 덧문을 닫아둘 이유가 전혀 없었다. 그래서 밝은 일광을 방안으로 받아들였다. 양탄자도 없고 가구도 별로 없는 방안의 풍경과 하얀 칠이 된 극히 못생긴 쇠침대를 보았다. 문은 라이베트라의 모든 문들처럼 자물쇠가 없었다. 그러니까 잠겨 있지 않았다. 밖을 내다보자 수많은 문들이 있는 무한히 길다란 복도가 보였다.

상황을 조사하기에는 적당하지 않은 것 같았다. 다만 그들이 자기를 이곳에 넣고 문을 잠그지 않았다는 사실은 오르페우스 사람들이 얼마나 안전하다고 느끼는지를 보여주었다. 분명히 도망칠 기회는 없었다. 게다가 현상황에서 안네는 너무나 피곤했다. 머리가 아팠다. 침대에 누워서 머리를 두 손에 파묻은 다음 잠들지 않으려고 싸웠다. 무엇보다도 속이 메슥거렸다. 이상한 방안을 가만히 노려보고 있자니 그녀의 눈길이 의자 위에 떨어졌고, 그 위에는 깨끗하게 다림질한 옷들이 놓여 있었다. 그제야 안네는 자기가 보통의 정신병원에서처럼 길다랗고 뻣뻣한 환자복을 입고 있다는 것을 알았다. 그리고 자신의 모습에 깜짝 놀랐다.

하지만 눈길을 옷에 오래 고정시키고 있을수록——그러면서 안네는 꿈을 꾸고 있는 것만 같아서 손으로 눈을 비볐다——그녀의 숨결은 더욱 거칠어지고, 심장은 목까지 튀어오를 것만 같았고, 관자놀이에서는 피가 끓었다. 자기 앞 의자에 걸린 옷은 귀도의 옷이었다.

안네는 몸을 일으켰다. 그리고는 갑자기 살아난 옷들의 공격에 대비라도 하듯 조심스럽게 의자로 다가갔다. 콤비 윗도리는 팔걸이 위에, 그리고 바지는 의자의 좌석에 놓여 있고, 바지의 다리 부분은 그 아래로 걸쳐져 있었다.

처음에 안네는 그 옷을 건드리지 못해 머뭇거렸지만 단단히 각오를 하고 콤비 윗도리의 안쪽을 조사해보았다. 그 안에 뭔헨 재단사의 라벨이 있으리라는 것을 그녀는 알고 있었다. 정말로 귀도의 옷이었다.

안네는 마치 손가락을 불에 데기라도 한 것처럼 옷을 떨어뜨렸다. 갑자기 귀도의 모습이 눈앞에 서 있었다. 안네는 끔찍한 공포가 내면에서 솟아오르는 것을 느꼈다. 귀도, 오르페우스 기사단, 혹은 누가 되었든 그녀를 가지고 노는 이 유희는 얼마나 끔찍하고 기묘한 것인가!

그녀가 이 차가운 방을 떠나려고 할 때, 복도에서 느리고 무거운 남자의 발걸음 소리가 들렸다.

"귀도야!"

그녀는 전신이 떨렸다. 무릎이 꺾이는 것을 느꼈다. 어쩔 줄 몰라 침대를 붙잡고 눈을 크게 뜬 채 문을 응시하였다.

발걸음은 점점 가까이 다가왔다. 가까워질수록 안네는 발걸음이 일으키는 소리가 위협적이라고 느꼈다. 마침내 문 앞에서 발걸음이 멈추어 섰다. 노크 소리.

안네는 목이 졸린 것만 같았다. 원했다고 하더라도 대답할 수가 없었을 것이다. 그녀는 숨을 헐떡이고 그러면서도 손잡이가 천천히 아래로 내려지고 문이 열리는 것을 보았다. 안네는 소리치려고 했지만 할 수가 없었다. 문이 자기에게 다가오는 것을 제대로 바라볼 수가 없었다.

몇 초 동안 그들, 안네와 탈레스는 말없이 서로 바라보았다. 붉은 뺨의 사나이였다. 그가 먼저 말을 시작하였다.

"나를 기다린 건 아니겠지요?"

그는 그녀가 이미 알고 있는 그 뻔뻔스런 미소를 지으며 말했다. 그런 미소는 그의 넓고 붉은 얼굴을 더욱 붉게 만들었다.

안네는 아직도 말할 능력을 찾지 못한 상태에서 격렬하게 머리를 흔들었다. 그녀는 귀도와 만날 경우 일어날 충격에 대해선 각오가 되어 있었지만, 지금의 상황은 이겨낼 수가 없었다. 그녀는 단 한 가지만을 소원하였다. 귀도가 죽었기를 소원하였다. 죽었기를, 죽었기를, 죽었기를!

붉은 뺨이 웃으며 시작했다.

"지난번 베를린에서 만난 이후로 당신은 우리에게 어려움만을 만들어냈어요. 당신이 위험한 게임을, 그것도 상당히 위험한 게임을 한다는 것을 감추지 않겠소."

"귀도는…… 어디…… 있나요?"

안네는 탈레스의 말을 전혀 듣지 못한 것처럼 말을 더듬었다. 그러면서 그녀는 의자에 걸린 옷가지를 가리켰다. 그녀가 처음부터 이 남자에 대해서 느끼던 거부감이 이제는 증오로 바뀌었다. 안네의 증오심은 그를 죽이고도 남을 만했다.

"양피지는 어디 있소?"

탈레스는 그녀의 질문에는 대답하지 않고 이렇게 물었다. 그리곤 냉정하게 덧붙였다.

"물론 원본 말이오."

그는 특유의 격렬한 숨을 코를 통해 내뿜었다.

그는 안네가 자신의 질문에 먼저 대답할 의사가 없음을 알아채자 생각에 잠겨 있다가 그 두드러진 역겨운 자제력을 내보이며 이렇게 말했다.

"당신은 귀도 폰 자이틀리츠와 결혼했지요? 그는 교통사고로 목숨을 잃었다고 말하지 않았나요?"

탈레스의 얼음장 같은 차가움, 자기를 우스꽝스럽게 만드는 차가움이 안네를 절망케 했다. 그녀는 대답했다.

"그렇죠. 교통사고로요."

"내 질문을 되풀이하겠소. 양피지는 어디 있소? 당신이 원한다면 우리는 어떤 가격으로든 흥정할 수 있소. 어때요?"

"나는 모릅니다."

안네는 거짓말을 했다. 그녀는 상대방과 똑같은 자제력을 보이기 위해 애썼다. 어쨌든 그녀의 다음 말은 극히 도전적으로 들렸다.

"내가 안다고 해도 당신에게 알려드릴지 모르겠군요."

"100만으로도 안 되겠소?"

"양피지에 대한 지식이 목숨을 보증해준다면 거기 비해 백만금인들 뭐하겠어요. 양피지에 대해서 알던 모든 사람들이 비참하게 죽었다는 것을 내게 감출 수 있다고 정말 믿으세요? 내가 아직 살아 있다는 사실에 대해선 그것만이 유일한 설명이죠."

탈레스는 안네의 말에 대해 오래 생각하는 것 같지는 않았다. 그는 못마땅한지 머리를 흔들었다. 그런 제스처로 보아 그는 이런 비난에 대답할 마음이 없음을 알 수 있었다. 그 남자는 너무나도 똑똑해서 즉석에서 작전을 바꾸지는 않았다. 안네 폰 자이틀리츠가 옳았다. 그녀는 더 나은 패를 지녔다. 어쨌든 탈레스는 이렇게 믿을 것이다. 이 여자에게 협박을 해서는 아무것도 얻지 못할 것이라고.

그래서 그는 어조를 바꾸어서 한결 친절해진 태도로 그녀가 테살로니키에 도착한 이후로 오르페우스 사람들에 의해 관찰을 당했다는 것을 알려주었다. 그녀의 얼굴에서 의심의 기색을 읽자 탈레스는 미소를 지으며 말했다.

"당신은 나를 얕잡아보시는 것 같군요. 그럼 남몰래 라이베트라로 숨어들어오는 일에 정말 성공했다고 생각하시나요?"

안네는 도전적인 어투로 솔직하게 대답했다.

"그럼요. 어쨌든 내가 라이베트라로 들어서는 것을 방해한 사람은 없었죠."

자극 받은 황소처럼 화를 내며 탈레스는 콧김을 뿜었다.

"당신이 라이베트라로 들어왔다면 그것은 내가 원했기 때문이었소."

그는 '푸' 하는 소리를 냈다. 하지만 다음 순간 다시 그는 거부감이 드는 미소를 지었다.

"당신을 이리로 데려온 카테리니의 빵장수 게오르기오스 스필리아도스는 우리 중 한 사람이오. 일부만이긴 하지만."

"그럴 리가 없어요!"

"당신이 나를 얕잡아본 거라니까. 이곳 라이베트라에서 우연이란 없소. 이곳에서 일어나는 모든 일은 우리가 원하는 대로 일어나는 거요. 당신은 이곳으로 숨어들어올 수 있었다고 믿으시오? 그런 생각은 라이베트라에서 도망칠 수 있으리란 생각과 똑같이 어리석은 것이오. 바보나 그런 결심을 할 겁니다. 라이베트라에서는 문을 잠그지 않는 것을 보셨지요. 어째서겠소?"

안네는 게오르기오스가 오르페우스 기사단 소속이라는 생각을 받아들일 수가 없었다.

"게오르기오스는 당신들에 대해 좋은 말만 하진 않던데요. 그리고 나를 이곳에 데려다달라고 그를 겨우 설득했는걸요. 그에게 돈을 넉넉하게 주었어요."

탈레스는 웃으면서 어깨를 으쓱하더니 손바닥을 바깥쪽으로 펴보였다.

"목적을 이루기 위해서 우리는 어떤 수단이든 가리지 않아요. 이해하시겠소?"

안네는 그의 말에 수긍할 수밖에 없었다. 하지만 침묵하였다. 너무나 많은 일들이 그녀의 머릿속으로 지나갔다. 마침내 그녀는 탈레스에게 질문했다.

"귀도, 포시우스, 구트만은 어떻게 하셨나요? 대답해주세요!"

탈레스의 표정이 어두워졌다.

"한 가지만은 익숙해지셔야 할 겁니다. 라이베트라에선 질문하지 않고 복종합니다. 이런 면에서 우린 아주 정상적인 기독교 기사단이죠. 하지만 오직 이런 면에서만 그렇소."

"나는 구트만 교수와 이야기를 했어요."

"메나스 형제요. 알고 있소."

탈레스가 그녀의 말을 수정했다.

"그의 말은 믿을 만하지 않던데요."

"그가 그래야 합니까?"

"구트만이 두려워한다는 인상을 받았어요."

"메나스는 겁쟁이요."

"하지만 중요한 학자지요."

"그래요."

"그리고 당신은 그의 경험이 필요하고요."

"그렇소."

"내게 진실을 말할 시간이 되었다고 생각지 않으세요?"

"또다시 질문을 하시는군. 그 밖에도 당신은 진실을 알고 있소. 당신은 무엇이 문제인지 알고 있어요. 어떤 무덤에서 콥트 양피지가 발견되었고, 그 양피지에는 다섯 번째 복음서가 적혀 있어요. 유감스럽게도 그 문서가 가진 의미는 각 부분이 이미 전세계로 흩어진 다음 너무 늦게야 알려졌지요."

탈레스는 창가로 가서 뒷짐을 지었다. 눈길을 밖으로 던진 채 그는 말을 계속하였다.

"그 문서는 카톨릭 교회의 권력을 꺾기에 충분한 것이오. 그 양피지를 손에 넣으면 우린 교회를 없앨 수 있어요!"

탈레스의 목소리가 전에 들어본 적이 없을 정도로 크고 위협적으로 울렸다.

"나도 교회의 신도는 아니에요. 하지만 당신의 말에는 깊은 증오가 들어 있군요."

"증오? 그건 증오 이상이오. 그것은 경멸이지. 인간은 신적인 존재요. 하지만 신의 이름으로 말한다고 우쭐대는 사람들은 모든 신적인 것을 거부하고 있어요. 2000년의 교회사는 2000년 동안의 굴욕이고 혹사이며 진보에 대한 싸움이었소. 사제들은 수백 년 동안 엄청난 교회건물을 세웠소. 하느님을 높이기 위해서라고 말하곤 했지만, 실제로는 기독교인을 억압하고 그의 보잘것 없음과 의미 없음을 보여주려는 생각이 그 뒤에 숨어 있소. 의미 없음은 생각을 방해하오. 생각은 교회에는 독이니까. 교회는 오로지 명령으로 명맥을 유지하고 있어요. 교회의 가르침은 오로지 명령과 복종뿐이오. 그 모든 것은 믿으라는 단 하나의 모토 아래 이루어지지요. 믿음은 생각보다 쉬워요. 믿음이라는 문제에서 이성에게 묻는 사람은 기독교적이지 않은 답변을 얻지요. 그것이 교회가 처음부터 진보와 지식에 반대해온 이유요. 지식은 믿음의 끝장이오. 교회가 퍼뜨린 온갖 헛소리는 지금까지 단 하나의 마법의 단어로 깨끗이 닦여나갔어요. 즉 믿음이란 말이지요. 교회에 반대하는 사람은 누가 되었든 그가 믿음이 없다는 낙인을 얻는다는 말이오. 믿음에 대해서는 증거가 없어요. 오로지 믿지 않는 것에 대해서만 증거가 있지요."

탈레스는 안네를 향해 돌아섰다.

"그 양피지는 하룻밤 새 교회의 권력을 날려버릴 폭약이오. 아시겠소?"

안네는 이해했지만 어째서 하필이면 자기가 가진 이 한 장의 양피지 문서가 그토록 중요한 것인지 알 수가 없었다. 그러나 감히 물어보지는 못했다. 그렇게 되면 자기가 양피지를 소유하고 있다는 것을 간접적으로 인정하는 셈이 될 것이기 때문이다. 교회의 맥락에서 바라바라는 이름은 대체 어떤 중요성을 감추고 있는가?

"100만을 제안합니다! 잘 생각해보시오. 조만간 우린 어차피 그 문서를 소유하게 될 거요. 하지만 그렇게 되면 당신은 아무것도 얻지 못하지."

탈레스가 말했다. 그리고 나서 그는 방을 떠났다. 그의 발걸음 소리가 긴 복도에 울려퍼졌다.

양피지가 폭약이라는 탈레스의 말이 맞는다면 이 문서는 오르페우스 기사단보다는 로마 카톨릭 교회에 훨씬 더 중요한 것이었다. 안네는 자기가 이 생각으로 유희를 하고 있다는 데 깜짝 놀랐다.

13

오르페우스 사람들에게 무엇이 중요한 것인지 이제 알았지만 귀도에 대해서는 아무것도 알아내지 못했다. 하지만 그의 옷이 저기 있었다. 그의 바지와 재킷이었다. 두려움에 가득 차서 그것들이 살아 있기라도 한 것처럼 뚫어져라 바라보는 사이에 그녀는 자신의 옷이 없는 지금 이 옷을 입고 라이베트라의 윗도시를 혼자만의 힘으로 알아봐야겠다는 생각이 들었다.

그 생각은 대담한데다가 아주 갑작스럽게 떠올라서 안네는 그것이 마음에 들었다. 자기가 그의 옷을 입고 있는 동안에는 귀도가 나타날 수 없을 것이라는 생각에 그녀는 웃음을 지었다. 두려움은 오로지 두려움의 대상을 통해서만 극복할 수 있다는 이론이 있다. 예를 들어 뱀에 대한 두려움은 뱀을 만짐으로써, 비행에 대한 두려움은 비행교육을 받음으로써 없앤다는 이론이다. 귀도의 옷을 입은 그녀는 갑자기 귀도의 출몰에 대한 두려움이 없어졌다. 그녀는 이 기묘한 유희를 마지막까지 캐보겠다는 생각을 갖게 되었다.

그녀의 방 앞에 있는 긴 복도의 양쪽 끝은 불투명한 유리문으로 막혀 있었지만 이 문들도 잠겨 있지는 않았다. 모든 것이 병원 건물을 연상시켰다. 가운데에는 복도 쪽으로 창이 나 있는 일종의 의사 혹은 간호사들의 방이 있었다. 방은 비어 있었다. 안네는 호기심에 차서 문마다 귀를 대고 들어보았지만 아무런 소리도 들리지 않았다. 고독감이 숨막히는 느낌을 만들어냈다. 안네는 문을 하나씩 열어보았다. 그녀의 짐작이 들어맞았다. 환자는 없지만 병실들이었다.

사방에서 자기를 맞아들이는 이런 비어 있음, 공허는 정상적인 인간을 미치게 만드는 것이었다. 안네는 그 뒤에 어떤 체계가 있을 거라는 생각까지도 했다. 어쨌든 처음에는 조심스럽게, 그 다음에는 점점 더 빨리 끝도 없는 복도에 있는 문들을 차례로 열었다가 닫았다. 그녀는 이 안에 아무도 없다는 것을 확인하였다.

그녀의 방 맞은편 줄 마지막 방에서 안네는 멈추었다. 지금까지 본 3, 40개의 병실과는 달리 이 방에는 환자가 있었다. 그녀는 깜짝 놀랐다. 안네는 가까이 다가갔다.

"아드리안!"

환자는 아드리안 클라이버였다.

너무나도 강렬하게 다가와서 그 어떤 생각도 할 수 없게 만들고 이성도 그 리얼리티를 따져보지 않는 상황들이 있다. 안네는 이 순간 그런 상황에 빠졌다. 그녀가 내놓은 유일한 말은 "아드리안!" 하는 말이었다. 그리고 한 번 더 그의 이름을 불렀다.

"아드리안!"

아드리안은 감각이 없어 보였다. 그는 어쨌든 그녀보다 훨씬 덜 놀란 것 같았고 친절한 미소를 지었다. 의심의 여지없이 그는 약물의 영향을 받고 있었다.

"나를 알아보겠어, 아드리안?"

안네가 물었다.

아드리안은 고개를 끄덕였다. 잠시 뒤에 그가 말했다.

"물론."

그녀의 옷과 짧게 자른 머리를 보면서 이런 말을 하는 것은 정상은 아니었다.

"그들이 어떻게 한 거야?"

안네는 화가 나서 물었다.

아드리안은 환자복의 왼쪽 소매를 걷고 팔목을 보여주었다. 그곳은 온통 바늘 자국으로 뒤덮여 있었다.

"그들은 하루에 두 번씩 와."

그가 피곤하게 말했다.

"누가?"

안네가 흥분해서 소리쳤다. 그녀의 눈 위에 수직의 주름살이 잡혔다.

"난 아무도 이름을 몰라."

그는 미소를 지으려고 애썼다.

그 사이에 안네는 전체적인 상황을 어느 정도 파악하였다. 이제 그녀는 아드리안에게 수많은 질문을 퍼부었다. 그는 몹시 힘들지만 또렷하게 대답하였다. 그래서 안네 폰 자이틀리츠는 아드리안이 오르페우스 기사단에 의해 납치되어 수많은 어려움을 겪으며 마르세유를 거쳐 살로니키로 이송되었다는 것을 알았다.

안네가 분해서 소리쳤다.

"이건 미친 짓이야! 인터폴이 너를 찾을 거야. 너는 하루 아침에 갑자기 사라질 수는 없는 거잖아!"

아드리안은 거부하는 몸짓 비슷한 것을 했다.

"이 사람들은 얼음장처럼 냉혹한 갱단이야. 그들은 며칠을 두고 나를 관찰하고 탐구했던 것 같아. 어쨌든 그들은 내가 아비장(아프리카 상아해안의 도시—옮긴이)행 비행기표를 가지고 있다는 것을 알고 있었어. 그들은 출발날짜와 비행기 번호까지 알고 내가 공항에 도착하자 자동차에 잡아넣었지. 그리고 난 의식을 잃었어. 깨어나 보니까 사제와 같은 복장을 한 세 남자들과 함께 리무진을 타고 남프랑스로 가는 중이었어. 아무도 나를 찾지 않을 거야. 공식적으로 나는 상아해안에 있거든."

"그렇담 여기 온 지는 얼마나 됐어?"

"모르겠어. 5, 6일, 어쩌면 2주일. 난 시간 개념을 잃었어. 이 빌어먹을 놈의 주사."

"그럼 심문은? 그들이 널 심문했어?"

아드리안은 숨을 헐떡였다. 그가 어떤 기억을 찾아내려면 얼마나 힘이 드는지, 그리고 허약한 꼴을 보이지 않기 위해서 얼마나 애쓰는지 볼 수 있었다. 마침내 그는 머리를 흔들었다.

"아니, 심문은 없었어. 어쨌든 나는 질문을 받거나 부담스러웠던 기억이 없어. 하지만 기억을 해내야지."

안네는 분노를 담고 말했다.

"이곳 사람들은 약품을 잘 알고 있어. 그래서 일정한 기간 모든 기억을 지울 수가 있지. 물론 그것은 기억을 마비시키기도 해. 그래서 그들에게도 쓸모가 없어지기도 해. 아니, 내 생각에 그들은 너를 차츰 길들이려는 거야. 언젠가 그들은 너를 심문하기 시작할 거야."

아드리안은 안네의 손을 잡았다. 어떤 상황이나 잘 이겨내고 아이디어가 딸린 적이 없던 친구가 한심스러울 정도로 무기력한 인상을 만들어냈다.

"그들은 대체 내게서 무엇을 원하는지."

그가 울먹이며 말을 더듬었다. 이 남자가 어찌할 줄 몰라 쩔쩔매는 이 순간 안네는 갑자기 아드리안에 대해서 깊은 애착을 느꼈다. 그렇다. 그녀는 세상사에 능한 저널리스트 아드리안 클라이버의 눈길이 자기에게 도움을 간청하고 있다는 것을 깨달았다. 안네는 그의 오른손을 두 손으로 붙잡은 채 나직하게 말했다.

"그때 샌디에이고 일은 정말 유감이야."

아드리안은 나야말로 유감이야,라고 말하려는 듯이 고개를 끄덕였다. 그들은 서로 바라보고 서로를 이해했다. 그 전 어느 때보다도 서로를 더 잘 이해하였다.

　서로에게 더 가까워지기 위해선 특별한 상황들이 필요한 법이다. 두 사람은 이 순간 같은 것을 느꼈다. 뮌헨의 호텔에서—둘 다 예기치 못한 채로—둘이 잠자리를 같이했던 일은 귀도가 자기 서재에 출몰한 데 따른 일종의 광증에서 벌어진 우발적인 행동이었다. 두 사람은 정말 같은 생각이었다. 그녀가 단도직입적으로 "그가 여기 있어. 그를 두 번이나 보았어" 하고 말했을 때도 아드리안은 금세 알아들었다.

　"그럼 그도 한패라고 생각해?"

　아드리안이 물으면서 그녀가 입고 있는 남자 양복을 바라보았다.

　"나도 어떻게 생각해야 할지 모르겠어. 그리고 내겐 상관도 없는 일이야. 무엇이든 가능하지. 네가 이곳에 있고 우리가 이렇게 이야기를 하고 있다는 사실도 역시 정신나간 일이잖아. 너를 보았을 때 처음엔 귀도를 만났을 때처럼 내 정신을 의심했어."

　"안네."

　아드리안이 그녀를 부르면서 힘주어 손을 잡았다.

　"이 사람들은 우리를 어떻게 하려는 걸까?"

　그의 어조엔 두려움이 묻어 있었다. 지금 여기 있는 사람은 그녀가 아는 아드리안이 아니었다. 수많은 두려움에 고문을 받은 인간의 파편이었다. 안네 폰 자이틀리츠는 스스로도 두려움에서 벗어나지 못했지만 아드리안보다는 훨씬 나은 상태에 있었다. 그녀의 감정은 두려움이 분노로 바뀌는 경계선을 넘어서 있었다. 두려움을 만들어내는 자들에 대한 분노였다.

　"두려워하면 안 돼."

　그녀가 말했다.

　"아무 것도 말하지 않는 한 그들은 네게 아무 짓도 안 할 거야. 너를 죽이려고 이리로 데려온 건 아니잖아. 그런 일이야 파리에서도 할 수 있었을 테니까. 포시우스를 생각해봐. 아니, 그들은 네게서 양피지의 행방을 알아내려고 너를 이리로 데려온 거야. 그들이 네가 이 일에 대해서 결정적인 단서를 줄 수도 있다는 것을 알고, 혹은 그렇게 믿고 있는 한 너는 두려워할 필요가 없어."

"하지만 우린 무엇을 할 수 있지? 언젠가 그들은 우리에게서 모든 것을 알아내고 말 거야. 그들은 전혀 수단을 가리지 않으니까. 우린 어떻게 해야 하지?"

절망감이 아드리안의 얼굴에 나타나 있었다.

"무엇보다도 우린 이런 운명에 굴복해선 안 돼!"

안네가 용기를 북돋우는 말투로 말했다.

"우린 여기서 탈출해야 해."

"불가능해."

아드리안이 말했다.

"그들은 너무나도 안전하다고 생각해서 감옥 문을 잠글 필요성조차 도 느끼지 않고 있어."

"그게 바로 우리에겐 기회야. 그것도 유일한."

14

안네는 아드리안에게 좀더 가까이 다가갔다. 다음의 대화는 오직 속 삭임으로만 이루어졌다.

"내 창문에서 자그마한 하물운반용 케이블카를 관찰했어. 그것은 불규칙하게 운행되고 있고 산 쪽 정거장으로는 아무런 방해도 받지 않 고 접근할 수 있어."

"그러니까……."

아드리안이 안네를 바라보았다.

"아드리안, 그게 우리가 가진 유일한 기회야! 위험성이 전혀 없는 것은 아니지만 그래도 기름통까지 나무 바구니에 담겨 운반되는 것을 보았어. 기름 한 통은 대충 너와 나를 합친 무게 정도 될 거야. 내 생각에는 이곳에 남아 있는 것이 도망치는 것보다 더 위험할 것 같아."

아드리안은 기운 없이 고개를 끄덕였다. 생각하는 것도 힘이 들었지만 잠시 생각한 다음 그는 슬픈 목소리로 말했다.

"당장이라도 함께 하고 싶지만 나는 안 되겠어. 난 해내지 못할 거야. 이 주사는 모험 정신을 마비시켜. 혼자 해봐. 어쩌면 나중에 나를 다른 방식으로 꺼낼 수 있을지도 모르잖아."

길다란 복도에서 발자국 소리가 가까이 다가왔다.

"여의사가 다음 주사를 들고 오는군."

아드리안이 용기를 잃고 말했다.

이런 암시는 안네를 흥분시켰다. 어떤 경우라도 자기가 여기 있는 것을 그들이 보아서는 안 된다. 그럼 모든 것이 끝장이다.

다음 순간 일어난 일은 안네 자신에게도 수수께끼였다. 그녀는 아무런 계획도 없었다. 뒷날 돌이켜 생각해도 자신에게 존경심을 표하지 않을 수 없었다. 다른 한편 그녀의 태도는 코너에 몰려서 희망 없는 상황이 되면 사람들은 믿을 수 없는 행동도 할 수 있다는 오래 된 경험을 확인해주는 것이었다. 안네 폰 자이틀리츠도 그랬다. 그녀는 아무런 생각도 없이 문 뒤로 가서 문이 열리기를 기다렸다.

안네는 그녀를 뒷모습만으로 즉시 알아보았다. 저 침실 홀에서 만났던 작고 느릿한 여의사였다. 그녀는 당시 자기의 신뢰를 얻어내라는 명령을 받았던 것이 분명했다. 닥터 사전트는 손에 주사바늘을 들고 있었다. 깊이 생각지도 않고 안네는 문 뒤에 걸려 있던 수건을 움켜잡고 작은 여자의 목에 건 다음 양쪽 끝을 잡아당겼다. 여자가 억눌린 외침을 내고 주사기는 바닥으로 떨어졌지만 부서지지는 않았다. 안네는 있는 힘을 다하여 의사의 목을 꼭 묶었다. 의사는 이런 공격에 아무런 방책도 없다는 것에 깜짝 놀랐지만 잠시 뒤에는 막대기처럼 뻣뻣하게 굳어서 바닥에 뻗어버렸다.

아드리안은 이런 생각지도 못한 장면을 눈을 크게 뜨고 바라보고 있었다. 하지만 여의사가 바닥에 쓰러진 것을 보더니 침대에서 일어나서 안네를 도왔다. 안네는 그의 도움을 거절하고 나직하게 외쳤다.

"이 괴물은 다신 네게 아무 짓도 못할 거야!"

"그만해, 여자를 죽이겠어."

아드리안 클라이버가 조심스럽게 소리쳤을 때에야 안네는 정신을 차리고 의사의 목 주위에 감긴 수건을 좀 느슨하게 풀었다. 그녀는 무겁게 그르렁거리면서 물 밖으로 나온 물고기처럼 헐떡거렸다. 안네는 여자를 죽일 생각은 없었지만 그녀의 분노, 자기 주장 충동의 표현은 아직도 다 사라지지 않았다. 안네는 주사기를 들어올려서 그것을 여자의 어깨에 꽂았다.

아드리안은 안네를 경탄의 눈길로 바라보았다. 그런 일을 해낼 수 있으리라곤 생각도 못했어, 하고 말하고 싶은 것 같았다. 마침내 그는 두려움에 찬 소리로 말했다.

"이제 어떻게 되는 거지?"

여자는 바닥에서 나직하게 신음했다. 안네는 그녀 옆에 무릎을 꿇고 아드리안은 그녀의 머리 옆에 웅크리고 앉았다.

"이런 주사를 맞고 나면 어때?"

안네가 물었다.

아드리안은 숨을 들이쉬고 나서 무겁게 대답했다.

"처음 두세 시간은 구름 위에 떠 있는 것 같아. 멀리서 모든 것을 알아보기는 하지만 반응을 하지는 못해. 내 의지가 내 것이 아니야. 예를 들면 무슨 말을 하고 싶어도 할 수가 없고, 일어서고 싶어도 다리가 말을 듣지 않아. 완전한 무기력의 상태지."

"좋아."

안네는 얼음처럼 냉정하게 대답했다.

그리고 쌀쌀맞게 이렇게 확정하였다.

"그렇다면 이 여자를 두려워할 필요는 없겠네. 적어도 앞으로 두 시간 동안은 말야."

아드리안이 고개를 끄덕였다.

"넌 컨디션이 어때?"

"아주 좋아."

아드리안은 거짓말을 했다.

안네는 아드리안의 팔을 잡았다.

"우린 해내야 해. 그들이 알아내면 우릴 죽일 거야! 이제 선택의 여지가 없어, 알겠지!"

아드리안의 맥박이 빨라졌다. 그는 지금 갑자기 정신을 번쩍 차리고 마지막 힘을 다 동원해야 했다. 생각할 시간이 없었다. 그는 안네를 믿었다. 그녀와 함께라면 도망칠 수 있을 것이다. 이렇게 확신하였다.

"가자! 어서!"

안네가 지휘를 해서 작고 땅딸막한 여자의 다리를 잡았다. 아드리안이 겨드랑이를 잡고서 두 사람은 의식을 잃은 여자를 침대에 옮겼다. 그녀를 잘 덮어서 문에서 얼핏 보아서는 아드리안일 거라고 생각하도록 해놓았다. 그는 서둘러서 옷을 입었다. 옷을 입는 중에 바닥에 굴러떨어진 지갑을 안네가 호주머니에 찔러넣었다. 그런 다음 그들은 방을 떠났다. 안네는 아드리안의 손을 잡았다.

"가자!"

15

안네 폰 자이틀리츠는 첫날 라이베트라의 미로를 통해서 이리저리 알아보고 다니는 동안 나무로 지어진 작은 집을 발견했었다. 하물운반용 케이블카의 바구니가 그 안에 들어 있었는데, 그때 벌써 그녀는 도주를 위해서 이 운반기구를 이용하면 되겠구나 하는 생각을 했었다. 라이베트라의 모든 문들이 그렇듯이 이 산 정거장 출입문도 잠겨 있지 않았다. 비어 있는 통들, 상자들, 자루들이 좁은 방의 천장까지 쌓여서 골짜기로 운반되기를 기다리고 있었다. 자루를 머리에 뒤집어쓰고 그런 식으로 위장한 채 골짜기로 내려간다면 그보다 더 어울릴 수 있을까?

아드리안은 흥분해서 전기장치를 자세히 들여다보았다. 그것은 라이베트라의 다른 기술설비에 비해서 예외적으로 원시적인 장치였다. 구식 도자기 손잡이가 붙은 커다란 수동 조작기가 전원을 공급하거나 차단하였다. 두 개의 화살표가 산으로 올라오는 길과 골짜기로 내려가는 길을 표시하고 있었다. 유일한 난점은 수동 조작기의 전원을 넣고 나서 네 개의 사슬에 매달린 뚜껑 없는 상자 속으로 뛰어올라 타는 일이었다. 그런 다음 그들은 자루를 뒤집어쓰고 조용히 머물러 있어야 한다. 윗도시에서는 열린 바구니 속이 보이기 때문이라고 아드리안이 말했다.

"골짜기 정거장도 잘 알고 있어?"

아드리안이 물었다.

안네는 부드럽게 미소지었다.

"나를 이리로 데려온 남자는 나도 몰랐던 일이지만 오르페우스 사람이었어. 그는 처음부터 나를 노렸던 거지. 이곳에 와서야 그것을 알았지만 말야. 하지만 그는 한 가지 잘못을 저질렀어. 그는 이곳으로 오는 길에 골짜기 정거장을 가리켜보였어. 그것은 아랫도시 입구의 초소 뒤쪽에 있어."

그러자 아드리안은 흥분해서 씩씩거렸다.

"함정이야, 이건 함정이라구!"

"난 그렇게 생각 안 해."

안네가 조용히 대답했다.

"물론 이 사람들은 무슨 일이든 할 수 있는 것 같지만 말이야. 무서워?"

대답 대신 아드리안은 안네의 품에 안겼다. 그녀는 아드리안이 두려워하는 것을 느꼈다. 솔직하게 말하면 그녀도 두려웠다. 자기들이 도주한 것이 들통나면 어떻게 될까? 두 사람은 아무런 방책도 없이 하늘과 땅 사이에 있는 게 아닌가? 안네는 생각하고 싶지도 않았다.

그녀가 아드리안을 팔에 안자 그들이 지난 몇 주 동안 성공적으로 물리쳤던 누적된 감정이 덮쳐왔다. 그녀는 이 남자를 사랑하고 있었다─비록 그에게 자기 사랑을 고백할 용기는 없었지만. 이런 상황에서는 물론 더더욱 아니었다. 바깥에는 비가 내리기 시작하였다. 굵은 빗방울이 양철 지붕을 때렸다. 골짜기에서는 안개가 산으로 피어올랐다. 안네는 얼굴을 찌푸리고 회의적인 느낌으로 골짜기를 내려다보았다.

"빌어먹을!"

그녀가 나직하게 말했다.

"이것까지."

"어째서?"

아드리안이 반박하였다.

"이보다 더 나은 일은 일어날 수가 없어."

그는 잿빛 포장 천 하나를 끄집어냈다.

"이렇게 하면 우린 누구의 의심도 사지 않고 자루 밑에 몸을 숨길 수가 있어."

"그 말이 맞다."

안네가 대답하였다. 행동력이 약간 더 나아진 아드리안은 전원 조작기를 만지작거렸다.

"이게 문제야."

아드리안이 생각에 잠겨서 중얼거렸다.

"뭐가?"

안네가 가까이 다가왔다.

"내가 이것을 움직이면 배는 출발하는 거지—나를 빼놓고 말야."

"흠."

안네가 생각에 잠긴 얼굴을 했다.

"그럼 지금은?"

"좋은 생각이 있어."

아드리안이 좁은 방안을 이리저리 둘러보았다.

"그게 뭔데?"

"철사나 강한 끈 같은 게 필요해."

"여기 있어!"

안네가 포장 천을 묶기 위한 밧줄을 가리켰다.

아드리안은 밧줄의 끝을 매듭지어서 수동 조작기의 손잡이에 얽어 맸다. 그런 다음 그것을 수직으로 내려뜨려서 도구함의 손잡이를 지나 쳐서 똑바로 운반용 배로 끌고 갔다. 안네가 경탄하였다.

"그것 참 기발한데. 그래, 그럼 될 거야. 정말 기발해!"

아드리안이 웃었다.

"곧 밝혀지겠지. 나로선 어쨌든 다른 가능성은 안 보여."

바람이 있었다. 그것은 산 정거장의 틈 사이로 울부짖으며 불어갔 다. 안네는 근심스럽게 밖을 내다보았다. 아드리안은 빈 자루들을 배 에 실었다. 그 위로 포장 천을 깔아 평평하게 만들고 안네에게 눈짓을 보냈다. 올라 타! 하는 뜻이었다.

"무서워?"

그는 용기를 북돋우는 미소를 짓고 물었다.

안네는 대답 없이 배에 기어올라서 포장 천 아래 몸을 숨겼다. 아드 리안은 조작기에 연결된 밧줄을 그녀의 손에 넘겨주고 자신도 흔들리 는 배 위에 올라타서 가능한 한 몸의 균형을 잡았다. 한동안 두 사람은 침묵한 채 골짜기를 내려다보았다. 그곳에선 심한 비바람이 몰아치고 있었다.

스스로에게 용기를 주기 위해서 안네는 말했다.

"10분만 있으면 모든 게 끝나."

아드리안이 빈정대는 투로 덧붙였다.

"저 아래선 이미 환영위원회가 준비를 하고 있으니까."

그리고 그는 밧줄을 잡아당겼다.

끽 하는 소리와 함께 손잡이가 아래로 내려왔다. 동시에 나무 배는 출렁이면서 움직이기 시작하였다. 안네와 아드리안은 포장 천을 머리 위에 덮어쓰고 골짜기를 내려다볼 수 있는 틈만 남겼다. 비는 점점 더 격렬해졌고, 큰 소리로 포장 천 위로 떨어졌다. 강한 바람이 배를 마구 흔들었다. 안네는 두려움에 사로잡혀서 아드리안의 손을 꼭 잡았다. 약물의 작용이었는지 아니면 용기를 되찾았는지 어쨌든 아드리안은 거의 두려움을 보이지 않았다. 그는 모든 것을 각오한 듯이 보였다. 어차피 더 나빠질 것도 없었다.

채 50미터도 가지 못했을 때 흔들리는 배 안에서 안네가 격렬하게 몸을 떨기 시작하였다.

"아래를 보지 마."

그가 나직하게 말했다. 그들은 눈을 질끈 감았다. 산 정거장에서 멀어질수록 배는 사방으로 더욱 심하게 출렁거렸다. 옆으로 그리고 위아래로. 비를 막는 방어벽으로 둘러싸인 암벽 위의 도시를 돌아보자 아드리안은 집들과 기묘한 건축물을 가진 라이베트라의 거대한 규모를 볼 수 있었다. 비바람 속에 보이는 이 도시는 수도원이라기보다는 버림 받은 프랑켄슈타인의 성처럼 보였다.

그 사이 배는 산 정거장에서도 골짜기 정거장에서도 보이지 않는 지점에 도착하였다. 그래서 이 운반용 배가 아래쪽을 향해서 움직이고 있는지 확인할 길이 없었다. 격렬한 흔들림이 나머지 일을 했다.

"멈추어 섰어!"

안네가 한동안 눈을 뜨고 있다가 소리쳤다.

"그들이 전원을 내린 거야!"

아드리안은 안네의 입을 손으로 막았다.

"그냥 그렇게 보이는 것뿐이야. 가만히 있어. 몇 분만 지나면 모든 것이 지나가."

그는 팔을 뻗어 그녀의 어깨를 감싸안았다. 안네는 숨이 격해지고 구역질이 났다. 명료한 생각을 할 수가 없는 상태에서 그녀는 이것만 생각하였다. 제발 이 공포의 여행이 얼른 끝났으면. 자기들의 도주가 발각되고 배가 거꾸로 끌려올라가는 한이 있더라도──발 밑에 견고한 바닥을 느낄 수 있었으면!

아드리안 클라이버는 직업상 특별한 상황에 익숙해져 있었고, 위험에 대한 용기는 그의 탁월한 자질의 일부였다. 무엇보다도 그는 이런 상황에서 자기 자신을 안네에게 증명할 수 있었다. 그는 이미 배에 연결된, 쇠줄 위의 바퀴들이 골짜기 쪽으로 움직이는 것을 관찰하였다. 하지만 아드리안의 안심도 곧 중단되었다.

안개 속에서 그들 앞으로 케이블을 받치는 기둥이 솟아오르더니 미처 알아채기도 전에 나무로 만들어진 배가 쇠막대에 가서 부딪쳤다. 기둥에 충돌한 쪽에 클라이버가 앉아 있었고, 배의 옆구리가 갈라지면서 아드리안의 오른쪽 허벅지를 스쳐서 그는 큰 소리로 비명을 질렀다. 그는 본능적으로 안네를 자기 쪽으로 끌어당겼다. 그녀가 파괴된 배에서 밖으로 튕겨나가는 것을 막기 위해서였다. 그것이 어쩌면 그의 목숨을 구했는지도 모른다. 그녀를 안기 위해 외벽에서 안쪽으로 몸을 구부렸기 때문이다. 허벅지가 쑤셨다. 손을 들어보자 피로 물들어 있었다.

"너 다쳤구나!"

안네가 히스테릭하게 소리질렀다.

"별것 아니야."

아드리안이 침착하게 대답했다. 그는 허벅지의 상처가 어떤 지경인지 알지 못했다. 다만 몹시 따끔거리는 것을 느꼈다. 안네를 보자 그녀는 눈을 감고 울고 있었다. 아드리안은 이런 상황에선 말을 하는 것이 적절하지 않다고 생각했다. 그는 골짜기 정거장에 도착할 순간만 고대하였다.

"뛰어내려."

아드리안이 외쳤다.

"뛰어내려야 해."

그러면서 그는 포장 천을 옆으로 젖혔다. 하지만 안네는 일어설 능력을 잃은 채 입을 벌리고 앞 벽만 바라보았다. 바닥과의 거리가 겨우 2, 3미터 남아서 아래로 뛰어내리는 일이 가능하였지만 안네는 그럴 수가 없었다. 아드리안은 그녀의 어깨를 감싸고 그녀를 배 가장자리로 밀어내리려고 애쓰면서 계속해서 외쳤다.

"어서, 응, 넌 할 수 있어, 할 수 있다구!"

그 사이 흔들리던 배가 갑자기 심하게 바닥에 부딪쳤다. 쇠줄이 떨리더니 조용해졌다. 빗소리만 양철 지붕을 때렸다.

안네의 경련이 점차 진정되었다. 아드리안은 자기들이 방금 도착한 헛간을 살펴보았다. 이 집은 산 정거장과 비슷했다. 이곳에도 상자와 자루들이 쌓여 있었고, 물건들이 든 마분지 상자들도 쌓여 있었다. 그들은 아직도 자기들이 도망친 것을 알아채지 못한 것이다. 어쨌든 두 사람을 기다리는 사람은 없었다.

아드리안과 안네는 서로 상대방의 눈을 들여다보았다. 그들은 웃었다—엄청난 긴장의 순간을 겪은 다음 자유롭고 행복한 웃음이었다.

"아직 다 해낸 건 아니야."

안네는 작은 창을 통해 밖을 내다보면서 말했다. 심한 비에 거의 알아볼 수는 없었지만 50미터도 떨어지지 않은 곳에 초소와 시냇물이 있었다.

"여기가 어디야?"

아드리안이 불안한 듯이 물었다.

"걱정하지 마. 내가 알아. 들키지 않고 초소를 지나갈 수만 있다면 가장 고약한 일은 끝나는 거야. 내 말 믿어."

안네는 아드리안에게 용기를 주려고 애썼다. 그러나 그녀 자신은 라이베트라에서 도망치는 것이 그렇게 간단하리라고 믿지 않았다. 특히 자기가 이곳에 도착한 경위를 생각해보면 의심이 생겼다. 어쨌든 그녀는 초소에서 어떤 남자가 나타나서 총을 겨누고 '당신들을 기다렸소. 갑시다' 하고 말한다고 해도 전혀 놀라지 않았을 것이다. 하지만 그런 일은 일어나지 않았다.

16

비는 보호해주는 오두막을 떠나라고 재촉하지는 않았다. 그렇지만 두 사람은 여기서 1분도 더 지체해서는 안 된다는 것을 잘 알고 있었다. 아드리안은 안네의 어깨에 빈 자루를 덮어주었다. 비와 추위를 막기 위한 소박한 보호책이었다. 그 자신은 포장 천을 둘둘 말아들고서 문을 살그머니 열었다. 문에서부터 길 하나가 반듯하게 초소로 연결되어 있었다. 그가 속삭였다.

"어째서 반대 방향으로 가서는 안 되지? 어째서 무조건 저 집을 지나가야 하는 거지?"

안네는 문을 조금 더 열어서 아드리안이 주변을 잘 볼 수 있도록 했다.

"이래서야."

그녀가 냉정하게 말했다. 아드리안은 골짜기 정거장 뒤쪽의 가파른 암벽이 시냇물로 곧장 연결되어 있음을 보았다. 손가락으로 길을 가리키며 안네가 덧붙였다.

"내 말 믿어. 이것이 골짜기로 연결된 유일한 길이야."

그러자 아드리안은 한 손으로는 포장 천 더미를 들고 다른 손으로는 안네의 손을 잡았다. 그런 다음 두 사람은 오두막을 향해서 달렸다.

차가운 비가 그들의 얼굴을 때리고, 바닥은 질척거렸다. 눈길을 초소에 고정시키고 그들은 이 방향으로 급히 나아갔다. 그곳에 도달하자 몸을 낮추고 살금살금 걸은 다음 다시 돌길 아래로 내달렸다. 그러다가 안네는 옆구리가 결려 숨을 헐떡이며 멈추어 섰다.

주변의 나무에도 빗줄기가 뿌렸다. 길 위로 바퀴 자국이 나 있어서 바로 얼마 전에 자동차가 이곳을 지나갔음을 알려주었다. 하지만 빗소리말고는 아무 소리도 들리지 않았다. 아드리안은 포장 천을 펼쳐서 그것을 머리 위에 덮어쓰고 안네에게도 그 아래로 들어오라고 권했다.

그렇게 그들은 꼭 끌어안고서 골짜기 쪽으로 터벅터벅 걸어갔다. 그들은 잠시도 시간을 낭비할 수가 없었다. 자기들이 도주한 사실이 들통날까 봐 그런 것만이 아니었다. 어둠이 시작되고 있었다. 이런 어둠 속에서 계속 걷기란 불가능한 일이었다. 그들은 골짜기를 향해 기운 없이 걸으면서 거의 말을 하지 않았다. 때때로 멈추어 서서 수상쩍은 소리가 들리는지 귀를 기울이고는 다시 계속 걸어갔다.

안네는 길을 찾아내느라 애를 썼다. 비가 산길 모습을 변화시켰다. 하지만 골짜기까지는 단 하나의 길밖에 없다는 것을 안네는 알고 있었다. 그녀는 계속 미끄러지고 균형을 잃어서 발이 아팠다. 게다가 한기까지 들어서 점점 더 지치고, 힘이 다해 가고 있었다.

안네는 자신들이 큰길로 연결된 숲길의 입구에 이르는 길을 약 1/10 정도 걸어왔음을 아드리안에게 말했다. 그러자 아드리안은 밤을 보낼 은신처를 찾아야 한다고 했다. 안네는 길의 가파른 부분 끝에서 건초 더미인지 양 우리인지를 보았던 것이 기억났다. 하지만 그곳까지는 아직 두 시간은 더 가야 할 것이고, 그러면 아주 깜깜해질 것이었다.

그래서 그들은 차도를 벗어나 약간 산 쪽으로, 암벽의 발치에 벽난로 모양을 이루며 안쪽으로 들어간 벼랑을 향해 올라갔다. 뾰족뾰족 솟은 암벽은 어두운 하늘을 향해 두 덩이의 뭉쳐진 손가락들처럼 뻗어 있었다. 암벽이 돌바닥과 만나는 부분에는 비바람에 부서진 바위들이 떨어지면서 바닥을 깨뜨려서 생긴 자연적인 구멍이 있었다. 밤의 은신처로는 적당하였다.

아드리안이 말했다.

"편하진 않지만 이 동굴은 추위를 막아줄 수 있어."

안네는 동의의 뜻으로 고개를 끄덕였다. 어린아이 적에도 야외에서 밤을 보내본 적은 없었지만 지금은 모든 것이 상관없었다. 그녀는 죽도록 피곤해서 잠을 자고 싶을 뿐이었다. 아드리안도 다르지 않았다. 그는 자기가 아직도 상황을 제어하고 있다는 인상을 주려고 애썼지만 실제로는 완전히 지쳐서 무너지기 직전이었다.

암벽 구덩이의 뒷벽에 기댄 채 두 사람은 약간이라도 더 편한 자세를 취하려고 애썼다. 아드리안은 추위를 막기 위해서 포장 천을 그녀 위에 덮어주었다. 그렇게 그들은 잠들기를 희망하면서 잠시 졸았다.

"무슨 생각해?"

두세 시간쯤 지난 다음 안네가 어둠 속에서 물었다. 비는 그치고 나무에서 빗방울이 땅으로 툭툭 떨어졌다.

아드리안이 대답했다.

"어떻게 하면 여기서 무사히 벗어날 수 있을까 생각하고 있어."

아드리안은 축축한 옷을 통해 안네의 몸에서 나오는 온기를 느꼈다.

"우리 둘 다 같은 생각을 하고 있네."

그녀가 약간 냉소적인 어조로 물었다.

"그럼 생각해내는 데 성공했어?"

아드리안은 어깨를 으쓱하였다. 밤은 아주 캄캄해서 그들은 서로의 얼굴을 어렴풋이 짐작만 할 수 있었다.

"그들은 우리를 쫓아올 거야. 포시우스와 구트만과 다른 모든 사람들을 쫓아다녔던 것처럼 말야."

그가 혼잣말로 중얼거렸다.

"낡고 빛바랜 문서 한 장 때문에 말이지. 정말 말도 안 돼."

"그게 보통 문서가 아니라는 걸 알잖아."

안네가 화가 나서 대꾸했다.

"우리가 그 내용을 모른다 해도 그 의미는 정말 획기적인 것이지. 그렇지 않다면 오르페우스 기사단이 그토록 비용을 들이면서까지 그것을 얻으려고 하지는 않을 거야."

"그래 좋아. 다섯 번째 복음서가 있어. 신약성서가 그것으로 보충되거나 개별적인 부분들이 변화되어야 할지도 모르지. 하지만 그런 일은 이 문서가 불러일으킨 이런 소동을 정당화시켜 주지는 못해. 무엇보다도 그 맥락을 좀 알고 있다는 이유만으로 사람들을 죽이는 것을 정당화시켜 주지는 못해."

"물론 못하지."

안네가 소리를 질러서 아드리안은 그녀의 입을 막고 정신차리라고 주의를 주었다. 그러자 그녀는 목소리를 낮추고 말을 계속하였다.

"비밀의 열쇠는 바라바라는 이름에 들어 있어. 그것이 무엇인지 우리가 모르는 한 우리는 영원히 어둠 속을 더듬을 거야."

"그건 절대로 알아내지 못할 거야."

아드리안이 말했다. 한참이나 시간이 흐른 다음에 다시 그가 말했다.

"그런 걸 생각하는 일이 도대체 영리한 일인지 모르겠다. 너는 우리의 호기심이 우리를 어떤 처지로 데려왔는지 보고 있잖아. 별로 덧붙이지 않아도……."

안네가 그의 말을 끊었다.

"그걸 호기심이라고 부르네. 나는 비상방어라는 말이 더 나을 것 같은데. 난 이미 이 일에 뛰어들었고 배후가 밝혀지기 전에는 쉬지 못할 거야. 그 점을 이해해줘."

아드리안은 자신의 이의를 사과하려는 듯이 안네를 더 꼭 끌어안았다. 그들은 이렇게 서로 밀착된 자세로 끝도 없는 밤을 이야기로 보냈다. 한쪽이 지쳐서 말을 그치면 다른 쪽이 말을 시작하였다. 그들은 자기들을 억누르는 모든 것에 대해서 이야기했다.

"고백할 게 있어."

아드리안이 말했다.

"나도 고백할 게 있어."

안네가 그의 말을 끊었다.

"널 사랑해."

아드리안은 깜짝 놀랐다. 그는 침묵하였다.

그리고 보통은 짐승들이 은신처로 사용했을 암벽의 보호 아래서 이상한 사랑의 밤이 시작되었다.

아침 무렵 물방울이 뚝뚝 떨어지는 나뭇가지 사이로 최초의 빛이 희미하게 시작될 때 그들은 깜짝 놀라 일어났다. 산 쪽에서 자동차 엔진의 굉음이 다가왔다.

"우리가 도주한 걸 알아챈 거야!"

안네가 속삭였다.

"그들은 개를 풀어서 우리를 뒤쫓을 거야. 저 위에 키우고 있는 그 흉측한 개들을 말이야."

아드리안은 그녀를 안심시키려고 애썼다.

"걱정하지 마, 내 사랑. 비가 우리 편이야, 모든 흔적을 다 씻어버렸어."

자동차가 가까이 다가왔다. 저 아래쪽에 오프로드 자동차의 불빛이 보였다. 그것은 엄청난 엔진 소리를 내며 골짜기 쪽으로 미친 듯 달려내려왔다. 안에 타고 있는 사람은 물론 알아볼 수 없었다. 다가올 때처럼 빠른 속도로 자동차는 아침 여명의 귀신처럼 사라져버렸다.

오직 엔진 소리만이 수 킬로미터 밖에서도 들려왔다. 안네는 숨을 내쉬었다.

지난밤 그들은 계획을 하나 세워두었다. 오르페우스 기사단이 살로니키의 공항을 지키고 있으리라는 것을 출발점으로 삼았다. 그래서 그들은 남쪽으로 내려가려고 생각했다. 특히 오르페우스 사람들이 장악하고 있는 것으로 보이는 카테리니를 피해야 했다. 그들은 엘라손을 거쳐 라리사로 가기로 했다. 그곳에서 각기 다른 길을 가기로 했다.

아드리안은 안네에게 코르푸에서 집으로 가라고 제안하였다. 그는 파트라스로 가기로 했다. 두 지역 다 공사관이 있어서 그들을 도와줄 수 있을 것이다. 아드리안의 제안은 오르페우스 사람들이 자기들을 잡기 위해 모든 수단을 다 동원하리라는 생각에 기초한 것이었다. 갈라져서 가면 기회가 두 배가 되는 것이다. 무엇보다도 배를 타고 익명으로 여행하는 것이 비행기 승객이 되는 것보다 훨씬 더 안전했다. 재회의 장소로는 바리에 있는 호텔 '카스텔로'로 합의를 보았다.

사흘 뒤에 안네 폰 자이틀리츠는 바리에 도착했다. 하지만 아드리안이 말했던 호텔 '카스텔로'는 존재하지 않았다. 비슷한 이름의 호텔도 없었다. 그리고 아드리안의 흔적도 전혀 없었다.

암살

1

그들이 만날 때마다, 그리고 그들은 하루에도 여러 번씩이나 만났다. 그때마다 케슬러는 눈을 내리깔았다. 그는 부끄러웠던 것이다. 여러 주일 전부터 학문적인 영역에서 자기가 그토록 존경하는 슈테판 로진스키의 뒤를 범죄자처럼 밟고 있었기 때문에 특히 기독교도로서의 부끄러움을 느꼈다.

게다가 두 사람은 교단의 동지로서, 그리고 그레고리아니 대학의 비밀임무로 한데 묶여 있었다. 하지만 바로 이런 비밀임무가 예수회 원들 사이에 점점 더 많은 불화의 씨를 뿌리고, 그들이 외부세계와 격리되어서 양피지 문서를 해독하는 목적인, 홀에 걸려 있는 모토—즉 '모든 것을 하느님의 영광을 위해서' —를 우스꽝스러운 것으로 만들었다.

싸움 자체는 전혀 나쁜 일도 아니고 더욱이 비난할 일은 아니었다. 어떤 일에 대해 의견이 대립되는 것은 멍청한 조화보다 훨씬 더 쓸모가 있기 때문이다. 로마 교회의 신앙문제에서는 이런 원칙이 통하지 않았다. 마태오 복음서는 주님께서 거짓 메시아들과 거짓 예언자들이 일어날 것이라고 말씀하셨다고 기록하고 있다. 그리고 그들은 가능하다면 선별된 사람들을 유혹하기 위해서 위대한 표지와 기적을 행할 것이라고 하였다.

이것은 예언의 시간이었다. 어쨌든 만초니 교수를 편들어 말하는 예수회원들은 그렇게 생각했다. 양피지의 텍스트가 새로 밝혀질 때마다 우리 주 예수와 관계된 사정이 전혀 달랐을지도 모른다는 의심이 커졌기 때문이다. 어쨌든 홀에서는 두 패거리로 갈렸다. 한편으로는 만초니를 중심으로, 요셉이 포티파의 아내를 대했던 것처럼 새로운 인식에 대해서 경건한 말씀으로 맞서야 한다고 믿는 화평파 사람들이 있었고, 다른 한편으로는 로진스키가 중심이 된 불화파 사람들이 있었다. 케슬러는 로진스키 패거리에 속했다.

케슬러 박사는 콥트 양피지 문서의 번역에 적지 않은 역할을 하였다. 그는 지금까지 알려진 내용을 정확하게 알고 있었고, 그것이 원복음서라는 것을 의심하지 않았다. 그와 로진스키는 교황청이 자기들의 작업을 비밀이라고 선언하고 그 작업을 했던 예수회원들을 교황 선출을 위한 추기경회의처럼 외계와 격리시키는 것은 시간 문제일 뿐이라고 생각했다.

노회한 폴란드 사람 로진스키는 아직도 일주일에 두 번씩 캄포 데이 피오리 방향으로 갔다. 그곳에서 어두운 옆길로 접어들어 100미터를 더 간 다음 6층 건물로 사라지곤 했다. 케슬러는 적어도 일곱 번이나 그를 미행하였다. 그는 눈에 띄는 어떤 점을 찾아내거나 이런 밤나들이의 원인에 대한 어떤 암시를 알아내려는 희망을 가지고 있었다. 그러나 언제나 기다림에 지쳤고 게다가 순찰경관의 주목을 끌었을 뿐이었다. 경관들은 우연히 혹은 일부러 이쪽으로 왔고, 그러면 케슬러는 더 넓은 곳을 찾아나가곤 하였다.

312

로마처럼 경건함과 범죄가 서로 나란히 손에 손을 맞잡고 있는 곳도 없다. 그리고 성직자가 고약한 음모에 얽혀 있는 일도 이곳에선 드물지 않았다. 악마조차도 성직자 가운을 입고 있었다. 어쨌든 케슬러는 로진스키가 뒷골목의 사건에 연루되어 있다고 믿었다. 어쩌면 그가 일주일에 두 번이나 찾아가는 것은 가장 저급한 종류의 성적인 타락 때문일지도 몰랐다. 케슬러는 그렇게 생각하였다.

하지만 현실처럼 부조리한 것도 없다. 현실은 공현절(1월 6일) 다음날 생각지도 않은 방식으로 케슬러 앞에 모습을 드러냈다. 이 계절에는 대부분의 날들이 그렇듯이 춥고도 잔뜩 찌푸린 저녁이었다. 그는 로진스키를 쫓아 다시 저 수수께끼의 집에 이르렀다. 이번에도 아무런 성과가 없을 경우 이 조사를 중단하겠다는 확고한 결심을 한 터였다. 이런 이유에서 케슬러는 이전보다 더 큰 위험을 감수하였다. 그래서 그는 로진스키의 뒤를 바짝 밟아서 어두운 계단까지 그를 따라 들어갔다. 로진스키는 3층의 하얀 칠이 된 문 뒤로 사라졌다. 문패에는 라프샤니라고 적혀 있었다. 그것은 아랍 혹은 페르시아 이름으로 그에게 별다른 느낌을 주지 않았다. 로진스키의 방에서 사치스러운 여자 구두를 발견했을 때처럼 그의 상상력이 날개를 달았을 뿐이었다.

케슬러가 한쪽 귀를 그 집의 문에 갖다 대고 엿듣는 동시에 다른 쪽 귀로는 계단실의 상황을 감시하는 동안 예상치 못한 일이 일어났다. 문이 안쪽에서 활짝 열리더니 갑자기 로진스키가 그의 앞에 서 있었다. 작고 독수리 같은 매부리코와 깊은 눈을 한 모습이었다.

두 사람은 말없이 서로 바라보았지만 두 눈길은 같은 것을 말하고 있었다. '너를 잡았다…….' 상대방보다 더 빨리 정신을 차린 로진스키는 케슬러에게 다가서면서 웃음을 지었다. 그러면서——무서운 공격욕을 드러낼 때처럼——머리를 독수리처럼 약간 갸우뚱한 자세로 나직하게 중얼거렸다.

"그리스도 안의 형제여, 당신이 나를 미행한 거요? 당신이 이런 일을 할 줄은 꿈에도 몰랐는데……."

케슬러는 나쁜 짓을 하다가 들킨 복사(服事) 같은 기분이었다. 그래서 아무런 대답도 하지 않았다. 내면의 목소리는 원래 들킨 기분을 느껴야 할 사람은 로진스키라고 말하고 있었다. 하지만 로진스키는 자기 뒤로 문을 닫고서 케슬러의 멱살을 잡고 그를 계단으로 끌고 와서 아래로 밀어냈다.

"이야기를 해야 할 것 같은데. 안 그렇소?"

케슬러는 격렬하게 고개를 끄덕였다. 두 사람 사이의 긴장감이 그제야 약간 풀리는 듯했다. 케슬러는 어쨌든 그렇게 느꼈다.

그들은 말없이 어두운 집을 떠났다. 로진스키가 다시 말을 시작하였다. 그는 전혀 불안해하지 않으면서 케슬러가 자기에 대해서 더 자세한 것을 알고 있느냐고 친절하게 물었다. 케슬러는 부인하였고, 처음에는 그가 정기적으로 산 이냐치오 수도원을 떠나는 것이 눈에 띄었을 뿐이라고 고백하였다. 그러나 만초니를 날카롭게 공격한 일과 관련해서 그는 생각을 하게 되었고 마침내 호기심을 갖게 되었다고 했다. 로진스키는 미소지으며 고개를 끄덕였다.

2

캄포 데이 피오리에서 그들은 어떤 트라토리아(식당)에 들어갔다. 로진스키는 람브루스코(적포도주)를 주문했다. 어째서 성직자들이 특별히 람브루스코를 마시느냐에 대해서는 자세히 말할 필요가 없다. 역사의 발전을 위해서도 람브루스코가 다른 달콤한 포도주보다 더 빨리 혀를 풀어준다는 정도로 말하는 것으로 족할 것이다. 로진스키는 철저히 그런 의도를 가졌다고 생각할 수 있었다.

오랫동안 케슬러는 암중모색을 했다. 이어서 로진스키가 자신의 속을 털어놓으려 하고 있었다. 그는 로진스키가 어째서 자기에게 속을 감추려고 하지 않는지 이상하게 여겼다. 하지만 그런 일은 일어나지 않았다. 반대로 로진스키는 대부분의 동료들을 능가하고 그래서 콥트 양피지를 로마 교황청의 의도에 따라서 번역하는 일보다 더 큰 임무를 해내는 데 적합하다며 케슬러의 지성과 통찰력을 찬양하였다. 그리고 이렇게 덧붙였다.

"내 말이 무슨 뜻인지 안다면 말이오."

한순간 케슬러는 생각해보았지만 헛일이었다. 그래서 그는 머리를 흔들면서 대답하였다.

"한마디도 모르겠습니다, 로진스키 형제, 유감이에요."

로진스키는 손바닥으로 매끈하게 이발한 머리를 쓰다듬었다. 잔뜩 긴장해서 생각에 잠겨 있다는 표시였다. 그런 다음 그는 자신과 케슬러를 위해서 람브루스코를 한 잔씩 더 따르더니 조심스럽게 말을 시작하였다.

"우리 작업은 엄밀하게 따지면 코미디요. 만초니가 양피지의 번역을 위조하고 있기 때문입니다."

"위조라고요?"

"그렇소, 위조요. 그것도 교황청의 명령을 받고 하는 일이오. 교리 문제 성무청은 다섯 번째 복음서의 내용으로 최대의 난제에 부딪혔어요. 우리 두 사람 다 아는 일이지만 그것은 가장 먼저 완성된 것이기 때문이지. 추기경 나으리들은 자기들의 성직록을 잃을까 걱정하고 있소. 그래서 성무청에서 나온 명령은 다섯 번째 복음서의 내용과 단어를 이미 알려진 것들과 동일하게 만들라는 것이오. 다른 복음서들의 신뢰성을 놓고 토론이 벌어지지 않도록 하려는 거지요. 교리문제를 다루는 성무청의 관심을 끌었던 이단자는 충분히 많다는 겁니다."

"하지만 그것은 가능하지가 않아요, 그리스도 안의 형제여!"

케슬러는 손으로 탁자를 쳤다.

"그것은 가능하오! 심지어 그들은 양피지 내용의 출간을 방해하기 위해 모든 노력을 다할 것이오."

로진스키는 머리카락 없는 머리통 쓰다듬는 일을 그만두었다.

"그것이 의심의 여지없이 진짜라 하더라도……."

"그것이 의심의 여지없이 진짜라 하더라도 말이오. 당신은 모든 기독교도의 미덕 중에서 최고의 미덕을 알고 있지요!"

"겸손!"

"오, 아니오. 그리스도 안의 형제여. 침묵이오. 갈릴레이 사건을 생각해보시오. 오늘날에 이르기까지 어떤 교황도 갈릴레오 갈릴레이를 위해 한마디도 좋은 말을 한 사람이 없소. 비록 초등학교의 학생들조차도 우르반 8세가 갈릴레오에게 내린 판결은 부당한 것이라는 사실을 알고 있는데도 그렇소. 교회는 이런 오류를 겸손하게 생각하지 않고 침묵으로 일관하는 것이오."

케슬러는 자신의 잔을 들여다보며 고개를 끄덕였다.

로진스키가 격한 어조로 말을 계속하였다.

"어째서 우리 예수회는 교황의 교단들 중에서 사랑받지 못하는 교단이 되었지요? 어째서 우리 교단은 여러 번이나 금지되었나요? 우리가 침묵할 줄을 모르기 때문이오. 다행히도 우린 침묵할 줄을 모르오."

"다행히도 우린 침묵할 줄을 모르지요."

케슬러는 자신의 잔에 눈길을 고정시킨 채 모호한 목소리로 이렇게 되풀이하였다. 거품이 일어나는 포도주는 효과가 있었다. 그는 되풀이해서 말했다.

"다행히도 우린 침묵할 줄을 모릅니다. 하지만 로진스키 형제여, 당신이 일주일에 두 번씩 어두운 집을 찾아가서 밤을 보내는 것은 그것과 무슨 상관입니까?"

케슬러는 이 말을 해놓고 깜짝 놀랐다. 하지만 이미 여기까지 말을 해놓았고 더는 잃을 것도 없었으므로, 그리고 이 집에서 어떤 일이 일어나는지 짐작하고 있었으므로 발언의 강도를 더 높였다.

"독신제도가 우리 모두를 망가뜨립니다!"

로진스키는 무슨 말인지 이해하지 못했다. 그는 마치 케슬러가 방금 태양은 지구 주위를 돈다고 말하기라도 한 것처럼 질문의 뜻으로 그를 바라보았다. 그러다가 점차 깨닫고 큰 소리로 웃기 시작하였다. 그의 웃음은 트라토리아의 보통 때의 소음보다 훨씬 컸다.

그는 경련을 일으키는 파도바의 성 안토니우스처럼 눈길을 하늘로 향했다.

"그리스도 안의 형제여, 이제야 이해하겠소. 하지만 잘못된 짐작을 하셨소. 그곳은 명예로운 집이오. 어쨌든 일곱 번째 계명과 관련해서는 말이오. 당신이 원한다면 나는 우리 같은 사람들만 다니는 비밀주소를 가르쳐드릴 수도 있소."

"오, 아닙니다. 그런 뜻이 아니었어요! 나의 더러운 생각에 대해서 용서를 빕니다."

케슬러는 거부하였지만 얼굴이 빨개지는 것을 느꼈다.

로진스키는 격렬한 손짓을 하면서 "무슨 말을" 하고 말했다. 마치 말할 만한 가치도 없다는 듯한 태도였다. 그리고 그는 동료 수도사를 향해 몸을 굽히고 말했다.

"나는 당신이 영리하고도 비판적인 사람이라고 생각합니다."

"그것은 우리 교단의 원칙이지요. 그렇지 않다면 나는 예수회원이 되지 않았겠지요."

"좋소."

로진스키는 잠시 침묵하였다. 그는 손으로 머리를 쓰다듬었다. 올바른 말을 찾으려고 얼마나 애쓰는지 알 수 있었다. 마침내 그는 질문을 했다.

"당신의 믿음은 어떻소, 형제여? 내 말 아시겠소? 그러니까 가장 높으신 분을 향한 믿음말고. 내 말은 어머니 교회의 권위와, '거룩한 교회를 믿음', 그리고 사도 바울로의 우선순위 혹은 독신제에 대해서 어떤 생각을 하느냐는 겁니다."

이 질문은 케슬러를 놀라게 했다. 그는 어떻게 대답해야 좋을지 알 수가 없었다. 로진스키는 교활한 사람이었다. 그는 어떤 비열한 짓이라도 할 사람이다. 그래서 케슬러는 조심스럽게 거의 교리에 맞는 대답을 했다.

"거룩한 어머니 교회에 대한 가르침은 서로 다른 등급의 여러 교리들의 확실성에 근거하는 것이지요. 거룩함에 대한 믿음이란 하느님이 보여주신 진리요, 모든 의심을 넘어서 있습니다. 거룩한 교회를 믿는 것은 진리의 계시적 성격을 더욱 확실하게 보여주는 것이고 이것을 제한 없이 가르칠 것을 전제로 합니다. 그에 반해서 결정론에 대한 믿음은 가장 약한 것이오, 교황님이 알려준 것입니다. 당신이 그 말씀을 하시는 것이라면 교황의 무오류 교리는 제1회 바티칸 종교회의가 적법하다는 사실에 근거한 것입니다. 바울로의 우선순위로 말하자면 당신은 내게 답변을 쉽게 만드십니다. 나는 바울로가 고린토 사람들에게 보낸 첫 번째 편지를 지적하는 것입니다. 그에 따라서 교회는 세례 받지 않은 사람들 사이에서 유효하게 성립된 결혼은, 부부 중 한 사람이 카톨릭으로 세례를 받고 다른 카톨릭 교도와 결혼하려고 할 경우에는 이혼할 수가 있다는 법규를 이끌어낸 것이지요. 독신제는 동일한 고린토 편지에 근거를 가집니다. 바울로는 결혼하지 않은 사람은 주님의 일을 위해 일할 것이오, 결혼한 사람들은 그에 비해 마음이 둘로 갈라진다고 말하고 있으니까요."

이런 대답이 그에게 고통을 주기라도 한 것처럼 로진스키는 얼굴을 찌푸렸다. 한동안 그가 아무 말도 하지 않아서 케슬러는 자기가 잘못 말한 것이 대체 무엇인가 생각하였다. 잠시 후 로진스키는 자기는 교회의 교리에 대해서는 그런 조언이 필요치 않다고 욕을 퍼부었다. 그는 케슬러가 아직 기저귀를 차고 있을 때 벌써 엎드려서 성스러운 삼위일체께 기도드렸다고 소리쳤다.

분명히 분노를 드러내면서도 로진스키는 두 사람을 위한 계산을 했다. 이날 저녁 그는 케슬러에게 친절하지 않았다. 두 사람은 침묵한 채 산 이냐치오 수도원으로 돌아갔다.

자기가 대체 무슨 잘못을 한 것일까? 케슬러는 아무리 생각을 해보아도, 로진스키의 태도에 대한 설명을 찾아낼 수가 없었다.

3

다음날, 연구소에서 일을 마친 다음 케슬러는 로진스키에게 말을 걸었다. 자기가 혹시 그를 모욕했는지, 그리고 대체 무슨 말이 잘못되었는지 말씀해주시라, 어쨌든 자기는 미리 용서를 구한다고 말했다.

모욕이라고? 로진스키는 이것은 정확한 단어가 아니라고 말했다. 오히려 자기는 실망했다, 자신은 그에게 교회의 가르침을 질문했던 것이 아니라 그 자신의 개인적인 견해를 물었던 것이라고 했다. 그의 견해가 교회의 가르침과 일치한다면 그들 사이의 대화는 시간낭비일 뿐이고 케슬러를 위해서는 만초니가 분명 더 나은 대화상대가 될 것이라고 했다.

그러니까 그것이 로진스키의 이해할 수 없는 침묵의 이유였다. 솔직하게 말한다면 케슬러는 속마음을 감출 필요가 없다고 대답했다. 케슬러는 자기가 어느 편에 마음이 기우느냐는 것은 문제가 아니라고 했다. 만초니는 교수로서의 직책을 존중하지만 로진스키는 비판과 이성에서 다른 사람을 능가한다, 그래서 그는 모든 교단 형제들에게 모범이 된다, 공식적인 교회에 대해서 거부적인 태도를 취하고 있어도 마찬가지라고 말했다.

케슬러의 말은 로진스키의 눈을 반짝이게 만들었다. 그는 케슬러를 잘못 보았다. 케슬러는 자기 의견을 아주 훌륭하게 자기 혼자만의 것으로 지닐 줄을 안다. 그리고 이 점에서 그는 로진스키와 달랐다. 그것은 진정으로 영리한 사람의 특성이다. 로진스키는 자신이 펼치는 운동을 위해 유익한 사람이 있다면 바로 케슬러라고 했다.

케슬러 같은 사람에게 지금까지 그의 삶이 오류에 의해 결정되었다는 사실을 납득시키기 위해서는 거창한 말이 필요치 않다. 오히려 단도직입적인 사실이 필요하다. 그래서 로진스키는 자기가 바울로에서 사울로가 되었던 것과 동일한 저 인식의 오솔길로 이 독일인 동료를 안내하기로 결심하였다.

우선 그는 케슬러와 함께 고대 로마의 유적지로 갔다. 그는 이 장소가 다섯 번째 복음서와 어떻게 연결되어 있는지 암시만 하려고 했던 것은 아니다. 태양은 서쪽으로 많이 내려앉아서 오후의 냉기를 따뜻하게 해주었다. 로마 유적지의 '성스러운 길'(비아 사크라)의 가장 높은 지점에 티투스 황제의 명예로운 행적을 기리기 위한 개선문이 세워져 있었다. 이곳에서 로진스키는 발길을 멈추었다. 그리고 말했다.

"로마 역사에 대한 당신의 지식이 어떤지 모르겠소, 형제여. 하지만 내가 당신이 이미 아는 사실을 설명하거든 내 말을 끊으시오."

케슬러는 고개를 끄덕였다.

로진스키는 설명을 시작하였다.

"이 개선문은 주후 81년에 도미티아누스 황제가 형인 티투스를 기념하여 세운 것이오. 지배적인 교의에 따르면 이 건축물은 티투스 황제가 70년에 유태인들에 대해 승리를 거둔 것을 묘사하고 있다는 것이지요. 그렇지만 그것은 오로지 절반의 진실일 뿐이오."

"절반의 진실요?"

"개선문의 통로에 있는 부조는 4두마차와 함께 있는 황제와 그의 머리에 화환을 씌워주는 승리의 여신을 보여주고 있소. 맞은편에는 예루살렘 사원에서 전리품을 끌어내는 로마 군단을 보여줍니다. 일곱 가지가 달린 촛대와 은 트럼펫이죠. 이 부조들은 로마인이 유태인에게 승리한 것만을 보여주는 것이 아니라, 로마의 종교가 유태의 종교에 승리한 것을 또한 찬양하고 있소. 아마 당신이 전부터 이미 알았던 것이라 생각되는데."

"그렇습니다. 다만 당신이 무슨 말을 하시려는지 알고 싶을 따름입니다!"

로진스키는 미소를 지었다. 그는 동료 수도사의 불안한 호기심을 즐기고 있었다. 마침내 그는 그의 팔을 잡고 개선문을 한 바퀴 돌았다. 콜로세움을 향하고 있는 측면에 서서 그는 넓은 부조를 가리켰다.

"역시 티투스의 승리의 행진 장면이오. 하지만 이제 주의해서 보시오, 그리스도 안의 형제여."

로진스키는 케슬러를 반대편으로 데려갔다.

"무엇이 보입니까?"

"아무것도 안 보이는데요. 그냥 비바람에 망가진 돌이오. 혹시 뒷날 이 자리에 그냥 돌을 쌓아올린 것이 아닌가 생각될 정도인데요."

로진스키가 벽을 탁탁 쳤다.

"잘 보셨소. 실제로 그렇소."

"좋습니다. 나는 다만 이것이 우리 문제와 어떤 연관성이 있는지를 모르겠군요."

로진스키는 케슬러를 옆으로 데려가서 돌팔매질 거리만큼도 떨어지지 않은 곳, 주피터 사원의 계단에 자리를 잡고 앉으라고 말했다. 그런 다음 호주머니에서 사진 한 장을 꺼냈다. 갑자기 케슬러는 로진스키의 방에 몰래 들어갔을 때 티투스 개선문의 수많은 모습들을 보았던 것이 기억났다. 사진은 저 개선문의 통로에 있는 것과 그다지 다르지 않은 부조를 보여주었다. 온갖 전리품을 로마로 가져오는 로마 군단의 모습이었다.

"나는 모르겠군요."

케슬러는 로진스키에게 사진을 돌려주려고 했다. 하지만 로진스키는 이것을 거절하고 설명을 시작하였다.

"내가 양피지 작업을 시작했을 때 나는 이와 비슷한 위조문서 자료를 찾고 있었소. 만초니는 내게 바티칸 비밀서고에서 동시대의 양피지 텍스트를 찾아보아도 좋다는 허가를 얻어주었소. 그 밖의 경비는 별것 아니었소만 그것은 시간이 드는 일이었어요. 이 비밀을 지키는 서기들도 자기들의 비밀을 다 모르고 있으니 말이지요. 나는 서고에서 밤낮으로 살다시피 했어요. 그리고 경건한 기독교인이라면 감히 생각도 못할 사실들에 부딪치게 된 겁니다. 한 인간의 생애는 모든 것을 보기에는 너무 짧아요. 하물며 그곳에 보관된 것을 읽기에는 턱없이 짧지요. 나는 그렇게 많은 것을 감추어야 하는 교회가 언제나 스스로 주장하듯이 정말로 진리의 교회일까 하는 생각을 했어요."

케슬러가 그의 말에 한마디 덧붙였다.

"두려운 생각이군요!"

"어쨌든 나는 바티칸 비밀서고 내부를 나의 원래 일이 요구하는 것보다 훨씬 더 광범위하게 살펴보았지요. 그러다가 이 기록물을 보게 된 겁니다."

로진스키는 집게손가락으로 케슬러의 손에 든 사진을 가리켰다.

"이 부조를요?"

"성스러운 삼위일체께 걸고 그렇소. 나는 물론 당신이 지금 하고 있는 것과 같은 질문을 했어요, 그리스도 안의 형제여. 그리고 당신에게 위안이 되겠지만 나 역시 아무런 답변도 얻지 못했어요. 당시 나는 이 부조가 티투스 황제의 개선문에서 나온 것이라는 사실을 몰랐어요. 나는 그냥 이런 묘사가 교회에 의해서 '비밀엄수' 항목으로 분류되고 두꺼운 철문 뒤에 숨겨져서 극소수의 선별된 사람들만이 볼 수 있도록 보관되고 있다는 사실을 극히 이상하게 여겼을 뿐이지요. 공식적으로 나는 이 부조를 본 적이 없는 것이오. 왜냐하면 나는 조사를 시작하기 전에 내게 맡겨진 일들과 관련된 부분에서만 일을 하겠다는 맹세를 했기 때문이오. 내가 일하는 두 달 동안 단 두 번뿐이었지만 아무도 지키는 사람이 없는 때에 나는 이 돌의 사진을 찍었소."

케슬러는 사진을 흔들었다.

"그럼 이것이 그 사진입니까?"

로진스키가 그렇다고 하자 케슬러는 비밀을 발견할 수 있기라도 한 것처럼 사진을 눈앞에 바싹 갖다댔다. 그런 다음 그는 물었다.

"세상에 이 부조가 어떻게 바티칸 비밀서고에 들어갔을까요? 무엇보다도 어째서요?"

로진스키는 뭔가를 알고 있는 사람 특유의 미소를 지었다.

"첫 번째 질문에 대해서. 그 사이 잊혀졌지만 로마 유적지는 중세 동안에는 수 미터 높이의 흙 속에 파묻혀 있었고, 그 위에서 소들이 풀을 뜯었어요. 다른 폐허들은 토지나 성벽으로만 쓰였지요. 티투스 개선문도 마찬가지였어요. 그것은 프란지파니 집안의 성에 포함되어 있었지요. 그리고 바깥 벽에 있는 이 부조들은 수백 년 동안이나 전혀 보이지 않았지요. 이 요새가 무너지고 1822년에 교황 비오 7세는 티투스 개선문을 복원하겠다는 소망을 말했소. 복원 예술가인 발라디에르는 바깥 벽에서 로마 군단을 묘사한 이 부조를 발견했지요. 우리 교단을 좋게 생각했던 비오 교황은 우선 1세기의 부조를 발견한 것을 대단히 기뻐했어요. 하지만 어느 날 그는 국무추기경 바르톨롬메오 파카를 대동하고 나타나서는 복원 예술가에게 이 부조를 즉시 떼어내서 바티칸으로 가져오라고 요구했어요. 발라디에르는 싱하께, 그렇게 하려면 티투스 개선문이 무너지는 위험성을 감수해야만 한다고 대답했지요. 그러자 비오는 이 개선문을 한 조각 한 조각 떼어냈다가 같은 자리에 다시 세우라고 명령했어요. 로마 군단 부조가 있던 자리에는 트래버틴 돌을 쌓아올리고 그렇게 해서 부조가 세월의 이빨에 찢겨나간 것 같은 인상을 만들어내도록 했소. 그렇게 해서 이후로 원본은 바티칸 비밀서고에 보관되고 있지요. 이제 두 번째 질문에 답할 차례요, 케슬러 형제."

사진에서 눈을 떼지 않고 케슬러가 말했다.

"그것은 환상적으로 들리네요. 이 그림을 보는 것이 경건한 기독교도에게 금지된 이유가 있겠지요. 그냥 전리품을 든 병사들, 그들이 집으로 가져가는 여러 가지 집기와 동물들밖에 보이지 않지만 말입니다. 벌거벗은 여자나 성스러운 카톨릭 교회에 대한 저주의 말 같은 것은 전혀 보이지 않는데요. 하지만 그 무엇인가가 성하를 불안에 빠뜨렸겠지요! 이 비밀을 얼른 말씀해주지 않으신다면 나는 폭발할 것 같아요."

로진스키가 이의를 달았다.

"진실이 당신을 더 행복하게 만들지는 못할 것이오. 당신에게 경고해야겠소."

"그럴지도 모르지요. 하지만 무지는 나를 병들게 합니다. 그러니 말해주십시오."

4

두 남자는 몸을 일으켰다. 로진스키는 걸으면서 이야기하기가 더 쉬웠다. 무엇보다도 그는 반갑지 않은 염탐꾼이 두려웠다. 그래서 그들은 집회소 쪽을 향해 성스러운 길의 네모나고 매끈한 돌길을 걸었다. 로진스키는 케슬러에게 질문을 던지면서 상세한 설명을 시작하였다.

"형제여, 두 달 전에 신문에 난 사건을 기억하시는지. 정신나간 교수가 루브르에서 레오나르도의 성모상에 산을 뿌렸던 사건 말이오."

"네, 아슴푸레 기억납니다. 그런 미친 사람이. 사람들은 그를 정신병원에 가두고 그는 그곳에서 죽었지요. 가련한 사람."

"그렇게 생각하시는군."

로진스키가 멈추어 서서 케슬러를 살펴보았다. 그러더니 로진스키는 웃음을 터뜨렸다.

"예술에 대한 사랑에서 그런 일을 한 것은 아닐 테지요. 아니오. 하지만 어쩌면 진실에 대한 사랑에서 그랬을 겁니다."

그러면서 곧바로 그는 이렇게 덧붙였다.

"침묵해야 합니다. 내가 지금 당신에게 이야기하는 것에 대해서는 한마디도 해서는 안 됩니다. 당신 자신의 이해가 걸린 일이오."

"약속드리지요. 하느님과 모든 성자에 걸고!"

2000년이나 된 기둥들과 조각상들이 늘어선 이 역사적인 장소는 케슬러에게 중요한 시작을 위한 적당한 배경처럼 보였다.

로진스키는 이런 반응을 기대했었다. 하지만 그는 헷갈리지 않고 말을 계속하였다.

"거의 2000년 전부터 오직 극소수의 사람들에게만 전해오던 비밀이 있소. 절대로 문서 형태로 적어서는 안 된다는 조건 아래서 세대에서 세대로 계속 전해졌지요. 이 비밀의 첫 번째 보호자가 이런 말을 했기 때문이오. '모든 문서는 악마의 것이다' 라고. 그러나 이 설명할 수 없는 것이 사라져버리지 않도록 그때그때의 비밀 전수자는 자신의 끔찍한 지식을 자기만의 방식으로 비밀로 바꾸는 일이 허용되었소."

케슬러가 상대의 말을 끊었다. 그의 목소리는 흥분되어 있었다.

"알겠어요. 레오나르도 다 빈치는 바로 이 비밀 전수자의 한 사람이었군요. 그리고 그 교수는 이 지식에 대한 어떤 단서를 찾아낸 것이고 말이죠."

"그렇소, 분명 그랬을 거요. 그 교수는 산을 그림의 특정 부위를 향하여 뿌렸어요. 그러자 그 동안 아무도 생각지 못했던 것이 드러나게 되었소. 레오나르도의 성모상은 여덟 개의 다른 보석들로 만든 목걸이를 하고 있었소. 내가 그 이야기를 들었을 때 나는 무슨 이야긴지 금방 알아차렸소이다. 그것은 비오 7세의 국무추기경이 티투스 개선문 부조에서 찾아낸 것과 같은 발견이었지요."

케슬러는 놀라서 멈추어 섰다. 그는 불안해서 이 발에서 저 발로 무게를 옮겨 디뎠다.

"로진스키 형제, 당신이 진지한 사람이라는 것을 몰랐더라면 나는 당신이 나를 놀린다고 생각했을 겁니다."

로진스키는 진지하게 바라보고 고개를 끄덕이며 말을 계속하였다.

"그런 의심을 이해합니다. 케슬러. 이 모든 것은 이해하기가 정말 어렵지요. 특히 갑자기 그 사실을 듣게 될 경우엔 더욱 그렇지요. 나는 여러 해 동안이나 그것에 매달려 왔고, 진실을 한 조각씩 알게 되었소. 물론 나는 작은 조각으로 된 모자이크를 짜맞추어서 아주 천천히 전체 상을 얻은 것이오. 당신은 갑자기 전체상을 보게 된 것이고."

"레오나르도로 돌아가서요!"

케슬러는 열병에 걸린 것처럼 재촉하였다.

"미국에서 비교문학을 가르치던 이 독일 교수는 문학작품 연구를 통해서 레오나르도 다 빈치가 이 비밀에 연관되어 있고, 그의 어떤 작품 안에 암호화되어 있다는 인식을 뒷받침해주는 단서를 찾았던 것 같습니다. 목걸이의 경우 그는 보석 하나하나를 아주 정밀하게 그려놓아서 전문가는 누구든 그것을 알아볼 수 있게 되어 있어요."

"그림에 목걸이를 그려넣은 다음 그 위에 덧칠을 했군요?"

"그렇소. 그가 이 비밀에 대한 어떤 단서를 남겨놓았다고 추측할 수가 있지요. 교수는 연구를 하다가 여기 부딪쳤지만 미술사가들은 진지하게 여기지 않는 바로 그 단서요. 아마도 그는 자기 이론을 증명할 다른 방도가 없었던 것 같소."

이 설명이 케슬러를 열광시킬수록 그는 점점 더 자주 로진스키에게 회의적인 태도를 드러내보였다.

"좋아요. 당신 말이 옳고 레오나르도가 이 세계비밀을 알았던 사람 이라고 칩시다. 그렇다면 그는 누구에게서 전수받았고, 누구에게 그 비밀을 전했는가 하는 질문이 나오지 않습니까?"

로진스키는 자기 앞쪽 바닥을 뚫어져라 쳐다보았다. 그는 침묵하고 있었고, 이 질문을 통해 상처를 입은 듯했다. 로진스키는 케슬러가 자기 이야기를 그다지 진지하게 받아들이지 않는 것처럼 느꼈다. 마침내 그는 대답하였다.

"나는 모릅니다. 나는 몰라요. 어쩌면 다른 사람들이 알겠지요. 그들의 작품에 아무도 해석하지 못하는 막연한 암시들이 들어 있는 위대한 정신들이 많아요. 레오나르도에 앞서 단테가 있었고, 그의 뒤에는 셰익스피어와 볼테르가 있었지요. 특히 볼테르, 그의 원래 이름은 아루에(Arouet)였소. 볼테르(Voltaire)란 이름은 아나그램(한 단어 혹은 단어 그룹의 철자들을 이용해서 다른 단어를 만들어내는 방식—옮긴이)이오. 레오나르도의 목걸이와 티투스 개선문의 묘사가 감추어진 아나그램인 것과 같은 원리요. 이 두 가지의 묘사와 볼테르의 이름은 모두 여덟 철자로 되어 있다는 공통점이 있소. 나는 볼테르의 이름 뒤에 그가 그것을 알았다는 사실에 대한 암시가 숨어 있다고 확신합니다. 나는 그 이름을 철자로 나누어서 그것으로 순서에 맞고 뜻을 갖는 프랑스어 단어들을 만들어보았소. 여러 밤을 그 일로 지새웠지만 성과가 없었지."

"어쩌면 그 전제가 잘못된 것 아닙니까. 볼테르라는 이름 뒤에는 단순한 말장난이 숨어 있는 것 아닐까요."

"그래요, 나도 알고 있소. 단순한 치들은 볼테르라는 이름이 아로베트 L J[Arovet L(e) J(eune)]라고, 그러니까 아루에 2세라고 생각하지요. 하지만 이런 서툰 해석은 볼테르에게는 어울리지 않아요. 세계사에서 가장 위대한 정신의 하나로 꼽히는 남자가 그렇게 시시한 말장난 뒤에 숨을 리가 있나요. 볼테르는 신이 도덕적 질서의 근원이라고 믿기는 했지만 기독교 신비주의자가 될 생각은 없었소. 특히 거룩한 카톨릭 교회를 뜻하지는 않았지요. 인간은 카톨릭의 구원을 필요로 하는 것이 아니라는 거지. 그는 성서 텍스트는 쓸모가 없다고 말했소. 그 모든 것은 그 시대의 인간으로서는 극히 특이한 일이오. 하지만 그가 세계비밀을 알고 있었다고 한다면 이해가 가는 일이지요. 케슬러, 나는 그가 이 이상한 볼테르라는 이름을 받아들였을 때 사실을 알았다고 확신합니다!"

케슬러가 이의를 달았다.

"실례입니다만, 당신의 말씀을 제대로 이해했다면 볼테르는 이 티투스 개선문과 연관성이 있다는 말인가요?"

로진스키는 케슬러의 손에서 사진을 빼앗아서 도전적으로 그의 얼굴에 들이밀었다.

"이 사진에서 대체 무엇을 보시오, 케슬러?"

"전리품을 가진 로마 군단이오."

"이 전리품들엔 어떤 것이 있소?"

"하나의—어쩌면 황금으로 된—욕조가 있군요. 양 한 마리, 나뭇가지 하나, 고라니 한 마리, 군기 하나, 쌍두마차, 오리 한 마리, 이삭 하나요. 뭐 이상한 거라도 있나요?"

"전리품 자체는 아니, 거의 없소. 하지만 주의 깊은 관찰자에게는 의심스럽게 여겨지는 한 가지 단서가 있어요."

"고라니!"

"그렇소. 티투스와 그의 군단이 약탈을 했던 나라에는 사막의 온갖 진기한 동물들이 다 있지만 고라니는 없소. 이런 모순은 부조를 만들어낸 사람에 의해 일부러 선택되었소. 이런 묘사 속에 비밀이 감추어져 있다는 암시를 주려고 말이오."

"하지만 티투스 황제가 이 구상을 승인하면서 조각가들에게 '나는 우리 전리품에서 고라니를 본 기억이 안 난다!'고 말했을 텐데요."

"그는 분명 그랬을 거요, 형제여. 하지만 티투스는 자기 이름이 붙은 개선문을 보지 못했소. 이 개선문은 그가 죽은 다음 동생이며 후계자인 도미티아누스에 의해서 건축되었지. 그리고 젊은 황제는 기념비에 그려진 세부사항에 대해서는 로마 철학자들의 말처럼 아무런 관심도 없었을 것이오. 로마 사람들은 멍청이들이었소. 그들은 로마만 알았지 자기들의 경계선 바깥에 있는 것은 모두 이국적인 것이라고 생각했거든. 펭귄이 이 전리품 행렬 속에 들어 있다 해도 전혀 몰랐을 거요."

5

로진스키와 케슬러는 로마 유적지의 반대편으로 다가갔다. 집회실과 셉티미우스 세베루스의 개선문을 지나갔다. 바로 그 뒤로 콘솔라치오네 가도(街道)가 카피톨 언덕을 돌아서 뻗어 있었다. 케슬러는 나중에 하필이면 이 길을 선택했다고 몹시 자신을 질책하였다. 그러나 그것은 로진스키의 생각이었다.

도로 쪽에서부터 자동차 소음이 들려와서 로진스키의 설명을 방해하였다. 하지만 원치 않는 염탐꾼을 걱정할 필요는 없었다. 그래서 로진스키는 이야기를 계속했다.

"티투스 황제의 수행원들 중에는 동쪽에서 새로운 운동에 접했던 사람들, 스스로를 기독교도라 부르는 사람들도 있었던 게 분명하오. 로마 사람들에게 이들 기독교도들은 동방에서 건너온 수많은 종파들 중 한 종파의 추종자들에 지나지 않았지. 하지만 이 종파를 통해 인기를 얻은 남자는 수많은 전설들을 갖추고 있어서 사람들이 떼를 지어서 이리로 몰려들었소. 그 남자는 아주 진지하게 자기가 어떤 모르는 신의 아들이라고 주장했고, 마법사들도 감히 할 수 없는 일들을 해서 그것을 증명하였소. 빵 다섯 개와 물고기 두 마리로 5000명의 남자들을—여자와 아이들은 뺀 숫자요—먹이고, 물을 포도주로 바꾸고 죽은 사람을 살아나게 했소. 로마인들이 신을 모독한 죄로 그를 고발했을 때 유태인들이 그를 죽였소. 그러자 당시 사람들을 완전히 혼란에 몰아넣을 일이 일어났어요. 이 남자의 추종자들은 자기들의 스승이 죽은 자들 가운데서 부활하시는 것을 자기들 눈으로 보았다고 주장한 겁니다."

"잠깐만, 형제여. 당신은 마치 이단처럼 말씀하십니다. 지금 하시는 일은 옳지 않습니다."

케슬러가 끼여들었다.

케슬러의 말에 로진스키는 화가 났다. 그는 이마에 주름을 잡고 대꾸하였다.

"내가 끝까지 이야기하도록 놓아둘 수 없겠소, 형제여. 그런 다음 어떤 의견이든지 자유롭게 말하시오."

그들은 한동안 거의 주먹질을 하려는 적대자들처럼 아주 가까운 거리에서 서로 노려보았다. 로진스키는 유적지를 향해서, 케슬러는 카피톨 언덕을 향해서 서 있었다. 로진스키는 차갑고도 승리를 확신하는 태도로, 케슬러는 비판적으로 바라보았지만 상대의 격한 태도를 보고 불안해졌다. 이런 자세로 로진스키가 다시 말을 시작했다.

"무엇보다도 바울로라는 이름의, 타르수스 출신 텐트 만드는 사람의 전도 열성을 통해서 이 운동은 대단히 번성하였소. 그것은 점차 로마의 국가신들을 위협하게 되었소. 국가 전체에서 이 종파의 추종자들이 모이는 집회가 만들어졌소. 팔레스티나, 소아시아, 그리스뿐 아니라 신들의 고향인 로마에까지 기독교도들은 신도들을 가진 거요. 이 사람들은 다른 어떤 종교도 갖지 못한 전도의 열의를 가졌소. 그들은 자기들의 신앙을 갖지 않은 모든 사람들과 자신들을 구별하였고, 비밀집회에서 이상한 의식을 행했기 때문에 곧 로마 제국 전체에서 사람들의 입에 오르내리게 되었소. 이 사람들은 이런 광신 상태에서 기적을 행하는 나사렛 사람을 직접 목격했던 사람들에게 반대하면서까지 자기들의 의견을 주장하였지요. 누군가가 나타나서 당시 실제로는 모든 것이 전혀 달랐다, 나는 다른 누구보다 그것을 더 잘 안다고 주장하자 사람들은 이 남자를 돌로 쳐죽이려고 했소. 그는 도망을 쳐서 겨우 죽음을 벗어났지요. 그는 이집트로 도망쳐서 자기가 본 모든 것을 기록했어요."

"맙소사."

케슬러는 비틀거리며 사진을 바라보았다. 점점 더 많은 사실들이 갑자기 의미를 갖게 되었다. 그는 로진스키가 이 모든 것을 날조했다고 믿을 만큼 단순하지는 않았다. 그가 진지한 인간을 본 적이 있다면 바로 이 폴란드 수도사였다. 이 남자는 모든 사실을 두 번씩 검사하고 나서야 그것을 사실로 받아들였다. 케슬러는 다음 순간 자기가 말을 잃게 만들 패를 그가 꺼낼 것이라는 사실을 예감하였다. 케슬러는 침묵하였지만 그의 머리는 찢어질 정도로 긴장되었다.

사디스트 같은 미소를 입 가장자리에 띠며 로진스키는 한동안 이 광경을 즐기다가 마침내 말을 이었다.

"이 남자가 보고한 것을 다른 사람들은 놀라움으로 받아들였소. 그들이 그것을 공개적으로 알리려고 들 때마다 그들은 기독교도들에 의해서 말을 빼앗겼소. 그들은 쫓겨나거나 살해되거나 협박을 받아 조용하게 되었지. 그래서 그들은 기독교도들에 대항한 반대운동을 펼쳤고, 중요한 남자들이 거기 참석하였소. 그들은 그 어느 것도, 당시의 시대 추세에 근거해서 상승기류를 타고 있는 이 종파로 몰려드는 것을 중단시킬 수는 없다는 사실을 깨달았지. 거짓으로도 진실로도 안 된다는 것을 말이오. 그래서 그들은 자기들의 지식을 후세를 위해 여러 가지 방식으로 암호화하였소. 티투스 개선문에 부조를 조각해넣은 예술가는 스스로 이런 반대운동의 회원이었든지 아니면 매수되어서 뜻도 모른 채 이런 묘사를 해넣은 거지요. 비오 7세가 이 부조에서 그 단어 배열을 찾아냈을 때 그의 놀라움은 무척 컸을 겁니다. 바티칸의 비밀 서고에는 각 교황의 봉인이 찍힌 상자가 하나 있는데, 그것에 관해서는 베드로의 옥좌에 앉은 후계자들이 단 한 번 열어본 다음 다시 잠그고 봉인한다고 전해지고 있소. 이 상자를 열어본 교황들은 기절하거나 번개에 맞은 것처럼 쓰러지고, 혹은 그 순간부터 성격이 이상하게 변한다고 합니다……."

케슬러는 마법에 묶인 것처럼 로진스키의 입술을 바라보았다. 그런데 갑자기 그의 입술이 움직임을 멈추더니, 입이 일그러지고, 폭포 같은 피가 혀로 흘러넘쳤다. 로진스키의 턱으로 피가 흘러내려서 셔츠를 어둡게 물들이는 것을, 그 눈이 천천히 하늘을 바라보고, 소리조차 내지 못하고 슬로 모션 영화 장면처럼 무릎을 꿇고 엎어지는 것을 케슬러는 보았다. 동시에 케슬러는 오른쪽 어깨에 찢는 듯한 통증을 느꼈다.

그제야 기관총이 만들어낸 소음이 그의 귀를 때렸다. 그것은 저 높이 위치한 콘솔라치오네 가도에서 날아왔다. 그는 비틀거리면서 두 남자가 탄 오토바이와 불을 뿜는 총구를 보았다. 그런 다음 의식이 그를 떠났다.

6

케슬러가 성벽에 기댄 채 제정신이 돌아왔을 때는 구호대원들이 그의 어깨에 붕대를 매느라 애쓰고 있었다. 머리를 짧게 자른 젊은 남자는 그가 살아남은 것이 행운이라고 말했다. 저기 있는 사람은—그러면서 그는 그의 앞쪽 바닥에 움직이지 않고 쓰러져 있는 로진스키를 가리켰다—그만 뒷머리에 총을 맞고 말았다.

몇 시간이 지나서야 케슬러는 이날 로마 유적지에서 대체 무슨 일이 있었는지를 깨달았다. 로진스키가 암살된 것이다. 그는 거듭 한 가지 질문을 해보았다. 자기가 살아남은 것은 의도인가, 아니면 우연인가?

이탈리아 경찰이 암중모색을 할 때면 언제나 그렇듯이 죄인은 빨리 밝혀졌다. 그러니까 배후에는 마피아가 숨어 있다는 것이다. 케슬러는 끝도 없는 심문에 시달려야 했다. 그의 성직자 신분도 아무런 도움이 되지 않았다. 사람들이 다 알고 있듯이 드물지 않게 조직 범죄자들이 성직자로 위장하고 있기 때문이었다.

케슬러의 성직자 신분이 밝혀지고, 슈테판 로진스키 박사가 예수회 묘지에 묻히고 났을 때 심문은 새로 시작되었다. 말과 글에 능한 경찰관 한 사람이 케슬러와 보스 중의 보스인 보비 체슬레로 사이에 이름의 유사성을 의심스럽다고 판단했기 때문이다. 그는 3년 전부터 수배 중이었는데 경찰은 그의 사진조차 없었다. 체슬레로는 '일 나조'라고, 그러니까 '코'라는 별명으로 불렸는데, 이탈리아에서 프랑스를 거쳐 미국까지 흔적을 남겼다. 세계에서 가장 비싼 향수를 위조하고 차량 단위로 팔아넘겼기 때문이다. 하지만 체슬레로가 어떻게 생겼는지는 아무도 몰랐다.

약 2주일이나 걸려서야 이런 의심이 점차 사라지고 케슬러는 다시 자기 일을 시작할 수 있었다. 하지만 케슬러는 전혀 다른 사람이 되었다. 어깨에 겨우 4센티미터 바늘 자국을 남긴 이 살인 기도는 그를, 그의 사고를 변화시켰다. 그는 여러 번이나 자기가 로진스키처럼 생각하게 되었다는 것, 로진스키가 이미 만들어냈을 맥락을 만들어내곤 한다는 것을 깨달았다. 그렇다, 그는 스스로 놀랍게도 양피지의 텍스트 구절들이 토론될 때면 자기가 로진스키처럼 웃는 것을 알아차렸다.

물론 케슬러는 생각을 했다(끝도 없고 잠도 없는 밤들을 이렇게 부르는 것은 상당히 약한 표현이긴 하다). 로진스키, 아니면 자기, 아니면 둘 다를 제거하면 대체 누가 이익을 얻을 수 있을지를 생각했다. 그러면서 그는 자기가 아는 사람이라는 것, 자기가 실은 절반의 진실 밖에는 모르는데도 어떤 사람들에게는 지나치게 많은 것을 아는 사람이라는 것을 깨달았다. 수도원의 자기 방에서 이렇게 잠 못 이루던 어느 날 밤 그는 콤비 상의를 꺼내서 여러 번이나 오른쪽 어깨 부분에 난 총구멍을 관찰하고 자기가 살아남은 것은 운명의 장난 탓이라고 생각하였다. 어쨌든 그것은 살인자들의 의도는 아니라고 생각되었다. 따라서 케슬러는 조심해야 한다는 결론을 내렸다. 두 번째 시도는 실패하지 않을 것이기 때문이다.

케슬러는 자기 목숨을 노리는 사람들이 자기가 로진스키에게서 비밀 이야기를 들은 것으로 여길 것이라고 생각하지 않을 수 없었다. 어쩌면 진실 전부를 안다면 단 1분도 평화롭지 못할 것인가? 케슬러는 로진스키가 캄포 데이 피오리 방향으로 가서 누군가를 몰래 만나 무슨 일을 했을까 하는 의심으로 시달렸다. 그는 이제 로진스키가 저 낡은 집에서 당시 자기가 상상했듯이 일곱 번째 계명을 어기는 죄악을 저지른 것이 아니라고 확고하게 믿었다. 오히려 별로 점잖지 못한 이 구역으로 그가 밤에 몰래 찾아가곤 했던 것은 아마도 이 이야기와 관계가 있을 것이다.

그렇게 생각하면서 콤비의 망가진 어깨를 쓰다듬다가 그의 손길은 옷의 안주머니에 무엇인가 있음을 느꼈다. 로진스키의 사진이 구겨지고 주름진 모습으로 그 안에 있었다. 구호대원 한 사람이 저 유적지에서 그것이 그의 것이라고 믿고서 호주머니에 밀어넣었던 모양이다. 사진은 쇼핑 봉지처럼 잔뜩 구겨지긴 했지만 케슬러는 본능적으로 전리품의 상징들을 종이에 적어보았다. 처음에는 모국어로, 이어서 라틴어로 적었다. 결과는 다음과 같았다.

욕조	Balnea
양	Agnus
나뭇가지	Ramus
고라니	Alces
군기	Bellicum
쌍두마차	Bigae
오리	Anas
이삭	Spica

그런 다음 라틴어 단어들의 첫 글자를 연이어서 읽었다. 바라바.

"맙소사!"

케슬러는 중얼거렸다. 다섯 번째 복음서의 텍스트 쪽지에서 만났던 이름이었다. 바라바! 삼위일체시여, 대체 이 이름 뒤에는 어떤 비밀이 숨겨져 있는 것인가?

7

다음 날 케슬러는 그레고리아나에서의 일에는 절반밖에 마음이 없었다. 암살 사건 후부터 그는 산만한 인상을 주었다. 고백하려고 하지는 않았지만 그는 두려움을 느꼈다. 만초니는 로진스키가 죽은 이후로 변한 것 같았다. 분명히 그는 로진스키를 좋아하지는 않았다. 하지만 기독교 도덕이 그에 대해서 동정심을 품고 이야기하도록 명하고 있었다. 하지만 만초니는 로진스키의 암살에서 오히려 콥트 양피지 작업과 관련된 조직적인 문제점을 보았다.

케슬러는 만초니가 완전히 의도적으로 자기에게 상태가 아주 좋지 않아서 거의 밝혀내기 어려운 조각을 맡겼다고 생각했다. 이 양피지 조각은 손바닥보다 크지 않은 것으로 좀이 먹어서 너덜거렸다. 단 한 단어도 다음 단어와 연결되지 않았다. 전망 없는 기도였다.

하루에도 여러 번씩이나 이 두 남자의 눈길이 서로 부딪쳤다. 아무도 말을 하지는 않았다. 마치 그들은 침묵한 채로 적대감을 받아들이려는 것 같았다. 케슬러는 자기 손을 멍하니 바라보면서 어떻게 하면 만초니를 이길 수 있을까 생각하였다. 번역자들 사이를 마치 선생처럼 이리저리 걸어다니면서 텍스트 구절을 놓고 토론을 벌이는 것을 주요 임무로 생각하는 만초니는 케슬러 옆으로 다가오면 눈길에 심술궂은 기쁨을 드러냈다. 케슬러도 이것을 알아채고 핏속까지 노여웠다.

갑자기—그는 그것을 원하지 않았지만 아마도 분노의 표현이었던 것 같다—케슬러는 두세 줄 건너편에 있는 만초니에게 소리쳤다.

"이 바라바가 대체 누군지 말해주시겠습니까, 교수님?"

홀 안은 죽은 듯이 잠잠해졌다. 모든 눈이 만초니에게 쏠렸다. 만초니는 마치 이 시끄러운 케슬러에게 돌진이라도 하려는 듯이 얼굴이 새빨개져서 서둘러 다가와 몸을 굽히고 구멍이 숭숭 뚫린 양피지 문서를 당황한 태도로 들여다보았다. 이 질문은 신을 비방하는 카를 마르크스의 명제처럼 허공에 남아 있었다. 케슬러는 단 하나의 질문을 던졌을 뿐이었다.

만초니는 우선 양피지를 살펴보고, 그 다음 케슬러의 얼굴 표정을 살펴보더니 마침내 그에게 호통을 쳤다.

"그 자리를 보여주시오! 대체 어디에서 바라바라는 이름을 보았습니까?"

케슬러는 자신의 도전이 성과를 거두는 것을 보고 미소를 지었다. 그리고는 대답을 꾸물거렸다. 그는 만초니가 자기에게 준 텍스트를 너무나도 잘 알고 있어서 자기가 이 이름을 부른 것이 그를 놀라게 한 것을 보았다. 케슬러는 분노가 더욱 커졌다. 대체 무엇 때문에 자기가 이 문서를 가지고 진을 빼야 한단 말인가?

"그리스도 안의 형제여, 나는 질문을 했소."

만초니가 말했다. 나머지 형제들이 모두 귀를 기울이고 있다는 사정이 극도로 불쾌하였다. 그래서 그는 케슬러에게 다가가서 가능하면 나직하게 말했다. 하지만 케슬러는 물러서지 않았다. 그는 필요 이상 큰 소리로 말했다.

"제가 먼저 질문을 드렸는데요. 어째서 선생님은 답변을 안 하시지요?"

교수는 가장 나이 어린 예수회원이 그토록 뻔뻔스러운 태도로 말을 한다는 게 당황스러웠음에 분명했다. 그는 잔기침을 하고 신경이 날카로워져서 사방을 둘러보았다. 그런 다음 하얀 수건을 꺼내서 목을 닦았다(땀을 닦아내기 위해서보다는 시간을 벌기 위한 몸짓이었다).

그는 짐짓 평온을 꾸며내며 말했다.

"바라바? 당신의 질문을 이해하지 못하겠소. 바라바는 이 글의 저자요. 당신도 알고 있지 않소!"

케슬러는 물러서지 않았다.

"그건 제 질문이 아니었습니다. 선생님. 제가 알고 싶은 것은 이것입니다. 이 이름을 가진 사람은 대체 누구입니까?"

"완전히 무의미한 질문이로군. 그렇다면 이런 질문도 할 수 있겠군요. 바울로라는 이름을 가진 사람은 대체 누구냐고 말이오!"

만초니 교수는 무뚝뚝하게 대답했다.

"좋지 못한 비교입니다! 그 질문은 할 필요가 없습니다. 이미 수많은 신학 논문에 답변이 되어 있기 때문이지요."

그러자 만초니는 케슬러의 입을 다물게 만들 답변을 마침내 찾아냈다. 그는 이렇게 말했다.

"그것을 알아내는 것이 우리 임무가 될 겁니다. 그리스도 안의 형제여, 어째서 당신은 이 일을 떠맡지 않는 거지요?"

만초니는 웃었다. 그와 함께 그의 편에 서 있는 예수회원들도 함께 웃음을 터뜨렸다.

"이번에는 내 질문에 답하시오. 어떤 지리에서 바라바라는 이름을 보셨소?"

이제 침착성을 되찾은 만초니가 말했다.

"좀이 먹은 이 종이에서는 아닙니다. 전 다만 짐작이 들어서⋯⋯."

"짐작이라고요? 짐작이 들다니 그게 대체 무슨 말입니까?"

케슬러는 어깨를 으쓱하고 얼굴을 찌푸렸다. 하지만 그는 대답 없이 만초니를 바라본 채 자신만만하게 미소지었다. 그런 것은 아무래도 상관이 없고 관심도 없다는 것을 분명하게 보여주었다. 그것이 상대방의 두려움을 일깨운 모양이었다. 만초니의 눈길은 다른 사람에게서 도움을 구하려는 것처럼 신경질적으로 홀 안을 더듬었다. 하지만 다른 사람들은 특이한 열성으로 자기들의 텍스트에만 몰두해 있었다.

8

그 시간 이후로 깊은 불신의 골이 케슬러와 만초니를 갈라놓았다. 그리고 케슬러는 교수가 속이 빤히 들여다보이는 이유를 대고 자기를 집으로 돌려보내리라 기대하였다. 하지만 그는 만초니가 자기를 얼마나 두려워하는지를 알지 못했다. 만초니는 케슬러가 로진스키 덕분에 스스로 인정하는 것 이상으로 많은 것을 알고 있으리라 확신하였다. 그러니 이 젊은 독일 사람을 배제하는 것은 어리석은 일이 될 것이다.

반대로 만초니의 계획은 케슬러가 자기 지식을 나불거리는 것을 방해할 특별임무를 맡긴다는 것이었다. 어떤 교단이든지 어떤 성직자를 영원히는 아니라도 아주 여러 해 동안이나 사라져버리게 만들 그런 특별임무를 무수히 가지고 있었다.

케슬러는 그것을 예감했던 것이 분명하다—그리고 그의 상황을 자세히 관찰해보면 그것은 명백한 일이었다—어쨌든 그는 굉장히 조심스럽게 특별한 활동을 시작하였다. 더 많은 정보를 알려줄 로진스키의 유품에 접근하려는 기도는 실패하였다.

산 이냐치오 수도원의 원장은 머리가 하얗게 세고 키가 작은 피오라는 이름의 로마 사람이었는데, 그가 자신의 입회 아래 로진스키의 방을 둘러보는 것을 허락해주었다(어쨌든 그들은 친구였으니까). 하지만 수도원의 방을 철저히 뒤져보았지만—원장 수도사는 화가 나서 거부하였다—어쨌든 모든 서류들, 특히 그의 탐구에 단서가 되어 줄 서류들은 없어졌다. 로진스키가 정도를 넘어서 즐겼던 구두를 담은 자루도 없었다.

　로진스키가 남겨놓은 흔적들 중에서 케슬러에게 아직도 성공을 약속하는 것은 단 하나뿐이었다. 캄포 데이 피오리 근처의 집이었다. 물론 그는 자신의 일거수일투족이 감시를 당하리라는 점을 계산에 넣어야 했다. 그래서 그는 어쩌면 있을지도 모르는 추적자를 따돌릴 계획을 세웠다. 계획은 단순하면서도 천재적이었다. 수도원에서 목적지에는 접근하지 않고 캄포 데이 피오리로 가는 복잡한 길을 걸어서 살펴보았다. 다음날 저녁 무렵 그는 수위에게서 자전거를 빌렸다. 그럼으로써 그는 로마의 교통난 한가운데서 다른 어떤 교통수단보다 더 빨리 움직였다.

　어둡고 차가운 집의 입구에서 케슬러는 자전거와 함께 사라졌다. 오래 된 넓은 계단을 올라가서 로진스키가 그토록 자주 방문했던 그 집으로 가면서 그는 그곳에서 자기를 기다리고 있는 것이 무엇일지 생각하였다. 알지는 못했지만 그의 느낌은 로진스키가 이 집을 그토록 자주 방문한 일은 로진스키의 발견과 어떤 연관성이 있으리라는 것이었다. 케슬러는 어떻게 해야 안으로 들어갈 수 있을지도 몰랐다. 다만 자기가 로진스키의 친구이고, 이상한 방식으로 암살 현장에서 살아남았다는 말을 하는 수밖에 없었다.

　동시에 오래 전 만초니와의 대화가 머리에 떠올랐다. 로진스키에 관한 것이었는데 교수의 말이 아직도 귓가에 울리는 듯했다. 로진스키를 조심해야 한다. 로진스키는 탁월한 학자이기는 하지만 심정적으로는 이단이다. 그리고 만초니로서는 로진스키가 유다 이스카리오트처럼 우리 주 예수님을 은화 30냥에 팔아넘긴다는 상상도 할 수 있다고 말했었다.

　로진스키에게서 들었던 이야기로 보면 이 말은 전혀 다른 무게를 갖는 것이었다. 만초니와 로진스키는 그들이 가진 지식에서 차이가 나는 것보다는 이 지식을 전파할 각오라는 점에서 차이가 나는 것처럼 보였다. 침묵은 그 자체로 죄가 아니다. 어쨌든 10계명에 침묵을 금지하는 부분은 없다. 하지만 교회는 다른 사람들이 나쁜 말로 죄를 짓는 것보다 침묵하면서 더 많은 죄를 짓는 법을 터득하였다.

머뭇거리지 않고 케슬러는 3층으로 올라가 하얀 문 옆에 달린 벨을 눌렀다. 문에 좁은 틈이 생기더니 어떤 남자의 넓은 얼굴이 그 틈 사이에 나타났다.

"무슨 일입니까? 누구십니까?"

"제 이름은 케슬러입니다. 로진스키의 친구입니다."

케슬러는 작은 소리로 말했다. 그 순간 그는 다른 모든 것을 잊어버렸다.

"로진스키는 친구가 없었소."

그 남자가 문틈으로 말하고 문을 닫으려고 했다.

그러자 케슬러는 자기 손을 그 사이에 밀어넣고 격하게 외쳤다.

"나는 그와 함께 사살당할 뻔한 사람이란 말입니다!"

한동안 아무 일도 없었다. 그런 다음 천천히 문이 열렸다. 대머리에 땅딸막한 남자의 모습이 나타났다. 그 남자는 들어오라는 손짓을 했고 케슬러는 안으로 들어갔다. 사방으로 여섯 개의 문이 나 있는 커다란 전실(前室) 한가운데 멈추어 섰다. 땅딸막한 남자가 그를 향해 달려들더니 그가 준비도 하기 전에 포옹하였다. 바로 그때 문 하나가 열렸고 케슬러는 휠체어에 앉은 여자를 보았다.

교황청의 불안

1

바티칸의 천사실(살라 단젤리)에서 매주 목요일에 열리는 기자회견은 대부분의 날들처럼 천천히 끝나가고 있었다. 50명의 기자들은 유고슬라비아 출신 성직자로서 바티칸 공보실을 이끌고 있는 미코스 빌로세비치 신부의 초대에 한 번도 응하지 않았다. 로마에서 신임을 받고 있는 언론의 대표자들은 빌로세비치가 할 말이 없다는 것을 알고 있었다. 바티칸 성벽 안에서 벌어지는 모든 섯은 극도의 비밀에 부쳐지기 때문이다.

이날 주제는 어떤 남아메리카 수녀의 성인(聖人) 추대 가능성에 대한 것이었다. 리우데자네이루의 빈민가에서 특별봉사를 하다가 7년 전에 목숨을 잃은 사람이었다. 별다른 일 없이 기자회견이 끝나갈 무렵, 로마의 미국 NBC 방송사를 대표하는 데스먼드 브래디가 질문을 했다. 그는 다른 바티칸 출입기자들보다 정보가 더 좋은 편이었다.

"신부님, 성하께서 새로운 교서 작업을 하신다는 소문은 어떻게 된 겁니까?"

빌로세비치의 대답은 간결하고 냉정하였다.

"그에 대해서는 들은 것이 없는데요. 유감입니다."

브래디는 물러서지 않았다.

"그것은 '복음서의 신뢰성'이란 제목을 달 것이라고 하던데요."

그의 말은 참석한 기자들을 불안하게 만들었다. 애틀랜타 출신의 이 미국인이 바티칸과 가장 밀접한 관계를 맺고 있다는 것이 다시 한 번 확인되는 듯했다. 그는 교황의 전실에까지 손을 뻗고 있다는 소문이었다.

빌로세비치는 짤막한 답변으로 이 사건을 무마하려고 했지만 지금 다른 기자들의 압력까지 받자, 아무것도 모른다는 자신의 말을 방어하기에 적절하지 못한 모습을 보이고 말았다.

"여러분, 여러분 모두가 카톨릭 교리와 관련된 사안들은 교회의 일이오, 여론의 일이 아니라는 교회의 입장을 알고 있지 않습니까."

그의 말은 이탈리아 통신 'ANSA'의 체자레 보나토를 자극했다.

"키아키에로네!"

그가 소리쳤다. '수다쟁이' 정도의 의미를 가진 이 말은 빌로세비치가 그 뜻을 이해했다면 상당히 심각해졌을 것이다. 하지만 보나토는 이런 외침 뒤에 질문을 달았다. 빌로세비치가 그런 말을 한 것은 이 소문이, 교황청 언어로 표현해서 최고 기밀을 나타내는 교황기밀에 속한다는 뜻이냐고 물은 것이다.

화가 나고 모욕받은 기색까지 드러내면서 빌로세비치가 대답하였다.

"교서는 없습니다. 그러므로 그것은 교황기밀에 속할 수도 없는 일이지요. 주목해주셔서 감사합니다."

이것으로 바티칸에서 매주 열리는 기자회견 의식이 끝났다. 빌로세비치와 두 명의 조수, 로마와 베로나 출신인 젊은 사제 두 사람이 막

342

하얀 테이블보를 덮은 연단(카톨릭 교회에서는 연단 없이는 아무 일도 하지 않았다)을 떠나려고 하였다. 그때 보나토가 이 수선스러운 분위기에서도 누구나 들을 수 있는 커다란 목소리로 외쳤다.

"빌로세비치 신부님, 당신이 교황님의 교서를 부인한다는 것이 곧 이것이 없다는 것을 뜻하는 건 아니지 않습니까?"

조건절이 붙은 보나토의 어법이 미소를 자아내게 하였다. 이것은 교황청 관리들이 즐겨 사용하는 어법과 정확하게 일치하였다. 빌로세비치는 보나토를 알고 있었다. 그는 사제가 되기 직전에 여자의 유혹에 넘어간 사람만이 알 수 있는 교회에 대한 지식을 가지고 있었다. 그래서 빌로세비치는 그와 단둘이만 이야기하기 위해서 보나토에게 서둘러 다가갔다. 하지만 두 사람이 서로 마주보고 서자마자 다른 기자들이 빵의 기적을 행하기 전 예수와 빌립보처럼 그들을 둘러싸버렸다.

"그게 대체 무슨 말이오?"

빌로세비치가 신경질적인 어조로 물었다.

"우리 모두가 바티칸의 비밀엄수 정책이 특별한 생활양식이라는 사실을 알고 있지요. 이것은 우리 일을 단순치 않게 만듭니다."

빌로세비치는 겉으로 드러나 보이는 것을 정반대로 바꾸는 데 어울리는 친절함을 띠고서 대꾸했다.

"내가 아는 것은 전부 말씀드렸소!"

빌로세비치는 장담하였지만, 그의 불안한 눈실에는 그 자신도 자기 말을 믿지 않고 있다는 사실이 드러나 있었다.

"말하는 것이 허용된 것을 말이지요! 침묵의 성벽 안에서야 대단할 것도 없는 일이지요."

데스먼드 브래디가 신부의 말을 수정하였다.

잠시 뒤에 분위기가 바뀌었다. 흥분이 퍼져나가고 신부는 도움을 요청하는 눈길로 조수들을 바라보았다. 하지만 그들도 상황을 보고 못지않게 당황한 것 같았다. 특히 브래디가 그들에게 두려움을 불러일으켰다. 브래디는 극히 비판적인 기자로서 어떤 기사에서 바티칸 비밀정책을 비난하고, 나치와 공산주의자들도 로마 교황청만큼이나 두꺼운 베일로 비밀을 감쌌지만 성공하지 못했다고 주장했던 것이다. 하지만 말로써 비밀을 세상에서 쫓아내는 것이 아니라 침묵으로만 세상에서 쫓아낼 수 있다. 브래디의 주장에 대해 바티칸 성벽 안에서는 아무런 반향도 없었고, 하다못해 비난의 말조차 들리지 않았다. 그것은 기도송을 할 때 뿌리는 성스러운 연기처럼 사라져버렸다.

빌로세비치는 도전적인 태도로 브래디를 바라보았다.

"그래, 무슨 말씀이시오?"

"나는 아주 분명한 말로 표현했는데요, 당신과는 반대로 말입니다, 빌로세비치 신부님. 하지만 내 비난은 당신 개인을 향한 것이 아닙니다. 알고 계시겠지만. 국무청과 성무청은 우리가 어떤 시대에 살고 있는지를 기억해야 할 겁니다."

그는 특별히 친절한 어조로 말을 덧붙였다.

그때 체자레 보나토가 교황주의자라면 얼굴을 붉힐 만한 말을 했다.

"이것은 신자들을 위해 만들어지기는 했지만 그들에게 가서 닿지는 못한 최초의 교서는 아닐 테니까요. 나는 비오 11세를 생각하고 하는 말입니다."

이 말은 권투선수가 날린 펀치 한 방처럼 빌로세비치 신부를 강타하였다. 빌로세비치는 눈으로 출입구를 찾았지만 기자들이 그를 둘러싸서 가로막았다. 도망치는 것은 생각할 수 없었다. 신부와 브래디와 대부분의 사람들은 보나토가 암시한 것이 무엇인지 알고 있었다. 1938년 이후로 '인간 종족의 통일'이라는 교서가 준비되었지만 발표되지는 않았다. 인종주의와 반유태주의라는 주제를 가진 교황의 칙서가 대단한 의미를 가진 것이었으리라는 것만 분명하였다.

이런 식으로 코너에 몰리자 빌로세비치는 공격으로 돌아섰다. 그는 보나토를 공격하였다.

"아마 교황청에 대한 당신의 관계가 나의 것보다 나은 모양이군요. 새로운 교서에 대해선 무엇을 아시오? 나도 좀 알고 싶은데."

빌로세비치의 비꼬는 듯한 발언은 다른 기자들의 불만을 샀다. 그러면서 분위기가 엉망이 되었다. 시끄럽게 마구 터져나오는 말들 사이에서 이미 오래 전부터 나사렛 예수의 시대에 만들어진 양피지 문서가 새로 발견되었다는 것, 성무청이 비밀리에 그것을 번역하고 있다는 것 등이 드러났다. 말라기의 예언서도 그렇게 비밀로 취급되었다. 그래서 예언서의 내용은 이미 알려졌지만 일반인은 누구도 그것을 직접 본 적이 없었다.

"모든 것은 소문이오!"

빌로세비치가 화가 나서 소리쳤다. 분노로 인해서 그의 이마에 수직으로 검붉은 색깔의 핏줄이 솟아올랐는데, 그 결과 그는 어딘지 악마적인 모습을 띠었다.

"그런 정보를 준 원천을 말하시오. 그러면 당신들을 위해 내가 나서서 공식적인 입장 표명을 하도록 하지요."

브래디가 심술궂게 웃음을 터뜨렸다. 어떤 기자도 자신의 정보원을 말하지 않는다. 그런 비밀보장을 통해서만 특별한 정보를 얻을 수 있는 것이다. 정보원을 밝힌다는 것은 바로 정보 원천이 고갈된다는 것을 뜻했다. 보나토도 바티칸의 공보관을 보고 딱하다는 듯이 미소를 지었다.

하지만 한번 시작된 토론은 여기 참석한 기자들 모두가 오래 전부터 바티칸에 퍼지고 있는 이상한 소문을 들었다는 것을 알려주었다. 어쨌든 누구나 소문을 통해 서로 다른 것을 알고 있었다. 에스파냐 라디오 통신원은 교황이 불치의 병에 걸렸다는 말을 했다. 『메사제로』의 칼럼니스트는 파티마 성모 예언의 세 번째 비밀이 끔찍한 방식으로 실현되었다고 주장했다. 그 끔찍함의 이유에 대해서는 알지 못했다.

로마에 있는 『슈피겔』 통신원은 독신제가 올해에 붕괴된다고 들었다고 했다. 『뉴스위크』의 래리 스톤 기자는 남미의 주교들이 집단으로 교회에서 탈퇴할 것이라고 말했다. 스톤 자신은 진지했지만 사람들이 와르르 웃음을 터뜨리는 바람에 말을 중단하였다.

빌로세비치는 뜻밖에 퍼진 명랑한 분위기를 이용해서 천사실에서 빠져나갔다. 그는 성직자 평상복을 움켜쥐었다. 이것은 신부를 극히 품위없어 보이게 했지만 걸음 폭을 넓게 하고 따라서 더 빠른 속도로 걷기에는 적합한 행위였다. 이런 자세로 빌로세비치는 돌로 된 긴 복도를 따라서 대리석 계단에 이르렀다. 이 계단은 사도궁 3층으로 연결되어 있었다. 모두 다 꼭 닫혀 있는 이곳의 하얗고 높은 문 안에 국무추기경이 자리잡고 있었다.

2

국무추기경 펠리치는 흰머리를 짧게 자르고 떨리는 손길을 가진 선량한 노인이었다. 그는 벌써 세 명의 교황을 맞아 이 직무를 행하고 있었다. 그는 빌로세비치와 친밀한 관계를 맺고 있었다. 빌로세비치는 그의 추종 세력이라고 할 만했다. 하지만 이런 관계는 그를 성무청을 이끄는 교리장관 베를링거 추기경의 적으로 만들었다. 베를링거는 바티칸 안에도 또 다른 일파를 이끌고 있었다. 베를링거와 펠리치는 물과 불처럼 서로 대립하였다. 베를링거는 모든 새로움과 경신을 용납하지 않는 보수주의자였고 펠리치는 자유주의적이고 진보적인 추기경이었다. 그는 지난번 교황선출회의 때 이미 교황 후보에 올랐었다. 그 자신은 언제나 어부의 신발이 자기에게는 한 치수 컸다고 말하곤 했다.

빌로세비치는 벽걸이와 소박하고 어두운 가구들로 장식된 두 개의 전실(前室)을 거쳐서——그것은 예외 없이 검은색 옷을 입은 신부들 사이에서 일종의 여비서 같은 것이다——고개를 숙이면서 난방이 과도하게 되어 있는 방으로 들어섰다. 그곳에서 펠리치는 끝없이 넓은 책상 뒤에 앉아서 서류더미와 종이들을 들여다보고 있었다.

"추기경님!"

빌로세비치가 멀리서 외쳤다(이 이외의 다른 호칭을 펠리치는 참지 못했다).

"추기경님, 어떻게든 하셔야 합니다. 기자들이 뭔가 풍문을 들었어요. 그들을 어떻게 제어해야 할지 모르겠어요. 일부는 저보다도 더 많이 알고 있습니다. 어쨌든 그런 인상을 받았어요."

친절한 몸짓으로 추기경은 공보관에게 높은 등받이가 달려 있고 붉은 깔개가 달린 의자를 가리켰다. 그것은 그의 책상과 넉넉한 거리를 두고 외떨어져서 양탄자 위에 서 있었다.

"차례로."

펠리치가 경고했다. 그런 다음 그가 언제나 사용하곤 해서 바티칸 안에서 조롱거리가 되고 있는 말버릇을 다시 썼다.

"그리고 거리를 두고!"

"'거리를 두고'라고 쉽게 말씀하십니다만, 50명의 기자들이 제게 덤벼들어서 온갖 기묘한 소문들을 들이댔단 말예요. 현재 준비 중이고 교회에는 대단히 중요한 교서를 필두로 말입니다."

빌로세비치가 열을 올렸다.

펠리치는 침착성을 보였다.

"모든 교서는 거룩한 카톨릭 교회에는 원천적으로 중요합니다. 이것이라고 어째서 안 그렇겠소?"

"그렇다면 이제 교서가 나온다고 생각해도 된단 말씀인가요? 언제? 어떤 내용으로?"

"나는 교서를 준비 중이라고 말한 것이 아니오, 빌로세비치 신부. 나는 그냥 교서가 준비 중이라면 이것은 지금까지 출간된 모든 다른 교서처럼 중요할 것이라고 암시를 한 것뿐이오."

빌로세비치는 불안해서 의자를 이리저리 흔들었다.

"추기경님! 그렇게 계속할 수는 없습니다! 하느님과 모든 성자들에 걸고 저는 이 공보관직에 정통하고 있습니다. 저는 이 기관의 대변인 이에요. 기자들은 당연한 일이지만 제게서 설명을 듣기를 기대하고 있습니다. 참새들이 지붕에서 벌써 몇 달 전부터 바티칸에 불안이 감 돈다고 짹짹거리고 있어요. 하지만 누구도 어째서인지 모르고 누구도 그에 대해서 모릅니다. 사나운 소문이 떠도는 것도 무리가 아니지요! 방금 남미의 주교들이 교회에서 집단 탈퇴를 할 계획이라는 말까지 들었어요."

"물론 곧바로 부정하셨겠지요, 빌로세비치!"

"아무 말도 하지 못했어요. 그런 멍청한 주장들에 대해서 침묵했습니다. 나는 더 높은 곳에서 설명을 얻게 될 때까지 침묵할 셈입니다. 이런 주장이 근거가 있을지 누가 알겠어요?"

"웃기는 소리!"

펠리치가 중얼거리며 책상에서 몸을 일으켰다. 그는 두 손을 뒷짐 지고 높은 창문 한 곳으로 다가가서 이 계절이면 쓸쓸히 버림 받은 베드로 광장을 내려다보았다. 보통 때 밤이면 횃불처럼 하늘에서 빛을 내던 베르니니의 하얀 대리석상들까지도 우수에 어린 듯했다.

펠리치는 창문에서 눈길을 떼지 않고 말했다.

"이 일이 내게 맡겨지지 않고 성무청 장관 베를링거 추기경에게 맡 겨졌으니 주님께 감사를 드립니다."

빌로세비치는 펠리치가 이 이름을 부를 때 심술궂은 기쁨을 드러내 는 것을 옆모습으로 보았다. 마침내 추기경은 빌로세비치에게 다가왔 다. 빌로세비치는 몸을 일으켰다. 두 사람이 아주 가까이에서 마주선 채로 펠리치가 조심스럽게 말했다.

"당신이 내 친구이니 교황청 안에서 불안의 원인이 된 진실을 당신 께 알려드리고 싶소. 하지만 그리스도 안의 형제여, 높은 분의 지시가 있을 때까지 그에 대해서 침묵을 지키겠노라고 약속하시오. 이 진실은 우리 교회에는 괴로운 것이고 그것을 알게 된 많은 사람들은 교회가 이것을 견뎌낼 수 없으리라고 생각합니다. 그래서 불안한 거요."

"하느님과 성인들께 걸고, 대체 무슨 일입니까?"

"아마도 마태오, 마르코, 루가, 요한만이 복음서를 쓴 사람들이 아니라는 사실을 받아들여야 할 것 같소. 다섯 번째 복음서가 있소, 바라바의 복음서요. 콥트의 무덤에서 발견됐고, 그레고리아나의 예수회원들이 그것을 번역하고 있어요."

"이해할 수 없군요! 다섯 번째 복음서는 거룩한 어머니 교회의 가르침을 더욱 강화시켜주는 것이 아닌가요?"

"물론이오. 그것이 다른 네 개 복음서들을 뒷받침하는 것이라면 말이오."

"그렇지 않다는 말인가요?"

빌로세비치의 목소리가 줄어들었다.

펠리치의 침묵이 대답을 미리 알려주었다. 추기경이 마침내 대답하였다.

"반대요. 그것은 다른 네 개 복음서의 약점을 커버하고 있어요. 마태오, 마르코, 루가, 요한의 복음서들은 오로지 들어서만 쓴 것들이지요. 그에 반해서 다섯 번째 복음서의 저자인 바라바는 동시대의 증인이오. 그는 우리 주 예수를 알았다고 합니다. 그런데 그의 텍스트에서는 신약성서의 대부분이 전혀 다르게 나타납니다."

빌로세비치가 숨을 헐떡였다.

"예수님! 예수님!"

그는 같은 말을 되풀이하고 질문하였다.

"그럼 이 바라바는 누굽니까?"

"그게 문제요. 교황 대학교의 만초니는 열심히 그 작업을 하고 있소. 그는 자기 교단의 가장 뛰어난 사람들을 모았소. 하지만—그는 그렇게 주장합니다──이 복음서의 저자에 관련된 결정적인 구절들은 파손되었거나 아니면 아예 없답니다. 사람들이 이 양피지의 중요성을 깨닫기도 전에 이 문서는 여러 부분으로 나뉘어서 팔려나갔어요. 그래서 각 부분을 다시 찾아내서 엮어내기가 어려운 것이지요."

"하지만 성서 이외의 복음서들이 여러 개나 있지 않습니까. 그들 모두가 위작으로 밝혀졌고요. 유독 이 복음서만 진짜라고 누가 말합니까?"

빌로세비치는 절망해서 소리쳤다.

"자연과학자들과 성서학자들, 콥트학자들도 같은 결론에 도달했소. 이 텍스트는 진품이오."

"그럼 그 내용은 무엇인가요?"

추기경은 창가로 돌아가서 밖을 내다보았다. 하지만 그는 베드로 광장과 주랑들을 보지 않았다. 그는 허공 속을 바라보면서 대답했다.

"모르겠소. 다만 '너는 베드로, 반석이다. 이 반석 위에 나는 내 교회를 세우리라' 는 말씀이 다섯 번째 복음서에는 나타나지 않고 있다는 것만 알아요. 그게 무슨 뜻인지 알겠소, 빌로세비치? 아시겠소?"

펠리치의 목소리가 커졌다. 그의 눈이 축축했다.

"그것은 여기 우리 주위의 모든 것이 무의미하다는 뜻이오. 당신, 나, 성하, 그리고 37억 5000만 명의 사람들이 신앙을 잃는다는 뜻이오."

빌로세비치가 펠리치에게 다가갔다.

"추기경님! 추기경님, 진정하십시오, 모든 성자들의 이름으로 간청합니다."

"모든 성자들! 그들도 잊어야 할 겁니다."

펠리치가 괴로운 듯이 대답했다.

신부는 자기 의자에 털썩 주저앉아서 두 손 안에 얼굴을 파묻었다. 그는 추기경이 방금 말한 것을 이해할 수가 없었다.

"아마도 당신은 교황청을 흔들어놓고 있는 불안을 이해하시겠지요,

신부님."

펠리치가 말했다.

"모두 다 모르겠습니다, 추기경 예하. 정말로 모르겠어요."

빌로세비치는 사과하듯이 말했다.

그러자 추기경은 분노한 목소리로 말했다.

"그 '예하'란 말은 생략해도 좋다니까! 들어봐요! 하필 지금……."

빌로세비치는 공손하게 고개를 끄덕였다. 펠리치 추기경은 창 밖을 오래도록 내다보고만 있었다. 마침내 빌로세비치가 조심스럽게 말을 시작했다.

"질문을 허락해주신다면, 추기경님, 얼마나 많은 사람들이 이 발견을 알고 있나요?"

"그건 문제가 아니오. 발견 자체는 이미 널리 알려진 일이오. 어쨌든 학술적으로는 그렇소. 콥트학자와 고문헌학자들은 오래 전부터 미니아 근처에서 양피지가 발견된 사실을 알고 있었어요. 하지만 이 양피지 문서를 손에 넣은 도굴꾼들이 이익을 크게 보려고 이 보물을 여러 부분으로 나누어서 팔았기 때문에 그 어떤 학술연구소도 텍스트 비판 분석을 못하고 있어요. 이런 이유에서 그 내용은 대체로 알려지지 않았지요. 하지만 1950년대 초에 어떤 학자가 의심을 했던 게 분명하오. 이때쯤 해서 갑자기 여러 사람들이 양피지에 대한 관심을 보이면서 조각난 부분들을 사모으기 시작했으니까."

"교황청은 그것을 알았나요?"

"사들인 사람 중 하나가 성무청을 이끄는 베를링거 추기경이오. 그는 바티칸 문서고를 위해서 어떤 가격을 주든 어떤 조각이든 가리지 말고 사들이라는 명령을 주어서 밀정들을 파견했지요. 그 사람들은 이 양피지 문서가 무엇을 다룬 것인지도 몰랐어요. 그들은 세계에 퍼져 있는 것을 모두 모아오라는 명령만을 받았지요."

"그래서 잘 되었나요?"

"어느 정도까지는."

"하지만 그렇다면 그 뜻은……."

"만초니가 다섯 번째 복음서의 상당 부분을 가지고 있다는 것이지요."

잠시 뒤에 추기경은 다시 말을 했다.

"당신이 무슨 생각을 하는지 알겠소, 신부님. 눈을 보니 알겠소. 양피지 문서의 일부가 교회의 소유라면 교회가 이 양피지 문서나 아니면 어쨌든 교회에 위험이 되는 구절을 남몰래 없애버릴 수 있을 것이라고 생각하는 것이지요. 그렇게 생각하지요!"

빌로세비치는 고개를 끄덕였다. 그는 부끄러워서 웅얼거렸다.

"하느님 저를 용서하소서!"

"부끄러워할 필요 없소. 나도 같은 생각을 했소. 그리고 그 소식을 듣고 그렇게 생각한 사람은 나 혼자만이 아니오. 다만 이 일에는 난점이 있어요."

"난점이라고요?"

"양피지의 특별히 중요한 부분들이 만초니의 손에 있지 않아요. 베를링거는 바라바가 우리 주 예수에 대한 자신의 관계를 보고한 부분, 혹은 예수가 제자들의 미래에 대해서 이야기한 부분들을 입수하지 못했어요."

"이상하군요. 우연일 리가 없어요!"

빌로세비치가 생각에 잠겨 말했다.

"물론 우연이 아니지. 분명히 우연이 아니오."

빌로세비치가 벌떡 일어났다.

"그렇다면 다섯 번째 복음서를 노리는 다른 사람들이 있다는 말이군요."

"그 짐작이 맞소, 신부님."

"교회는 압력을 받게 될까요?"

빌로세비치가 펠리치 곁으로 다가왔다. 그는 추기경과 같은 자세를 취했다.

"그것도 생각할 수 있는 일이오. 그러나 지금껏 아무런 요구도 없어요. 나는 누군가가 이 일로 돈을 얻으려 한다고는 생각지 않아요. 차라리 우리 거룩한 교회에 수치를 주려 한다고 생각해요."

"하느님!"

빌로세비치가 정신없이 소리쳤다. 그리고 어찌할 줄 몰라서 그는 격렬하게 십자가를 그었다.

"거룩한 어머니 교회를 공격할 생각을 누가 합니까?"

"베를링거의 사람들은 두 그룹을 찾아냈어요. 두 그룹은 교회를 차지하려고 피를 흘리며 다투고 있어요. 양쪽 다 광신자들이지요. 물론 전혀 다른 동기를 갖고 있긴 하지만. 그리고 이들 두 그룹은 만초니가 예수회원들과 작업을 하고 있는 4/5의 복사본을 갖고 있을 뿐만 아니라 여기 없는 부분까지도 가지고 있는 듯해요. 그러니까 그들은 모든 진실을 가지고 있는 거지요."

"어떤 사람들입니까?"

"한쪽 그룹은 위험한 엘리트 교단이오. 신앙 내용과는 거리가 먼 집단으로 스스로 오르페우스의 환생이라고 생각하는 정신나간 반음반양 인간의 명령을 받고 있어요. 다른 그룹은 이슬람 원리주의자들이오. 그들은 거룩한 어머니 교회를 무릎 꿇게 할 목적으로 활동하고 있어요. 이 패나 저 패나 똑같이 위험합니다. 양쪽 다 상상도 못할 광신주의자들이기 때문이오. 오르페우스 패거리는 지적인 자만에서, 원리주의자들은 종교적인 소명의식에서 움직이고 있어요. 양쪽 다 전세계에 퍼져 있는 추종자들과 명령 본부의 네트워크를 가지고 있어요. 그들이 대체 어디 있는지 아무도 모릅니다. 오르페우스들은 그리스 북부에 있는 수도원을 장악하고 이슬람 원리주의자들은 페르시아의 굼에 지휘 본부가 있다고 합니다. 양측 다 돈은 신경쓰지 않아요. 그래서 그들 모두가 양피지의 가능한 부분들을 모두 얻었을 뿐 아니라—자주 말도 안 되는 금액을 내고—가장 중요한 학자들을 사모았어요. 그리고 학자들이 자발적으로 협조하려고 하지 않으면 폭력을 사용했소. 그들을 납치하거나 죽이겠다고 위협해서 끌어들였지요."

"그리고 이 사람들은 교회에 반대해서 다섯 번째 복음서를 사용할 수 있다고 평가하고 있다는 말씀이시군요."

"신부님. 그런 건 문제가 아니오. 콥트학과 성서학 분야에서 가장 이름 높은 전문가 몇 사람이 지난 몇 해 동안 하룻밤 사이에 사라져버렸단 말입니다. 그들은 가족과 경력을 놓아두고 사라졌어요. 그것은 우연이 아니오. 오르페우스 교단과 이슬람 원리주의자들이 세계 지배를 꿈꾸고 있어요. 이슬람측은 114장을 가진 코란이 세계를 변화시킬 만한 것이라고 우리측에 알려주었소. 정확하게 신약성서와 비슷한 분량이고 전혀 다른 수단으로 재구성된 책이지요. 코란이 예언자 모하메드가 살아 있을 때 만들어졌는지는 불확실합니다. 가장 널리 퍼진 부분은 모하메드가 죽은 뒤 겨우 몇 년 만에 만들어졌다고 합니다. 가죽, 돌판, 야자수 잎, 나무 조각, 낙타의 견갑골, 양피지 등에 씌어진 텍스트 조각들이 발견되었고 그것을 하나의 전체로 모았어요. 이 사람들에게는 다섯 번째 복음서를 재구성해서 자기들의 목적에 맞게 이용하는 일이 어렵지 않을 겁니다."

빌로세비치는 자기 의자로 돌아가서 여전히 머리를 흔들고 있었다. 그가 다시 물었다.

"그럼 추기경님은 이 바라바 복음서의 텍스트를 알고 계십니까?"

"아니 모릅니다. 아무도 전체를 다 알지 못해요. 한편으로는 그것이 오로지 부서진 조각의 형태로 존재하기 때문이고 다른 한편으론 만초니 교수가 이 단편들조차도 비밀에 부쳤기 때문이오. 번역자들 중 누구도 전체를 볼 수 없도록 한 거지요. 역사는 예수회원을 불신으로 대하라고 가르치고 있습니다."

빌로세비치는 국무추기경의 말에 당황하였다. 다른 때 같으면 그대

354

로 가만 있지 않았겠지만 이 상황에서 예수회원들의 충성심에 대한 논쟁은 부차적인 일이었다. 그는 불안하게 물었다.

"만일 아무도 텍스트를 읽지 않았다면 어째서 이 다섯 번째 복음서에 대한 두려움이 일어나는 거지요?"

"만초니는 그것을 읽었소. 그는 대부분을 알고 있어요. 베를링거는 일부를 알고 있고 나도 그렇소."

그때까지 창 밖으로 눈길을 고정시키고 있던 추기경은 커다란 방 안을 이리저리 걷기 시작했다. 그는 극히 신경질적인 상태에서 말을 계속하였다.

"믿음이 깊은 기독교도에게 4대 복음서 저자들은 신앙의 토대가 되는 여덟 가지 사실을 말해주고 있어요. 예수께서 성령에 의해 잉태되셨다―그는 처녀인 마리아에게서 태어나셨다―빌라도에게 수난을 당하셨다―십자가에 못박히셨다―돌아가셨다―죽은 자들에게로 내려가셨다―사흘째 되는 날에 부활하셨다―하늘로 올라가셨다."

"추기경님! 어째서 이런 것을 나열하십니까?"

펠리치는 의자에 앉은 빌로세비치에게로 다가갔다. 그의 어깨를 붙잡고 잠자는 사람을 깨우려는 것처럼 흔들며 흥분한 목소리로 외쳤다.

"바라바는 이 모든 사건들을 부정하고 있으니까! 그게 무슨 뜻인지 아시겠소? 아시겠냐니까?"

빌로세비치는 고개를 끄덕였다.

3

전실에서 뒤엉킨 목소리가 들려왔다. 잠시 뒤에 비서가 문에 나타나더니 성무청의 장관 베를링거 추기경이 오신다고 알렸다. 붉은 옷을 입은 베를링거가 나풀거리는 평상복을 입은 세 명의 주교를 거느리고 방으로 들어왔을 때 베를링거는 아직 말을 다 끝내지 못한 상태였다.

그리고 펠리치에게 말을 하기 전에 그 자리에 있는 빌로세비치를 못마땅한 눈길로 훑어보았다. 꺼지시오, 어서, 하고 말하는 것 같았다. 빌로세비치가 물러나려는 행동을 했지만 국무추기경이 앞질러 말했다.

"가만히 계시오."

그리고 베를링거를 향해 말했다.

"그는 모든 것을 들었소. 터놓고 말씀하셔도 됩니다."

베를링거는 이런 결정에 동의하지 않음을 나타내려고 눈썹을 치켜올렸지만 그런 논의를 할 시간이 없었다. 베를링거는 바티칸 바깥에 위치한 성 우피치오 광장에서 여기까지 먼 길을 왔다. 그곳에서 그는 신앙 문제를 위한 교회 관청이기보다는 오히려 국방부와 더 비슷한 건물을 장악하고 있었다.

그가 온 것은 그럴 만한 까닭이 있었다. 특히 자기 관청의 세 주교를 동반한 것을 보면 더욱 그랬다. 그는 자신의 관청을 단순히 성무청이라고 불렀지만 그것은 '로마 및 세계 종교재판청'을 줄인 말이었다. 그리고 400년 전 바오로 3세 시대에 개신교에 맞서 싸우기 위해 처음 생겨났을 때처럼 세 주교를 거느리고 등장한 그의 모습은 더욱 중요하게 보였다.

주교들은 유행을 따르는 세 사람의 부인처럼 성직자 평복을 조심스럽게 끌면서 창을 마주보는 벽에 놓인 의자에 나란히 자리를 잡고 앉았다. 빌로세비치도 그렇게 했다. 베를링거는 불쾌하게 높은 목소리로 말을 했다.

"왕겨가 바티칸 성벽 앞에서도 물러설 줄을 모르는군요."

그는 화가 난 목소리로 외쳤다. 언제나처럼 그의 어법은 해석이 필요했다. 베를링거는 성서의 언어와 비유들을 이용해서 말하는 습관이 있었다. 그것을 보고 바티칸 최고재판정 의장인 아고스티니 추기경은, 신약성서는 철저히 품질을 지니고 있지만 언어적으로는 베를링거가 한 수 위라고 비꼬았다.

왕겨란 말로 베를링거는 올바른 신앙을 추종하지 않는 모든 사람을 지칭했다. 물론 올바른 신앙이 무엇이냐에 대한 질문은 나오지 않았다. 베를링거는 스위스 경호대가 사제복을 입고 바티칸 비밀서고로 숨어들어서 제한구역으로 들어가려고 하던 사기꾼 한 명을 붙잡았다고 보고하였다. 제한구역은 교황들에게만 열려진, 폐쇄구역이었다. 그는 밤에 숨어들어와서 기독교의 비밀을 간직한 성스러운 입구에 채워놓은 열쇠를 부수려고 했다. 비오 7세 시대에 만들어진 이 주물이 깨지지 않아서 소리를 듣고 놀란 경호병들이 가짜 사제를 붙잡을 수 있었다. 이 남자는 누구이며 그가 그런 행동을 한 동기가 무엇인지 질문해 보았지만, 그는 침묵하였다. 독일 사람 같았다.

"나는 두려운데……."

펠리치가 말을 시작했다. 베를링거가 그의 말을 끊었다.

"내 생각에 우리 두 사람 다 같은 것을 두려워하는 것 같습니다. 이 침입과 다섯 번째 복음서 사이에 어떤 관계가 있는 것 같아요."

펠리치가 고개를 끄덕였다.

"나도 그렇게 생각해요. 그 사람은 누구요, 그리고 지금 어디 있소?"

베를링거가 말을 계속할 수가 없다는 듯이 옆을 바라보며 나직하게 말했다.

"단 둘이만 이야기하고 싶습니다."

펠리치와 베를링거는 몸을 일으켰다. 그들은 창문 쪽으로 가서 머리를 모두었다. 베를링거가 우물거렸다.

"오타고노 정원 아래 있는 인노켄티우스 10세의 지하감옥을 알고 계십니까?"

"그에 대해서 들은 적이 있소. 인노켄티우스가 친척인 올림피아 마이달키니의 말을 듣고 만든 것으로, 전임자인 모페오 바르베리니 가족의 입을 다물게 하려고 만든 것이라고요."

"아주 훌륭하게 표현하셨습니다. 정말로 훌륭해요."

베를링거가 혼자 킥킥거렸다.

"인노켄티우스의 지하감옥은 300년 전부터 막아놓았다고 들었는데!"

"그렇지요. 하지만 필요성이 있으면 그것을 열지 못한다는 뜻은 아니지요."

베를링거가 당황해서 대답했다.

펠리치가 한 걸음 물러섰다. 그는 서둘러서 십자를 긋고 모두가 들을 수 있을 만큼 큰 소리로 외쳤다.

"베를링거, 설마 그 지하감옥을 열었다는 말은 아니겠지요……."

그러자 베를링거가 펠리치에게 다가와서 손바닥으로 그의 입을 틀어막았다.

"우리 주여, 제발 입 좀 닫으세요."

"당신 미쳤군! 그럼 그 침입자를 산 채로 그곳에 가두어버리겠단 말이오?"

펠리치가 낮은 목소리로 헐떡였다.

"이미 그렇게 했습니다. 아니면 그를 로마 경찰에 넘겨서 심문을 받게 해, 자기가 왜 바티칸 비밀서고에 침입했는지 떠들어대게 하실 생각입니까? 그 책임을 질 생각이세요?"

베를링거가 나직하게 말했다.

펠리치는 두 손을 깍지 끼고 기도하듯이 바닥을 내려다보았다. 하지만 충격이 너무나도 커서 그는 베를링거에게 덤벼들었다.

"이 이야기를 누가 알고 있소?"

"이 방에 있는 세 사람이오. 우리 둘 빼고 말입니다."

그는 주교들을 향해 눈짓을 했다. 그들은 이 눈짓에 아무런 반응도 보이지 않았다. 그들은 일부러 무관심하게 바닥을 바라보고 있었다.

"그리고 성벽 작업을 한 지안니하고요."

추기경이 덧붙였다.

"지안니는 누구요?"

"우리 막일꾼이오. 경건하고 선량한 사람으로 주문하는 것은 무엇이든 하지요."

"하지만 그는 언젠가는 나불거리면서 우리가 어떤 끔찍한 일을 자기에게 시켰는지 알릴 거란 말이오!"

베를링거는 머리를 흔들었다.

"그것은 주 하느님께서 막아주실 겁니다."

"무슨 뜻이오, 추기경님?"

"지안니는 벙어리에 귀머거리예요."

"다른 방법으로라도 알릴 거요!"

"사람들이 그의 말을 믿지 않을걸요. 모두들 그가 미쳤다는 걸 알고 있으니까."

펠리치는 비틀거리며 책상으로 다가갔다 그는 자기 의자에 털썩 주저앉아서 커다란 하얀 손수건을 소매에서 꺼내 빨개진 얼굴을 닦았다. 다른 사람들은 그가 어쩔 줄 모르고 머리를 흔들고 또 흔드는 모습을 바라보았다. 방금 들은 것을 이해할 수 없다는 듯한 태도였다. 마침내 그는 벌떡 일어나서 아직도 창가에 서 있는 베를링거에게로 다가가 전에는 들어본 적이 없는 어조로 으르렁거렸다.

"베를링거, 지안니를 데려오시오. 도구도 모두 가지고 오라고 하시오. 5분 뒤에 인노켄티우스 지하감옥 앞에서 만납시다!"

베를링거는 지금까지 한 번도, 심지어는 레겐스부르크의 신학교 시절에도 누군가 자기에게 이렇게 소리지르는 것을 겪어본 적이 없었다. 그는 생각지도 못한 펠리치의 강경한 어조에 죽도록 놀랐다. 무슨 말인가를 하려고 했지만 국무추기경이 그보다 앞장서서 베를링거가 범죄자이기라도 한 것처럼 그를 앞세우고 걸어가면서 말했다.

"그리고 침입자가 아직 살아 있기만 기도하시오. 나는 종교재판은 지난 세기에 활동을 중단했다고 생각했소."

4

    벽의 구멍으로 나타난 남자의 얼굴은 전혀 움직임이 없었다. 낯선 사람은 눈을 가늘게 뜨고서 펠리치가 지안니를 위해 비추어주는 손전등의 날카로운 불빛을 바라보았다. 이미 삶이 끝났다고 생각했다가 생각지도 못한 구원의 행동이 그에게 꿈처럼 여겨지는 것 같았다.

    빌로세비치는 농아인 지안니를 도왔다. 베를링거와 성무청 소속인 세 명의 주교는 멀찌감치 떨어져 서 있었다. 누구도 말이 없었다. 벽의 구멍이 사람이 빠져나올 수 있을 만큼 커지자 펠리치 추기경이 앞으로 나서서 죄수에게 손을 내밀었다. 그제야 펠리치는 남자의 두 손이 묶인 것을 보았다. 펠리치는 베를링거에게 눈길을 던졌으나 그는 옆을 바라보았다.

    죄수는 추기경이 자기를 구원하러 왔다는 것을 천천히 깨닫는 것 같았다. 그의 얼굴 위로 믿을 수 없다는, 거의 당황한 미소가 스치고 지나갔다. 그는 구멍을 통해 억지로 빠져나오면서 중얼거렸다.

    "난…… 모두 말하겠어요."

    "갑자기 모두 설명하겠다고!"

    베를링거가 심술궂게 뒤에서 소리쳤다.

    펠리치는 못마땅한 손짓을 하고 대답했다.

    "침묵하시는 게 좋을 거요, 추기경님. 당신의 행동에 대해서는 변명이 있을 수 없으니까요."

    "직권으로 심문을 요구합니다. 배후 인물들의 이름을 대야 합니다. 이름을 원하오. 즉각 설명을 원합니다."

    베를링거가 거품을 뿜었다.

    "모든 것을 말하겠어요."

    죄수는 한 번 더 장담하였다. 펠리치는 남자의 수갑을 풀어주었다. 세 명의 주교는 그를 데리고 아무도 만나지 않을 계단과 복도들을 거처서 성무청으로 데려갔다.

성 우피치오 광장에 있는 건물 2층에서의 심문은 종교재판으로 변했다. 두 명 이상 바티칸 추기경의 비밀회동이 보통 그랬지만. 베를링거는 다섯 번째 복음서를 탐색하는 고위 성직자 여섯 명을 교황급 기밀이라는 조건 아래 소집하였다(폭발성이 있는 사안들의 경우에는 언제나 그랬다. 성하가 있는 자리에 선 귀신 들린 수녀의 경우도 그랬다. 그녀는 종교적인 황홀경에 잠겨서 치마를 잡아 찢고 바닥에서 위로 떠올랐다──악마 쫓는 사람들을 위한 사례였다. 자연과학자들의 말에 따르면 이것은 자연에 반하는 일이오, 따라서 악마가 하는 일이었기 때문이다).

좁고 길다란 책상 뒤에는 세 사람의 주교, 국무추기경 펠리치, 최고 재판정 의장 아고스티니 추기경, 교황 비밀서고 관장 델라 크로체 주교, 성무청 장관 베를링거 추기경, 성하의 개인비서인 파스콸레 주교, 교황 대학교의 만초니 교수, 바티칸 공보담당 빌로세비치, 그리고 보고문을 담당한 고위 성직자 등이 나란히 앉았다. 책상 위에서는 높고도 가느다란 촛불이 두 개 타고 있었다. 그 앞에 피고가 앉았다. 바티칸의 다른 사무실들처럼 이곳에서도 설명할 수 없는 이유에서 마루 닦는 왁스 냄새가 났다.

성무청의 모든 일이 언제나 그렇듯이 참석자들의 이름을 부른 다음 베를링거는 높고도 자르는 듯한 음성으로 심문을 시작하였다.

"이름을 말하시오!"

질문을 받은 사람은 작고도 별로 눈에 띄지 않았다. 그는 꼿꼿하게 앉아서 큰 소리로 대답했지만 목소리가 떨렸다.

"나는 베르너 구트만 교수입니다."

"독일인이요?"

"그렇습니다. 콥트학 교수지요."

진홍빛 성직자들 사이에 웅성거림이 생겼다.

"나는 그 모든 것을 자유의사에서 행한 것이 아닙니다!"

구트만이 단호하게 말했다.

베를링거는 집게손가락으로 죄수를 가리키며 말했다.

"질문을 받을 경우에만 말하시오! 교황의 비밀서고에서 무엇을 찾고 있었소?"

"증거품이오!"

"무엇을 위한 증거품?"

"교회가 바라바 복음서를 수백 년 전부터 알았다는 사실에 대한 증거품이오."

추기경들, 주교들, 신부들은 분명 불안의 표지를 보였다. 그들은 불타는 석쇠 위의 순교자들처럼 의자에서 이리저리 몸을 움직였다. 베를링거는 펠리치에게 남모르는 눈길을 던졌다. 마치 이렇게 말하고 싶어 하는 것 같았다. '내 이럴 줄 알았소. 우리만이 유일하게 다섯 번째 복음서에 대해서 알고 있는 것이 아니라니까' 라고 말이다. 그런 다음 그는 구트만에게 질문을 던졌다.

"그러니까 교황의 비밀서고에 다섯 번째 복음서가 보관되어 있다고 생각했단 말인가요?"

구트만이 어깨를 으쓱했다.

"그렇게 짐작했지요. 확실한 것은 비밀서고에 증거품이 보관되어 있다는 것입니다."

비밀서고 관장인 델라 크로체 주교가 호기심에 넘쳐서 몸을 책상으로 굽히고 질문하듯이 물었다.

"당신이 카메라를 가진 것을 발견했소. 하지만 필름에는 아무것도 찍혀 있지 않던데."

"그렇습니다. 내게 명령을 내린 사람들은 증거품의 사진만 얻으면 충분하니까요."

"대체 그 증거품이란 뭡니까?"

"티투스 개선문의 부조입니다. 그 의미를 깨닫고 비오 7세 교황이 그것을 치웠어요."

만초니가 베를링거 쪽으로 몸을 굽히고 나머지 사람들이 이해할 수 없는 말을 속삭였다. 그런 다음 말했다.

"배후 인물을 밝히시오. 감히 거짓말을 할 생각은 마시오!"

"나는 이 모든 것을 자유의사로 한 것이 아닙니다. 그들은 약물을 통해서 나를 멋대로 조종했어요. 어떤 여자——헬레나——가 스스로 원하지는 않지만 그들의 꼭두각시 노릇을 하고 있어요. 그들은 내가 자기들에 대해서 한마디라도 흘린다면 나를 죽일 거라고 말했어요."

구트만이 벌떡 일어났다.

"나는 진실을 모두 말하겠어요. 그러니 제발 나를 보호해주십시오. 바티칸은 이 세상에서 오르페우스 기사단의 눈 밖에 난 사람이 안전하다고 느낄 수 있는 유일한 장소니까요."

"오르페우스 기사단이라고 하셨소?"

펠리치가 물었다.

구트만이 격하게 고개를 끄덕였다.

"오르페우스 기사단은 세계 지배를 목표로 삼는 비밀기사단이지요. 그 첫 번째 목표는 교회를 제거하는 것이고……."

펠리치가 그의 말을 중단시켰다.

"됐어요, 됐소. 우리도 알고 있소."

구트만은 추기경에게 질문하듯이 바라보았지만 베를링거가 펠리치에 앞서서 말했다.

"바티칸과 정신적으로 손을 잡을 거라고 생각했단 말이오?"

나머지 사람들이 오만하게 웃었다. 다만 만초니만 진지했다. 그의 얼굴이 죽도록 창백해졌다. 그는 침묵 끝에 말했다.

"내 이럴 줄 알았지. 로진스키 때문에 이미 힘들었는데."

만초니가 구트만을 향해서 말했다.

"로진스키라는 폴란드의 예수회원을 알았겠지요?"

"로진스키? 나는 로진스키라는 사람을 모릅니다. 예수회원은 더욱이 몰라요. 하지만 그것은 별일 아닙니다. 나는 최근에야 오르페우스 기사단에 들어갔으니까요."

베틀링거가 눈을 실밥처럼 가늘게 뜨고 말했다.

"당신이 얼마나 책임 있는 일을 맡았는지를 생각해보면 그 참 놀라운 일이군요."

"압니다. 하지만 나는 어차피 구멍을 메우는 사람이었어요. 원래 이 일을 맡았던 사람이 기사단에 등을 돌렸거든요. 그것은 오르페우스 사람들 눈에는 죽을 행동이었지요. 나는 그가 파리의 정신병원에서 심장병으로 죽었다는 말을 들었습니다. 하지만 나는 신화의 이름을 가진 이 남자들이 살인을 꺼리지 않는다는 것을 알고 있어요. 분명 나도 벌써 그들의 죽음의 명단에 올라 있을 겁니다."

펠리치가 끼여들었다.

"그 사람 이름이 뭡니까?"

"포시우스요. 그는 비교문학 교수였어요. 그리고 다 빈치의 일기장을 통해서 바라바의 비밀에 도달했지요."

"그렇다면 다섯 번째 복음서에 관심을 가진 다른 회원이 아직도 기사단에 있나요?"

"제가 어떻게 알겠습니까! 아무도 다른 사람의 일에 대해서는 알지 못한다는 것이 오르페우스 기사단의 철칙입니다. 그것이 자극이 된다고 그들은 믿고 있죠. 누구나 다른 사람에게서 감시를 당한다는 느낌입니다. 악마적인 인간들이 만들어낸 악마적인 체계입니다."

"한 가지만은 분명치가 않군요. 오르페우스 기사단이 우리 거룩한 어머니 교회를 쓰러뜨리려는 목적을 가지고 있다면, 그들이 다섯 번째 복음서를 우리들 교황청 사람보다 잘 안다면, 어째서 그들은 지금까지 그것을 전혀 사용하지 않는 걸까요?"

펠리치가 말했다.

"그 점을 말씀드리겠습니다, 추기경님. 그럴 만한 이유가 있습니다."

베를링거는 초조해졌다.

"그럼 어서 말하시오. 제발."

"전세계에 흩어진 양피지 문서에는 저자인 바라바가 자신의 신분을 밝히고 있는 구절이 있습니다. 그리고 오르페우스 기사단은 바로 이 부분을 갖지 못한 것이죠."

"하느님의 영광!"

델라 크로체 주교가 나직하게 말했다. 베를링거는 어울리지 않는 말이라고 생각했다. 그것은 교황의 비밀서고 관장이 이 사건에 대해서 전혀 모른다는 것을 나타냈다. 베를링거는 얇은 눈썹을 치켜올리고 주교에게 경멸의 시선을 던졌다. 그런 다음 구트만을 향해서 말했다.

"하지만 오르페우스 사람들은 당연히 이 문서의 소재지를 알고 있을 것이고 그것을 갖기 위해 안 해본 일이 없을 텐데요."

"그렇습니다, 추기경님."

구트만이 대답했다.

"그럼 성과가 있었나요?"

구트만은 바닥을 바라보았다. 그는 추기경들과 주교들의 눈길이 자기에게 쏠린 것을 느꼈다. 크고 텅 빈 방안에 숨소리도 안 들릴 정도의 정적이 흐르는 가운데 그가 대답했다.

"유감이지만 저로서는 알 수가 없습니다. 원본은 어떤 독일 여자의 손에 들어 있는데, 가능하면 많은 돈을 받으려고 하는 사람입니다. 그 여자는 양피지의 내용도 몰라요. 하지만 사람들이 문서에 대한 관심을 보일수록 점점 더 고집스러워져요. 마지막에 나는 그녀를 오르페우스 기사단의 성에서 만났는데, 그 여자는 모든 것에 대해서 알고 있는 척하더군요. 다섯 번째 복음서, 바라바, 모두요."

"그게 가능하다고 생각하십니까?"

베를링거가 불안한 태도로 말했다.

"저로서는 상상할 수가 없습니다. 그 여자가 어디서 그런 정보를 얻어냈을까요?"

"그녀의 이름은?"

"안네 폰 자이틀리츠요."

5

구트만은 멀리 떨어진 방, 일종의 문서고로 옮겨졌다. 카톨릭의 가르침에 반대하는 일들이 적힌 수천 개의 부스타들이 쌓여 있는 방이었다. 교회법을 위반하거나 무시한 경우에 대한 소송, 이단설, 신에 대한 모독, 허가되지 않은 개혁을 기도하다가 추방이나 파문을 당한 경우들, 그리고 순결파와 발드파 같은 이단운동들에 대한 소송기록들이었다. 두 명의 경호병이 구트만을 지켰다. 하지만 교수는 꿈에도 도망칠 생각이 없었다.

성무청은 새로운 상황을 어떻게 처리해야 할지 논의하였다. 추기경들과 주교들은 극단적으로 의견이 서로 달랐다. 그들의 논의는 심문과 마찬가지로 기록되었다. 모두들 자기 어법으로 말을 했다.

노인인 펠리치에게는 아무런 희망도 없이 교회의 종말이 다가온 일이었다. 그는 로마를 창녀인 바빌론과 비교하고 요한의 묵시록을 인용하였다. 천사가 힘찬 소리로 외치는 부분이었다.

"무너졌다. 대도시가 무너졌다. 그것은 악마들의 거처가 되고 더러운 악령들의 소굴이 되었으며 더럽고 미움 받는 온갖 새들의 집이 되었다."

거룩한 어머니 교회를 위한 기회는 더 이상 없다고 보았다.

교황청의 재판관인 아고스티니 추기경은 절대로 그런 의견에 합류하지 않았다. 그는 교회가 이보다 더 큰 위기들도 이겨냈다고 명백하게 반박하였다. 교회는 루터 박사의 종교개혁에 대해서도 반종교개혁으로 대답하였다. 두 사람의 교황이 서로 다른 장소에서 우선권을 놓고 다투면서 서로 상대방이 악마라고 비방하던 시절도 견뎌냈다. 어째서 이번 위기를 이겨내지 못하겠는가.

베를링거 추기경은 교황청은 이 일이 이렇게 흘러가도록 내버려두고 교회에 닥치는 일을 그대로 방치해서는 안 된다는 의견이었다. 교회 자신이 주도권을 쥐고 스스로의 장래를 위해서 싸워야 한다. 그러니까 온갖 수단을 다해서 이런 이단적인 양피지 문서를 얻으려고 노력을 해야 한다는 말이었다.

그에 비해서 비밀서고 관장인 델라 크로체 주교는 돌아다니고 있는 다섯 번째 복음서의 텍스트가 거룩한 어머니 교회의 가르침에는 이미 충분히 파괴적인 것이 아닌가, 그래서 모든 수고는 처음부터 실패하도록 되어 있는 것이 아닌가 하는 질문을 제기하였다.

단 한 사람만은 자기 의견을 혼자서만 지니고 고집스럽게 침묵하였다. 그레고리아나 대학 교수인 만초니였다. 그는 매끄럽게 다듬은 책상에 눈길을 고정시키고 마치 생각 속으로 먼 곳을 더듬는 것처럼 보였다.

성하께서는 전체적으로 이 문제를 알고 계신가, 그리고 이 문제를 어떻게 생각하시는가 하는 베를링거의 질문에 파스콸레 주교는 이렇게 대답했다. 성하께서는 국무추기경님의 입에서 이 소식을 배우 놀라고 겸손한 태도로 들으셨다. 그런 일은 쇠약한 건강 상태를 생각하면 극히 걱정스러운 일이다. 성하께서는 오래 전부터 음식 섭취를 거절하시고, 주치의는 주사를 통해 인공적으로 영양공급을 하고 있다. 그는 아주 드물게만 말씀을 하시고 여러분들도 지난 며칠 동안 직접 보셨겠지만 그 경우에도 아주 나직하게만 말씀하신다. 심리적으로 우울한 상태라고 말할 수 있을 것이다. 이런 우울한 태도로 성하께서는 종교회의를 소집할 결심을 하셨다.

빌로세비치는 초조하게 잔기침을 했다.

베를링거가 벌떡 일어났다. 그는 파스콸레가 이런 무시무시한 일을 시작하기라도 한 것처럼 노려보더니 국무추기경을 향해 나직하게 물었다.

"알고 계셨습니까?"

펠리치는 말없이 고개를 끄덕이고 당황해서 눈길을 옆으로 돌렸다. 그러자 베를링거는 호령을 했다. 그의 불쾌한 목소리가 방 안으로 날카롭게 울려퍼졌다.

"보아 하니 모두들 알고 있었던 모양이군요. 바티칸 박물관의 경호원들, 성 베드로 성당의 성물 간수인, 『로마 관찰자』지의 견습기자까지. 오직 성무청 장관만 아무것도 몰랐던 것 같소이다."

"아직 공식적인 일이 아니오. 나 자신도 성하와 친밀한 대화를 하던 중에 들었을 뿐이오."

펠리치가 추기경을 진정시키려고 애썼다.

6

베를링거는 의자에서 씨근덕거리고 오른쪽 팔꿈치를 책상에 올려놓고 주먹으로 이마를 꾹 눌렀다. 그의 머릿속에서는 모든 것이 엉망진창이었지만 지배적인 느낌은 분노였다. 그는 이렇게 직접적으로 자기 소관인 상황에 대해서는 자기가 맨 먼저 교황의 의도를 알았어야 옳다고 생각했다. 국무추기경이 아니라 자기가 말이다.

몇 분 동안이나 그의 생각은 이 문제 주변을 맴돌았다. 다른 참석자들은 베를링거의 고통스런 분노를 감히 방해하려고 들지 않았다. 마침내 베를링거가 오른손 주먹으로 눈을 닦아낸 다음 마비된 침묵을 깨뜨렸다.

"그렇다면 이 종교회의의 목적은 무엇입니까?"

그는 도전적인 태도로 펠리치를 바라보았다. 마치 '너는 분명히 답을 알고 있겠지, 성하께서는 너와 분명 그 이야기를 하셨을 거야'라고 말하는 듯했다.

펠리치는 불안한 마음으로 자기 대신 이 답변을 해줄 누가 없을까 해서 사방을 둘러보았다. 하지만 아무도 반응을 보이지 않았고 그래서 이렇게 대답했다.

"그것에 관해서는 별 말씀이 없었어요. 하지만 이런 일을 보고서 성하께서 종교회의를 소집하신다면……."

그는 말이 막혔다.

"그렇다면?"

베를링거가 끈질기게 물고 늘어졌다. 모든 사람의 눈길은 펠리치에게 쏠렸다.

"그렇다면 거룩한 어머니 교회의 해체를 목표로 하는 종교회의라고 할 수 있겠지요."

"우리를 불쌍히 여기소서."

"악마다!"

"철저히 행하라!"

"순응하라, 바보야!"

"이단자!"

"하느님, 우리 불쌍한 죄인들에게 은총을 베푸소서!"

추기경들과 주교들이 연달아 소리쳤다. 다가오는 종말을 앞에 두고 친구고 적이고 상관없이 소리지르고, 분명한 이유도 없이 서로 극단적인 욕설을 퍼부었다.

그 이유는 그들의 영혼과 이성 안에 감추어져 있었다. 그들은 이런 시작과 그에 따라 기대되는 결과를 감당할 힘이 없었기 때문이다. 자기들이 탁월한 자리를 차지하고 있는 세계가 붕괴되려고 하고 있었다. 성자라고 하더라도 그런 상황을 감당할 수 없을 텐데 하물며 주교 정도야 말해 무엇하랴.

성무청보다는 트라스테베레에 있는 술집에 더 어울리는 외침소리들이 점차 가라앉았다. 한 사람씩 차례로 이성을 되찾았다. 그들은 서로에 대해서 부끄러웠다. 아무도 대화를 다시 시작하지 못했다. 어차피 그래봤자 패배를 눈앞에 두고 말을 많이 하는 것에 지나지 않을 것이지만. 그러나 교회에 힘든 시기가 오면 바티칸에는 언제나 하느님의 종보다는 적이 더 많았다.

베를링거를 동반했던 주교 한 사람이 말을 시작했다.

"어쩌면 주님께서 우리에게 시련을 주시는 것인지도 몰라요. 어쩌면 겟세마네 동산에서 그랬던 것처럼 배반당하기를 원하시는지도 몰라요. 어쩌면 우리의 오만에 대해서 우리를 벌주시려는 건지도 모릅니다."

추기경이 그의 말을 끊었다.

"무슨 소리, 오만이라구! 멍청한 말이오. 나는 오만을 모릅니다, 펠리치도 아고스티니도 몰라요."

주교는 머리를 흔들었다.

"내 말은 개인의 오만을 말하는 것이 아닙니다. 이 제도 자체의 오만을 말하는 거지요. 우리 거룩한 어머니 교회는 오래 전부터 경건한 기독교도에게 두려움을 불러일으키는 전능함에 대해 말해왔지요. 주님께서는 겸손을 가르치지 않으셨나요? 권력이라는 말은 단 한 번도 그분의 입술에 오르지 않았어요."

다른 사람들에게 주교의 단순한 말은 사색의 계기가 되었다. 방금 전에 체념하고 술 취한 사람처럼 책상만 내려다보던 베를링거만이 몸을 일으키고 위협적인 자세를 하였다. 그리고는 경멸적인 어조로 말했다.

"그리스도 안의 형제여, 당신은 알고 있어요. 이런 식의 말은 성무청에서 당신의 사건을 심문하도록 자극하는 일이오."

그러자 주교가 소리를 높였다. 그의 대답에 나타난 흥분된 어조는 그가 일생 동안 추기경에게 이런 말투로 말해본 적이 없음을 짐작케 했다.

"추기경님, 아직도 여전히 다르게 생각하는 사람들을 장작더미에서 불태워죽이던 시대가 지나갔다는 사실을 깨닫지 못하신 것 같군요. 당신은 앞으로는 다른 의견도 당신 자신의 의견처럼 인정하는 일을 견뎌야 할 겁니다."

다른 두 주교들은 번개처럼 재빨리 암탉의 깃털 아래로 병아리들이 숨는 것처럼 두 손을 웃옷 소매 속에 감추었다. 그들은 추기경의 재판이 두려웠기 때문에 이런 행동으로 보호를 구하였다. 하지만 놀랍게도 아무 일도 일어나지 않았다. 베를링거는 주교가 감히 성무청 장관인 자기에게 이렇게 도전적인 방식으로 대답했다는 사실에 충격을 받았다.

직책상 지식인들의 싸움을 중재하는 일이 많았던 아고스티니가 싸움 가운데로 뛰어들어서 파랑을 가라앉히려고 애썼다.

"여러분, 개별적인 싸움으로는 아무에게도 득이 되지 않아요. 우리 적과 싸우기 위해 우리 모두의 영혼이 필요합니다. 대체 싸울 기회가 있다면 말입니다만."

"기회라고요?"

국무추기경이 괴롭게 웃었다. 웃음은 80세 노인의 입에서 기묘하게 터져나왔다.

아고스티니가 펠리치를 향해 말했다.

"추기경님, 우리의 기회를 안 믿으세요?"

질문을 받은 사람은 이 질문이 우습다는 듯이 눈을 굴렸다.

"최후의 심판을 알리는 나팔이 울렸다면 날짜를 미룰 수는 없을 거요. 그리스도 안의 형제여."

토론이 이루어지는 동안 예수회원인 만초니 교수는 눈에 띄게 조용히 앉아 있었다. 그것은 원래의 그의 태도와 반대되었다. 하지만 그의 이런 조용함은 감정이나 당황한 탓이라기보다는 그가 다른 어떤 사람보다 상황을 잘 알고 있기 때문이었다. 그리고 그가 이미 자신의 악마적인 결심을 끝내고 난 때문이기도 했다. 어쨌든 그는 보통은 철학자들이 하듯이 이 토론을 무심하게 지켜보았다. 추기경과 주교들이 그토록 흥분하지 않고 그토록 종말론적인 분위기에 빠져 있지 않았다면 그들은 만초니가 동료들의 외침을 보고 슬그머니 미소짓고 있음을 보았을 것이다.

만초니는 베를링거 추기경이 감동적인 단순함으로 이렇게 심각한 상황에서 기적을 행하는 카푸친 수도사 피오 신부를 멀리 아풀리아에서 데려오는 것이 어떻겠는가 하는 말을 했을 때도 역시 웃었다. 그는 기적을 행하는 힘과 두 장소에 동시에 나타나는 재능을 가진 사람이었다. 피오 신부는 40년이 넘게 우리 주님의 성흔을 지니고 있으며 어떤 점에서도 아시시의 성 프란체스코에 조금도 뒤지지 않는다는 것이다. 프란체스코가 동물들과 교류를 하고 그들의 언어를 이해하였다면, 피오는 밤마다 가장 거대한 괴물 악마와 싸워서 아침이면 끔찍한 싸움을 한 전사(戰士)처럼 자기 방에서 소리를 지르고 피를 흘리면서 발견되곤 한다는 것이다.

이 다섯 번째 복음서의 저자인 바라바 뒤에는 오직 하나, 악마인 루시퍼가 숨어 있다. 어쩌면 이 루시퍼와 하느님을 모독하는 그의 다섯 번째 복음서를 물리치기 위해서 이 아풀리아의 신부가 왔는지도 모른다고 추기경은 말했다.

"오, 하느님!"

펠리치는 추기경의 이런 사색에 대해서 이렇게 한마디를 했을 뿐, 그 이상은 말하지 않았다.

그러자 베를링거가 분노해서 대답했다.

"추기경님, 당신이 초자연적인 것이 실재한다는 것을 회의적으로 여긴다면 당신은 악마의 존재도 부정하는 것이오. 루시퍼를 부정한다

372

면——이런 암시를 허락해주십시오——당신은 우리 거룩한 어머니 교회의 바깥에 서 계신 겁니다."

베를링거의 말이 끝나기가 무섭게 늙은 펠리치가 벌떡 일어났다. 그는 아고스티니 추기경을 넘어서 베를링거에게 덤벼들려고 했다. 하지만 거인 아고스티니가 일어서서 싸움꾼들을 양쪽으로 벌려놓았다. 펠리치가 십자를 긋고 손을 모으는 동안 베를링거는 흥분해서 벌어진 평복 단추 두 개를 아주 오래 걸려서 도로 끼웠다.

만초니가 조심스럽게 일어나서 이렇게 말했다.

"됐어요, 형제들. 더 이상 이야기하지 맙시다. 내게 4, 5일 시간을 주십시오. 어쩌면 문제가 저절로 완전히 해결될 겁니다."

결코 일어난 적이 없던 일

1

2월 태양의 따스한 햇살과 더불어 샹젤리제 거리의 카페 조르주 앞쪽으로 탁자와 의자들이 길가에 놓였다. 사람들은 외투를 입은 채로 앉아서 파리의 여러 움직임을 바라보았다. 2월이었지만 보통 때처럼 손님들이 아주 많지는 않았다. 손님들은 실제로는 그렇지도 못하면서 그런 척해 보이려는 남자들과 자신의 실상을 감추려고 하는 여자들이었다. 그들은 담배를 피우고 커피를 훌쩍이고 때로는 다른 사람의 눈길을 바라보거나 경련을 동반한 미소를 지으려고 애썼다.

안네 폰 자이틀리츠는 전날 아드리안을 찾기 위해서 파리에 왔다. 전화를 걸어도 그는 받지 않았다. 여러 번이나 시도해보았지만 여전히 모르는 언어를 쓰는 어떤 남자가 대답을 했고 그녀의 말을 이해하지 못했다. 이제 그녀는 조르주 카페에 앉아서 길다란 앞치마를 두르고 성심껏 커다란 유리창을 닦는 웨이터를 관찰하였다. 유리창은 거리의 소음으로부터 손님들을 보호하고 있었다.

그녀는 파리 도착 직후에 생 마르탱 운하와 동문 사이 베르뇡 거리에 있는 아드리안의 아파트로 찾아갔다. 그곳에서 세 명의 남자들을 만났는데, 상당히 검은 피부의 사람들로서 아랍어나 페르시아 말을 하고 있었다. 그들은 들어오라고 권했지만, 그녀는 클라이버라는 이름을 말한 다음 그들이 아무것도 모르겠다는 듯이 어깨를 으쓱하는 것을 보고 그냥 돌아오고 말았다.

그녀의 생각은 이리저리 헤맸다. 무엇인가가 맞지 않는다는 사실이 점차 뚜렷해지는데도 그녀는 용기를 잃거나 하지는 않았다. 그러기에는 지난 기간 너무나 많은 일들을 경험하였다. 바리에서 이미 안네의 분노는 커졌다. 아드리안이 말한 '카스텔로'라는 호텔은 그곳에 없었다. 그들은 마지막으로 엘라손에서 헤어졌다. 맙소사, 그에게 아무 일도 일어나지 않았으면 좋으련만! 그녀는 그를 사랑하고 있었다. 아드리안을!

안네는 지갑에서 동전 두 개를 꺼내서 테이블의 둥근 유리판에 올려놓고 그곳을 떠났다. 눈앞에 보이는 전화 부스를 보면서 외투 호주머니에서 동전을 찾아냈다. 전화번호부는 세상 어디서나 그렇듯이 너덜너덜했다. 그녀는 전화번호를 금세 찾아냈다. 『파리 마치』 편집부, 피에르 샤롱 거리 51번지. 전화가 연결되기도 전에 안네는 중단하였다. 전화 부스를 나와서 택시를 불렀다.

"피에르 샤롱 거리!"

그녀는 창문 사이로 운전사에게 말하고 뒷좌석에 자리를 잡았다.

잡지사 건물의 친절한 수위는 콧수염을 기르고 즐거운 작은 눈을 가진 프랑스 사람이었는데, 그녀가 아드리안 클라이버와 이야기하고 싶다고 말하자 그분은 3년 전부터 『파리 마치』에서 일하지 않는다, 어쩌면 4년이 되었을지도 모른다고 말했다.

안네는 포기하지 않았다. 지난 몇 달 동안의 체험은 그녀에게 많은 것을 가르쳐주었다. 특히 약간은 고집 부릴 것을 가르쳐주었다. 그래서 그녀는 수위에게 자기의 방문을 편집장에게 알려달라고 부탁하였다. 편집장의 이름을 물었더니 데뤼셰트라고 했다. 자기는 독일에서 온 클라이버의 친구라고 밝혔다.

수위는 그녀를 자세히 살펴보면서 한참 동안이나 전화통화를 하였다. 그런 다음 그녀에게 엘리베이터로 가는 길을 가르쳐주고 504호로 가라고 일러주었다. 여비서가 수위처럼 약간 얕보는 듯한 표정으로 안네를 맞아들였다. 친절하지만 차가운 태도로 그녀는 방문객을 편집장의 방으로 안내하였다.

데뤼셰트는 무엇보다도 왼쪽 입 가장자리에 담배를 물고 있다는 점이 독특하였다. 긴급한 상황에만 그것을 입에서 멀리하였다. 독일에서 온 수수께끼 숙녀에게 인사하는 일도 그런 긴급한 상황에 속하는 듯했다. 어쨌든 그는 절반쯤 남은 담배를 왼손 엄지와 검지로 잡아서 입에서 빼내고 안네에게 오른손을 내밀었다. 이어서 검은 가죽 소파를 가리켰다.

"클라이버 때문이에요. 우리는 친구예요. 어릴 적 친구요. 우린 7일 전에 마지막으로 보았어요. 그리스에서였다고 말하면 아마 당신은 놀라실 것 같군요. 분명히 아드리안 클라이버가 다른 곳에 있으리라고 생각하실 테니까요. 하지만 클라이버는 납치되었어요. 우린 도망칠 수 있었지요. 우리는 바리에서 만나기로 했지만 클라이버는 오지 않았어요. 난 걱정이 되어서요. 혹시 클라이버가 살아 있다는 단서라도 가지고 계신가요? 그가 어디 머물고 있는지 아세요?"

안네 폰 자이틀리츠가 말했다.

안네의 말을 대단한 주의력으로 듣고 있던 편집장은 신경질적으로 담배 꽁초를 빨아들이기 시작했다. 그러면서 코로 엄청난 연기를 내뿜었다.

안네가 다시 말을 시작하였다.

"알아요. 이 모든 것이 아주 이상하게 들리겠지요. 나는 우리 여정의 모든 세부사항을 말씀드릴 수도 있어요. 하지만 말해주세요. 클라이버는 어디 있지요?"

데뤼셰트는 다시 아무 대답도 하지 않았다. 그는 조심스럽게 새로운 담배를 꺼내서 불붙은 꽁초에서 불을 붙였다. 그러더니 눈을 치뜨며 물었다.

"언제 클라이버를 마지막으로 만났다고 말씀하셨나요?"

"일주일 전 오늘요. 엘라손이라는 이름의 그리스 북부 소도시예요. 그 이후로 그의 흔적은 완전히 사라졌어요. 나는 납치자들이 그를 다시 납치했을까 봐 두려워요."

"정말이세요?"

안네는 이 마음에 들지 않는 남자의 면상을 한 대 갈겨주고 싶었다. 그녀는 그가 자기 말을 한마디도 믿지 않고 있으며, 클라이버에 대해서도 알려주기를 미루고 있다는 인상을 받았다. 그녀는 분노로 울음을 터뜨릴 지경이었지만 그것을 참고 친절하게 대답했다.

"절대로 정말인데요. 왜 물어보시죠?"

데뤼셰트는 담배를 입에서 빼내고 안네는 그것이 의미심장한 답변에 대한 전조라고 생각하였다. 마침내 그가 말했다.

"아드리안 클라이버는 5년 전에 죽었기 때문이오."

이성이 현실을 파악하는 것을 거부하는 순간들이 있다. 그러면서도 주어진 일들에 대해서 반응을 한다. 안네의 머리는 모든 것이 뒤죽박죽이었다. 기억의 조각들과 생각들이 서로 뒤얽혔다. 그러다가 번개처럼 빠르게 부조리한 이론들이 되었다가 이해할 수 없는 것이 되었다가 어찌할 줄 모르는 거품을 뒤에 남기고 비누방울처럼 꺼졌다. 안네 폰 자이틀리츠는 커다란 소리로 웃기 시작하였다. 웃음의 경련이 그녀의 전신을 흔들었다. 그녀는 벌떡 일어나서 빙빙 돌고 킥킥거리면서 눈으로『파리 마치』지 옛날 판본들이 쌓여 있는 책장으로 걸어가는 데뤼셰트를 뒤쫓았다.

데뤼셰트는 화보잡지 하나를 빼들고 펼쳐서 여전히 진정되지 못한 안네의 얼굴 앞에 내밀었다.

"우린 이 아드리안 클라이버 이야기를 하고 있는 거지요?"

그는 방문객의 반응에 불안해져서 이렇게 물었다.

안네는 아드리안의 커다란 사진을 바라보았다. 그 아래에는 반 페이지 크기로 끔찍하게 망가진 시체의 사진이 있었다. 그의 왼쪽 손은 총에 맞은 카메라를 들고 있었다. 두 장의 사진 사이에 사진설명이 들어있었다.

'파리 마치 기자 아드리안 클라이버——알제리 전쟁에서 사망.'

안네는 커다란 소리를 지르며 소파에 주저앉았다. 그녀는 두 주먹을 꼭 쥐고 입을 틀어막으며 바닥을 바라보았다. 지금까지 진지하게 이 만남을 받아들인 데뤼셰트가 이번에는 관심을 보여주었다. 그는 담배를 눌러 끄고 안네 폰 자이틀리츠 옆에 자리잡고 앉아서 말했다.

"정말로 모르셨습니까, 마담?"

안네는 고개를 가로저었다.

"1분 전까지만 해도 나는 우리가 일주일 전에 만났다고 맹세할 수 있었을 거예요. 우리는 함께 미국에도 갔고, 나는 그리스 납치자들의 감옥에서 그를 풀어주었거든요. 그렇다면 그 남자는 누구였지요?"

"고등사기꾼이지요, 마담. 다른 설명은 있을 수 없어요."

그렇다면——그녀는 말은 하지 않고 생각만 했다——자기는 고등사기꾼과 잠을 잤단 말인가. 그는 대체 누구였지?

데뤼셰트는 정직한 관심을 보여주었다. 어쩌면 그는 특이한 이야기 냄새를 맡았을 것이다. 어쨌든 그는 안네에게 사태를 설명하는 데 도움을 주겠다고 약속하고 이렇게 말했다.

"마담, 당신은 불쾌한 상황에 빠진 것 같군요. 어쩌면 힘든 운명의 일격을 맞고 그를 통해서 발밑의 근거를 잃어버리셨겠지요. 고등사기꾼은 특히 그런 상황을 이용하거든요. 예외적인 상황에 처한 인간은 비판의 능력을 잃어버리니까요. 당신이 그런 예외적인 상황에 빠져 있는데, 어떤 남자가 다가와서 자기가 클라이버라고 주장했고 당신이 그를 알아보았다는 짐작이 드는군요."

안네가 사과하듯이 말했다.

"우리는 17년 동안이나 만나지 못했으니까요. 하지만 그는 클라이버와 똑같아 보였어요. 그는 클라이버였어요."

"그는 클라이버였을 리가 없어요, 마담!"

데뤼셰트가 격하게 말하며 손으로 화보의 펼쳐진 페이지를 가리켰다.

"당신은 이 사실을 받아들이셔야 합니다."

안네는 편집장의 얼굴을 바라보았다. 조금 전에만 해도 따귀를 올려붙이고 싶었던 이 남자에게 안네는 점점 더 호감이 느껴졌다.

"당신은 분명히 미친 여자를 보고 있다고 생각하셨겠지요. 어쩌면 지금도 그런 생각일지도 모르겠군요."

"절대로 그렇지 않아요! 인생은 미친 것들로 이루어져 있어요. 우리 화보는 그것으로 살고 있고요. 나는 그것을 다루는 법을 배웠습니다. 이런 미친 일들은 근원까지 캐보면 처음에 생각했던 것처럼 미친 일이 아니고 그냥 논리적인 발전의 결과일 뿐이라는 것을 경험한 것이지요."

편집장의 말은 안네 폰 자이틀리츠를 생각에 잠기게 했다. 그녀는 이 남자에게 자기 이야기를 모두 하고 싶었다. 하지만 그녀는 데뤼셰트가 완전히 낯선 사람이라는 것을 기억해냈다. 그리고 이런 친밀한 태도에서 자기가 클라이버에게 범했던 잘못을 되풀이하려고 하고 있음을 깨달았다. 그래서 그녀는 이 남자가 그냥 사랑 이야기일 뿐 그이상은 아니라고 믿도록 그대로 두었다. 이어지는 그의 질문은 데뤼셰트가 정말로 그렇게 생각하고 있음을 확인해주었다.

"당신은 어떤 사람을 사랑했는지 이제 분명히 아셨겠군요, 마담. 클라이버, 혹은 이 모르는 사람 말입니다. 다른 사람이라고 여겼던 사람을 사랑할 수 있느냐 하는 질문을 많은 작가들이 던지고 부정적으로 서술했습니다. 하지만 그런 일이 당신의 결정을 미리 정할 필요는 없지요."

그 순간 안네 폰 자이틀리츠는 자기가 누구를 좋아했는지 말할 수가 없었다. 클라이버를 사랑한 것일까, 아니면 자기가 클라이버라고 생각한 사람을 사랑한 것일까? 하지만 이런 질문은 클라이버가 클라이버가 아니었다는 사실을 통해서 생겨난 예기치 못한 상황보다는 덜 중요했다.

이 가짜 클라이버는 누구를 위해서 일을 했을까? 그는 납치당한 척했던 것이고 실제로는 오르페우스 사람들을 위해 일했던 것일까? 흔적도 없이 사라진 일은 그런 것을 암시하였다. 이 가짜 클라이버가 자기에게서 양피지와 모든 복사본을 훔쳐가 버린 것만은 확실하였다. 안네는 그가 이 문서들을 어떤 비밀금고에 두었는지도 몰랐다. 그녀는 그를 믿었으니까.

물론 '클라이버'가 자기의 질문에 대해 이상한 답변을 할 때마다 몇 번이나 이상하게 생각했었다. 하지만 그럴 때면 그녀는 스스로에게 17년은 긴 세월이다. 그 정도 간격이면 많은 것을 잊을 수 있지 하고 생각했다.

"이 가짜 클라이버가 어디에 있는지 짐작도 못하십니까, 마담?"

"그는 베르뇡 거리에 아파트를 가지고 있었어요. 하지만 그곳에는 지금 아랍인들이 살고 있어요."

데뤼셰트가 웃음을 터뜨렸다.

"클라이버가 베르뇡 거리에! 클라이버는 일생 생 마르탱 운하 근처에는 살지 않았을 거요. 그는 이브 생 로랑의 맞춤 셔츠를 입고 루이 뷔통 가방을 사용했어요. 그는 오스망 대로변에 있는 아파트에서 살았지요. 파리에서도 일급 구역이오. 자, 이제 어떡하실 셈입니까?"

안네 폰 자이틀리츠는 핸드백을 뒤져서 성냥갑을 하나 꺼냈다. 그것을 열고 데뤼셰트에게 내밀었다. 안쪽에 빠르게 흘려쓴 글씨로 끄적인 것을 읽을 수 있었다. 바울라리 거리 33번지(캄포 데이 피오리).

"이게 무슨 의미가 있는지 모르겠어요. 하지만 이렇게 희망이 없는 상황에서는 작은 일에도 매달리는 법이니까요. '클라이버'는 내가 이 성냥갑을 가지고 있다는 것도 모를 거예요. 이것은 그의 호주머니에서 지갑과 함께 떨어졌거든요. 이 주소를 보고 생각나는 것 있으세요? 이탈리아 말인데. 하지만 이탈리아는 크잖아요."

안네가 말했다.

데뤼셰트는 이 글씨를 자세히 살펴보더니 안네에게 성냥갑을 돌려주었다.

"나는 단 하나의 캄포 데이 피오리밖에 모릅니다. 그것은 로마에 있어요. 클라이버는—내 말은 가짜 클라이버 말입니다—이탈리아와 어떤 접촉이 있었나요?"

"전혀 모릅니다. 하지만 여러 가지 이유에서 그것은 얼마든지 가능하다고 생각합니다."

대답과 동시에 안네는 자기가 데뤼셰트를 너무 많이 믿었으며, 지나치게 지껄여댈 위험에 빠지지 않기 위해서는 지금 작별해야 한다는 것을 의식하였다. 그녀는 상냥하게 말했다.

"당신의 소중한 시간을 너무 많이 뺏은 것이 아니면 좋겠군요. 도와주셔서 고마워요."

"하지만 마담! 제가 어떤 형태로든지 도움이 될 수 있다면 전화를 주십시오. 그 밖에도 나는 개인적인 호기심에서 당신 이야기가 어떻게 끝나는지 알고 싶습니다."

데뤼셰트는 진지하게 선량한 사교 형식을 보이려고 애썼다.

피에르 샤롱 거리 51번지의 잡지사 건물 앞에서 안네 폰 자이틀리츠는 한 번 더 심호흡을 했다. 이제 포기해야 할까? 아니다, 그럼 모든 것이 나빠만 질 거야, 하고 생각했다. 불확실성 속에서는 절대로 평화를 찾지 못할 것이다. 무엇보다도 가짜 클라이버가 양피지 문서와 함께 사라져버린 지금 그녀의 목숨은 한푼의 가치도 없었다. 그들은 자기를 덫으로 유혹해서 포시우스나 다른 모든 사람들처럼 교묘한 방식으로 없애버릴 것이다.

2

그녀는 재빨리 결심하였다. 다음날 안네 폰 자이틀리츠는 로마로 향했다. 그곳 기차 정거장 근처 카부르 거리에 있는 작은 호텔에 자리를 잡았다. 그곳에서 캄포 데이 피오리에 정말로 바울라리 거리가 있다는 것을 확인하였다. 그러나 수위는 집게손가락을 세워들고 진짜 귀부인이라면 늦은 시각에 그곳에 모습을 나타내는 것은 좋지 못하다고 했다. 그러면서 그는 눈동자로 하늘을 올려다보았다. 그게 무슨 뜻이든 말이다. 하지만 낮에는 다른 지역과 마찬가지 지역이라고 했다.

이런 말을 듣고 안네 폰 자이틀리츠는 우선 잠이나 푹 자두기로 했다.

그 즈음 로마는 엄청나게 흥분되어 있었다. 지난 12월 25일 펠리치 추기경이 바티칸 대성당 홀에서 '인류에게 인사' 라는 칙서를 낭송하면서 교황이 종교회의를 소집했다는 것을 공표한 다음부터였다. 그날 하룻동안 추기경은 로마의 주요 대성당 세 곳에서 같은 일을 되풀이하였다. 종교회의의 날짜와 특히 그 이유에 대해서 교황청은 침묵을 지켰고 그래서 대담한 사색의 계기를 제공하였다.

교황청이 이 종교회의를 얼마나 중요하게 생각하는지는 신문기사를 통해서 밝혀졌다. 그에 따르면 829명의 사람들이 준비하고 있으며 적어도 일시적으로 로마에 머물고 있었다. 추기경 60명, 동방의 장로 5명, 대주교 120명, 성직자 219명, 수도회 대표 281명, 그 중 18명은 교단 책임자였다.

며칠 전, 정확하게 2월 2일 금요일에 교황은 10월 11일에 종교회의를 시작하겠다고 예고했다. 그는 병들고 산만해 보였고, 보통은 그의 특징이었던 미소까지 잃어버린 모습이었다. 일주일 뒤 교황 소식지가 종교회의에 대한 보속으로 성무일도를 행하라는 발표를 했을 때 눈앞에 닥친 종교회의에서 어떤 일이 다루어질지 현지에서 직접 알아보기 위해 최초의 기자들이 도착하였다. 하지만 교황청은 바티칸 성벽의 돌처럼 굳게 침묵을 지켰다.

목요일인 다음날 안네는 호텔 프런트에 '바울라리 거리' 주소를 주면서 자기가 저녁 늦게까지 돌아오지 않으면 경찰에 신고하라고 부탁했다. 택시를 타고 나치오날레 거리를 거쳐 베네치아 광장에 도착하였다. 그곳에서 자동차들은 귀를 멍멍하게 만드는 경적소리를 내며 정체를 일으키고 있었다. 이어서 코르소 비토리오 에마누엘레, 로마 사람들이 그냥 줄여서 코르소라고 부르는 넓은 길로 나가서 브라스키 궁전까지 올라갔다. 그곳에서 바울라리 거리가 코르소와 만난다고 운전수가 가르쳐주었다.

안네는 코르소를 건넌 다음—로마에서 큰길을 건너는 것은 거의 모험이다—바울라리 거리로 접어들자 곧바로 33번지의 낡은 6층짜리 건물을 발견했다. 이곳에서 누구를, 혹은 무엇을 보게 될지 안네 폰 자이틀리츠는 물론 몰랐다. 하지만 그녀는 포기할 생각이 없었다. 어쩌면 그녀는 클라이버, 가짜 클라이버를 이곳에서 만나기를 희망했을지도 모른다. 그녀는 자기 내면에서 무엇이 더 강한지, 그에 대한 분노인지, 아니면 애착인지 정확하게 알지 못했다. 어쨌든 그녀는 양피지를 되찾으려는 것은 아니었다. 안네는 분명히 알기를 원했다.

그녀는 바울라리 거리 33번지 집의 3층 벨을 누를 때만 해도 사태가 갑자기 뒤집어지리라고는 생각지도 못했다. 갑자기 지난 몇 달 동안의 뒤엉키고 어두운 사건들이 논리적인 맥락으로 연결되리라고는 꿈에도 생각지 못했다. 무엇보다도 이 사건의 해결이 그토록 명료하고 간결할 줄은 더욱이 몰랐다.

벨 소리를 듣고 문을 열어준 남자는 도나트였다.

"당신?"

그는 안네의 등장에 전혀 놀라지도 않고 길게 끄는 어조로 말했다.

그에 반해서 안네 폰 자이틀리츠는 처음에는 아무 소리도 내지 못했다. 그녀의 생각은 가짜 클라이버에 몰두해 있었기에 다시 말을 할 수 있기까지 한참이나 걸렸다.

"당신을 여기서 만나리라곤 솔직히 기대하지 않았는데요."

도나트는 사과하는 손짓을 하고는 대답했다.

"나는 벌써 당신이 그 고집스러움으로 어느 날엔가는 이곳에 나타나리라고 항상 말해왔어요. 난 알고 있었소!"

안네가 질문을 담은 눈길로 도나트를 바라보자 그가 설명하기 시작하였다.

"아시겠소, 우리는 목적을 이루기 위해서 언제나 당신을 관찰해왔거든요."

"우리? 우리가 누구예요?"

"어쨌든 우리는 당신이 언제나 짐작했던 사람들은 아닙니다. 들어오시지 않겠소?"

3

안네 폰 자이틀리츠는 가운데 길다란 회의 탁자가 놓여 있고 그 주위로 여남은 개의 구식 의자들이 놓여 있는 높고도 어두운 방으로 안내되었다. 두 개의 높은 창은 뒤쪽의 안마당으로 향해 있어서 어차피 많은 빛이 들어올 수는 없었다. 게다가 블라인드가 쳐져 있었다. 아주 낡은 바닥은 역겨울 정도로 삐걱거리는 소리를 냈다. 방에는 탁자와

의자들을 빼고는 거의 가구가 없어서 삐걱이는 소리가 날 때마다 절반쯤 비어 있는 방 안으로 작은 메아리가 울렸다.

자리를 잡은 다음 도나트가 말을 시작했다.

"서둘러서 결론부터 말하자면 양피지는 우리가 가지고 있어요. 걱정하지 마시오. 적당한 보상을 하겠소. 적어도 오르페우스 사람들이 했던 만큼은 드리지요."

그의 말은 모두 이성적이었다. 그리고 거의 사무적으로 들렸다. 도나트는 이전의 음흉한 인상과는 달리 친절한 태도로 말을 했다. 그녀의 생각을 알아맞추기라도 한 것처럼 도나트가 갑자기 말했다.

"우리는 엄청난 압력을 받고 있었소. 그리고 양피지는 나의 친구들에게는 정말 중요한 의미가 있는 것이었지요. 그것은 세상을 변화시킬 겁니다. 그것만은 확신하고 있어요. 그래서 우리는 그것을 소유하기 위해 특별한 방법을 쓰지 않을 수 없었어요. 다른 사람들도 그랬고요."

"실례입니다만……."

도나트의 말을 불안하게 뒤쫓던 안네가 그의 말을 끊었다.

"당신의 말을 한마디도 이해하지 못하겠군요. 대체 어떤 사람들이 이 양피지를 뒤쫓고 있나요?"

도나트는 우월감을 드러내는 미소를 띠고 대답했다.

"우선 오르페우스 교단이 있소. 당신은 그들과 불쾌한 경험을 하셨지요. 그들에 대해서는 말을 할 필요가 없을 것 같군요. 그리고 엄청난 비용을 투입해서 양피지를 소유하려는 두 번째 그룹이 있지요. 예수회원들과 바티칸의 특사들입니다. 그리고 세 번째 그룹이 있어요. 그들은 전능하신 알라의 이름으로 코란에 이른 대로 불신자와 지식인들에 맞서 싸웁니다. 모든 불신자들이 스스로 회교도이기를 바라는 날이 올 겁니다."

도나트가 말하는 동안 안네의 눈길은 맞은편 벽에 걸린 아랍어 문자들이 쓰인 둥근 판에 떨어졌다. 그녀는 도나트를 비판적으로 살펴보았다. 그녀의 머리에 어떤 예감이 떠올랐기 때문이다. 내면에서는 모든 것이 흔들렸지만 그래도 무표정한 얼굴을 하기 위해서 있는 힘을 다했다. 그녀는 조심스럽게 말을 했다.

"어쩐지 모든 것이 상당히 기묘하게 보이는군요. 모든 분파가 전능하신 분의 이름으로 행동한다고 말하면서 사람 죽이는 일도 서슴지 않으니 말이에요."

도나트가 이의를 제기했다.

"엄청난 차이가 있어요. 오르페우스 사람들의 신은 전능한 지식입니다. 기독교도들의 신은 교황청의 제복들이오. 그러니까 교회의 진짜 신들은 바로 고위 성직자들, 주교와 교황청 추기경들이라는 말입니다. 단 한 분의 진짜 신이 계시니 바로 알라요. 모하메드는 그분의 예언자입니다."

"하지만 이슬람도 살인을 금지하고 있지요!"

"코란에는 이렇게 되어 있습니다. '올바른 일을 위함이 아니거든 사람을 죽이지 말라, 신께서 그것을 금지했기 때문이다'라고 말이에요. 양피지를 찾는 일은 올바른 일이었어요. 어쩌면 가장 올바른 일이었지요. 예언자께서는 이렇게 말씀하셨으니까요. 불신자들에 맞서 싸우라. 저들은 오로지 저들 자신의 무기를 이용해서만 물리칠 수 있다. 저들의 가장 큰 무기는 문서요. 이 문서가 이제 그들에게 죄후의 일격이 되어야 한다."

도나트가 말할 때 드러나는 증오와 광신을 보고 안네 폰 자이틀리츠는 질문을 했다.

"당신은 혹시……?"

도나트가 그녀의 말을 끊었다.

"그래요. 나는 회교도요. 그걸 물어보려고 했지요?"

"그걸 물어보려고 했어요."

안네가 되풀이 말하고 덧붙였다.

"하지만 당신에게 묻고 싶은 것이 또 있어요. 교회에 대한 이런 깊은 증오를 어디서 얻으셨나요?"

도나트는 편해 보이는 팔꿈치가 튀어나온 콤비를 입고 있었다. 그 콤비 안주머니에서 편지봉투를 꺼냈다. 값진 책이라도 열듯이 일종의 경건함을 지니고 봉투를 열더니 거기서 사진 한 장을 꺼냈다. 그것을 안네 앞 탁자 위에 내려놓았다. 그림은 베네딕트 혹은 프란체스코 수도복을 입은 수도사를 보여주었다. 도나트였다. 도나트는 침묵하였다.

바로 이것이 그녀가 이 남자를 처음으로 만났을 때 어딘지 수도사 같아 보였던 이유였다. 수도복은 습관만을 변화시키는 것이 아니라 얼굴도 변화시킨다. 그런데 무엇이 도나트로 하여금 수도복을 못에 걸어 두도록 만든 것일까?

도나트는 혼자서 설명을 시작하였다.

"그 이유는 여자였소. 그녀의 이름은 한나 루이제, 뒷날 내 아내가 되었지만."

갑자기 모든 것이 다시 그녀 앞에 살아 있는 그림처럼 연달아 나타났다. 귀도의 사고, 그의 자동차 안에 있던 수수께끼의 여인. 그 여자는 귀도와 어떤 상관이 있었단 말인가?

도나트가 말을 계속하였다.

"당시에는 모든 진실을 말할 수 없었습니다. 당신은 어차피 믿지도 않았을 것입니다. 절반의 진실은 당신에게 오직 불신감만 만들어냈을 거구요. 나는 단 하나의 목적뿐이었습니다. 바로 양피지였지요. 이해하시겠습니까?"

안네는 도무지 이해할 수가 없었다. 도나트가 자기에게 모든 것을 설명하려고 정직하게 애를 쓰고 있다는 인상을 받아도 전체 맥락은 여전히 오리무중이었다.

"내 남편의 사고 자동차에 타고 있던 여자는 누구였죠?"

그녀는 절박하게 물었다. 그리고 불안하게 덧붙였다.

"귀도는 아직 살아 있나요?"

"당신 남편은 죽었어요. 폰 자이틀리츠 부인. 당신의 죽은 남편과 관련해서 일어난 일은 오르페우스 기사단 사람들 짓입니다. 그들은 당신의 신경을 자극해서 치워버리려고 했어요. 그렇게 해서 양피지 문서에 더 쉽게 접근하기를 바랐던 것이지요. 당신 남편의 자동차에 있던 여자는 내 아내의 신분증명서들을 가지고 있었지만 내 아내는 아니었소."

"그러면 누구였나요?"

"모르겠소. 나는 오르페우스의 첩자였다고만 알고 있어요. 오르페우스 사람들은 내 아내의 신분증명서들을 가지고 있었으니까요."

안네의 머릿속은 온통 뒤죽박죽이 되었다.

"질문이 있어요. 당신의 아내는 휠체어에 앉아 있지요? 그렇다면 대체 당신 아내는 오르페우스 사람들과 어떤 관계가 있습니까?"

도나트는 잠시 생각하고 나서 몸을 일으키더니 말했다.

"한나가 직접 모두 이야기하는 것이 가장 좋겠군요. 갑시다!"

4

사방으로 수많은 문들이 달린 복도를 지나서 도나트는 또 다른 좁은 계단으로 안내하였다. 그 계단 한 층 아래에는 좁고도 약한 조명이 되어 있는 복도가 뒷집으로 연결되어 있었다. 그 집은 수많은 작은 창들과 수많은 방들을 가지고 있었다. 이곳에서는 독특한 사무실 분위기가 지배하고 있었다. 타자기 소리와 텔레타이프 소리가 들렸다.

도나트가 말했다.

"공식적으로는 이슬람 문화센터이지만 실제로는 3년 전부터 오로지 다섯 번째 복음서에만 몰두해왔어요."

복도 끝에서 도나트는 문을 열고 들어오라는 손짓을 하였다.

방은 환하게 조명이 되어 있었다. 사방 벽을 따라 자리잡은 책상 앞에 한나 루이제 도나트가 휠체어에 앉아 있었다. 안네가 뜻밖의 모습을 나타낸 것을 보고도 이 여자 역시 전혀 놀라움을 보이지 않았다. 그녀는 극히 친절하였다. 안네는 자기 앞 책상들 위에 완벽한 양피지 사본이 걸려 있는 것을 보았다. 50이나 60장쯤 연이어지는 부분들이었다.

"여기 맨 마지막에 있는 이 부분은 당신도 잘 아는 것입니다. 아니오, 원본은 아니고 그냥 작업을 위한 사본일 뿐이지요. 원본은 안전한 곳에 보관해두었어요. 그것을 정말 안전한 장소로 가져갈 겁니다."

물론 안네 폰 자이틀리츠는 그 부분을 알아보았다. 그녀는 이렇게 말하고 싶었다. '그 때문에 그 모든 소동을 벌였나요?' 그러나 그녀는 가만히 있었다.

도나트는 자기가 손님에게 이미 이야기를 했노라고 말했다. 자이틀리츠 부인은 무엇이 문제인지 알고 있다. 그러나 폰 자이틀리츠 부인은 특히 남편의 자동차 사고가 날 때 어떤 여자가 그 옆에 앉아 있었는지 그녀가 어떻게 해서 한나의 신분증명서들을 갖게 되었는지 알고 싶어한다, 고 설명하였다.

휠체어에 앉은 여자는 눈을 들어 안네를 바라보았다.

"내 직업이 고문헌학자이고 고고학자라는 것을 아셨으면 해요. 나는 브뤼셀에 있는 '국제 파피루스 문서위원회'에서 일했어요. 브뤼셀의 어떤 학회에서 베네딕트 수도사인 도나트와 처음으로 만났지요. 어찌된 일인지 우리는 서로 사랑에 빠졌어요. 학회에 참석하는 일이 늘어났지요. 그것만이 우리가 만날 수 있는 유일한 기회였으니까요. 우리는 둘 다 처음에 사랑에 빠진 상태가 지나가기를 희망하고 있었지만 사정은 반대였어요. 사랑에 빠진 상태에서 진짜 사랑이 된 거지요. 상황은 우리 두 사람을 양심의 갈등으로 몰아갔지요. 도나트는 교황청에 특별허가를 요청했어요. 처음에 교황청은 전혀 대답을 하지 않더니 1년 이상이 지난 다음 답변을 주었지요. 피할 수 없다면 죄를 지어도 좋다, 하지만 독신제에서 면제해줄 수는 없다고 말입니다. 다른 말로 하면 이렇지요. 교회는 수도사가 비밀관계를 맺는 것은 참을 수 있다, 하지만 공식적으로 어떤 여자와 결혼을 할 수는 없다는 것입니다. 당시 나는 단 하나의 탈출구만을 보았어요. 어느 날 갑자기 도나트의 삶에서 사라지는 것뿐이었지요. 뮌헨의 어떤 학회에서 옷을 잘 입은 남자가 내게 접근해왔어요. 그는 자기가 탈레스라고 하더군요."

"탈레스?"

안네는 깜짝 놀랐다. 그녀는 맥락을 이해할 것 같았다.

"탈레스는 자기가 그리스에 있는 어떤 연구소를 이끌고 있는데 양피지와 파피루스학의 전문가를 찾고 있다면서 염치없을 정도로 후한 봉급을 제시하더군요. 나는 도나트를 잊을 기회라고 생각했어요. 물론 서명을 함으로써 오르페우스 비밀단체에 등록했다는 것을 짐작도 못했지요. 사정을 알게 되었을 때는 이미 너무 늦었구요. 한번 오르페우스 회원이 되면 일생 그래야 하는 것을……."

휠체어에 앉은 여자의 목소리가 불안해지고 떨리기 시작했다. 그녀는 입 가장자리가 일그러진 상태로 이야기를 계속하였다.

"나는 중단하고 옛날 직업으로 돌아가려고 했어요. 하지만 그들이 나를 붙잡았지요. 나는 일을 거부했어요. 나중에는 식사도 거부했지요. 오르페우스는 그들의 최고재판관이기도 한데 신의 판결을 내렸지요. 그들은 자기들의 법을 지키지 않는 회원을 프리기아 암벽 위로 던지거든요. 이런 일을 당하고도 살아남는 사람은 가도록 내버려두는 거지요. 아무도 내게 전에도 누군가가 살아남은 적이 있는지 말해주지 않았어요. 나는 살아남았지만 다리를 못 쓰게 되었어요. 아랫도시의 두 정신병자가 나를 카테리니로 가는 길까지 끌고 가서 어떤 구덩이에 던졌어요. 잠시 뒤에 화물차 운전사가 나를 발견했지요. 나중에 뺑소니 사고였다고들 하더군요."

이런 말이 얼마나 그녀에게 힘이 드는 것인지 볼 수 있었다. 그녀는 숨을 헐떡이면서 허공을 바라보았다. 도나트는 그녀의 손을 잡고 지그시 눌렀다.

안네를 향해서 그가 말했다.

"그것을 알았을 때 나는 수도복을 벗고 떠났어요. 당시 하늘을 향해 저주를 퍼붓고 내 고통을 토해냈지요. 그날 내 안에서 교회에 복수를 하겠다는 결심이 무르익었소. 그것은 은총의 교회가 아니라 은총 없는 관리들의 기구였어요. 예언자 모하메드는 이렇게 말했지요. '그들이 그렇게 자기들의 옷으로 감싸고 있을지라도 알라는 그들이 감추고 있는 것을 그들이 명백하게 보여주는 것처럼 분명하게 보신다. 알라는 인간 심정의 가장 비밀스런 구석까지도 아시기 때문이다.'"

그러자 휠체어에 앉은 여자가 다시 말을 계속하였다.

"나는 두 발로 걸을 능력은 잃었지만 사고력은 망가지지 않았어요. 이제는 오르페우스 사람들이 무엇을 추구하는지 알게 되었지요. 그리고 오르페우스 사람들이 다섯 번째 복음서를 놓고 모든 힘을 다해서 경쟁을 벌이는 상대를 갖고 있다는 것도 알았어요. 곧 이슬람 원리주의자들이죠. 나 혼자 힘으로 두 진영에 맞서 싸울 용기는 없었을 거예요. 그러니까 오르페우스 패거리와 교황청 마피아에 맞서서 말입니다. 나는 도나트가 나를 아직도 사랑하리라는 확신이 없었어요. 움직일 수 없는 병신이 된 나를 말이죠."

도나트가 아내의 말을 끊었다.

"그렇게 말하는 게 아니라니까. 사랑은 어떤 지체의 운동능력에 달려 있는 것이 아니오. 내가 당신을 처음 보았을 때 벌써 당신을 사랑했지, 당신 걸음을 사랑했던 게 아니오."

안네 폰 자이틀리츠는 이 남자의 다정한 말에 깜짝 놀랐다. 도나트는 분명 두 영혼의 사나이였다. 자기 아내를 향해서는 한없이 부드럽

392

고 감수성 풍부한 영혼이고, 교회에 대해서는 가차없이 과격한 영혼이었다. 마침내 그녀는 도나트에게 물었다.

"그러면 내 남편의 자동차에 있던 여자는 어떻게 당신 아내 행세를 하게 되었지요?"

"독일의 한 미술상이 아마 그 의미도 제대로 모른 채 다섯 번째 복음서의 마지막 부족한 부분, 가장 중요한 부분을 소유하고 있다는 소식이 이 일에 관계된 사람들 사이에 들불처럼 널리 퍼졌어요. 탈레스가 당신 남편과 베를린에서 약속했던 판매 날짜는 위험할 정도로 너무 늦은 것처럼 보였지요. 그래서 그들은 아내가 남겨둔 신분 서류로 위장하고—우리가 모르는—여자를 앞서 보낸 겁니다. 당신 남편과 그 여자가 만난 정확한 상황은 재구성하기가 어려워요."

"내가 아는 것은 귀도가 베를린으로 가는 길이었다는 거죠. 그는 분명히 이 시점에 벌써 양피지를 포시우스 교수에게 넘기고 난 다음이었어요. 그는 그것을 지니지 않았고, 양피지는 나중에 파리에서 포시우스의 소유였으니까요. 물론 이런 맥락에서 귀도의 자동차에 있던 여자는 어떤 목적을 가졌는가 하는 질문이 나오지만요."

도나트가 그녀의 말을 끊었다.

"오르페우스 사람들이 당신 남편이 아직도 양피지를 소유하고 있다고 믿고서 미끼를 썼을 가능성이 있다고 생각합니다. 당신 남편에게 멋지게 보일 만한 여자, 양피지를 손에 넣기 위해서 말이죠. 그리고 누가 알겠어요……."

도나트는 말을 중단하자 안네가 그의 말을 이어받았다.

"추측하신 것을 그대로 말씀하셔도 괜찮아요. 누가 알겠어요, 남편이 그냥 모험을 찾고 있었는지 말이죠. 어쩌면 말예요. 그런 다음 치명적인 사고가 일어난 거지요."

도나트가 고개를 끄덕였다.

갑자기 수많은 생각들이 안네의 머리를 스쳐지나갔다.

"그럼 포시우스는? 포시우스를 죽인 사람은 누군가요?"

"포시우스는 단독적인 투사는 아니었죠. 그는 오르페우스 일원이었어요. 그가 어떤 잔혹한 죽음을 당했다면 그 살인자들이 누군가 하는 질문이 남지요."

안네가 생각에 잠겨서 대답했다.

"알아요. 다만 한 가지를 아직도 이해하지 못하겠어요. 회교도들, 오르페우스 사람들, 교황청이 여러 해 전부터 다섯 번째 복음서의 번역에 몰두해왔다면서요. 어째서 하필 이 작은 문서가 그토록 중요했나요, 그것을 차지하기 위해서 사람들을 죽이고 무서운 수단을 사용할 정도로 말예요. 어째서죠?"

5

한나 도나트는 남편에게 신호를 했다. 그는 그녀의 휠체어를 마지막 양피지 사본이 꽂혀 있는 책상으로 밀고 갔다. 거의 경건한 눈길로 그녀는 읽을 수 없는 문자들을 바라보고 말했다.

"당신은 여기서 무엇이 문제인지 알 권리가 있다고 생각합니다. 어쨌든 당신이 그것을 갖고 있지는 못해도 여전히 적법한 소유자니까 말예요."

그녀는 말을 멀리 돌려서 4대 복음서에 대해서 이야기했다. 그들은 모두 실제 사건이 일어난 지 50년에서 90년이 지난 다음 쓰여졌다. 사건의 주인공을 알지도 못한 채 뻔뻔스런 학생들처럼 서로 베껴서 썼다. 그 밖에도 이들 복음서들에 비해서 역사적 중요성이 훨씬 떨어지는 수많은 외전들과 복음서들이 있다고 했다. 다른 말로 하자면 기독교의 신약성서 전승은 무른 토대 위에 서 있는 것이다.

그에 비해서 다섯 번째 복음서는 자연과학자들에 의해서도 진짜임이 확인되었다. 물체의 열 발광 측정 방식을 써서 이 양피지가 정확하게 저자가 서술하는 시대에 씌어졌다는 것이 증명되었다. 그러니까 어떤 경우라도 나머지 4대 복음서보다 먼저 씌어진 것이다. 그리고 이 복음서는 나사렛 예수의 생애를 전혀 다른 빛 속에 드러내준다.

안네는 분명히 이 경우에도 교회가 자기들에게 좋도록 사정을 설명할 수 있으리라고 반박하였다. 그러자 휠체어에 앉은 여자는 고개를 흔들었다.

"다른 자리에서는 그럴 수 있을지도 모르지만 이 경우는 안 되죠. 내가 그대로 번역해드리죠……. '이것을 쓴 사람은 바라바라는 사람입니다. 그리고 여러분 알아두십시오, 바라바는 나사렛 예수의 아들입니다. 어머니는 막달라 마리아라는 이름입니다. 나의 아버지 예수는 예언자였습니다. 하지만 그가 이집트의 마법사처럼 물을 포도주로 만들고 앉은뱅이를 걷게 했기에 많은 사람들이 그를 하느님이라고 불렀습니다. 하지만 그것은 그의 뜻이 아니었습니다…….'"

6

안네 폰 자이틀리츠는 이 말의 파장을 이해하기까지 한참이 걸렸다. 그녀는 오랫동안 생각에 잠겼다. 그녀는 믿음이 깊은 사람이 아니었고, 경건한 사람은 더욱 아니었지만 방금 들은 내용은 그녀를 흥분시켰다. 한 가지 생각이 다른 모든 생각을 눌렀다. 이것이 출간된다면 이 텍스트에 대한 지식이 두려운 결과를 만들어내리라는 것이었다. 2000년 전부터의 믿음, 수십 억이나 되는 경건한 사람들의 목숨, 교회, 바티칸, 이 모든 것이 허무하게 된다.

"이제 이해하시겠소? 어째서 우리가, 오르페우스 사람들이, 그리고 바티칸이 이 한 조각의 양피지 문서를 손에 넣기 위해서 모든 것을 다 걸었는지 말입니다."

도나트가 물었다.

안네는 말없이 고개를 끄덕였다.

"그 밖에도 나는 그 대가로 100만 달러를 제공할 생각입니다. 동의하십니까?"

안네 폰 자이틀리츠는 그냥 고개를 끄덕였다. 그녀는 회교도들이 이 양피지 문서와 함께 세계를 변화시킬 힘을 손아귀에 쥐게 된다는 것을 아주 잘 이해하였다. 그들은 아마 그렇게 할 것이다. 그 점을 그녀는 한순간도 의심하지 않았다.

안네는 이제 지난 몇 주, 몇 달 동안 일어난 많은 것들을 이해하였다. 우연이 자기를 이 한 조각 세계사에 결정적인 역할을 하도록 끌어들인 일이 거의 우습게 여겨졌다. 아직도 그녀의 눈길은 읽을 수도 없지만 그토록 엄청난 중요성을 가진 문자들을 더듬었다. 갑자기 그녀는 두려움을 느꼈다. 이 비밀에 대한 두려움이었다. 그녀는 질문하였다.

"원본은…… 양피지는 지금 어디 있지요?"

휠체어에 앉은 여자는 도나트를 바라보았다. 그는 눈길을 안네에게 향하여 대답했다.

"물론 당신은 내가 그것을 알려드릴 것이라고 기대하진 않으시겠지요. 양피지는 다른 사람들의 손길이 닿지 않는 안전한 장소에 있습니다."

"당신은 유일한 사본을 가지고 계신 건가요?"

"그 질문은 내가 당신께 하고 싶었던 겁니다. 당신이 소유한 필름이 유일한 사본들이라면 나는 당신의 질문에 답변할 수 있지요. 그 밖에도 이 사건에서 사본들은 증명능력으로서는 가치가 없습니다. 교황청은 그것을 변조할 것입니다. 그들은 다른 문서들도 변조했거든요. 교회를 날려버리기 위해서는 명백한 증명이 필요합니다."

안네가 갑자기 소리쳤다.

"라우셴바흐와 구트만! 두 사람에게 나는 양피지 사본을 넘겨주었어요."

도나트가 침착하게 대답했다.

"우리도 알고 있어요. 두 사본은 현재 오르페우스 사람들이 소유하고 있지요. 그들은 불쌍한 라우셴바흐를 살해했어요. 당신이 그에게 원본을 넘겨준 걸로 믿었기 때문이오. 구트만은 아직도 그들에게 봉사하고 있지요. 그는 이곳 로마에서 살인명령을 가지고 이리저리 돌아다니고 있어요. 그들은 바티칸에 끄나풀이 있었지요. 약아빠진 예수회원으로 로진스키 박사라는 사람이었습니다. 그리고 케슬러 박사라는 독일 사람도 있었지요. 역시 예수회원이구요. 두 사람 역시 동일한 프로젝트에서 일했습니다."

도나트는 손짓으로 책상 위에 있는 양피지 문서를 가리켰다.

"두 사람이 우정을 맺었을 때 오르페우스 사람들은 위험하다고 생각했지요. 그들은 케슬러가 우리 쪽 사람인 줄로 잘못 알았으니까요. 두 사람 다 암살할 계획을 세웠어요. 로진스키는 죽었지만 케슬러는 살아남았소."

"하느님!"

안네가 나직하게 내뱉었다.

"케슬러는 지금 우리 편에 있습니다. 그리고 우리가 보호하고 있는 사람이 또 있어요. 이 일을 위해선 당신을 혼자 남겨두어야겠군요."

도나트가 덧붙였다.

7

도나트는 아내의 휠체어를 잡고 말없이 밖으로 밀고나갔다. 안네는 혼란스럽게 낯선 집에 홀로 남겨졌다. 어찌할 줄 모르고 그녀는 다섯 번째 복음서의 수많은 서로 다른 조각들이 붙어 있는 탁자를 바라보았다. 저 거대한 퍼즐 조각들, 그녀의 조각이 맨 마지막의 결정적인 부분으로 덧붙여져서 전체 수수께끼를 풀도록 해준 퍼즐 게임. 교회, 교황, 신앙을 뒤집어엎을 엄청난 산사태를 굴리기 시작할 돌이었다. 이제 자기가 눈 앞에 보고 있는 오랫동안 잊혀진 이 텍스트가──어쨌든 안전한 장소에 보관되어 있는 원본이──전세계를 변화시킬 힘을 가진 것이라는 사실을 깨닫자 두려웠다.

그녀는 자기 뒤로 문이 열리는 소리를 듣고 몸을 돌렸다. 그녀 앞에 클라이버──가짜 클라이버──가 손에 오렌지색과 푸른색이 섞인 극락조화를 들고 서 있었다.

안네는 자기가 무엇을 표현하려는지도 모르고 그를 향해 한 걸음 다가갔다. 그녀는 마음 속 깊이 불안했다. 그렇게 그들은 마주보고 서서 둘 다 당황한 상태로 상대방이 말하기를 기다렸다.

그러다가 '클라이버'가 더듬으면서 말을 시작하였다.

"난 모르겠어. 사과해야 하나? 무얼 하면 좋지?"

"무얼 하고 싶은데?"

안네가 퉁명스런 저음으로 물었다.

"정말 모르겠어."

클라이버가 대답을 피하면서 되풀이 말했다.

"물론 비열한 방식으로 너를 속였다는 것 알아."

"그래, 그렇지."

"하지만 내 정체만 속였던 거지 감정은 아니야. 감정은 진짜였어. 처음부터."

"그럼 그 두 가지를 분리할 수 있다는 거야?"

"내 생각으론 그래."

"그럼 설명해봐."

"그럴 참이야. 나는 아드리안 클라이버가 아니야. 내 이름은 슈테판 올덴호프야. 하지만 클라이버처럼 나도 기자야. 물론 그렇게 성공적이진 못했지. 때로는 여기, 때로는 저기에 기사를 팔고 방세를 낼 수 있으면 기뻐하는 정도였어. 그런 사정이면 돈이 되는 일은 무엇이든 떠

398

맡게 되지. 어느 날 어떤 사람이 내게 말을 하는 거야. 내가 다른 어떤 기자와 놀라울 정도로 닮았다는 거지. 혹시 내가 상당히 많은 돈을 받고 그의 역할을 하지 않겠느냐고 물었어. 나는 오래 생각하지도 않고 불법적인 일만 아니라면 하겠다고 했지—대가는 정말 상당했어. 나를 고용한 사람이 도나트였고, 그의 주문은 양피지를 가져오라는 거였어. 그러기 위해서 슈테판 올덴호프는 아드리안 클라이버로 변신해야 했지. 겉으로는 그리 어려울 게 없었지. 게다가 네가 마지막으로 클라이버를 만난 것이 17년 전이라는 것을 우린 알고 있었거든. 도나트는 철저히 연구를 했고, 그 과정에서 그의 아내가 상당한 도움을 주었어. 클라이버의 습관이며 특성들에 대해서는 한나 루이제 도나트보다 더 잘 아는 사람이 없었지. 그는 그의 미망인이었거든. 그는 그녀와 결혼한 이후로 네 생일에 꽃을 보내는 일을 그만두었던 거야. 나는 너의 상황에 대해서 정확하게 알고 있었어. 그리고 원리주의자들에게서 온갖 지원을 다 받았어. 나는 또한 오르페우스 사람들에게서 엄청난 위협을 받게 되리라는 것도 알았어. 특히 내가 양피지를 소유하는 순간부터 말이야. 아니면 더 정확하게는 오르페우스 사람들이 내가 양피지 문서를 소유했다고 믿는 순간부터지. 그래서 미국으로 간다는 생각이 내게 퍽 중요했지. 그곳에서 나는 안전하다고 느꼈어."

안네는 머리를 흔들었다. 올덴호프의 말을 믿기가 어려웠다. 잠시 생각한 다음 안네가 말했다.

"그렇다면 라이베트라로 납치된 것도 꾸며낸 일이었네!"

"무슨 말을 하는 거야!"

올덴호프가 화가 나서 소리쳤다.

"그건 정말이었어. 오르페우스 사람들이 양피지가 너의 소유가 아니고 내가 그것을 감추었다는 사실을 알아냈을 때 그들은 나를 시칠리아의 마피아들 방식으로 납치했어. 그들이 나를 어떻게 라이베트라로 데려갔는지, 양피지가 있는 곳을 알기 위해서 내게 어떤 짓을 했는지 난

정말 몰라. 네 덕분에 목숨을 구한 것이 사실이야. 양피지가 원리주의
자들의 손에 있다는 사실을 그들이 알아냈다면 아마도 나를 죽였을 테
니까 말야."

안네 폰 자이틀리츠는 가짜 클라이버의 얼굴을 바라보았다. 그녀는
이 남자를 증오하였다. 하지만 적이나 원수를 미워하는 방식은 아니었
다. 안네는 그가 올덴호프이고 클라이버가 아니기 때문에만 증오하였
다. 하지만 이것은 쉽게 사랑으로 바뀔 종류의 증오였다. 그리고 그
시점은 그녀의 생각보다 더 가까이 있었다.

8

바울라리 거리의 뒷집에서 만난 이후로 정확하게 일주일이 지났
다. 안네 폰 자이틀리츠는 생각을 정리하기 위해 카프리에서 잠시
휴가를 가졌다. 그녀는 끔찍하게 비싼 호텔 퀴지자나의 스위트룸에
머물렀다——그녀는 그럴 돈이 있었다. 도나트는 그녀에게 100만 달
러짜리 수표를 건네주었다. 하지만 돈이 많은데도 안네는 행복하지
않았다. 마치 지난 몇 달 동안 낯선 사람의 삶을 산 것만 같았다. 그
리고 자기가 꿈을 꾼 것이 아니고 정말로 모든 것을 체험했을까 하
는 의심이 놀라움으로, 놀라움이 마침내 확신으로 바뀌기까지 오랜
시간이 걸렸다.

잠들지 못하는 긴 밤이면 나쁜 메아리가 그녀의 머릿속을 망치질하
였다. 바라바, 바라바, 바라바. 둔한 두통처럼 아팠다. 안네는 거의
절망에 이르렀다. 무슨 일이 일어날지 그녀는 짐작하고 있었다. 그것
을 예감하는 극소수의 사람들 중 하나였다. 하지만 어떻게 이 파국
이——다른 말로는 눈앞에 닥쳐와 있는 상황을 표현할 수가 없었다——
닥쳐올지는 전혀 짐작이 안 갔다. 한번은 자기가 하늘을 향해 짧은 기
도를 올리는 것을 알았다. 전혀 예기치 못한 어떤 일이 일어나서 지금

까지 일어난 모든 일을 깨끗이 씻어가게 하소서.

물론 그것은 소용없는 짓이었다. 사람은 미래에 영향을 줄 수는 있지만 과거는 어떻게 할 수가 없기 때문이다. 그래서 안네 폰 자이틀리츠는 될 수 있으면 멀리 떨어진 장소에서 곧 닥쳐올 재앙을 맞이할 것을 계획하였다. 그러나 사정은 전혀 딴판으로 진행되었다.

1962년 3월 5일, 월요일.

알리탈리아 항공 932편, 로마—암만. 승객 76명과 승무원 8명 탑승. 제8열 좌석 A와 B석에 대머리의 땅딸막한 남자, 그의 옆자리에 하반신이 마비된 그의 아내. 승객 명부에는 도나트와 도나트 부인으로 기록됨. 두 사람은 보통 승객들과 다른 통로로 탑승했다. 도나트 부인은 휠체어를 타고 있었다. 마비된 여자가 손목에 걸고 있는 서류가방이 승무원의 눈에 띄었다.

제6열 좌석 D에 짧게 자른 흰머리에 검은 색깔 옷을 입은 신사. 상의 옷깃에는 손톱 크기의 황금 십자가가 달려 있었다. 승객 명부의 이름은 만초니, 만초니 박사는 마지막 순간에 탑승하였다. 그는 검은 여행가방을 지니고 있었다.

비행하는 동안 만초니는 짧은 간격을 두고 도나트와 그의 마비된 아내를 돌아보았다. 두 사람은 도전적으로 그의 얼굴을 바라보았다. 만초니는 뻔뻔스럽게 미소지었다. 양쪽이 다 상대방에 대해 승리자처럼 느꼈다. 도나트 부부는 만초니에 대해서, 만초니는 도나트 부부에 대해서.

비행이 시작된 지 80분이 지났을 때 만초니는 검은 가방을 뒤져 무엇인가를 끄집어냈다. 도나트는 그가 가방에서 손을 꺼내서 미소를 지으며 급하게 십자를 긋는 것을 보았다. 그런 다음 번개가 그를 맞혔다. 폭발이었다. 비행기는 고도 2만 5000피트 상공에서 수천 조각으로 부서졌다.

9

물론 이 마지막 장면에 증인은 없다. 하지만 그 비슷하게 사건은 진행되었다.

이탈리아 통신사인 ANSA는 1962년 3월 5일자로 이렇게 소식을 전했다.

　로마발——오늘 월요일에 로마에서 암만으로 가는 비행 도중 이탈리아 항공사 알리탈리아의 여객기 한 대가 폭발을 일으켜서 바다에 추락하였다. 승객 76명과 승무원 8명이 탑승하고 있었다. 추락지점은 사이프러스 남쪽 60해리, 베이루트 서쪽 90해리 떨어진 곳으로 지중해에서 가장 깊은 곳이다.
　미 제6함대의 구축함 승무원들은 비행기가 공중에서 폭파되는 것을 목격했다고 주장했다. 부서진 부분들은 불에 타면서 물 속으로 떨어졌다. 84명의 탑승자 중에서 생존자는 없는 것이 확실하다. 사고 원인에 대해서는 추측만 무성하다. 로마에서 알리탈리아 대변인은 기체의 폭발이 폭탄에 의한 것일 가능성도 배제할 수 없다고 발표하였다.

남은 이야기

1962년 10월 11일 목요일. 교황 요한 23세는 로마에서 제2차 바티칸 종교회의를 개회하였다. 초대를 받은 3044명 중에서 2540명이 참석하였고 그 중 115명이 교황청 소속이었다. 115명 중에서 약 30명이 거의 100년 만에 처음으로 열리는 전세계적인 종교회의의 진짜 이유를 알고 있었다.

과거에 보여준 종교회의들은 언제나 중요한 이유와 의미심장한 결과를 가졌다. 종교회의들은 이른바 통합이론을 가져왔다. 아버지와 아들의 신적인 동질성(니케아 종교회의), 교회분열을 종결시킴(콘스탄츠 종교회의), 기독교도에게 원죄의 교리를 부여함(트리엔트 종교회의), 교황의 무오류성(바티칸 제1차 종교회의) 등이었다. 그에 비해 바티칸 제2차 종교회의의 결과는 보잘것 없었다.

그런데도 제2차 바티칸 종교회의는 개혁종교회의로 역사상 기록될 것이다. 물론 이 책에서 이야기한 것은 결코 일어난 적이 없는 일로 남게 될 것이다.

안네 폰 자이틀리츠와 슈테판 올덴호프는 1964년 5월 파리에서 결혼하였다. 7년 후 안네는 이상한 사고로 죽음을 맞았다. 퐁뇌프 정거장에서 그녀는 달려오는 지하철에 몸을 던졌다. 안네는 페르 라셰즈 공동묘지에 묻혔다. 기요틴을 발명한 기요틴 박사의 무덤에서 돌팔매질할 거리만큼 떨어진 곳이었다.

특이한 비석들 사이에서 특별한 비명이 새겨진 그녀의 비석은 그다지 눈에 띄지 않는다. 비명은 다음과 같다.

안네
1920~1971

그 아래 이해할 수 없는 라틴어 단어들이 새겨져 있다.

BARBARIA ATQUE RETICENTIA ADIUNCTUM
BARBATI BASIS ATRII SACRI
(야만성과 침묵이 로마 교황의 특징이요, 교회의 기초다.)

이 책이 출간되기 불과 몇 달 전까지만 해도 거의 매일 나이 든 남자가 손에 오렌지색과 푸른색이 섞인 극락조화를 들고 페르 라셰즈 묘지를 찾는 것을 볼 수 있었다.

이 이상한 비명의 의미를 물으면 그는 뜻을 알지 못한다고 말하곤 했다. 그것은 중요하지 않다. 중요한 것은 개별 단어들의 첫 글자뿐이라는 것이다.

이것으로 나는 슈테판 올덴호프님에게 사과를 드리는 바이다. 그는 내가 페르 라셰즈 공동묘지에서 만났던 사람이고 이 책의 실마리를 제시했던 사람이다. 나는 그의 신뢰를 함부로 사용하고 그의 소원과는 반대로 스스로 탐구하여 이 이야기를 출간하였다. 이런 행동의 이유에 대해서는 그도 나의 독자들도 놀라지 않을 것이다. 나는 이 주제가 너무나도 의미심장해서 쓰지 않고 그대로 놓아두어서는 안 될 것이었다고 굳게 믿는다.

레오나르도 다 빈치의 진실

지은이 **필리프 반덴베르크**
옮긴이 **안인희**
펴낸이 **김언호**
펴낸곳 **(주)도서출판 한길사**

등록 · 1976년 12월 24일 제74호
주소 · 413-830 경기도 파주시 교하읍 산남리 파주출판문화정보산업단지 17-7
www.hangilsa.co.kr
E-mail: hangilsa@hangilsa.co.kr
전화 · 031-955-2000~3
팩스 · 031-955-2005

제1판 제1쇄 2000년 8월 10일
제1판 제4쇄 2003년 12월 20일

값 9,000원
ISBN 89-356-5250-4 03850